Weitere Titel der Autorin:

... und dann bist du tot
Gefährliche Nähe
Grausames Spiel
Böses Blut
Panische Angst
Blinde Wut
Tödlicher Zweifel
Blankes Entsetzen
Teuflische List
Zwanghafte Gier
Letzter Weg
Die Rache der Kinder
Shimmer
Geteilter Tod

Titel in der Regel auch als E-Book erhältlich

Über die Autorin:

Hilary Norman, geboren und aufgewachsen in London, war nach einer Karriere am Theater als Sprecherin, vor allem im Hörspiel, für die BBC und Capital Radio London tätig. Zeitweise arbeitete und lebte sie auch in New York. Ihr erster Roman war eine Liebesgeschichte; bekannt aber wurde sie durch ihre Psychothriller, die in siebzehn verschiedenen Ländern erscheinen. Sie lebt heute in einem Vorort von London.

Hilary Norman

DAS HERZ DER DUNKELHEIT

Psychothriller

Aus dem Englischen von
Veronika Dünninger

BASTEI LÜBBE TASCHENBUCH
Band 16 679

1. Auflage: Juli 2012

Dieser Titel ist auch als E-Book erschienen

Vollständige Taschenbuchausgabe

Bastei Lübbe Taschenbuch in der Bastei Lübbe GmbH & Co. KG

Deutsche Erstausgabe

Für die Originalausgabe:
Copyright © 2011 by Hilary Norman
Titel der englischen Originalausgabe: »Hell«
Originalverlag: Severn House Publishers Ltd., Sutton, Surrey, England

Für die deutschsprachige Ausgabe:
Copyright © 2012 by Bastei Lübbe GmbH & Co. KG, Köln
Textredaktion: Kerstin Fuchs, Frankfurt am Main
Titelillustration: © shutterstock/Igici; © shutterstock/Yuri Arcurs;
© shutterstock/sprinter81
Umschlaggestaltung: Kirstin Osenau
Satz: Urban SatzKonzept, Düsseldorf
Gesetzt aus der Adobe Garamond
Druck und Verarbeitung: GGP Media, Pößneck
Printed in Germany
ISBN 978-3-404-16679-4

Sie finden uns im Internet unter
www.luebbe.de
Bitte beachten Sie auch:
www.lesejury.de

Der Preis dieses Bandes versteht sich einschließlich
der gesetzlichen Mehrwertsteuer.

Für Poppy und all die anderen wundervollen Familienhunde. Wir können uns so glücklich schätzen, unser Leben mit ihnen zu teilen! Großartige Charaktere, jeder Einzelne von ihnen.

*»Das ist die Hölle: Zuzusehen, wie die Frau,
die man mehr liebt als alles andere auf der Welt,
in das schwarze Loch eines Albtraums fällt.
Und nicht eine verdammte Sache tun zu können,
um ihr zu helfen.«*

Sam Becket

»Die Hölle kann verdammt noch mal warten.«

Jerome Cooper

1

12. April

Wenn Jason Leonard, Grace Lucca Beckets erster Patient an diesem Tag, nicht zu früh gekommen wäre und sie selbst sich nicht ein bisschen verspätet hätte, nachdem sie Joshua, ihren zweieinhalbjährigen Sohn, in den Kindergarten gebracht hatte, dann hätte Jason nicht draußen auf der Terrasse auf sie warten müssen. Und dann wäre es vielleicht Grace gewesen, die es als Erste entdeckt hätte.

Es.

Danach hätte sie bestimmt Sam angerufen – ihren Ehemann, Detective beim Department für Gewaltverbrechen des Miami Beach Police Departments, kurz MBPD, der vermutlich sofort nach Hause gekommen wäre. Und Sam hätte vielleicht einen kurzen Blick darauf geworfen und dann das Bombenentschärfungskommando verständigt, das vielleicht entschieden hätte, eine kontrollierte Explosion durchzuführen (besser auf Nummer sicher gehen). Und dann hätten sie vielleicht erst viel später, falls überhaupt, herausgefunden, was genau in dem Paket gewesen war.

Aber so war Jason allein gewesen, als er es bemerkte.

Und da er vierzehn Jahre alt, gelangweilt und ein bisschen gereizt war – auch wenn er Doc Lucca für eine Seelenklempnerin ziemlich cool fand, waren ihre Sitzungen in letzter Zeit härter geworden – und da es eines seiner *Dinge* war, dass er sich nichts Hübsches ansehen konnte, ohne es berühren zu wollen, ohne es sich zu eigen machen zu wollen, hatte er genau das getan.

Weil es klasse aussah.

Und irgendwie merkwürdig.

Was es unwiderstehlich machte.

Zuerst hatte er nur das Dingi gesehen – ein Mini-Dingi, fast ein aufblasbares Kinderspielzeug –, das an dem Anlegepfahl hinter der Terrasse der Ärztin vertäut war. Dort schaukelte es im Wasser auf und ab, leuchtend gelbes Plastik, das im Sonnenschein glänzte.

Irgendetwas lag darin.

Ein Plastikbehälter, wie eine Tupperware-Dose.

Darin lag noch irgendetwas.

Jason hatte sich kurz umgesehen, bevor er sich hinhockte und mit einer Hand in das Dingi griff – nur für den Fall, dass ihn jemand beobachtete, nur für den Fall, dass es ein Trick war, vielleicht jemand, der versuchte, ihn auf frischer Tat zu ertappen –, obwohl niemand außer seiner Mom und der Ärztin wusste, dass er hier war, daher konnte es eigentlich nichts mit ihm zu tun haben.

Was wohl hieß, dass es vermutlich irgendetwas mit dem kleinen Jungen der Ärztin zu tun hatte. Obwohl Joshua erst zwei war und Jason bezweifelte, dass er überhaupt in die Nähe des Wassers durfte ...

Und er wollte sich ja auch nur genauer ansehen, was in diesem Behälter war.

Es war, wie sich herausstellte, *noch* ein Behälter, eine dieser verzierten Geschenkschachteln: rot und mit einer weißen Schleife, die auf dem Deckel befestigt war, sodass man nichts aufschnüren musste, sondern nur den Deckel leicht anheben ...

Ein zweiter Plastikbehälter.

Darin lag noch irgendetwas.

Irgendetwas Seltsames.

Jason hielt inne, verharrte ganz still, horchte auf Geräusche von Dr. Lucca. Er wusste, was er tun sollte: die Finger davon lassen, den Deckel wieder auf die Geschenkschachtel setzen, sie zurück in den größeren Plastikbehälter stecken, das ganze gruselige Ding zurück in das kleine Boot legen.

Denn ehrlich gesagt, war es ihm inzwischen *wirklich* gruselig.

Aber Tatsache war: Jason war unfähig, in Augenblicken wie diesem das Richtige zu tun. Er schien sich nie beherrschen zu können, sich Dinge anzuschauen, die er nicht sehen durfte – zum Beispiel den Aktenschrank neben dem Schreibtisch seines Dads, wenn er ihn in seinem Büro besuchte. Oder die Schublade, in der seine Mom ihre Höschen und Büstenhalter stapelte, wo sie aber auch diesen grässlichen rosa Vibrator aufbewahrte. Er wusste, dass sie lieber sterben würde, als ihn dieses Ding sehen zu lassen – und *das* war ein Anblick, bei dem sich ihm wirklich der Magen umdrehte ...

Dasselbe galt für all die Sachen, die er gestohlen hatte.

Er konnte nicht anders.

Wollte eigentlich gar nicht anders können, wie er der Ärztin gegenüber einmal zugegeben hatte, vermutlich weil das Zeug, das er nicht sehen oder besitzen durfte, im Allgemeinen viel interessanter war als das Zeug, zu dem ihm der Zugang gewährt wurde.

Daher tat er jetzt, was er schon die ganze Zeit gewusst hatte, dass er tun würde.

Er öffnete den Behälter.

2

Grace hatte Woody, den Dackel-Schnauzer-Mischling der Familie, eben ins Arbeitszimmer gesperrt, da Jason Leonard auf Hunde nicht gut zu sprechen war, als sie den Schrei des Jungen hörte.

Vor Angst, dachte sie augenblicklich, *oder vielleicht Schmerz,* und sie beschleunigte ihre Schritte mit wachsender Besorgnis, eilte durch die Küche auf die Terrasse und sah den Teenager mit dem Rücken an die Wand des Hauses gedrückt.

»Jason, was ist los?«

Er gab keine Antwort, aber er war auf den Beinen, schien nicht verletzt zu sein.

Er starrte auf irgendetwas – eine ganze Reihe von Dingen in der Nähe des Geländers zwischen der Terrasse und dem Wasser. Grace' Augen überflogen sie rasch, erfassten Plastikbehälter, eine scharlachrote Schachtel, eine weiße Schleife.

Und dann sah sie, dass es nichts von alledem war, was ihn so gebannt hatte.

Es war etwas anderes, etwas von einem dunkleren, glänzenderen Rot.

Blut.

Grace sah zurück zu Jason, musterte ihn von seinen roten Haaren bis hinunter zu seinen abgewetzten grauen Keds. »Jason, wo bist du verletzt?«

»Ich bin nicht verletzt.« Die Stimme des Jungen klang verängstigt, schuldbewusst. »Es tut mir leid, Doc.«

Grace' Augen huschten zurück zu dem Durcheinander.

Sahen, dass da nicht *nur* Blut auf dem Boden war.

»Großer Gott!«, sagte sie in dem Augenblick, als ihr der üble Geruch davon entgegenschlug.

Momentane Erleichterung durchströmte sie, da Joshua bis zum Mittag wohl behütet im Kindergarten sein würde. Und dann schwand diese Erleichterung schlagartig. Das hier bedeutete wieder Ärger; das hier bedeutete zumindest noch mehr Schereien, hier in ihrem eigenen Garten.

»Es war in dieser Schachtel«, flüsterte Jason.

Grace sah auf die scharlachrote Schachtel, den Deckel mit der weißen Schleife daneben und die beiden leeren Tupperware-artigen Behälter in der Nähe.

»Ich wusste, ich hätte es mir nicht ansehen dürfen«, fuhr der Junge fort. »Aber das ist einfach *so* eklig, Doc! Sie wissen doch, was es ist, oder?«

Jason wusste es; er hatte genau so etwas auf einer Horror-DVD gesehen, die er und Alex Bailey vor ein oder zwei Wochen schwarzgebrannt hatten.

»Ich weiß, was es ist«, sagte Grace leise.

Grundkurs Anatomie.

Kein Zweifel.

Es war ein menschliches Herz.

3

Kein Bombenentschärfungskommando war gekommen, aber eine andere Art explosionsartiges Spektakel fand jetzt auf der Terrasse der Beckets statt.

Detective Sam Becket und sein Partner, Alejandro Martinez, waren vor Ort, um sich die Sache selbst anzusehen. Schließlich handelte es sich hier – obwohl das Haus der Beckets offiziell der Zuständigkeit des Bay Harbor Islands Police Departments unterlag und, bei Verdacht auf ein Gewaltverbrechen, den Behörden von Miami-Dade unterstellt war – um das Zuhause von Sam, seiner Frau Grace, einer angesehenen Kinder- und Jugendpsychologin, und ihres kleinen Sohns. Niemand erhob Einwände.

Die Spurensicherung war schon seit einer Weile vor Ort, aber Dr. Elliot Sanders, der kürzlich ernannte leitende Gerichtsmediziner des Bezirks – noch immer übergewichtig, noch immer ein Raucher, der mehr Whiskey trank, als gut für ihn war, aber auch noch immer der beste Gerichtsmediziner, den Sam oder Martinez kannten –, hatte ebenfalls alles stehen und liegen lassen, um sich die Sache anzusehen; seine persönliche Höflichkeitsgeste gegenüber einem Detective, den er im Laufe etlicher Jahre gut kennen und schätzen gelernt hatte. Zusammen mit Sanders war ein kleines Team von Technikern aus seinem Büro eingetroffen. Und sobald alle damit fertig waren, die Fundstelle zu fotografieren, Skizzen anzufertigen und alles zu sammeln, was sie an Beweismaterial finden konnten, würden das kleine gelbe Dingi, die fünf Millimeter dicke Polypropylenleine, mit der es vertäut gewesen war, und sein geheimnisvoller, grausiger Inhalt in das Gerichtsmedizinische Institut verbracht werden.

Und dann würde der Prozess beginnen, die Person ausfindig zu machen, der das Herz gehörte.

Im besten Fall könnte sich herausstellen, dass es jemand war, der bereits verstorben war; ein Organspender vielleicht – ein Verbrechen, das schon abscheulich genug war angesichts des lebensrettenden Potenzials des Herzens für eine Transplantation.

Es könnte aber auch etwas ganz anderes sein.

Ein Mordopfer, nach dem Tod verstümmelt.

»Oder vielleicht davor«, dachte Martinez laut, ein stämmiger Kuba-Amerikaner mittleren Alters mit rundlichem, ausdrucksvollen Gesicht. Seine scharfen dunklen Augen beschworen Bilder herauf, die ihn anwiderten.

»Denk gar nicht erst dran«, sagte Sam zu ihm.

Er sah zu Grace hinüber, die ein paar Schritte weiter auf ihrer Veranda stand, sah die neuerliche Anspannung auf ihrem entzückenden Gesicht und hoffte gegen jede Vernunft, dass das Mini-Dingi wahllos vor ihrem Grundstück vertäut worden war. Dass diese Geschichte genauso leicht jedem anderen Bewohner der Insel hätte zustoßen können.

Nur, dass Sam das nicht glaubte.

Guten Grund hatte, es nicht zu glauben.

Und er konnte an Grace' Miene ablesen, dass sie es ebenfalls nicht tat.

4

Die Neue Epistel von Cal dem Hasser

Mit dem Töten aufzuhören war das Schwerste, was ich je getan habe.

Verdammt schwer.

Selbst für einen verdammten Mann.

Und viel verdammter als ich ist keiner.

Der Rest war gar nicht so übel. Wenn du schon alles verloren hast, was dir je wichtig war, dann bist du so weit unten im Leben angelangt, dass du dir keine Sorgen mehr darum machst, woher du dein nächstes Essen kriegen sollst, geschweige denn, deinen nächsten Fick. Ist im Grunde egal, manchmal, ob du lebst oder stirbst.

Bis auf das mit der Hölle und Verdammnis.

Aber das Töten habe ich mehr vermisst als alles andere.

Ich habe mich so bemüht! Lange, lange Zeit. Habe mich jedes Mal bestraft, wenn ich den Drang in mir aufsteigen spürte, so, wie ich es früher getan habe, so, wie meine Mutter es mir beigebracht hat.

Gute alte, tote alte Jewel.

Ich dachte, sie würde meine Letzte sein.

Ich hatte wirklich vor, aufzuhören.

Wirklich.

Ich nehme an, ich bin doch schwächer, als ich dachte.

5

Der Monat hatte so herrlich begonnen.

Frühling in Miami.

Liebespaare überall, Hand in Hand spazierend, jung und alt.

Am ersten Sonntagnachmittag im April ging eines von ihnen, älter als die meisten, nahe der Fünfundneunzigsten Straße in Surfside am Strand spazieren; sie hatten sich die Schuhe ausgezogen und genossen es, den Sand unter ihren Füßen zu spüren, nicht weit von dort, wo sie eben mit der Familie zu Mittag gegessen hatten.

Und gefeiert hatten.

Denn Dr. David Becket, fünfundsechzig Jahre alt und seit Kurzem pensionierter Kinderarzt, und Miss Mildred Bleeker – deren Alter nur ihr selbst und vermutlich ihren Eltern und der Meldebehörde von New York City bekannt war – hatten sich verlobt.

Die ganze Gang saß vor dem La Goulue in Bal Harbour um einen großen Tisch versammelt. Sam, Grace, Joshua und Cathy – ihre dreiundzwanzigjährige Adoptivtochter, die Grace so unglaublich ähnlich sah mit ihren langen Beinen, ihrem buttergoldenen Haar und den ähnlich verblüffend blauen Augen, dass Fremde sie oft für leibliche Mutter und Tochter hielten; Grace' Schwester Claudia mit ihrer Familie, die nach einigen Jahren in Seattle kürzlich zurückgekehrt war; und Saul Becket, Sams wesentlich jüngerer Adoptivbruder. Nur ein Jahr lag zwischen ihm und Cathy, eine Generation zwischen Sam und Saul – aber sie waren einander so nah und innig verbunden, wie es zwei Brüder nur sein konnten.

»Adoption liegt uns im Blut«, sagte David gern, denn er und seine verstorbene Frau Judy hatten die Familientradition ins Leben gerufen, ein Jahr nachdem er Sam, damals sieben, zum ersten Mal begegnet war, einem schockierten und verwirrten afroamerikanischen Jungen, der nach einem Unfall, bei dem seine Eltern und seine Schwester ums Leben kamen, in der Notaufnahme gelandet war.

Jetzt war er dreiundvierzig Jahre alt, gut einen Meter neunzig groß, mit kräftigen Schultern und Grace' Kochkünsten als bester Ausrede dafür, dass er nicht mehr ganz so schlank war wie früher, auch wenn er noch immer dasselbe feinknochige Gesicht und denselben gelenkigen, muskulösen Körper besaß; ein knallharter Cop, wenn es sein musste, aber mit einem weichen Kern. Sein Vater war jetzt so stolz auf ihn, wie er es an jedem Tag ihres gemeinsamen Lebens gewesen war.

Grace zu treffen war das Beste, was Sam je passiert war.

Mildred widersprach dem. »Das Zweitbeste«, hatte sie David einmal erklärt. »Zuerst hat Samuel dich getroffen.«

»Okay«, hatte David zu einem gewissen Grad eingelenkt. »Mein Sohn kann sich glücklich schätzen.« Und dann hatte er kurz innegehalten. »Fast so glücklich wie ich, dich zu finden.«

»Das beruht ganz auf Gegenseitigkeit, alter Mann«, hatte Mildred gesagt.

Sam wusste, dass sein Vater und Mildred ihre Gefühle füreinander nur zögernd erklärt hatten, mit Rücksicht auf seine und Sauls Empfindlichkeiten, nachdem Judy Becket, ihre Mom, vor fast vier Jahren gestorben war.

Bei der erstbesten Gelegenheit, die sich ihnen bot, hatten sie David beschwichtigt. Erstens einmal hatten beide ihre Mom sagen hören, sie wolle, dass er wieder eine Gefährtin fände; und zweitens hatten Judys beide Söhne – wie auch der Rest der Familie – Mildred ebenso sehr ins Herz geschlossen wie David selbst.

Respekt hatte für sie alle an erster Stelle gestanden. Respekt für eine Frau, deren Lebensweg härter gewesen war, als sich jeder von ihnen wirklich vorstellen konnte. Eine Frau aus konventionellen Familienverhältnissen, die so viel für den Mann aufgegeben hatte, den sie liebte, und die dann, nachdem sie ihn verloren hatte, dem Komfort und der Konvention den Rücken gekehrt und sich für ein Leben auf der Straße entschieden hatte.

Und genau dort hatte Sam sie ursprünglich kennengelernt, kurz bevor die Gewalt in Gestalt eines psychotischen Killers – Cals des Hassers – ihr auch dieses Leben entrissen, sie aber glücklicherweise auch zu Sams Familie und in ihrer aller Leben geführt hatte.

Cal der Hasser, für tot gehalten bis zum letzten Frühjahr, als er Sam geschrieben hatte.

Er war nicht tot.

Er war noch immer am Leben und somit eine Bedrohung für die ganze Familie Becket.

Denn Cal der Hasser, ein mehrfacher Mörder, war zugleich Grace' Stiefbruder Jerome Cooper, Sohn von Frank Luccas zweiter Ehefrau. Ein junger Mann, der dazu erzogen worden war, sowohl Grace als auch Claudia zu hassen.

Obwohl die Person, die er von allen am glühendsten zu hassen gelernt hatte, Sam war, weil Jerome Cooper auch als Rassist erzogen worden war. Und Samuel Lincoln Becket war ein afroamerikanischer, adoptierter Jude, der mit einer der Frauen verheiratet war, die Cooper verabscheute, *und* der, in den Augen des Killers, dafür gesorgt hatte, dass er alles verlor, was ihm lieb gewesen war.

Cal/Cooper war noch immer irgendwo dort draußen.

Aber zumindest in diesem Augenblick herrschte Glück im Becket-Clan über die Verbindung zweier weiterer Leben.

6

13. April

Keine Herzen oder anderen lebenswichtigen Organe waren von Labors oder Krankenhäusern als vermisst gemeldet worden. Keine Toten aus Leichenschauhäusern oder Bestattungsinstituten oder Krankenhäusern oder irgendwo sonst gestohlen worden.

Keine Leiche abzüglich eines Herzens war aufgetaucht.

Noch nicht.

Aber Sam hätte um all sein Hab und Gut gewettet, dass sie es mit einem Mord zu tun hatten.

Man würde versuchen, die DNA des Herzens mit der CODIS-Datenbank abzugleichen. Aber bis entweder das zu einem Erfolg führte oder eine verstümmelte Leiche gefunden wurde oder eine Vermisstenanzeige eine Übereinstimmung ergab, gab es kaum etwas zu ermitteln. Keine Fingerabdrücke auf der scharlachroten Geschenkschachtel oder auf der Schleife oder auf der Polypropylenleine – nicht so robust wie Nylon, wie Martinez erfahren hatte, und hart in den Händen, aber von manchen Leuten dennoch als preiswerte Ankerleine verwendet.

»Und von Wasserskifahrern als Schlepptau«, erläuterte er Sam mit seiner leicht akzentuierten Stimme, »und von Campern, und sogar als Wäscheleine.« Er zuckte mit den Schultern. »Mit anderen Worten, so häufig wie Käfer in den beschissenen Everglades.«

»Fast, nehme ich an«, sagte Sam.

Genau wie die anderen Gegenstände, die alle in jedem beliebigen Geschäft oder online leicht erhältlich waren – auch wenn Miami-Dade die leise Hoffnung hatte, die Herkunft und, wer weiß, vielleicht den Käufer des Spielzeug-Dingis zu ermitteln.

Sie waren zwar nicht Miami Beach unterstellt, aber die beiden

Detectives, die den Fall bearbeiteten, waren gut, und Sam und Martinez hatten ohnehin schon genug um die Ohren, wie üblich im Department für Gewaltverbrechen. Zwei Fälle schwerer Körperverletzung in den letzten beiden Wochen, drei Fälle häuslicher Gewalt im selben Zeitraum, und der Vergewaltiger einer fünfundsechzigjährigen Witwe an der Nordküste wurde dringend gesucht, bevor er erneut zuschlug.

Und privat stand bei Sam die Hochzeit seines Vaters ins Haus, bei deren Vorbereitung er mithelfen musste.

Obwohl es ursprünglich Sam gewesen war, der Mildred Bleeker in ihren Tagen als Obdachlose kennengelernt hatte, war es Grace, der Mildred als Erste einen echten Einblick in ihre persönliche Geschichte gewährt hatte.

Mildred hatte etwa achtzehn Monate zuvor begonnen, für sie zu arbeiten, hatte sie in ihrem Büro unterstützt und sich rasch unentbehrlich gemacht – was David nicht überraschte, dessen eigenes Büro sie bereits organisiert hatte –, und die beiden Frauen hatten einander mit stiller Wärme und gegenseitigem Respekt behandelt.

Respekt war der Schlüssel zu Mildreds Geheimnissen, und auch das erst im Laufe der Zeit.

Bis Anfang letzten Jahres hatten sie alle nur die gröbsten Fakten gekannt. Dass Mildred einmal mit einem Mann namens Donny verlobt gewesen war, der vor langer Zeit gestorben war. Dass sie seitdem die meiste Zeit auf einer Parkbank nahe der Promenade in South Beach geschlafen hatte, ein paar Blocks entfernt vom Hauptrevier des MBPD. Dass Mildred intelligent und mutig war – und dass irgendetwas an Sams Art und seine Freundlichkeit ihr gegenüber begonnen hatten, ihr misstrauisches Herz sanft zu öffnen.

David Becket war der Nächste gewesen.

Und dann, eines Nachmittags im letzten Februar, hatte Mildred darum gebeten, sich ein paar Stunden frei nehmen zu dürfen, um das Grab ihres verstorbenen Verlobten zu besuchen, da es der Jahrestag seines Todes sei. Grace hatte ihr angeboten, sie hinzufahren, und am Ende des Nachmittags wusste sie, dass Mildred in New York als Sekretärin gearbeitet und bei ihren Eltern in Queens gelebt hatte, als sie im Urlaub in Florida Donny Andrews kennenlernte, einen Postangestellten, der sich mit seiner wohlhabenden Familie überworfen hatte, nachdem er sich geweigert hatte, in ihr Unternehmen einzutreten. Es war Liebe auf den ersten Blick. Donny fuhr mit ihr zusammen zurück nach New York, um ihre Familie kennenzulernen, aber Mildreds Mutter wollte nichts von ihm wissen, und ihr Vater hatte sich schon immer auf die Seite seiner Frau gestellt, selbst wenn er nicht völlig ihrer Meinung war. Donny, der Mildred auf keinen Fall verlieren wollte, hatte ihr einen Antrag gemacht, Mildred hatte ihn angenommen, und sie waren nach Miami zurückgekehrt.

»Aber wir haben nie geheiratet«, hatte sie Grace erzählt. »Ich sagte zu Donny, ich sei stolz, seine Verlobte zu sein, aber ich könne mir eine Heirat nicht wirklich vorstellen, bis wir eine Möglichkeit gefunden hätten, den Segen meines Vaters zu bekommen.«

Den Segen gab es nicht, aber Donny hatte Mildred einen Ring gekauft, und sie hatten sich eine glückselige Existenz in einer kleinen Mietwohnung in Little Havana eingerichtet. Bis bei Donny eine klinische Depression festgestellt wurde und er aus dem Postdienst ausschied.

»Ich habe den Ring hinter seinem Rücken verkauft, um ein paar Rechnungen zu bezahlen, und als Donny dahinterkam, schwor er, mir einen neuen zu kaufen.« Mildreds Miene wurde verträumt. »Aber drei Monate später kam er bei einer Schießerei einem Drogendealer in die Quere. Er war, was die Zeitungen einen ›unbeteiligten Zuschauer‹ nennen.«

»O Mildred«, sagte Grace leise.

»Ich habe diesen zweiten Ring nie bekommen«, hatte Mildred gesagt.

Ihre Hochzeit mit David Becket war auf den 22. April festgesetzt – nach der kurzen Verlobungszeit, die sie beide in ihrem Alter für vernünftig hielten – und würde auf der Veranda von Sams und Grace' Haus stattfinden. Verwandte und nahe Freunde waren eingeladen, und Grace und Cathy – die auf dem College für kulinarische Künste der Johnson & Wales Universität in North Miami studierte – würden sich um das leibliche Wohl der Gäste kümmern.

Liebesmühen nahmen sie immer gern auf sich.

7

Grace versuchte angestrengt, alle Gedanken an das Herz zu verscheuchen, aber der schmerzlich unangenehme Vorfall – ein solcher Schock für den armen Jason Leonard – und ihr Wissen um die laufenden polizeilichen Ermittlungen dazu ließen ihr keine Ruhe.

Riefen andere Erinnerungen wach. Unendlich schlimmere.

Die grauenhaften Geschehnisse im letzten März und andere – ältere Bilder, aber noch immer quälend.

Sam und sie hatten hart kämpfen müssen, um über das hinwegzukommen, was ihnen zugestoßen war; sie wussten, wie knapp sie beide dem Tod entronnen waren, und konnten noch immer nicht vergessen, was ihnen angetan worden war. Aber sie hatten überlebt, nahezu unversehrt, auch wenn sogar Sam, der so stark war, seelisch und körperlich, noch immer Albträume davon hatte, genau wie sie.

Schlimme Dinge kamen und gingen wieder, wenn man Glück hatte, und sie beide hatten unendlich viel mehr Glück gehabt als die anderen Opfer dieses Grauens. Und davor hatte ihr kleiner Sohn – damals noch ein Baby – eine Entführung durch Jerome Cooper überlebt, und *davor* hatte es . . .

Wie oft konnte man Glück haben?

Wann war das eigene Glück erschöpft?

Manchmal verspürte Grace heutzutage eine Nervosität, die früher nie da gewesen war, einen Hang zu irrationalen Ängsten. Erst letzte Woche hatte sie mit Joshua in dem hübschen kleinen Park gegenüber ihrem Haus gespielt, als sie sich auf einmal beobachtet fühlte.

Ihre Haut hatte zu kribbeln begonnen, und sie war rasch zu ihrem kleinen Sohn gelaufen und hatte ihn hochgenommen, und Joshua hatte ihre Angst gespürt, hatte verdutzt in ihr Gesicht gestarrt, und sie hatte ihm gesagt, es sei gut, es sei alles in bester Ordnung. Aber dennoch war sie rasch aus dem Park und über die Straße in die Sicherheit ihres Zuhauses gelaufen.

Natürlich war dort niemand gewesen, hatte sie binnen Minuten begriffen.

Einbildung.

Jeromes Schuld und die dieser anderen Monster, und Grace nahm an, dass es auch keine große Hilfe war, dass sich der Alltag ihres Mannes nach wie vor um das Böse drehte, dass er, genau wie Martinez und ihre Kollegen, jedes Mal in Gefahr schwebte, wenn er zur Arbeit fuhr. Und doch war das nichts Neues, und in der Vergangenheit war sie immer gut damit klargekommen; schließlich hatte sie, wie sie fand, kaum eine andere Wahl. Denn Sams Arbeit war ihm wichtig, und er war ein guter Cop, und überhaupt war seine Arbeit inzwischen ein fester Bestandteil von ihm, und sie würde ihn niemals bitten, sie aufzugeben.

Aber ihr Schutzpanzer hatte ein paar Schläge zu viel abbekommen, wurde allmählich ein bisschen dünner, und Grace war nicht glücklich über ihre neue Neigung, überzureagieren. Sam hatte schon genug Sorgen am Hals, auch ohne zusätzlichen Stress ihretwegen, und Joshua brauchte und verdiente mit Sicherheit eine ruhige, fähige Mom, die sich um ihn kümmerte.

Keine Frau, die bei Schatten zusammenzuckte.

Oder Erinnerungen.

8

18. April

Ein Kind hatte es als Erstes bemerkt: das leuchtend gelbe Spielzeug-Dingi, das im Swimmingpool des Fontainebleau schaukelte. Das Mädchen, Monique Lazar, neun Jahre alt, dessen Eltern und zwei Geschwister rings um den Pool ihres Resorts (mit 32-Zoll-Flachbildfernseher, Digitalsafe und Butlerservice) den Luxus genossen, sah sich nach dem Besitzer des Dingis um, sah niemanden, der damit zu spielen schien, und nahm es zögernd in Besitz.

Niemand achtete auf sie. Ihr Vater war in ein Telefonat vertieft, ihr älterer Bruder Lucien schlief mit seinem iPod in den Ohren, ihre Mom war im Schönheitssalon und ihre kleine Schwester spielte im Kinderbereich mit ihrem Kindermädchen.

Das Paket in dem Dingi war das Verlockendste daran.

Unwiderstehlich.

Scharlachrot, mit einer weißen Satinschleife.

Monique wusste, was Privatbesitz bedeutete, dass man Fundsachen nicht einfach behalten durfte, und sie war sich ziemlich sicher, dass, wer immer der Besitzer war, bald wiederkommen würde, um es zu holen, daher hatte sie nicht vor, das Paket zu berühren. Aber sie sah nichts Unrechtes darin, ihre Barbie in dem Palm-Beach-Badekostüm aus ihrer Tasche zu nehmen, ins Wasser zu steigen, Barbie in das Dingi zu setzen und sie durchs Wasser zu ziehen, während sie mit der Puppe darüber plauderte, was wohl in der Geschenkschachtel sein mochte.

Es dauerte vielleicht fünf Minuten, bis Edouard Lazar kam, um nach ihr zu sehen, und Monique rechnete damit, dass er sie nach dem Dingi fragen würde (Maman wäre es sofort aufgefallen). Aber

Papa fragte sie nur, ob alles in Ordnung sei, und sagte ihr, sie solle im Wasser schön vorsichtig sein, und dann war er wieder in ihrer Cabana und schaltete sein MacBook ein ...

Daher spielte Monique weiter mit Barbie.

Bis Lucien auftauchte.

»*Qu'est-ce que c'est?*«, fragte er. »Wem gehört das?«

»Ich weiß nicht«, sagte Monique. »Niemandem.«

»Irgendwem muss es doch gehören.« Lucien sah sich um, zuckte mit den Schultern, hockte sich an den Rand und beäugte das Paket. »Ich finde, wir sollten nachsehen, ob es irgendetwas Wertvolles ist, und es abgeben.«

Monique fragte, ob sie nur noch ein bisschen länger damit spielen könne, aber Lucien sagte Nein, und was ihr großer Bruder sagte, wurde im Allgemeinen befolgt.

»Kann ich es aufmachen?«, fragte sie.

Er schüttelte den Kopf. »Gib es mir.«

Monique reichte ihm das Paket, strich Barbie übers Haar und setzte sie dann wieder in das jetzt leere Dingi und sah zu ihrem Bruder hoch.

Er hatte den Deckel von der Schachtel abgenommen und sah verwirrt hinein.

»Was denn?«, fragte Monique.

»Da drinnen ist ein Plastikbehälter«, sagte Lucien.

»Mach ihn auf!«

»Ich bin mir nicht sicher.«

»Vielleicht ist es nur jemandes Mittagessen«, überlegte Monique.

Lucien stand auf und nahm den Deckel vorsichtig von dem Behälter.

»*Merde!*«

Mit einer heftigen Bewegung schleuderte er den Behälter von sich, sodass sein Inhalt genau vor Monique ins Wasser fiel.

Die zu schreien begann.

Edouard Lazar sprang auf, und all die anderen Leute im und um den Swimmingpool kamen angelaufen, um zu sehen, weswegen sie so schrie.

Und im nächsten Augenblick war sie nicht mehr die Einzige.

9

Nur dieser eine Plastikbehälter diesmal, wie Sam und Martinez feststellten, aber ansonsten schienen die Verpackung und der Inhalt, zumindest auf den ersten Blick, identisch zu sein, auch wenn die Handschrift des Täters diesmal weitaus kühner war, mit der klaren Absicht, in aller Öffentlichkeit zu schockieren. Nicht wie bei dem ersten, der an einem privaten Grundstück vertäut worden war.

Dem Grundstück der Beckets.

Derselbe Beweis brutaler Gewalt in beiden Fällen. Noch ein menschliches Herz.

Ein zweites unbekanntes Opfer, das darauf wartete, gefunden zu werden.

Und diesmal ein Fall für Miami Beach.

Die Lazar-Kinder waren traumatisiert, aber in der fürsorglichen Obhut ihrer Eltern, die einer behutsamen und kurzen Vernehmung der Kinder zugestimmt hatten. Aber keines der beiden hatte irgendein Verbrechen beobachtet, und ihre Zeugenaussage beschränkte sich im Grunde auf die Entdeckung.

Immerhin gab es rund um das Luxusresort jede Menge Überwachungskameras, und sowohl das Management als auch die Mitarbeiter waren entsetzt, kooperativ und hoch effizient, äußerst bemüht, die Polizei zu unterstützen, um den Pool so rasch wie möglich wieder öffnen und zur Normalität zurückkehren zu können.

Gute Chancen also, dachten die Detectives, während sie die

Aufzeichnungen der Überwachungskameras durchgingen, dass sie zumindest den Augenblick sehen würden, in dem das Dingi in den Pool gesetzt worden war. Sie rechneten mit einer Verkleidung, und aller Wahrscheinlichkeit nach mit jemandem, der in keinem unmittelbaren Zusammenhang zum Täter stand, jemandem, der für diese Aufgabe angeheuert worden war.

»Scheiße!«, fluchte Martinez.

Keiner von ihnen hatte mit dem gerechnet, was sie sahen.

Ein kleines Kind, vermutlich nicht älter als fünf oder sechs, von Kopf bis Fuß in einen viel zu langen Kapuzen-Bademantel gehüllt, sodass eine sofortige oder wenigstens spätere Identifizierung unmöglich war, sodass sie sich nicht einmal sicher sein konnten, ob die kleine Person, die das gelbe Dingi umklammert hielt, männlich oder weiblich war.

»Könnte« – Martinez zögerte – »wie nennt man das heutzutage ... ein kleinwüchsiger Mensch sein?«

»Es ist ein Kind«, erwiderte Sam. »Sieh dir den Gang an, die Bewegungen.«

»Ich weiß nicht«, sagte sein Partner. »Weißt du noch diesen einen Gruselfilm, wo Donald Sutherland dachte, es wäre ein Kind in einem Regenmantel?«

Sam schüttelte den Kopf. »Das hier ist ein Kind.«

Und es war nur ein kleiner und unbefriedigender Teil der Geschichte, denn als das Dingi in den Swimmingpool platschte, war es *leer* gewesen; und das Kind mit der Kapuze hatte sich abgewandt und war im Gewühl der Gäste über einen der gepflasterten Wege, die vom Poolbereich wegführten, verschwunden und nicht mehr zu sehen gewesen.

»Vielleicht hat irgendwo jemand gewartet, um ihm den Bademantel auszuziehen«, sagte Sam. »Damit das Kind noch schwerer zu erkennen ist.«

Zehn Minuten später sahen sie auf den Aufnahmen ein Spiel, das im Pool stattfand, mit vielleicht einem Dutzend Jugendlichen, die so ausgelassen herumtobten, dass ein paar Schwimmer, die es gern etwas ruhiger hatten, lieber in Deckung gingen.

Als das Spiel vorbei war, lag die scharlachrote Schachtel in dem Dingi.

Sie sahen sich die Szene immer wieder an.

»Nichts«, sagte Sam.

Nicht ein Hinweis darauf, wer sie dorthin gelegt hatte.

Nicht eine Spur des Kindes mit der Kapuze, nachdem er oder sie den Bereich verlassen hatte.

Die größten Chancen auf eine Identifizierung würden sie haben, wenn die Aufnahmen verbessert und gründlicher untersucht worden waren, aber bis dahin würde das Kind bestimmt längst verschwunden und weniger leicht aufzuspüren sein. Zufällige Gäste konnten ungehindert kommen und gehen, um in einem der Restaurants oder dem Deli oder dem Café etwas zu essen – oder auch nur, um den Ort auszuforschen. Und selbst wenn das Kind ein rechtmäßiger Gast war, wenn man es vielleicht aufgefordert hatte, das Dingi zu tragen, etwa im Rahmen irgendeines Spiels, und es ihnen tatsächlich gelingen sollte, das Kind zu identifizieren, dann würden seine Eltern vermutlich Einwände gegen jede Art von Vernehmung erheben. Außerdem würde das Kind die Person, die ihm das gottverdammte Dingi gegeben hatte, vielleicht gar nicht identifizieren oder auch nur beschreiben können.

Dennoch beschäftigte der Fall die Spurensicherung und den Gerichtsmediziner, und die Mitarbeiter des Resorts wurden gebeten, sich die Aufnahmen anzusehen, in der vergeblichen Hoffnung, dass irgendjemand das Kind in dem Bademantel erkannte.

Bis jetzt hatten sie in dem Resort keine Spuren von Gewalt in einem Schlafzimmer, einer Suite oder an sonst irgendeinem der Orte gefunden, die man der Polizei zugänglich gemacht hatte.

Und ein zweites menschliches Herz war auf dem Weg zu Elliot Sanders' Institut.

10

19. April

Heute war der Jahrestag von Sampson Beckets Tod.

Sams erster, geliebter Sohn war ihm und seiner ersten Frau, Althea, vor über einundzwanzig Jahren geboren worden, und ihre Ehe war ein schmerzliches Opfer des Unfalls geworden, der ihnen ihren wundervollen Jungen entrissen hatte.

Dieser Verlust war auf den heutigen Tag genau achtzehn Jahre her. Die Erinnerungen an den Schmerz verblassten nie wirklich, nur die Fähigkeit, sie in Schach zu halten, wurde im Laufe der Zeit stärker.

An den meisten Jahrestagen fuhr Sam hoch nach Sarasota, legte Sampson seine bunten Lieblingsmuscheln aufs Grab und sang ihm mit seiner Baritonstimme ein, zwei Schlaflieder. Manchmal fuhr er allein hin, manchmal mit Grace; ein paarmal war sein Dad mitgekommen, und zweimal Saul, und eines Tages wollte Sam gern Joshua mitnehmen, aber dieses Jahr hatte er die Hochzeit seines Vaters vorzubereiten. David hatte ihn gefragt, ob es ihm etwas ausmachen würde, wenn der Termin so nah bei dem Jahrestag läge, aber Sam hatte ihm gesagt, er könne nicht glücklicher sein.

Kein Besuch in Sarasota dieses Jahr. Zu viel zu erledigen.

Das Leben ging weiter.

Und ein Mörder musste gefasst werden.

11

Bei all den Dingen, die es zu erledigen gab, und mit einem aufgekratzten Zweijährigen, der sie auf Trab hielt, hatte Grace für die ganze Woche vor der Hochzeit keine Sitzungen vereinbart. Cathy würde bis zum Vortag an der Universität sein, aber Saul hatte sich bereits mächtig ins Zeug gelegt, und Grace' Protesten zum Trotz war auch die Braut selbst nicht zu bremsen gewesen.

»Ich werde einen Tag davor aufhören und keine Minute früher«, hatte Mildred vor einem Monat zu David und Grace gesagt. »Und wenn irgendjemand versuchen sollte, mich davon abzuhalten, bei meiner eigenen Hochzeit zu helfen, dann werde ich die ganze Sache abblasen, und dann kannst du sehen, wie *dir* – diese letzten Worte waren an David gerichtet – »das gefällt.«

»Es könnte leichter sein, als mit einer streitsüchtigen Frau verheiratet zu sein«, sagte er.

»*Streitsüchtig?*«, gab Mildred zurück. »Wenn du mir noch einmal zu sagen versuchst, ich soll die Füße hochlegen, während ich wichtige Dinge zu erledigen habe, dann wirst du lernen, was streitsüchtig *wirklich* heißt.«

Aber obwohl die Verwandlung der Veranda allmählich Gestalt annahm und die Hochzeitsgewänder in diversen begehbaren Kleiderschränken unter Schutzhüllen hingen und die Vorbereitungen für das festliche Mittagessen im Grunde nicht vor Mittwoch und dem Vormittag selbst in Angriff genommen werden konnten, war Grace dennoch froh, dass sie ihren Terminkalender frei gehalten hatte.

Doch als an diesem kühlen, nassen Montagmorgen – und Grace hoffte bei Gott, das Wetter möge am Donnerstag nicht so sein – Sara Mankowitz anrief und Grace die entsetzliche Anspannung in ihrer Stimme hörte, da wusste sie, dass sie, wenn sie sich weigerte, Pete – Saras Sohn – zu sehen, für den Rest des Tages keinen Seelenfrieden mehr haben würde.

»Ich bin am Verzweifeln«, hatte Sara gesagt.

Sara neigte im Allgemeinen nicht zu Hysterie, und außerdem lagen Grace – auch wenn sie das vor niemandem zugegeben hätte – manche Patienten einfach ein bisschen mehr am Herzen als andere.

Der zehnjährige Pete Mankowitz war ein gutmütiger Junge, der an einer Panikstörung litt, in letzter Zeit Anzeichen von Platzangst entwickelt hatte und seiner Mom, die vor drei Jahren von ihrem Mann verlassen worden war, ganz allgemein große Sorgen bereitete.

In Zusammenarbeit mit dem Hausarzt der Familie hatte Grace bei Pete Entspannungstechniken und eine kognitive Therapie angewandt, aber allmählich sah es danach aus, als würden sie vielleicht bald auf eine medikamentöse Behandlung zurückgreifen müssen. Sara war verständlicherweise skeptisch angesichts der Tatsache, dass einige der sichersten Medikamente eine Depression manchmal verschlimmerten und, selbst wenn nicht, langfristig eine Toleranz auftreten konnte. Aber da Pete oft in der Schule fehlte und immer unfähiger schien, sozial zu interagieren ...

Heute ausnahmsweise ein Hausbesuch.

»Du könntest zwei Fliegen mit einer Klappe schlagen«, schlug Mildred vor. »Iss mit deiner Schwester zu Mittag.«

Die zukünftige Braut arbeitete heute; niemand wagte es, ihr zu widersprechen. Und sie hatte im Grunde recht, denn Claudias neues Zuhause auf Key Biscayne lag kaum mehr als eine Meile von Petes entfernt.

»Dafür habe ich eigentlich keine Zeit«, winkte Grace ab.

»Dann nimm dir die Zeit«, erwiderte Mildred. »Ich hole Joshua ab.«

»Du heiratest in drei Tagen«, sagte Grace.

»Daran muss ich nicht erinnert werden.«
»Aber du musst so viel um die Ohren haben!«
Mildred strahlte glückselig. »Ich nehme an, manche von uns haben einfach ein besseres Zeitmanagement als andere.«

12

Dieselbe Geschichte wie bei dem ersten Herzen.

Keine Diebstähle von Leichen wurden von irgendwo gemeldet. Keine Verstümmelungen von Toten wurden aus Krankenhäusern oder ähnlichen Einrichtungen gemeldet.

Keines der beiden Herzen stammte aus dem Langzeitlager eines Labors, und ohnehin hatte der Gerichtsmediziner rasch jede Möglichkeit ausgeschlossen, die Organe könnten für eine Transplantation bestimmt gewesen sein, da die Entnahmetechnik, gelinde gesagt, unfachmännisch gewesen sei.

»Von keinem Chirurgen auf dieser Seite der Hölle ausgeführt«, hatte Sanders zu Sam gesagt.

Keine Leichen mit fehlenden Organen waren hereingekommen.

Keine DNA-Übereinstimmungen.

Aber irgendetwas richtig Schlimmes geschah in und um Miami Beach.

Und noch Schlimmeres würde bald geschehen, da war sich Sam nur zu sicher.

13

Pete Mankowitz, mit seinem flachsblonden Haar und den nervösen haselnussbraunen Augen, war ungefähr in dem schlimmsten Zustand, in dem Grace ihn je gesehen hatte, als sie das einstöckige Haus in der Nähe des Crandon Parks erreichte.

Eine ausgewachsene Panikattacke, wie aus dem Lehrbuch. Nur dass das hier kein Lehrbuch war; das hier war ein lebender, atmender, leidender Junge, und auch wenn es Grace schließlich gelungen war, ihn mithilfe von Techniken zu beruhigen, die sie ihm im Laufe der Zeit beigebracht hatte, hatte sie sich über die Heftigkeit des Anfalls doch gewundert.

»Was hat das denn ausgelöst, wissen Sie das?«, fragte sie seine Mutter, als der Junge sich endlich in seinem Zimmer ausruhte.

»Ich habe keine Ahnung.« Sara, eine hübsche Brünette Anfang dreißig, saß erschöpft auf der Kante eines ihrer grauen Ledersessel. »Wir hatten davon geredet, heute Abend mit einem Freund einen Burger essen zu gehen, aber das schien ihm recht zu sein, und Pete weiß ja, dass wir, wenn es ihm schlechter gehen sollte, das Essen mitnehmen oder einfach wieder nach Hause fahren können.«

»Ist das Ihr neuer Freund?«, fragte Grace.

»Charles Duggan, ja.«

Sie hatte ihn vor ein paar Monaten kennengelernt, hatte ihn Grace gegenüber erwähnt, da sie den Mann mochte. Aber ansonsten versucht, die Beziehung gelassen anzugehen, um ihren Sohn damit nicht zu beunruhigen, auch wenn Pete keine Bedenken geäußert hatte.

»Ist Ihnen aufgefallen, ob sich Petes Probleme verschlimmern, wenn Mr. Duggan hier ist oder wenn er weiß, dass er vorbeikommen könnte?«

»Eigentlich nicht – das heißt, bis heute nicht.« Saras Miene wurde noch verzweifelter. »Ich muss aufhören, Charlie zu sehen, stimmt's?«

»Nicht, wenn er ein guter Mann ist.« Grace lächelte. »So einen findet man nicht leicht, weiß Gott.« Sie schwieg einen Augenblick. »Aber bei einem so sensiblen Jungen wie Pete müssen Sie vielleicht besonders vorsichtig sein.«

»Ich dachte, das sei ich gewesen.« Sara kämpfte wieder mit den Tränen. Sie hatte geweint, als Grace gekommen war. »Es tut mir leid.«

»Nicht doch, Sara!« Grace war sanft. »Das ist so schwer für Sie. Das Letzte, was ich will, ist, Ihnen irgendeine Art Trost zu nehmen.«

Sara schüttelte wieder den Kopf. »Es ist kein Trost, wenn es Pete noch unglücklicher macht.«

»Wir wissen ja nicht, ob es irgendetwas mit Ihrer Freundschaft zu tun hat. Es ist gut möglich, dass die Attacke heute gar nichts mit Ihren Plänen für diesen Abend zu tun hatte.«

»Ich habe Charlie angerufen«, sagte Sara. »Wir haben es erst einmal verschoben.«

»Das ist vermutlich gut so«, nickte Grace. »Zumindest für heute Abend.«

Daniel Brownley, Claudias Ehemann, ein Architekt, hatte ihr neues Haus Névé genannt. Er liebte schneebedeckte Berge fast ebenso sehr wie das Meer und hatte inmitten der Entwürfe der steil aufsteigenden Linien aus Solarglas und weißem Stahl an jenes klangvolle Wort gedacht, das den Schnee auf dem Gipfel eines Gletschers beschrieb. Niemand hatte es ihm ausreden können.

Névés Schönheit war ein bisschen spröde für den persönlichen Geschmack seiner Frau, aber Daniel war ausschließlich ihr zuliebe nach Florida zurückgekehrt, und Claudia hätte auch in einer Hütte leben können, wenn es Dan glücklich machte.

Névé war gewiss keine Hütte, aber es war ungewöhnlich. Das Haus, mit Blick aufs Meer, lag im Dorf Key Biscayne, und Daniel hatte die Baumaterialien so ausgewählt, dass sie sich an das wechselhafte Wetter stets anpassten – keine leichte Aufgabe in Südflorida. Wenn es sonnig und heiß war, verdunkelten sich die riesigen Smartglas-Flächen und kühlten das Haus auf eine angenehme Temperatur ab; wenn sich Sturm- und Gewitterwolken über der Biscayne Bay zusammenbrauten, spiegelte sich ihr dramatisches Szenario in den Wandverkleidungen.

Grace gefiel das Haus bei jedem Besuch besser. Genau wie Claudia waren auch ihr die offenen Räume mit den hohen Decken und weiß gefliesten Böden anfangs etwas beängstigend erschienen – ganz zu schweigen von der hochmodernen Alarmanlage mit einer Sirene, die laut genug war, um alle Toten von Miami zu wecken. Doch mit der Zeit hatte sich ihre Meinung gemäßigt, und jedes Mal, wenn sie auf eine der Terrassen trat, die Daniel auf beiden Ebenen des Hauses angelegt hatte, wurde ihr bewusst, dass ihr Schwager es irgendwie geschafft hatte, ein Umfeld zu schaffen, das im völligen Einklang mit der Insel stand.

Heute hatte Claudia, entzückt über ihren unerwarteten Besuch, ein schnelles Mittagessen aus Krabbenpuffern und Salat zubereitet, das sie in einer der erstaunlichen, behaglichen Sitznischen einnahmen. Einige der Nischen waren groß genug für die ganze Familie, andere für ein oder zwei Personen entworfen, und alle auf der Meerseite des Hauses gelegen. Jetzt saßen sie in einer gemütlichen Ecke mit einem eleganten Biokamin, vor dem man sich im nächsten Winter herrlich würde entspannen können.

»Jetzt habe ich ein schlechtes Gewissen«, gestand Grace.

»Warum denn bloß?«, fragte Claudia.

»Ich habe diese Woche Patienten abgewiesen, um die Hochzeit organisieren zu können, und jetzt kümmert sich Mildred um Joshua, und ich sitze hier und lasse es mir gut gehen.«

»Eine Seelenklempnerin sollte eigentlich wissen, dass man sich schlichte Vergnügungen nicht durch Schuldgefühle verderben sollte.«

»Schon verstanden«, schmunzelte Grace.

Sie sah durch die Glaswand auf die regennasse Terrasse und die Veranda aus glattem brasilianischem Hartholz, vorbei an dem Swimmingpool und auf die Pforte in dem alarmgesicherten weißen Zaun, die zu dem öffentlichen, sandigen, mit Palmen bepflanzten Grasland, dem Strand und der Bucht dahinter führte, und sie hatte fast das Gefühl, wieder auf Islamorada auf den Keys zu sein, wo Claudia so glücklich gewesen war, bevor sie Daniels Arbeit wegen nach Seattle zogen und solch schwierige persönliche Zeiten vor ihnen lagen.

Jetzt sah Grace ihre Schwester an, und sie dachte, wie friedlich sie aussah mit ihren lebendigen dunklen Augen und einem Gefühl von Zufriedenheit, das fast greifbar war.

Fast ansteckend.

Die Ruhe blieb Grace fast auf der ganzen Fahrt nach Hause erhalten.

Bis sie bei La Tienda Fiesta anhielt, einem Partygeschäft in Little Havana, bei dem sie eine große Bestellung für die Hochzeit aufgegeben hatte. Sie hatte gehofft, die für Mittwoch vorgesehene Lieferung noch einmal mit Luis, dem Geschäftsführer, durchgehen zu können, aber in dem Laden war die Hölle los, und er schien von einer Frau völlig in Beschlag genommen zu sein, die entschlossen ein Klemmbrett schwenkte. Als er Grace entdeckte, reckte Luis zwar seinen Daumen in die Luft, was ihr, nahm sie an, als Zusicherung ausreichen sollte, aber wo sie schon einmal hier war, konnte sie sich auch gleich noch nach ein paar Party-Extras für die Veranda umsehen.

Ein schönes, ledergebundenes Gästebuch sprang ihr ins Auge, vielleicht als Erinnerungsstück für Mildred und David.

Sie bückte sich, um es in die Hand zu nehmen.

Irgendetwas streifte ihren Nacken.

Erschrocken richtete sie sich auf und wandte sich um.

Niemand da.

Nur ein Pärchen, das ein paar Schritte weiter in seine eigenen Einkäufe vertieft war, und links von ihr eine ältere Dame mit blau getönten Haaren, die ein bisschen verwirrt blickte.

Aber es hatte sich wie Fingerspitzen angefühlt. Wie eine *Liebkosung*.

So sehr, dass sie, als sie sich umgewandt hatte, halb erwartet hatte, Sam lachend hinter sich zu sehen.

Verwirrt sah Grace noch einmal links und rechts den Gang hinunter.

Und sah eine Gestalt eben um die Ecke des Hinterausgangs verschwinden.

Männlich, durchschnittlich groß, schlank, mit silberblondem Haar.

Vertraut.

Der Verdacht traf sie hart, wie ein kleiner, schmerzhafter Faustschlag gegen die Brust.

»Nein«, sagte sie laut und lief los, sprintete zum Hinterausgang, wollte unbedingt, selbst während sie rannte, dass sie sich *täuschte*.

Draußen auf dem Parkplatz keine Männer, die wie *er* aussahen.

Eine Reihe von Autos, alle gewöhnlich, anonym. Sie suchte den Parkplatz durch den Regenschleier ab, sah ein junges Paar, mit Tüten bepackt, in seinen Truck steigen, sah einen alten, roten VW Käfer und ein Motorrad mit einem dickbäuchigen Typen – kein Helm und kaum Haare – auf die Ausfahrt zusteuern.

Also alles nur ihre Einbildung.

Genau wie letzte Woche in dem Park gegenüber ihrem Haus.

Sie wartete auf die Erleichterung, aber stattdessen fühlte sie sich aus dem Gleichgewicht geworfen, flau im Magen.

Unversehens zurückversetzt ins vergangene Jahr – und damals war es nicht nur ihre Einbildung gewesen, denn Sam hatte auch geglaubt, ihn gesehen zu haben ...

Komm schon, Grace!

Es war nichts gewesen. Nur jemand, der sie zufällig gestreift hatte. Ein anderer Kunde oder ein Verkäufer, der hinter ihr ging, vielleicht sogar nur ein Stück Stoff, das sich an ihrem Nacken wie Finger angefühlt hatte.

Während sie jetzt im Regen dastand, hob sie die rechte Hand und rieb selbst mit den Fingern über den Punkt, die Stelle genau unter dem Nacken, entblößt heute, da sie sich die Haare eingedreht und hochgesteckt hatte.

Die Stelle, die Sam oft so berührte, küsste.

Komm schon!

Niemand da. Weder heute noch letzte Woche.

Niemand.

Und mit Sicherheit nicht *er*.

14

20. April

Die Sonne schien wieder.

Und eine Leiche war gefunden worden.

Am Strand an der 53rd Street Beach angespült.

Zum Teil verwest, zum Teil von Meerestieren gefressen, auch wenn diese nicht für die große Wunde mitten in der Brust des Toten verantwortlich waren.

Diese war ihm – nach den vorläufigen Erkenntnissen des Gerichtsmediziners – von dem Amateur-Chirurgen zugefügt worden, dem *Schlächter*, der mit einem Messer in den Körper seines männlichen Opfers eingedrungen war und dann den Brustkorb aufgebrochen und geöffnet hatte, bevor er – oder sie – das Herz herausschnitt.

Das Opfer war ein Afroamerikaner, vermutlich Mitte zwanzig, und mit einem Nylonfaden von hinten erdrosselt worden.

»Mehr habe ich noch nicht für euch«, sagte Elliot Sanders zu Sam und Martinez.

Es war nicht das erste Mal, dass sie alle am Tatort eines Mordes am Strand zusammenkamen, mit allen damit verbundenen Schwierigkeiten: ständig treibendem Sand und weiß Gott wie vielen Leuten, die dort vorbeigelaufen waren, seit die Leiche angespült worden war.

»Wie lange wird es dauern, bis wir wissen, ob wir eine Übereinstimmung mit einem der Herzen haben?«

Sam stellte die Frage, obwohl er nur zu gut wusste, dass diese Dinge weitaus länger dauerten, als sie alle hofften, Sanders eingeschlossen.

»Es hat Vorrang«, erklärte der Gerichtsmediziner grimmig.

Aber ganz gleich, ob man eine Übereinstimmung fand oder nicht – sie wussten bereits mit Sicherheit, dass wieder ein kranker Killer nach Miami Beach gekommen war.

15

»Gab's sonst noch irgendwas?«, fragte Grace Sam spät an diesem Abend.

»Wie zum Beispiel?«

Sie saßen an ihrem großen alten Eichenholz-Küchentisch, und Sam hatte ihr bereits von dem unbekannten Toten erzählt, während sie Muschelsauce aufgewärmt und Spagetti gekocht hatte. Er hatte die Details ausgespart, aber schließlich hatte sie das erste Herz selbst gesehen, und er hatte das Gefühl, es sei ihr gutes Recht, es zu erfahren.

»Ich weiß nicht«, sagte sie. »Irgendwas Vertrautes?«

Sam sah sie lange an.

Es war nicht Grace' Art, um den heißen Brei herumzureden.

Trotzdem wusste er verdammt gut, wonach sie fragte, nicht zuletzt, weil er es sich an diesem Tag bereits selbst gefragt hatte. Weil sich die Frage aufdrängte, wegen des Erdrosselns mit einem Nylonfaden, und weil das Opfer von hinten überrumpelt worden und ein Schwarzer gewesen war.

Aber hauptsächlich natürlich, weil beide Herzen in Dingis gelegt worden waren.

Und das erste an der Anlegestelle ihres Hauses vertäut worden war.

»Die Leiche wurde weder in einem Dingi noch in einem Ruderboot gefunden, und die Haut des Opfers war nicht zerkratzt«, sagte er zu ihr, denn genau das war ihre Frage gewesen, da genau das ein wesentlicher Teil von Jerome Coopers Handschrift gewesen war.

»Konntet ihr das mit Sicherheit sagen?«

»Ja«, sagte Sam. »Und was das Erdrosseln angeht – du willst lieber nicht wissen, wie viele Leute in den Vereinigten Staaten jedes Jahr auf diese Weise getötet werden.«

Aber nicht allzu viele männliche Afroamerikaner in Miami-Dade, mochte Grace wetten, sagte es aber nicht laut.

Sie berichtete ihm jedoch von ihrer gestrigen Erfahrung in dem Partygeschäft.

Streng genommen ihrer *Nicht*-Erfahrung, auch wenn es ihr nicht so vorgekommen war.

»Ich nehme an, ich bin nur schreckhaft.« Sie lächelte schief. »Wieder einmal.«

»Was dir gar nicht ähnlich sieht«, erwiderte Sam. »Und ich wünschte, du hättest es mir schon gestern erzählt.«

»Ich wusste, dass es nichts war.«

»Trotzdem«, sagte er. »Ich dachte, wir hätten eine Abmachung.«

Die hatten sie. Alles, was einen von ihnen ernsthaft beunruhigte, würden sie sich erzählen.

»Es tut mir leid.« Grace schwieg einen Augenblick. »Das mit dem Dingi lässt mir noch immer keine Ruhe.«

»Mir auch nicht.«

»Die Handschrift eines Täters kann sich ändern, oder?«

»Manchmal.«

»Was, wenn er es ist?«

»Dann werden wir ihn fassen.«

»Das letzte Mal habt ihr es nicht getan.«

»Wenn er es ist«, sagte Sam, »dann werden wir es diesmal tun.«

16

21. April

Tatsache war, Jerome Cooper, auch bekannt als Cal der Hasser, stand wieder auf der Liste der meistgesuchten Verbrecher der Miami Beach Police, seit er Sam Becket im vergangenen Jahr einen handgeschriebenen Brief geschickt hatte und folglich nicht mehr als tot galt. Und jeder, der auf dem Gebiet tätig war, wusste, dass es manchen Psychopathen, die unbedingt Aufmerksamkeit auf sich ziehen wollten, verdammt schwerfiel, sich allzu lange versteckt zu halten. Daher wollte Sam jetzt nichts dringender, als dass jedes Boot in jedem Jachthafen und an jeder Anlegestelle in ganz Miami-Dade durchsucht wurde; um genau zu sein, jedes Boot, das groß genug war, um einen Mann und eine Leiche zu beherbergen.

»Dazu wird es nicht kommen«, sagte Martinez.

Was Sam bereits wusste.

Was er *nicht* wollte – nicht einen Tag vor dem großen Tag seines Vaters (und heute war auch noch der Geburtstag seines Bruders Saul, auch wenn sie sich bereits darauf verständigt hatten, morgen zu feiern) –, war, dass ihm eine Mordermittlung aufgehalst wurde. Aber Beth Riley – zum Sergeant befördert, als Mike Alvarez Lieutenant wurde – wusste genau wie alle anderen im Department, dass es hier einige Parallelen gab, durch die es ein Fall für Sam Becket werden *musste*.

Und so saßen sie nun in ihrem Großraumbüro im zweiten Stock in der Washington Avenue 1100 und gingen ihre ersten Schritte durch, ohne einen echten Tatort, auf den sie sich konzentrieren konnten, und ohne konkrete Hoffnung, einen Namen mit ihrem unbekannten Toten verbinden zu können. Und die Versuchung war groß, vorzupreschen und dieses Verbrechen Cooper anzulasten, aber dabei liefen sie Gefahr, irgendeinen anderen Mörder weiter sein schmutziges Handwerk treiben zu lassen, während sie bei dem falschen Mann alle Register zogen.

Mit anderen Worten: Sam wusste, dass sie nach dem Buchstaben des Gesetzes vorgehen mussten.

Die beiden Detectives Mary Cutter und Joe Sheldon – ein kürzlicher Neuzugang beim Department für Gewaltverbrechen, ein junger New Yorker, der mit einer Ärztin aus Miami Beach verheiratet war – waren bereits den zweiten Tag unterwegs, um Nachbarn zu befragen, in der Hoffnung, einen Zeugen zu finden. Idealerweise irgendeinen Schlaflosen mit einem Teleskop oder einem Fernglas, der beim ersten Tageslicht das Meer abgesucht und gesehen hatte, wie das Opfer aus einem Boot geworfen wurde.

»Die Hoffnung dafür ist ungefähr so groß wie die, Eiszapfen unter dem Venetian Causeway zu finden«, hatte Cutter festgestellt, als sie am Nachmittag zuvor losgezogen waren.

»Ich habe gehört, es soll in diesem Januar geschneit haben«, hatte Sheldon erwidert.

»Glaubst du jeden Scheiß, den du hörst?«

Heute Morgen war auf Channel 7 ein Zeugenaufruf ergangen, und auf der Webseite von Channel 10 war vom grausigen Fund berichtet worden. Leute riefen bereits an, wie so oft in der Anfangsphase, ein paar davon wohlmeinende, aufmerksame Bürger mit mitteilenswerten Informationen, hauptsächlich jedoch Anrufer, die selbst Aufmerksamkeit auf sich ziehen wollten, Spinner und manchmal, was am schlimmsten war, diese gehässigen kleinen Leute, die nichts Besseres zu tun hatten, als die Polizei auf die falsche Fährte zu locken.

Noch nichts Brauchbares dabei.

Lieutenant Alvarez hatte Sam für seine Abwesenheit morgen Nachmittag grünes Licht gegeben – die Hochzeit würde erst um sechzehn Uhr stattfinden –, aber trotzdem würde Sam, der *Gast-*

geber, mein Gott, und vor allem der Mann, den die Braut gebeten hatte, sie zum Altar zu führen – jetzt bis zur letzten Sekunde arbeiten. Und Martinez, der einen Urlaubstag beantragt hatte, sobald er erfuhr, dass er eingeladen war, würde die Zeremonie selbst mit Sicherheit verpassen, hoffte aber, rechtzeitig zu kommen, um wenigstens noch ein bisschen mitzufeiern, bevor die Frischvermählten in die Flitterwochen flogen.

»Was nagt denn so an dir, Mann?«, fragte Martinez Sam am Mittwoch gegen Mittag. »Falls es wegen morgen ist – du weißt doch, dass wir schon dafür sorgen werden, dass du pünktlich hinkommst.«

»Das ist es nicht.«

Sam war gleich heute Morgen bei dem Partygeschäft vorbeigefahren, um mit Luis Delgado, dem Geschäftsführer, zu sprechen. Delgado hatte gesagt, er würde ihm gern behilflich sein, ihre Überwachungskamera sei jedoch seit über einer Woche defekt, und man sei noch nicht dazu gekommen, sie reparieren zu lassen.

»Was, wenn es Cooper war, den Grace am Montag gesehen hat?«, fragte Sam jetzt.

»Du meinst nicht, dass sie nur schreckhaft war?«

Sam zuckte mit den Schultern. »Du weißt doch, was ich von Zufällen halte.«

»Ich auch«, sagte Martinez.

»Aber wenn sie recht hatte ...«

Sam brach ab. Dieser Gedanke machte ihm Angst; hier gab es einfach zu viele Verbindungen. Wie er Grace gegenüber gestern Abend betont hatte, hatte das Markenzeichen von Cal dem Hasser, die zerkratzte Haut, in diesem Fall gefehlt, und diese ganze makabre Geschichte mit den Herzen war völlig neu. Aber der Rest konnte nicht so leicht als Zufall abgetan werden. Nicht nachdem das erste Spielzeugboot so bewusst vor ihrem Haus vertäut worden war.

Was Cooper zumindest weit oben auf ihre Liste von Verdächtigen setzte.

Liste von *einem*, um genau zu sein, im Augenblick.

O Mann, das machte ihm wirklich höllisch Angst.

17

22. April

Der Morgen der Hochzeit war sonnig und strahlend, mit einer traumhaften Wettervorhersage für den Rest des Tages.

Die Vorbereitungen im Hause Becket waren in vollem Gange.

Und für Sam und Martinez gab es eine interessante Vermisstenanzeige.

»Andrew Victor«, meldete ihnen Joe Sheldon um zehn vor zehn. »Siebenundzwanzig, Afroamerikaner, eins achtzig groß, etwa hundertfünfzig Pfund schwer, als vermisst gemeldet von seiner Mitbewohnerin Miss...« – er warf einen Blick auf seine Notizen – »...Gail Tewkesbury, die sagt, Mr. Victor würde manchmal für eine Woche oder so verschwinden, ohne Bescheid zu geben, aber diesmal sei er vor fast zwei Wochen ausgegangen, und sie hätte so ein mulmiges Gefühl wegen unseres unbekannten Toten.«

»Sag ihr, wir sind schon unterwegs«, sagte Sam.

»Sie bleibt zu Hause, bis ihr bei ihr seid.« Sheldon reichte Martinez die Adresse. »Eigentumswohnung in 50 Biscayne.«

»Nobel, nobel«, murmelte Martinez.

Gail Tewkesbury war von winziger Statur und sichtlich erregt, aber mit ihren scharfen Gesichtszügen, ihren grauen Augen und dem gut geschnittenen, geschäftsmäßigen Kostüm sah sie aus, als ob man sie besser nicht unterschätzen sollte.

»Ich weiß, dass Sie mir kein Foto zeigen können«, sagte sie, sobald sie sie hereingebeten hatte, und ihr schmaler Mund zuckte kurz, als müsste sie vielleicht gleich weinen. »Daher habe ich

Ihnen schon einmal Andys Kamm herausgesucht. Das könnte Ihnen bei der Identifizierung helfen.« Sie hatte ihre Gefühle im Griff. »Und seine Zahnbürste liegt im Bad. Ich habe sie nicht angefasst.«

»Vielen Dank«, sagte Sam. »Das ist sehr hilfreich.«

»In seinem Schlafzimmer habe ich auch nichts berührt.« Ihre Stimme wurde schriller. »Und ich kann Ihnen den Namen seines Zahnarztes geben. Das könnte Ihnen auch helfen.«

»Das wird es«, sagte Sam. »Vielen Dank.«

»Haben Sie irgendeinen Grund zu der Annahme, dass in seinem Schlafzimmer irgendetwas passiert sein könnte, Ma'am?«, erkundigte sich Martinez.

»Nein«, sagte sie. »Natürlich nicht. Aber falls doch...« Sie schloss die Augen, holte zitternd Luft.

»Hey«, sagte Sam sanft. »Immer mit der Ruhe.«

Sie schlug die Augen auf und fuhr fort. »Falls sich herausstellen sollte, dass es Andy ist, dann dachte ich nur, Sie würden seine Sachen sehen müssen.«

»Das ist richtig«, nickte Sam. »Aber hoffen wir, dass es nicht so weit kommt. Hoffen wir, dass er heute Abend auftaucht, und dann können Sie ihn ordentlich zusammenstauchen.«

»Und uns anrufen«, ergänzte Martinez.

»Gott, ja!«, stöhnte sie. »Sofort.«

Sie führten sie in ihr blau-weißes Wohnzimmer, und sie gestattete Martinez dankbar, in ihre Küche zu gehen und ihr eine kleine Flasche Evian zu holen, aus der sie immer wieder einen Schluck trank, während sie ihnen von Andrew Victor erzählte.

»Ich habe ihn vor knapp drei Jahren kennengelernt, als wir beide für dieselbe Bank in der Innenstadt arbeiteten. Ich habe oben in der Investmentabteilung gearbeitet, und Andy an der Kasse unten im Erdgeschoss. Eines Tages sind wir ins Gespräch gekommen und haben uns auf Anhieb gut verstanden, und dann, letztes Jahr, als ich hier einzog und einen Mitbewohner suchte, hat sich das alles wunderbar ergeben, denn Andy ist ein absolut süßer Typ.«

»Arbeiten Sie noch immer zusammen?«, fragte Sam.

»Nicht mehr«, sagte Gail Tewkesbury. »Sie haben ihn gehen lassen.«

Keiner der beiden Detectives hakte an dem Punkt nach; das würden sie erst tun, wenn sich der Vermisste als das Opfer herausstellen sollte.

»Bei welcher Bank arbeiten Sie, Ma'am?«, fuhr Martinez fort.

»Bei der Starr Banking Corporation in der West Flagler Street.«

Martinez machte sich eine Notiz.

»Als Sie anriefen«, bemerkte Sam, »da sagten Sie, es sei nicht das erste Mal, dass Mr. Victor vermisst wird.«

»Nicht wirklich vermisst«, erwiderte die junge Frau. »Manchmal bleibt er einfach ein, zwei Nächte fort, manchmal auch eine Woche oder länger. Ich habe ihn gebeten, mich anzurufen und mir Bescheid zu geben, damit ich mir keine Sorgen mache, aber Andy hat mich nur ausgelacht und gesagt, ich sei ja noch mehr wie eine Mom als seine echte Mutter. Da hat er natürlich recht ... nur dass wir Freunde sind, und Freunde machen sich eben Sorgen umeinander.«

»Ja, das tun sie«, sagte Martinez.

Diesmal, fuhr sie fort, sei Andrew Victor am Samstag, dem 9., abends ausgegangen – sie hatte keine Ahnung, wohin, und war eben von der Arbeit nach Hause gekommen, als er ging. Aber sie konnte sich erinnern, ihm gesagt zu haben, dass er gut aussah.

»›Flott‹ habe ich ihn, glaube ich, genannt. Und ich habe ihm gesagt, er solle vorsichtig sein, wie immer. Ich nehme an, er hatte recht damit, dass ich mich wie eine Mom anhöre.«

»Hatten Sie denn einen bestimmten Grund, ihm das zu sagen?«, fragte Sam.

»Zum Teil, weil er sein Fahrrad mitgenommen hat.«

Das ließ beide Detectives aufhorchen.

Jerome Cooper hatte ein Tandem besessen, das er Daisy genannt hatte. Aus seinen *Episteln*, wie er sie nannte – einer langen Flut von Texten in einer Sammlung von Schreibheften, die sie vor zwei Jahren in seinem Versteck in South Beach gefunden hatten –, wussten sie, dass er es benutzt hatte, um Liebhaber und Freier und Opfer anzulocken.

Wenn der unbekannte Tote Andy Victor war, dann suchten sie also nach einem Fahrrad, das vielleicht in der Nähe des Tatorts weggeworfen worden war. Es sei denn, der Mörder hatte es an sich genommen.

»Was für ein Fahrrad?«, wollte Sam wissen.

»Ein rotes«, antwortete Gail Tewkesbury. »Ich weiß nicht, welche Marke.« Sie schwieg einen Augenblick. »Aber ich habe einmal ein Foto von ihm auf dem Fahrrad gemacht, vor der Bank.«

»Könnten Sie uns dieses Foto heraussuchen, Ma'am?«, bat Martinez.

»Sehr gern. Jetzt gleich?«

»Wenn es keine Umstände macht.«

Sie war in weniger als fünf Minuten wieder bei ihnen, hielt ihnen das Foto hin, und Sam nahm es als Erster in die Hand, studierte es kurz, sah auf das junge, lachende Gesicht und reichte es dann an Martinez weiter.

»Können Sie die Marke erkennen?«

Sam schüttelte den Kopf. »Ich nicht.«

»Ich auch nicht«, stimmte Martinez ihm zu. »Aber wir haben Leute, die es können.«

»Hatten Sie noch andere Gründe, Andy zu sagen, er solle vorsichtig sein?«, fragte Sam.

»Er ist immer mit seinem iPod in den Ohren Fahrrad gefahren«, erklärte sie.

»Hatte er den iPod an dem Abend dabei?«

»Ich glaube schon. Jedenfalls habe ich ihn seitdem nicht mehr gesehen.« Sie schwieg einen Augenblick. »Andy ist einfach so gutgläubig«, fuhr sie fort. »Er ist schwul, aber er hat schon seit einer Weile keinen Freund mehr, und ich weiß, dass er in Clubs und auf Partys geht und gern mit fremden Leuten redet, und ich glaube, das kann gefährlich sein.«

»Ich denke, da haben Sie recht«, nickte Sam.

Gail Tewkesburys Zögern war spürbar.

»Gibt es noch etwas, das Sie uns sagen wollen?«

Sie rutschte verlegen auf ihrem Stuhl hin und her. »Ich fühle mich wie eine Verräterin.«

»Wenn Ihr Bekannter nach Hause kommt«, sagte Sam, »und wir hoffen, das wird er, dann wird alles, was Sie uns heute sagen, unter uns bleiben.«

»Okay.« Sie räusperte sich. »Andy suchte manchmal sexuelle Begegnungen.«

»Wissen Sie, wohin er dafür ging?«, erkundigte sich Martinez.

»Verschiedene Orte. Er hat mir nicht viel darüber erzählt, weil er wusste, dass es mich beunruhigte.«

»Aber ein paar Dinge hat er Ihnen doch erzählt, oder?«, hakte Martinez nach. »Genug, damit Sie beunruhigt waren.«

»Ich schätze schon.« Sie rieb sich unvermittelt mit den Handflächen übers Gesicht. »Ich sagte ja bereits, dass er gern in Clubs ging.«

»In welche?«

»Die Namen weiß ich nicht – nur dass sie in South Beach waren.« Sie seufzte stockend auf. »Manchmal ist er auch zum Strand gefahren, abends, um neue ›Freunde‹ zu finden.« Sie setzte das Wort mit dem rechten Zeigefinger in Anführungszeichen. »Das ist so gefährlich! Ich konnte es kaum ertragen, mir das anzuhören.«

»Viele Leute tun dasselbe«, sagte Martinez sanft.

»Das macht es auch nicht sicherer.« Gails Augen wurden feucht. »Armer Andy!«

»Können Sie sich noch an irgendeinen bestimmten Ort erinnern, den er vielleicht erwähnt hat?«, fragte Sam. »Einen bestimmten Abschnitt des Strandes vielleicht?«

»Er hat von den Dünen gesprochen.«

»Immer in South Beach?«

Jerome Coopers alte Jagdgründe.

»Ich weiß nicht«, sagte sie mit zitternder Stimme. »Sie meinen also, er könnte es sein?«

»Das wissen wir nicht«, antwortete Sam.

Die Knöchel an Gail Tewkesburys gefalteten Händen verfärbten sich weiß. »Können Sie mir deshalb kein Foto zeigen, weil irgendetwas mit seinem Gesicht passiert ist?« Auf einmal schossen ihr Tränen in die Augen. »Andy ist nicht eitel, aber er legt großen Wert auf sein äußeres Erscheinungsbild, wissen Sie?«

»Die Leiche war im Meer«, sagte Sam sanft. »Deshalb.«

Sie nickte. »Wie lange wird es dauern, bis Sie wissen, ob er es ist?«

»Das lässt sich schwer sagen, Ma'am.«

»Es kann dauern«, fügte Martinez hinzu.

»Aber alles, was Sie uns gesagt haben, wird uns helfen«, sagte Sam.

Es war nach halb zwölf, als sie endlich loskamen. Gail Tewkesbury hatte sie fast angefleht, Andrew Victors Zimmer mit Klebeband zu versiegeln, da sie den Gedanken nicht ertragen konnte, möglicherweise entscheidende Beweise könnten verloren sein, sollte es schlechte Neuigkeiten geben, aber ohne eindeutige Identifizierung hatten die beiden Detectives kaum mehr tun können, als einen kurzen Blick in das Zimmer zu werfen.

Nichts, was auf Anhieb von Interesse oder Nutzen war, sprang ihnen ins Auge. Es gab keinen Computer, und Gail sagte ihnen, Andys Laptop sei wegen eines Virus abgestürzt und kaputtgegangen, sodass er sich, nachdem er bei der Bank aufgehört hatte, manchmal ihren geborgt hatte, den sie jederzeit gern inspizieren könnten. Sein Terminkalender enthielt eine Hand voll Namen und nur wenige Termine auf verschiedenen Seiten zwischen Januar und Mitte April, dazu ein paar künftige Pläne, diverse Geburtstagserinnerungen und Gedankenstützen, die für den Rest des Jahres notiert waren.

Die Namen – allesamt ohne weitere Informationen notiert, ohne Hinweise darauf, wer die Leute dahinter sein könnten – waren hauptsächlich männliche Vornamen; nur wenige waren Nachnamen, darunter, wie Gail vermutete, der Name eines potenziellen Arbeitgebers, bei dem sich Andy im Februar vorgestellt hatte.

Das Zimmer war ordentlich, aber nicht übertrieben, und es sah auch nicht so aus, als sei es kürzlich von jemandem geputzt worden, der vielleicht versucht hatte, Beweise zu vernichten. Es war das gepflegte Zimmer eines Mannes in den Zwanzigern, dessen bevorzugter Geschmack bei Kleidern und Accessoires offenbar hauptsächlich Gap, Nike und Timbuk2 war. Es gab nur ein einziges Foto einer Frau um die dreißig – seiner Schwester, erklärte Miss Tewkesbury – mit ihrem Mann und ihren drei Kindern, dazu eine Wand voller Filmposter mit Denzel Washington, James Dean, Richard Gere, Wesley Snipes und Keanu Reeves.

Konventionelle Vorlieben, schien es Sam, während er die Poster betrachtete. Keiner von Andys möglichen Helden ähnelte auch nur annähernd dem wieselartigen Jerome Cooper. Oder den David-Bowie-Figuren, nach deren Vorbild sich Cooper, auch bekannt als Cal der Hasser, bei seinem letzten Gemetzel stilisiert hatte.

Wir preschen viel zu weit voraus, dachte er, während sie wieder in Martinez' Chevy Impala stiegen.

»Und? Was meinst du?«, fragte Martinez.

»Nichts, was du nicht auch meinst«, erwiderte Sam. »Wenn es Victor ist, dann ist der Schwulen-Faktor noch ein Indiz gegen Cooper.« Er schwieg einen Augenblick. »Und South Beach natürlich.«

»Das Fahrrad vielleicht auch«, überlegte Martinez. »Oder ein Nachahmer.«

»Könnte sein«, sagte Sam.

Die Nachahmer-Theorie war im Department bereits aufgeworfen worden, bevor der unbekannte Tote angespült worden war. Allen war klar, dass Joshuas Entführung vor ein paar Jahren in der Lokalpresse Schlagzeilen gemacht und die Verbindung zwischen Cooper und dem Miami-Beach-Cop und seiner Familie öffentlich bekannt gemacht hatte.

Was hieß, dass das erste Dingi – drei Tage nach Andrew Victors Verschwinden, nebenbei bemerkt – auch von irgendeinem anderen Verrückten an der Anlegestelle der Beckets vertäut worden sein konnte. Oder jetzt, wo der Fall komplexer geworden war, vielleicht auch von irgendeinem anderen abscheulichen Killer, der gar nicht verrückt war, sondern einfach nur böse.

»Aber du glaubst es nicht«, mutmaßte sein Partner.

Sie waren nicht nur Partner, sondern auch gute Freunde, die viel zusammen durchgemacht hatten, gute und schlechte Zeiten und auch ein paar verdammt traurige.

»Ich weiß nicht, was ich glauben soll«, gab Sam zu. »Aber egal, ob Nachahmer oder nicht, Zufälle oder nicht, ich will Cooper immer noch hinter Schloss und Riegel sehen.«

Denn es blieb dabei: Wenn er es war, der dort draußen sein Unwesen trieb, dann ließ sich unmöglich sagen, in welcher Gefahr seine Frau und sein Sohn schweben könnten.

Wieder einmal.

»Wir müssen beim Fundbüro nach einem roten Fahrrad und einem iPod fragen«, sagte er.

»Schöne Hoffnung!« Martinez grinste schief. »Wohin als Nächstes?«

»Doc Sanders' Büro.«

Das Gerichtsmedizinische Institut in der Bob Hope Road. Im Laufe der Jahre waren sie beide schon viel zu oft hier gewesen.

Heute kamen sie mit Geschenken. Einer Zahnbürste, einem Kamm und dem Namen und der Anschrift von Andrew Victors Zahnarzt. Geschenke von Leben und Tod.

Nur eine Frage der Zeit.

»Und danach«, beschloss Martinez, »fährst du nach Hause.«

Es gab eine Hochzeit zu organisieren.

Auf einer Skala von eins bis zehn hoffte Sam, dass der heutige Tag in puncto Sicherheit etwa bei sieben liegen würde: eine Familienhochzeit im Zuhause eines Cops auf einer der beiden Bay-Harbor-Inseln mit einer der niedrigsten Verbrechensraten in ganz Miami-Dade.

Nur dass es vielleicht Cooper war, von dem sie hier redeten – einem Mann, der den kleinen Sohn genau dieses Cops aus seinem Bettchen gestohlen hatte, während seine Mom im Zimmer nebenan schlief.

Niemand war je wirklich in Sicherheit. Das wusste Sam aus zu vielen Gründen.

Daher würde er, sobald er nach Hause kam, die Augen nach dem leisesten Hinweis auf Ärger offen halten.

Dem *leisesten*.

Und sobald der Tag vorbei war, würde er eine Überwachung ihres Hauses, seiner Frau und seines Sohns durch die Polizei von Bay Harbor Islands anfordern.

Grace hätte in der Vergangenheit vielleicht Einwände dagegen erhoben, aber jetzt war er sich nicht mehr so sicher, dass sie das tun würde.

Das stimmte ihn traurig.

Und verdammt wütend.

18

David Beckets Hochzeitsnachmittag.
Der Tag war noch immer strahlend, der Himmel ein klares Blau, und nicht zu heiß.
Perfekt.
Seine erste Hochzeit war inzwischen eine alte, verblasste Erinnerung, die für seine beiden Söhne nur auf den silbern gerahmten Fotografien des Ereignisses existierte, aber wenn David die Augen schloss, dann konnte er sich noch immer augenblicklich zu diesem Tag zurückversetzen, konnte Judy sehen, die in ihrem wunderschönen weißen Kleid und Schleier neben ihm unter der Chuppah in ihrem Tempel stand.
Mildred wusste besser als alle anderen, dass sie niemals mit dieser Erinnerung oder all den gemeinsamen Jahren, dem tagtäglichen *Zusammenleben* konkurrieren konnte, genau wie David niemals die kurzen, aber unauslöschlich süßen Erinnerungen an ihr Leben mit Donny ersetzen würde. Keiner von ihnen wollte konkurrieren oder ersetzen; das war einer der Gründe, weshalb ihr Entschluss, zu heiraten, so schön war.
So richtig. Für sie beide.
Kein unbesonnener Schritt, gewiss nicht.
Obwohl offensichtlich war, dass beide einfach ihren Platz an der Seite des anderen gefunden hatten, nachdem Mildred sich damals bereiterklärt hatte, in den Schutz von Davids Zuhause zu ziehen; und gegenseitige Fürsorge, Zärtlichkeit und letztendlich Liebe war später leicht und sanft daraus entstanden.
Es war nichts Falsches daran, wenn etwas leicht oder sanft war.
Nichts Falsches daran, wenn etwas *richtig* war.

Weiße Rosen standen rings um die Haustür und überall in der Diele und zeigten den Gästen den Weg auf die Veranda, die nur für diesen einen Tag völlig umgestaltet worden war.

Keine Chuppah heute, aber Saul, der Trauzeuge seines Vaters – ein Schreiner von Beruf, dessen Möbel in der Gegend immer stärker nachgefragt wurden –, hatte eine Innenpergola gebaut und Rosen durch das Spalierdach gezogen.

Unter dem jetzt sein Vater stand.

Und wartete, während Sam Mildred den kurzen, schmalen Gang hinunterführte.

Zu David, ihrem zukünftigen Ehemann.

Grace wartete ebenfalls, auf einer Seite, in einem hellgrauen Seidenkleid, das Haar zu einem Knoten gebunden, und lächelte erst die Braut an und dann Sam. Sie bemerkte, dass er leicht gebeugt ging, da Mildred neben ihm so winzig war, aber er sah einfach so gut aus in seinem dunklen Anzug und mit der neuen italienischen Seidenkrawatte, die sie ihm gekauft hatte. Dann sah sie stolz lächelnd auf Joshua hinunter, der sich sehr aufrecht hielt in seinem neuen Diesel-Polohemd und der neuen Diesel-Hose, ihre Hand umklammert hielt und mit großen Augen das Geschehen beobachtete – und dann sah sie hinüber zu Cathy, die auf der anderen Seite der Pergola stand, hinreißend in einem kornblumenblauen rückenfreien Kleid und mit ihrem neuen ultrafemininen Bubikopf.

Mildreds eigenes Kostüm war aus champagnerfarbener Seide, und sie strahlte übers ganze Gesicht, während ihr geliebter zukünftiger Schwiegersohn sie zu ihrem Bräutigam führte. Auch er sah gut aus auf seine markante Art, mit seiner Hakennase und in seinem neuen grauen Anzug – der ausnahmsweise einmal nicht zerknittert aussah –, mit einer weißen Rose im Knopfloch, das silbergraue Haar elegant gekämmt und die Augen hinter seiner Brille nur auf sie gerichtet und von Wärme erfüllt.

Ihr David.

Sie hatten sich ihr Eheversprechen gegeben, waren von Richterin Helen Dawkins, einer alten Freundin des Bräutigams, zu Mann und Frau erklärt worden, hatten sich geküsst, bei den Händen gehalten, mit ihren Namen unterzeichnet, waren beglückwünscht und umarmt worden, hatten vor Glück gelacht und hätten beide um ein Haar Tränen purer Freude vergossen.

Und jetzt feierten sie mit ihrer Familie und engen Freunden und aßen, tranken und tanzten.

Saul tanzte mit Mel Ambonetti, einer einundzwanzigjährigen Studentin am Institut für Anthropologie der Universität von Miami, einer hochgewachsenen, blauäugigen Brünetten mit einer eleganten Adlernase und langen, glänzenden Haaren, die wippten, wenn sie sich bewegte. Sie waren seit drei Monaten zusammen. Sie war seit Langem die erste Frau, die an Saul herankam.

Der ganze Becket-Clan war heute hier versammelt, zusammen mit guten Freunden und Nachbarn und auch einer Hand voll Cops: Martinez natürlich – der um kurz nach sechs angehetzt kam – und Beth Riley und Mike Alvarez, die beide im Laufe der Zeit auch zu Freunden des Bräutigams geworden waren.

Keine Verwandten von Mildreds Seite waren gekommen. Ihre Eltern, die noch immer in Queens lebten, hatten ihr Fernbleiben mit ihrer Gebrechlichkeit entschuldigt. David hatte Mildred gefragt, ob sie in den Flitterwochen vielleicht gern nach New York City fliegen würde, aber Mildred hatte gesagt, sie würde sich ihre und Davids besondere Zeit von nichts und niemandem verderben lassen.

»Obwohl es wirklich schade ist« – David hatte nicht lockergelassen, nachdem Boston als Reiseziel feststand –, »so nah bei deinen Eltern zu sein und sie gar nicht zu sehen.« Er hatte die Schultern gezuckt. »Sie werden doch auch nicht jünger.«

»Du hast vermutlich recht«, hatte Mildred erwidert. »Und weiß Gott, ich hatte für nachtragende Leute noch nie viel übrig. Vielleicht könnten wir am Ende unseres Urlaubs doch noch bei ihnen vorbeischauen.« Sie hatte kurz geschwiegen. »Aber ich will nicht bei ihnen übernachten, selbst wenn sie uns fragen sollten, was sie vermutlich sowieso nicht tun werden.«

»Wir werden in ein Hotel gehen«, hatte David ihr versichert.

Zuerst ins Ritz Carlton in Boston, und dann ins Plaza in Manhattan, wo er für die letzten fünf Tage vor ihrer Rückkehr ein Zimmer mit Parkblick reserviert hatte. Das war im Grunde alles, was David für Mildred wollte. Das und gute Gesundheit für sie beide und so viele gemeinsame Jahre, wie Gott der Herr ihnen schenken wollte.

Heute gab es für sie ein köstliches Essen und eine wundervolle Atmosphäre, eine zweistöckige Hochzeitstorte und für Saul einen Geburtstagskuchen, beide gebacken und verziert von Grace und Cathy auf dieselbe Weise, auf die sie alles andere organisiert und vorbereitet hatten: mit viel Liebe.

Eine wundervolle Feier, und ein wundervoller Tag.

Kein Ärger.

Nicht eine Spur.

Das glückliche Paar brach schließlich auf, obwohl Sam und Grace ihnen vorgeschlagen hatten, mit der Abreise bis zum nächsten Tag zu warten, da ihr Flug nicht vor Mitternacht in Boston ankommen würde. Aber David und Mildred waren entschlossen gewesen, es so zu machen, wie sie es für richtig hielten.

»Wir haben jede Menge Zeit zum Ausruhen, wenn wir angekommen sind«, hatte Mildred ihnen versichert.

»Jede Menge Zeit zum Ausruhen, wenn wir tot sind«, hatte David ergänzt.

19

23. April

Am nächsten Morgen traf sich Sam mit einem Streifenpolizisten des Bay Harbor Islands Police Departments – einem Mann, den zu treffen er schon öfters Grund gehabt hatte –, um ihm seine Besorgnis um die Sicherheit seiner Familie angesichts der mutmaßlichen Rückkehr Jerome Coopers nach Miami-Dade zu erläutern.

Der Lieutenant, der zum Zeitpunkt der Entführung ein Sergeant gewesen war, ließ sich nicht zweimal bitten.

»Ich wäre Ihnen wirklich sehr dankbar, wenn wir diese Angelegenheit inoffiziell behandeln könnten«, sagte Sam.

»Sie wollen nicht, dass Ihre Frau davon erfährt?«, fragte der Lieutenant.

»Sie wird es erfahren. Aber es ist ja wirklich nur für alle Fälle.«

»Besser auf Nummer sicher gehen.«

»Ich bin Ihnen was schuldig«, dankte ihm Sam.

Grace fühlte sich erschöpft am Freitagmorgen, aber gut. Glücklich und entspannt, wie immer, wenn eine Familienfeier schön verlaufen war. Die Kinder hatten bei den meisten Aufräumarbeiten geholfen, und Grace hatte Joshua in den Kindergarten gebracht, bevor sie die restlichen Aufgaben in Angriff nahm.

Sam hatte angerufen, um sie über die Streifenwagen zu informieren, die von Zeit zu Zeit vorbeifahren würden, bis sie sich sicher sein konnten, dass Cooper nicht in der Nähe war.

»Hältst du das wirklich für notwendig?«, hatte sie gefragt.

»Ich hoffe, es ist *nicht* notwendig. Aber wenn du nichts dagegen hast, möchte ich lieber übervorsichtig sein.«

»Ich denke, ich habe eine ganze Menge dagegen«, hatte Grace erwidert. »Aber ich bin mir auch nicht sicher, ob ich mich in dem Punkt mit dir anlegen will.«

Sie fühlte sich noch immer gut, während sie ihrer Arbeit nachging, an den ersten Morgen der beiden Frischvermählten in Boston dachte und hoffte, dass ihre Blumen eingetroffen waren. Um kurz nach elf brachte sie noch eine Tüte Müll nach draußen, bevor sie Joshua abholen wollte, als auf einmal eine graue, viertürige Limousine um die Biegung ihrer Straße fuhr und gegenüber ihrem Haus langsam zum Stehen kam.

Getönte Scheiben schlossen sich.

Irgendjemand beobachtete sie.

Diesmal *war* sie sich sicher.

Woody knurrte leise hinter ihr.

»Schon gut«, sagte sie zu ihm und bückte sich, um ihn hochzuheben.

Der Wagen hatte sich nicht bewegt.

Grace' Herzschlag beschleunigte sich, und ihr Mund wurde trocken. Sie sah die Straße hoch und hinunter, während sie wünschte, ein schwarz-weißer Streifenwagen würde *in diesem Augenblick* kommen.

Kein Glück.

Woody knurrte wieder in ihren Armen.

Die Limousine stand noch immer da.

Rasch wandte sich Grace ab und eilte zurück ins Haus, schloss die Haustür und verriegelte sie, ging mit schnellen Schritten in die Küche, um dort dasselbe zu tun, und dann auf die Veranda.

Und dann rief sie Sam an.

»Kein Grund zur Beunruhigung, Detective«, beschwichtigte einer der Streifenpolizisten Sam, sobald er vorgefahren war. »Wir hätten Sie angerufen, wenn es einen gäbe.«

Der betreffende Wagen sei ihnen durchaus aufgefallen, berichtete der Polizist. Sie hätten den grauen Ford Fusion genau vor dem Haus der Beckets beobachtet, hätten gleich hinter der Kurve in der Straße geparkt und auch Grace' Reaktion bemerkt.

Der Ford hatte sich in Bewegung gesetzt, sobald sie ins Haus gegangen war, und dann hatten sich die Cops selbst in Bewegung gesetzt und den Fahrer herausgewinkt.

Absolut harmlos.

»Nur ein Typ, der sich mit seiner Frau hier Häuser ansieht«, sagte der Polizist zu Sam. »Sie hatten einen ganzen Stapel mit ausgedruckten Unterlagen in ihrem Wagen. Sie waren verlegen, sagten, sie hätten nur ein Gefühl für die Insel bekommen wollen, interessierten sich dafür, was für Leute hier lebten, wie die Leute eben so sind, wissen Sie.«

»Klar.«

»Sie sagten, es täte ihnen wirklich leid, wenn sie die Dame erschreckt hätten, aber der Typ dachte, wenn er das Fenster herunterkurbeln und sie ansprechen würde, dann wäre sie vielleicht erst recht ausgeflippt.« Das Grinsen des Polizisten war entspannt. »Seine Worte.«

»Und die beiden sind sauber?«, fragte Sam.

»Aber sicher, Detective!«, parierte der Polizist.

»Ich bin Ihnen sehr dankbar.«

Der Partner des Polizisten blickte etwas verlegen drein. »Mrs. Becket sah schon etwas nervös aus.«

Sam nickte. »Dazu hat sie auch allen Grund.«

20

Eine gute Nachricht gab es für Gail Tewkesbury.

Ein Abgleich von Andrew Victors Zahnschema hatte ergeben, dass er nicht der unbekannte Tote war. Ihre Besorgnis um ihn blieb allerdings unvermindert groß, zumal es noch zu früh war, um zu sagen, ob es eine Übereinstimmung von Victors DNA mit dem Herzen gab, das drei Tage nach seinem Verschwinden gefunden worden war.

»Nette Frau«, bemerkte Martinez, als Sam auflegte, nachdem er ihr versichert hatte, dass ihre Besorgnis um ihren Bekannten nach wie vor sehr ernst genommen würde.

»Sehr nett«, gab ihm Sam recht.

»Eine Verbindung weniger zu Cooper«, sagte Martinez.

Dieser spezielle Schwulen-Zusammenhang war damit vom Tisch.

Das hätte Sam bezüglich der Sicherheit seiner Familie vielleicht etwas beruhigen sollen, aber das tat es nicht, denn nach dieser Neuigkeit ließ sich eine polizeiliche Überwachung ihres Hauses nicht mehr so leicht rechtfertigen.

Niemand hatte behauptet, das Dingi mitsamt seinem Inhalt sei rein zufällig an ihrer Anlegestelle vertäut worden, aber der Fundort des zweiten Herzens hatte schließlich in gar keinem Zusammenhang zu ihnen gestanden. Hinzu kam Sams Befürchtung, Grace' sichtliche Nervosität könnte manche Leute davon abhalten, seine Besorgnis so ernst zu nehmen, wie sie es sollten.

Erst recht jetzt, wo die Nachahmer-Theorie an Boden gewann.

Martinez musterte ihn aufmerksam. »Kann ich irgendwas für dich tun, Mann?«

»Schön wär's.«
»Die Streife ist noch immer dort draußen«, sagte sein Freund.
»Vorläufig«, murmelte Sam.

Um kurz vor sechs gab es weitere Neuigkeiten von Ida Lowenstein aus dem Gerichtsmedizinischen Institut.

Eine DNA-Übereinstimmung.

Das zweite Herz – das im Swimmingpool des Fontainebleau gefunden worden war – gehörte zu ihrem unbekannten Toten.

Die Bearbeitung einer DNA-Probe in Miami-Dade dauerte im Allgemeinen ein *ganzes* Stück länger.

»Ich nehme an, Ida hat sich wieder mal für dich ins Zeug gelegt«, sagte Martinez.

Er behauptete ständig, die Dame hätte eine Schwäche für Sam – obwohl sie beide wussten, dass es Doc Sanders selbst war, der beim Labor Druck gemacht hatte, die Sache zu beschleunigen.

Es gab noch keine Leiche für das Herz, das vor dem Haus der Beckets gefunden worden war – diese mögliche DNA-Übereinstimmung steckte noch im Rückstau des Systems.

Und keine weiteren Vermisstenanzeigen, die bei der Identifizierung des unbekannten Toten helfen könnten.

»Ich hasse das!«, stöhnte Sam.

»Ich weiß, was du meinst«, stimmte Martinez ihm zu.

Sie hatten alle ein ungutes Gefühl bei namenlosen Opfern. Niemand konnte um sie trauern, und sie hatten keinen festen Anhaltspunkt, um die Täter zu verfolgen, geschweige denn, dem Verstorbenen Gerechtigkeit widerfahren zu lassen.

Und in diesem Fall mit den verwirrenden, aber wenig überzeugenden Verbindungen zu Cal/Cooper ...

Sam hatte sich nie großen Reichtum gewünscht; er wusste, dass er ein gutes Leben hatte und mit mehr Annehmlichkeiten gesegnet war, als ihm zustanden, dass er alles hatte, worauf es im

Leben wirklich ankam. Familie, Liebe, Gesundheit, ein Zuhause, das er liebte; die Fähigkeit, mitzuhelfen, den Hochzeitstag seines Dads denkwürdig zu gestalten; einen gelegentlichen Luxus wie die Karten für die morgige *Don-Pasquale*-Aufführung, die er schon vor Monaten gekauft hatte. Sam schwärmte für Opern, auch wenn er jetzt schon lange nicht mehr selbst gesungen hatte.

Er war ein Glückspilz, und er wusste es.

Aber ausnahmsweise einmal wäre er gern reich genug gewesen, um jedes Mitglied seiner Familie irgendwohin in Sicherheit zu bringen. Nur so lange, bis sie diesen Killer – Nachahmer oder Cooper – hinter Schloss und Riegel gebracht hatten.

Dann, und erst dann, würde sich Sam ruhig zurücklehnen können.

21

24. April

Am späten Samstagabend, im Trubel einer halbwilden Party in einem Lagerhaus in der NE 2nd Avenue in Wynwood, sah sich der Mann, der eben seine neueste Mission in Angriff genommen hatte, zum ersten Mal in dem Gedränge um sich fuchtelnder Tänzer und Trinker um – und er wusste es.

Sobald sein Blick auf ihn fiel.

Das war, so glaubte er allmählich, sein größtes Talent.

Zu wissen, wen er für seinen Boss auswählen sollte.

Nicht für sich selbst – in der Hinsicht war er noch nie begabt gewesen, aber dem *Mann* schien er es fast jedes Mal recht zu machen, was einer der Hauptgründe war, weshalb er noch immer auf seiner Gehaltsliste stand.

Aber nicht der einzige Grund.

Er nahm einen kräftigen Schluck des lausigen Wodkas, den ihm irgendjemand gereicht hatte, und bahnte sich einen Weg durch das Gedränge.

Blickkontakt war bereits aufgenommen.

Augen waren dem *Mann* sehr wichtig, und die Augen dieses Typen waren nahezu vollkommen. Dunkel. Freundlich. Kühn.

Er war in Stimmung dafür, keine Frage.

»Hey«, sagte er.

»Hey«, erwiderte der andere mit leiser, warmer Stimme.

Schöne Stimmen mochte der Boss auch.

»Gehen wir 'n bisschen raus?«

Gab keinen Grund, noch länger hier herumzuhängen.

Jeden Grund, es nicht zu tun.

»Na klar«, nickte der andere Typ. »Warum nicht?«

Er roch okay, soweit man das in diesem stinkenden Loch mit billigem Parfüm, Körpergerüchen und allem möglichen Rauch überhaupt sagen konnte.

Duft war noch ein Pluspunkt.

»Ich bin Rico«, stellte die Zielperson sich vor.

Irgendwo weiter hinten in dem Lagerhaus gab es einen Knall, und ein paar Frauen kreischten auf, und dann hörte man johlendes Gelächter, und es knallte noch ein bisschen mehr, knisternd, wie ein Feuerwerk vielleicht.

»Hast du einen Namen?«, wollte Rico wissen.

»Du kannst Toy zu mir sagen.«

»Das gefällt mir.«

Aus der Ferne hörten sie Sirenen, die näher kamen.

»Verschwinden wir von hier«, sagte Toy.

Mission, Phase eins: erledigt.

22

25. April

Am Sonntag schlug Grace' Stimmung schmerzlich um.

Die Hochzeit, die Oper, die schönen Ablenkungen waren vorbei, als hätten all die Vorbereitungen und der große Tag selbst und schließlich der Ausgehabend gestern mit Sam eine Art schützende Hülle gebildet, die die pechschwarze Finsternis der Bedrohung fernhielt, die Grace noch immer bedrückend über ihnen spürte.

Ihre ganze Beklemmung war heute wieder da.

Sam arbeitete, ermittelte mit Martinez weiter in dem Mord an dem unbekannten Toten. Sie wusste, wie frustrierend es für die beiden war, im Nebel zu stochern. Und sie wusste auch, dass Sam hinter Cathys und Sauls Einladung zum Mittagessen in ihrer gemeinsamen Wohnung in Sunny Isles Beach steckte. Das ging Grace ein bisschen gegen den Strich; es rief ihr in Erinnerung, dass ihre Nervosität ihren Mann beunruhigte.

Nicht, dass sie nicht gern mit Cathy und Saul zusammen war, und sie war gerührt von ihrer Besorgnis. Aber selbst nachdem sie längst gegessen und noch ein paar Stunden geplaudert hatten, versuchten die beiden ganz offensichtlich, Grace und Joshua bei sich zu behalten, bis Sam nach Hause kam.

»Auf dieses Spielchen lasse ich mich gar nicht erst ein!«, protestierte Grace. »Die Polizei von Bay Harbor fährt noch immer Streife. Und selbst, wenn nicht – ich bin überzeugt, dass ich absolut sicher bin.«

»Dann nimm wenigstens Saul mit«, bat Cathy, »damit er das Haus überprüft.«

»Es würde mich sehr beruhigen«, nickte Saul.

»Du lieber Himmel!«, seufzte Grace. »Das ist so unnötig.«

»Das glauben wir nicht«, widersprach Cathy. »Und Sam bestimmt auch nicht.«

Grace und Sam waren in jeder wichtigen Hinsicht ihre Eltern, aber dennoch hatte Cathy die beiden nie »Mom« oder »Dad« genannt. Ihr leiblicher Vater war ein böser Mann gewesen. Ihre Mutter und ihr geliebter Stiefvater – der erste Mann, der sie adoptiert hatte – waren beide auf entsetzliche Weise ermordet worden. »Mom« und »Dad« hatten für sie einfach zu viele schlechte Konnotationen. Sam und Grace waren Cathys Neuanfang gewesen.

»Na schön«, lenkte Grace jetzt ein.

Sie hatte gesagt, sie würde es ihnen zuliebe tun, aber jetzt fühlte sie sich doch seltsam erleichtert, während sich ihr junger Schwager im Haus umsah, bis er zufrieden war.

»Bist du sicher, dass ich gehen soll?«, fragte Saul, als er fertig war.

»Ganz sicher«, erwiderte Grace.

Sie blickte und klang unbekümmert, selbstsicher und ruhig.

Es hatte schließlich kaum Sinn, Saul in die schlimmsten ihrer Befürchtungen einzuweihen – die, so hoffte und betete sie, hauptsächlich in ihrem Kopf abliefen.

Dass, wenn sie und Joshua nicht wirklich in Sicherheit waren, solange Cooper frei herumlief, *keiner* von ihnen in Sicherheit war.

23

Phase zwei war sogar noch besser abgelaufen.

Das war Toy klar geworden, sobald er das Gesicht des Bosses gesehen hatte.

Der Mann war zufrieden mit der Auswahl dieses Abends, da gab es keinen Zweifel.

Und Toy musste die beiden einander nur noch vorstellen.

Er machte es richtig, etikettemäßig, noch etwas, was er gut beherrschte.

»Tom O'Hagen – das ist Rico.«

Den Boss zuerst, jedes Mal. Immer den Höhergestellten zuerst.

»Hallo, Rico«, sagte der Mann.

Das war der Augenblick gewesen, als Toy sah, wie zufrieden er wirklich war.

»Kann ich Ihnen sonst noch etwas bringen, Mr. O'Hagen?«

O'Hagen hatte den Blick nicht von Ricos Gesicht abgewandt.

»Überhaupt nichts, Toy.«

Womit Phase zwei erledigt war.

Kinderleicht.

Nicht ganz so leicht in seinem Inneren.

In dem Teil von Toy, in dem früher einmal sein Gewissen gewohnt hatte. Dem Teil, der sich einfach davongemacht hatte, nicht lange nachdem er Tom O'Hagen getroffen und seine Seele verkauft hatte.

Nicht unbedingt an den Teufel.

Aber fast mit Sicherheit an seinesgleichen.

Toy konnte es nicht eindeutig wissen – er wusste gar nichts *eindeutig*, nicht darüber, was mit Typen wie Rico passierte, nachdem er sie bei dem Boss abgeliefert hatte.

Nur, dass er sie nie wiedersah.

Wofür er zutiefst dankbar war.

Aber er *wusste* es doch. Wusste, dass Schlimmes mit ihnen geschah.

Phase drei.

Nicht seine Angelegenheit.

Er hoffte, mit allem, was von seiner Seele noch übrig war, dass es dabei bleiben würde.

Es gab Dinge, zu denen Toy bereit war, und Dinge, zu denen er es nicht war.

Er hatte so viel für O'Hagen getan, und er hoffte, noch mehr für ihn zu tun.

Und das nicht nur des Geldes wegen, auch wenn er das verdammt dringend brauchte.

Tom O'Hagen wusste es bestimmt.

Und im Augenblick war ihm die Dankbarkeit des Bosses erst einmal sicher.

Und das war für Toy das Einzige, was wirklich zählte.

24

Am Sonntagabend war Grace noch immer allein.

Sam hatte vor einer Weile angerufen, um zu sagen, er würde es vielleicht nicht vor Einbruch der Dunkelheit nach Hause schaffen, und sie hatte leicht gereizt erwidert, es ginge ihr gut und er hätte keinen Grund zur Beunruhigung.

»Wann hat es mir denn je etwas ausgemacht, nach Einbruch der Dunkelheit allein zu sein?«, hatte sie gesagt. »Außerdem habe ich unseren Sohn und unseren Hund zur Gesellschaft, das heißt, ich bin ja gar nicht allein, oder?«

Was, wie sie wusste, Sam kaum beruhigt hatte angesichts der Tatsache, dass Woody vor knapp zwei Jahren von Jerome Cooper mit Betäubungsmittel versetztes Fleisch angenommen und damit dem Killer den Weg freigemacht hatte, Joshua zu entführen.

Das konnten sie beide nur schwer vergessen.

Dennoch hatte sie durchaus ruhig in ihrem Büro gearbeitet, hatte sich einen kleinen Snack – Cheddar mit Kräckern – gemacht, und abgesehen davon, dass sie alle Viertelstunde – an der Grenze zum Zwanghaften – hochging, um nach Joshua zu sehen, ging es ihr wirklich gut.

Bis sie die Geräusche hörte.

Wie ein Schlurfen, nicht im Haus, aber irgendwo in der Nähe – einmal schien es hinter dem Haus zu sein, dann wieder neben dem Haus –, unheimliche Geräusche, aber sie konnte einfach nicht heraushören, *woher* genau sie kamen.

»Woody?« Sie sah auf den Hund zu ihren Füßen.

Nicht einmal ein aufgestelltes Ohr, geschweige denn ein Knurren.

»Okay.«

Sie ging hoch, um noch einmal nach Joshua zu sehen, und wieder hinunter an ihren Schreibtisch.

»Okay«, wiederholte sie. »Entspann dich.«

Sie hörte es wieder.

»Komm mit, Junge!«, sagte sie zu Woody.

Das Telefon in einer Hand, den kleinen Hund an ihren Fersen, ging sie noch einmal langsam durchs Haus, überprüfte jedes Fenster, verriegelte die Vorder- und die Hintertür zweimal und schaltete die Außenbeleuchtung an, um sich umzusehen.

Nichts. Niemand.

Sie *hasste* es, sich so zu fühlen, war in der Vergangenheit nie so gewesen.

Genügend Grund dafür gab es weiß Gott, aber deswegen hasste sie das Gefühl nicht weniger.

Ein neues Geräusch.

Der Saab, der in die Auffahrt einbog.

Pure Erleichterung durchströmte sie, dann eine Art Frustration, fast Wut.

»Das bin doch nicht ich«, murmelte sie.

Und dann ging sie hinaus, um ihren Ehemann zu begrüßen.

25

26. April

Am Montagmorgen um zwanzig nach sieben, zwei Meilen östlich des Baker's Haulover Cut, als Ron Emett eben von seinem Pontonboot getaucht war, um herauszufinden, was mit seinem Danforth-Anker los war, tauchte er keuchend und kreidebleich wieder auf.

»Ruf die Cops!«, brüllte er zu seiner Frau Rachel hoch.

»Was ist passiert?« Sie beugte sich über die Bootswand, streckte eine Hand aus, um ihm hochzuhelfen, während er hektisch wieder an Bord zu klettern begann. »Was hat der Anker denn?«

»Was der Anker hat?«, keuchte er. »Das ist eine *Leiche*, die an ihm hängt.«

Gottverdammtes Fleisch und Knochen, um einen der Flügel verheddert.

Ron Emett war noch nie so schlecht gewesen.

»Ruf einfach die Cops und bleib auf diesem Boot«, sagte er zu Rachel. »Du willst lieber nicht sehen, was ich eben gesehen habe, Schatz. Niemals.«

*Nie*mals.

Sie kamen in Scharen.

Nicht nur die Cops und Sam und Martinez und die Spurensicherung und Doc Sanders und mehr Angehörige des Medienzirkus, als jeder von ihnen seit Langem gesehen hatte. Sondern auch eine ganze Menge kleiner privater Boote, dazu eine Horde Schaulustiger mit Ferngläsern an den Stränden, die sich von den Sturmwarnungen für diesen Tag nicht abhalten ließen. Wie zum

Teufel sich die Sache so schnell herumgesprochen hatte, das war Sam schleierhaft, aber es war im Grunde auch egal. Denn es gab und würde für die Leute nicht viel zu sehen geben, denn die Überreste dieses armen Menschen würden unter Verschluss bleiben, bis der Gerichtsmediziner so weit war, auf dem Festland mit seiner Untersuchung zu beginnen.

Und die Detectives selbst würden im Grunde ebenfalls nur Wasser treten, bis Elliot Sanders ihnen irgendetwas zu sagen hatte.

Was Tage oder Wochen dauern konnte.

Und vielleicht war es ja eine Art perverses Wunschdenken, oder vielleicht war es eine von Sam Beckets berühmten Ahnungen – unlogisch angesichts der Tatsache, dass das hier jeder sein konnte: ein einsamer Segler, der über Bord gegangen war, oder ein Betrunkener oder ein Schwimmer, der in einen Strudel geraten war, wo ihm niemand helfen konnte. *Jeder*.

Aber Sam wusste, dass das Opfer jemand anders war.

Er wusste es einfach.

26

28. April

Er hatte recht.

Und diesmal gab es eine schlechte Nachricht für Gail Tewkesbury, unter anderem, denn sie hatten eine Übereinstimmung.

Die Leiche, die unter Ron und Rachel Emetts Pontonboot hängen geblieben war, war die von Andrew Victor, Miss Tewkesburys Mitbewohner und Freund.

Wie bei der ersten Leiche – die noch immer ein Unbekannter war – fehlte auch diesem armen Burschen das Herz, ganz zu schweigen von mehreren Fingern, Zehen und anderen Teilen seiner Anatomie, dank der Natur und der Aasfresser des Meeres.

Aber er hatte noch immer seine Zähne, die eine völlige Übereinstimmung mit Victors Zahnschema ergaben.

Was hieß, dass Sam und Martinez und der Rest des Einsatzteams es jetzt mit einer ausgewachsenen Mordermittlung zu tun hatten.

»Kein klarer Hinweis auf zerkratzte Haut«, erläuterte Lieutenant Alvarez bei einer Teambesprechung. »Und das Herz ist nicht Coopers Handschrift, soweit wir wissen.«

»Aber Andrew Victor war ein schwuler Afroamerikaner, der nach South Beach ging, um Sex zu haben. Und er wurde vermutlich mit einem Nylonfaden von hinten erdrosselt, was ihn alles zu einem Kandidaten für Cooper macht«, entgegnete Sam. »Und nein, sein Herz war nicht das, das in ein Dingi gesteckt und vor meinem Haus vertäut wurde, aber diese Botschaft war genauso persönlich wie Coopers Nachricht an mich im letzten März.«

»Irgendeine Ahnung, warum er dazu übergegangen sein könnte, Herzen herauszuschneiden?«, fragte Joe Sheldon.

»Weil er der kränkeste Scheißkerl ist, mit dem wir es je zu tun hatten«, brummte Martinez.

Sam zuckte mit den Schultern. »Vielleicht wird sich ja herausstellen, dass es nur um schwarze Herzen geht. Cal war schon immer ein Exhibitionist.«

»Und vielleicht zerkratzt er seinen Opfern heutzutage nicht mehr die Brust«, sagte Martinez, »aber ich möchte wetten, dieser Irre geißelt sich immer noch selbst.«

»Es gibt nur eine Möglichkeit, das zu beweisen«, stellte Sergeant Riley fest. »Ihn finden.«

Die oberste Aufgabe des Einsatzteams.

Die niemand dringender erledigen wollte als Sam Becket.

Als er an diesem Morgen aufgewacht war, war ihm noch etwas anderes durch den Kopf gegangen.

Ihr Zuhause war nicht sicher genug, seine Frau war noch immer nervös, auch wenn sie es nicht zugab, und Tatsache war, keiner von ihnen konnte sich wirklich sicher fühlen, solange Cooper frei herumlief.

Zeit, etwas zu unternehmen.

Er rief Grace an, kurz bevor er und Martinez zur Wohnung von Gail Tewkesbury aufbrachen.

»Ich will, dass wir alle zu Dan und Claudia ziehen, bis wir wissen, dass die Lage sicherer ist. Cathy und Saul auch.«

Sicherheit und Familie, alles unter einem Dach.

Erschien ihm logisch.

»Sam, das können wir nicht tun.« Grace war völlig aufgelöst. »Wir können uns ihnen nicht aufdrängen.«

»Ich habe vor einer Stunde mit Dan gesprochen. Claudia und er sind auf jeden Fall dafür.«

»Ihr habt alle schon darüber geredet?« Sie spürte Ärger in sich aufsteigen.

»Gracie, sei nicht sauer! Ein einziges Gespräch, vor einer Stunde.«

Sie schüttelte den Kopf. »Aber warum jetzt? Ich meine, ich weiß, dass man diesen armen Menschen gefunden hat, aber was hat sich dadurch geändert?«

»Nichts hat sich geändert«, erklärte er. »Aber es deutet noch immer zu viel darauf hin, dass Jerome wieder da ist, und das ist ein Risiko, das ich nicht eingehen will.«

Ihre Wut war verraucht, ersetzt von einem mulmigen Gefühl.

»Du meinst, das war er letzte Woche in dem Partygeschäft«, vermutete sie.

»Ich weiß es nicht, aber ich denke, ich bin einfach nicht gewillt, das Risiko einzugehen, dass er es gewesen sein könnte«, sagte er. »Und du kannst nicht leugnen, dass das Haus deiner Schwester ein weitaus netterer Vorschlag ist als irgendein Hotelzimmer.«

»Darum geht es nicht.«

»Ich würde sagen, genau darum geht es.«

Daniel Brownleys Sicherheitssystem war so aufgebaut, dass jeder Bewohner des Hauses jeden Teil von Névé, innen und außen, von mehreren Standorten aus überprüfen konnte. Die raffinierten Baumaterialien, hauptsächlich aus Komfortgründen verwendet, konnten auch genutzt werden, um bei potenziellen Einbrechern den Eindruck zu erwecken, das Haus sei bewohnt, wenn es leer stand. Und die Alarmanlage war mit dem Polizeirevier von Key Biscayne und einer privaten Sicherheitsfirma verbunden.

Das Haus war alles, was Sam und Grace für gewöhnlich hassten.

Aber die Zeiten waren nicht gewöhnlich.

»Ich werde dich oder unseren Sohn nicht noch einmal schutzlos allein lassen«, sagte Sam bestimmt. »Und dasselbe gilt für Cathy und Saul.«

»Wir könnten unser eigenes Haus sicherer machen«, schlug Grace vor.

»Ist es das, was du willst?«

Grace schwieg einen Augenblick. Sie stellte sich Alarmanlagen und Gitter an ihren Fenstern vor und hasste die Vorstellung, genau wie er es vermutet hatte.

»Gibt es noch irgendetwas, was du mir nicht gesagt hast?«, fragte sie. »Irgendwelche Drohungen?«

»Es gibt nichts, was ich dir nicht gesagt habe«, gab er zurück. »Das ist nur gesunder Menschenverstand.«

Sie brauchte noch einen Augenblick.

»Was ist mit dem Kindergarten?«

»Wir behalten Joshua bei uns, bis das alles ausgestanden ist«, erklärte Sam.

Noch eine Pause.

»Was soll ich jetzt tun?«

»Pack unsere Sachen, schließ das Haus ab, hol Joshua ab und fahr zu deiner Schwester.«

»Ich habe heute Nachmittag zwei Patienten«, bemerkte Grace.

»Sind es Notfälle?«

Sie dachte über die Fälle nach: ein Achtjähriger und ein junger Teenager. Beiden ging es so weit gut, keiner war in einer Krise.

»Ich kann sie verschieben. Was ist mit Cathy und Saul?«

»Überlass die beiden mir.«

Grace musterte ihn skeptisch. »Du weißt schon, dass du mir jetzt Angst machst.«

»Das will ich nicht«, erwiderte ihr Mann. »Genau darum geht es doch.«

27

Gail Tewkesbury war tief erschüttert, aber sie war noch immer genau die intelligente, klarsichtige Person, die Sam und Martinez brauchten, um ihnen zu helfen. Sie blieb ruhig und kooperativ, während die Ermittlungsmaschinerie um sie herum anlief. Sie bot den Detectives Kaffee und Wasser an und begann dann noch einmal von vorn, ihnen alles über Andrew Victor und die Freundschaft, die sie ursprünglich bei der Starr Banking Corporation geschlossen hatten, zu berichten.

Er war, wie sie ihnen jetzt enthüllte, gefeuert worden, nachdem er dreimal wegen Zuspätkommens verwarnt worden war und zuletzt seinen Vorgesetzten beschimpft hatte.

»Er konnte so seine Launen haben, aber er war trotzdem der netteste Mann, der mir je begegnet ist«, erzählte Gail im Wohnzimmer. »Egal, ob ich bei irgendetwas Hilfe brauchte oder krank war oder einfach nur einen schlechten Tag hatte – Andy war immer für mich da, und ehrlich gesagt hatte ich ihn aufgrund seiner Schwächen vielleicht erst recht ins Herz geschlossen.« Sie zuckte schmerzerfüllt die Schultern. »Ich sagte Ihnen ja bereits, dass er behauptete, ich würde ihn manchmal ein bisschen bemuttern, aber das hatte er gern – vielleicht, weil seine eigene Mom nicht gerade einfach war.«

»Wie viel hat er Ihnen über seine Familie erzählt?«, fragte Sam.

»Nur, dass es nicht allzu gut lief, als er sein Coming-out hatte. Sein Dad wurde wütend, und seine Mom wohl hauptsächlich verlegen. Er sagte, sie seien beide erleichtert gewesen, als er wegzog.«

»Seine Schwester Anne fliegt heute her«, informierte Martinez sie.

»Ich weiß«, nickte Gail. »Sie hat mir gleich eine SMS geschickt. Ich habe sie nie kennengelernt, aber ich nehme an, sie muss völlig aufgelöst sein. Es hat Andy so viel bedeutet, dass sie die Verbindung zu ihm aufrechterhielt.« Sie schwieg einen Augenblick. »Meinen Sie, Sie könnten dafür sorgen, dass sie das erfährt? Nur für den Fall, dass ich sie nicht kennenlerne.«

»Ich nehme an, das werden Sie«, sagte Sam.

»Wir werden es ihr trotzdem sagen«, versprach Martinez.

Andrew Victors Schlafzimmer förderte nichts weiter zu Tage, was von offensichtlicherem Interesse war als in der Woche zuvor, als sein Bewohner noch ein Vermisster und kein Mordopfer gewesen war.

Keine Liebesbriefe, kein Versteck mit Fotos, erotischen oder anderen. Keine illegalen Drogen, keine rezeptpflichtigen Medikamente, die man hätte missbrauchen können. Keine Briefe mit Drohungen oder auch nur Vorwürfen von Liebhabern, derzeitigen oder verflossenen. Nur das ordentlich aufgeräumte Zimmer eines jungen Mannes, den seine Vermieterin und Freundin für einen »absolut süßen Typen« hielt.

»In seinem Papierkorb ist nichts«, sagte Sam zu Gail. »Haben Sie ihn ausgeleert?«

Sie schüttelte den Kopf. »Das muss Andy getan haben, bevor er ausgegangen ist.«

Die Müllabfuhr war seitdem längst da gewesen.

Sie suchten genauer, aber sie fanden kein Handy oder Adressbuch. Sie nahmen sich den Terminkalender, den sie beim letzten Mal nur flüchtig durchgesehen hatten, mit den wenigen Namen, denen sie nachgehen konnten, aber kaum etwas sonst, was ihnen weiterhelfen könnte; Termine, die ein Date oder vielleicht sogar eine mögliche sexuelle Begegnung gewesen sein konnten oder auch nicht, aber ohne hilfreiche Anmerkungen, weder im Vorfeld noch im Nachhinein. Und es gab nur die vergangenen vier Monate zu überprüfen, da ein Terminkalender des vergangenen Jahres bislang noch nicht aufgetaucht war.

»Kein ›Liebes-Tagebuch‹-Typ«, bemerkte Martinez.

»Umso schlimmer«, sagte Sam.

Selbst wenn sie irgendwelche der auf diesen Seiten erwähnten Männer ausfindig machen sollten, würden sie sich vermutlich als irrelevant für die Ermittlung erweisen. Denn es war eher anzunehmen, dass Andrew Victor seinem Mörder auf der Straße oder an einem Strand oder auf einer privaten Party oder in einem Nachtclub über den Weg gelaufen war – eine Begegnung, die, wo immer sie stattgefunden hatte, dem armen Andy keine Möglichkeit gegeben hatte, den Namen der Person in seinem Terminkalender festzuhalten.

Sie setzten sich wieder zu Gail, gingen jeden einzelnen Eintrag mit ihr durch, aber sie war ihnen zuvorgekommen und hatte bereits selbst eine Liste mit Namen erstellt.

»Das sind nach meiner Erinnerung alle, die Andy je erwähnt hat.« Sie reichte ihnen die Liste. »Auch wenn ich vermutlich ein paar Leute vergessen habe – mein Gehirn ist nur noch Brei.«

»Kein Wunder.« Sam warf einen Blick auf ihre Liste. »Das ist gut.«

Sie hatte ihnen mehr als nur Namen geliefert. Beziehungen zu dem Verstorbenen, soweit sie ihr bekannt waren, standen in Druckbuchstaben neben jedem Namen, zusammen mit Telefonnummern und mutmaßlichen, möglichen Adressen.

»Das ist mehr als gut«, sagte er einen Augenblick später.

»Nur dass ich mir nicht vorstellen kann, dass einer von ihnen irgendetwas nützen könnte«, erklärte Gail bekümmert. »Ich meine – wie soll denn der Typ, von dem Andy sagte, er würde bei einer Videothek neu erschienene DVDs für ihn zurücklegen, helfen, diesen Menschen zu finden, seinen . . .?«

Sie brach ab, außerstande, das Wort auszusprechen.

Sie ließen ihr ein paar Augenblicke Zeit.

»Soll ich Ihnen vielleicht einen Tee machen?«, bot Martinez an.

Sie schüttelte den Kopf. »Es geht schon.«

»Kommen wir noch einmal zurück zu seinem Lebensstil, den Sie letztes Mal erwähnten«, bat Sam.

»Ja.« Ihr Tonfall war leise, trauriger als je zuvor.

»Sie erwähnten Clubs und den Strand.«

»Ich weiß noch immer nicht, welche Clubs.«

»Ist Ihnen sonst noch irgendetwas eingefallen?«

»Manchmal ist er auf Partys gegangen«, sagte Gail.

»Partys von Freunden?«

»Eher nicht. Diese offenen Partys, nehme ich an – er sagte, er würde im Internet davon erfahren, in Chatrooms vielleicht.« Ihr Blick huschte hinüber zu ihrem VAIO-Notebook, das auf einem Schreibtisch in der Ecke stand. »Wie ich Ihnen schon sagte, er hat manchmal meinen Laptop benutzt – Sie können ihn sich gern ansehen oder auch mitnehmen, wenn Sie müssen.«

Martinez beugte sich vor, sah sie mit seinen dunklen Augen gebannt an. »Hat Andy je irgendwelche bestimmten Chatrooms erwähnt?«

»Oder irgendwelche Webseiten, an die Sie sich erinnern können?«, ergänzte Sam.

»Ich glaube nicht«, sagte Gail. »Aber ich nehme an, wenn er welche besucht hat, dann könnten sie noch immer im Cache sein.«

Gleich bei ihrer Ankunft hatten Sam und Martinez ihr erklärt, dass ein Durchsuchungsbefehl sich auch auf Gails Privatsphäre und ihr Eigentum erstrecken würde. Die junge Frau aber wollte den Cops sowieso helfen, so gut sie konnte, auch ohne schriftliche Anordnung. Sam hatte sie dann wissen lassen, wie unverzichtbar es war, Durchsuchungsbefehle selbst in den Fällen einzuholen, in denen ein Einverständnis gegeben worden war.

Denn kaum etwas war zermürbender für einen Cop, als mit ansehen zu müssen, wie stichhaltige Beweise aufgrund eines Formfehlers vor Gericht nicht verwendet werden konnten.

»Haben Sie sonst noch irgendwelche Geräte, die er mitbenutzt hat?«, erkundigte sich Martinez.

Sie schüttelte den Kopf.

»Ihr Handy?«, fragte Sam.

»Er hatte sein eigenes iPhone.« Sie lächelte. »Letzten Monat sind wir zusammen zum Apple Store in der Lincoln Road gefahren, weil ich mir überlege, mir ein iPad zuzulegen, aber Andy hat so heftig mit einem der Genius-Typen dort geflirtet, dass er kaum Augen für irgendetwas anderes hatte.« Wieder begannen ihre Augen zu tränen. »Entschuldigung.«

»Nicht doch!«, sagte Martinez beruhigend. »Sie machen das sehr gut.«

Sam wartete einen Moment, bevor er fortfuhr. »Haben er und dieser Genius-Typ danach Kontakt aufgenommen?«

Gail schniefte. »Ausgeschlossen!«

»Sind Sie sicher?«

»Er war hetero«, erklärte Gail. »Andy sagte, es sei ein Jammer.«

Wieder verriet ihr Blick tiefe Traurigkeit.

Sie beließen es dabei; sie wussten, dass sie an diesem Tag nichts mehr aus ihr herausbekommen würden. Aber Sam bat sie – obwohl er wusste, dass es unnötig war, da die junge Frau auf absehbare Zeit ohnehin nicht viel anderes tun würde –, weiter nachzudenken, sich vergangene Gespräche durch den Kopf gehen zu lassen, kleine, alltägliche Begebenheiten.

»Man kann nie wissen, wann irgendetwas Belangloses zu irgendetwas führt.«

Gail schniefte. »Sie meinen, irgendwo in meinem Hinterkopf könnte ein Hinweis versteckt sein?«

»Das kommt vor«, nickte Martinez.

Ihre Miene schien sich für einen Moment zu verändern, und eine Furche zog sich über ihre Stirn. »Ich glaube nicht...«

»Schießen Sie los!«, nickte Sam.

Sie schüttelte den Kopf. »Es kommt mir so egoistisch vor, es auch nur zu denken – aber ich bin eben erst auf die Idee gekommen, dass ich vielleicht selbst irgendwie in Gefahr schweben könnte.«

»Ich würde sagen, das ist nicht sehr wahrscheinlich.«

»Es sei denn«, merkte Martinez an, »Sie glauben, Sie könnten den Mörder kennen.«

Sie waren schon an der Tür und im Begriff zu gehen, aber gern bereit, ihr noch eine Stunde oder mehr zu geben. Es wäre auch nicht das erste Mal, dass ein unschuldiger Nachgedanke sie zu etwas Brauchbarem führte.

»In gewisser Weise wünschte ich das«, sagte Gail. »Glauben Sie mir, wenn ich auch nur die leiseste Ahnung hätte, würden Sie es längst wissen.«

Sam glaubte ihr.

Obwohl er die Worte irgendeines Fremden schon lange nicht mehr für bare Münze nahm.

Die Lektionen des Lebens waren zu hart gewesen.

Und man musste ein verdammter Idiot sein, sie nicht zu befolgen.

28

Am Nachmittag nahm er sich eine Stunde frei, um Cathy von der Universität abzuholen und sie zurück nach Sunny Isles Beach zu fahren, wo Saul in ihrer Wohnung auf sie wartete.

»Tatsache ist«, erklärte Sam den beiden, »bis Jerome Cooper entweder hinter Schloss und Riegel ist oder auf einem Tisch im Leichenschauhaus liegt, will ich, dass meine Familie besondere Maßnahmen ergreift.«

»Das heißt, wir ziehen jetzt alle zu Claudia?«, fragte sein Bruder.

Sam nickte. »Das ist im Grunde ideal, und Dan und Claudia haben gesagt, dass sie sich sehr darüber freuen.«

»Ich mich nicht!« Cathy runzelte die Stirn. »Ich gehe in North Miami aufs College.«

»Ich werde dich hinfahren und abholen«, versprach Saul.

»Na toll. Mit deinem entzückenden Pick-up.«

»Snob!«

»Was ist mit deiner Werkstatt?« Cathy wurde ernst. »Da bist du ja wohl überhaupt nicht sicher.«

»Ich werde mir ein neues Schloss kaufen.«

»Mir wäre es lieber, du würdest dir Urlaub nehmen«, mischte Sam sich ein.

Saul schüttelte den Kopf. »Ich habe einen Auftrag zu erledigen, und mit dem kann ich nicht umziehen.« Er dachte einen Augenblick nach. »Aber bei einem der größeren Teile könnte ich ein bisschen Hilfe von Hal gebrauchen. Vielleicht wäre der Zeitpunkt dafür jetzt ideal.«

»Hal hat nicht unbedingt das Zeug zum Bodyguard«, warf Cathy ein.

Hal Liebmann war ein Kumpel von Saul, den er schon lange kannte.

Saul lachte. »Er ist hart genug.«

»Solange du sicherstellst, dass du nie allein bist«, betonte Sam. »Und für dich gilt dasselbe«, sagte er an Cathy gewandt. »Grace und ich sind nicht allzu glücklich damit, dass du aufs College gehst.«

»Ich werde immer in der Gruppe bleiben«, versprach sie. »Ich bin nicht so dumm, ein Risiko einzugehen.«

»Ich weiß. Aber vorläufig werden wir alle auf Key Biscayne wohnen, okay?«

»Meinetwegen«, lenkte Cathy ein.

»Das könnte witzig werden«, grinste Saul.

Sam erhob sich. »Dann lasse ich euch zwei jetzt packen.«

»Sollen wir zusammen hinfahren?«, schlug Saul vor.

»Ehrlich gesagt, würde ich lieber meinen eigenen Wagen nehmen«, sagte Cathy. »Nimm's mir nicht übel.«

»Mir wäre es lieber, ihr würdet zusammen fahren«, mischte Sam sich noch einmal ein.

»Meinst du wirklich, Cooper könnte einen Anschlag gegen uns verüben?«, fragte Cathy.

»Ich bezweifle es.«

»Du bist einfach glücklicher, wenn du uns alle unter einem Dach hast«, stellte Saul fest.

»Ich werde glücklicher sein«, sagte Sam, »wenn das alles vorbei ist.«

29

Als Anne Dover – Andrew Victors zweiunddreißigjährige Schwester – um kurz nach sechs am Flughafen Miami International landete, warteten Sam und Martinez auf sie.

Das war nicht ihre übliche bevorzugte Vorgehensweise. Sie ließen trauernden Angehörigen, sofern möglich, lieber wenigstens eine kurze Atempause, bevor sie sie mit allen möglichen quälenden Fragen bestürmten. Aber Mrs. Dover hatte erst mit Lieutenant Alvarez und dann mit Sam gesprochen und klargestellt, sie wolle ihnen, wenn möglich, gern behilflich sein, sobald sie gelandet sei.

Und Tatsache war, sie würden ihren ersten unbekannten Toten vielleicht niemals identifizieren können, da das leider verdammt oft passierte. Was hieß, dass sie jedes Detail von jedem Menschen brauchten, den sie in Andrew Victors Leben finden konnten.

Sie sah älter aus, als sie war, in einem schwarzen Kostüm und mit einem kleinen Hut, wie eine Frau aus den Fünfzigerjahren, fand Sam. Er fragte sich, ob sie ihn sich vielleicht von ihrer Mutter geborgt hatte, der Frau, die – nach Gail Tewkesburys Worten – ihrem Sohn das Gefühl gegeben hatte, er sei ihr peinlich.

»Bitte seien Sie nicht nett zu mir«, waren Anne Dovers erste Worte an die beiden Detectives. »Das habe ich nicht verdient, und eigentlich will ich es auch gar nicht, wenn Sie nichts dagegen haben.«

»Wenn Sie nichts dagegen haben«, erwiderte Sam, »ich denke, es wird uns schwerfallen, nicht nett zu Ihnen zu sein.«

Anne Dover lächelte matt. »Tun Sie einfach Ihr Bestes.«

»Das werden wir, Ma'am«, nickte Martinez.

Sie wollten sie zu ihrem Hotel in der Innenstadt bringen, aber sie wollte lieber sofort mit ihnen reden, daher gingen sie ins Starbucks im Terminal, und sie erklärte ihnen ohne Vorrede den Grund ihrer Scham.

»Für unsere Eltern war es ein schwerer Schlag, zu erfahren, dass Andy schwul war«, sagte Anne. »Ich weiß, dass er immer hoffte, das würde sich mit der Zeit ändern, aber dazu kam es nie. Unser Vater war wütend darüber – als wäre es etwas, was Andy hätte ablegen können, wie seine Kleider –, aber unsere Mutter schien es gesellschaftlich untragbar zu finden, was mir immer weitaus schlimmer erschien.« Sie schüttelte den Kopf. »Ich selbst war schlimmer als sie beide.«

Sam und Martinez warteten, während Anne Dover ihren Kaffee umrührte, aber sie schwieg, in einer anderen Welt versunken.

»Was haben Sie denn getan?«, fragte Sam schließlich.

»Nichts«, gestand sie. »Gar nichts.«

»Gail, die Bekannte Ihres Bruders, sagt, Sie hätten die Verbindung zu ihm aufrechterhalten. Sie sagt, das hätte Andrew viel bedeutet.«

»Das ist nett von ihr.«

»Ich würde sagen, sie hat es durchaus ernst gemeint.«

»Dann ist es mehr, als ich verdient habe.« Anne Dover holte einmal tief Luft. »Nun, meine Herren, dann sagen Sie mir, was kann ich jetzt noch für meinen Bruder tun? Wenn alles zu spät ist. Ich nehme an, Sie wissen nicht, wer ihm das angetan hat?«

Sam beugte sich über den Tisch vor. »Wie viel hat er Ihnen über sein Leben erzählt?«

»Nicht viel. Aber ich habe seine Briefe mitgebracht, für den Fall, dass vielleicht irgendwo etwas steht, was Ihnen weiterhelfen könnte.« Sie griff nach unten und klopfte auf ihren schwarzen Rollkoffer. »Ich dachte, ich würde sie mir auf dem Flug vielleicht ansehen, aber ich musste feststellen, dass ich das nicht konnte.«

»Dafür ist immer noch Zeit«, sagte Sam.

»Ich glaube auch nicht, dass darin irgendetwas steht«, fuhr sie fort. »Ich kann mich nicht erinnern, dass er mir je erzählt hat, dass irgendetwas Schlimmes passiert war – außer damals, als er von der Bank gefeuert wurde. Wussten Sie davon?«

»Ja«, nickte Martinez.

»Das hat Andy so mitgenommen«, erinnerte sich seine Schwester. »Aber er hat die Schuld niemandem außer sich selbst gegeben. Er war nie nachtragend.«

»Haben Sie sich oft gesprochen?«, fragte Sam.

»Ich habe ihn vielleicht einmal im Monat angerufen. Andy freute sich immer, von meinen Kindern zu hören – zwei Jungen und einem Mädchen –, von dem Zuhause meines Mannes, wie wir uns um sie kümmerten.«

»Ihr Bruder hatte ein Foto von Ihnen allen in seinem Zimmer.«

Sie nickte. »Ich nehme an, Sie haben seine ganzen Sachen bereits durchgesehen.«

»Wir hatten leider keine andere Wahl«, sagte Martinez.

»Ich weiß.« Anne Dover sah traurig aus. »Ich glaube nur, Andy hätte das gehasst.«

Sie hatte ihnen nichts Brauchbares mitzuteilen, aber sie versprach, sich Tag und Nacht zur Verfügung zu halten, solange sie in Miami war. Ihre Eltern, berichtete sie, hätten nicht vor, herzufliegen, und sie würde Vorkehrungen treffen, um ihren Bruder nach Hause zu überführen, sobald die Formalitäten es zuließen.

Sie lehnte ihr Angebot ab, sie in die Stadt mitzunehmen, entschuldigte sich dafür, dass sie bislang offenbar keine große Hilfe war, und bat die beiden, sie über die Ermittlungen auf dem Laufenden zu halten.

»In Sack und Asche zu gehen ist eben nicht jedermanns Art«, bemerkte Sam, als sie zurück zum Wagen gingen.

»Meinst du?« Martinez verdrehte die Augen.

»Aber ich nehme an, ihr Schmerz ist echt.«

»Echter Schmerz«, murmelte Martinez.

30

Um kurz nach halb neun war die Luft noch immer mild, als Sams alter Saab durch Névés stählernes Sicherheitstor tuckerte und die Auffahrt in Licht erstrahlte.

Grace' Toyota und Cathys Mazda – doch nicht Sauls Dodge-Pick-up – standen neben den anderen Familienautos, und die Haustür ging bereits auf, und Mike, Grace' älterer Neffe – ein athletischer, gut aussehender Siebzehnjähriger –, tauchte mit einem einladenden Lächeln auf.

Sie waren eine warmherzige, natürliche, lockere Familie, und doch war ihre Haustür aus massivem Stahl, verborgen hinter einer schneeweißen Fassade mit biometrischem Fingerabdruck-Zugangssystem. Und obwohl, weiß Gott, Sicherheit genau das war, wonach sich Sam im Augenblick für seine eigene Familie sehnte, hatte er sich doch mehr als einmal darüber gewundert – und über diesen sanftmütigen Architekten, der sich solch fast paranoide Umstände gemacht hatte.

»Hey«, sagte Mike. »Brauchst du Hilfe?«

»Hey du.« Sam nahm seine Tasche aus dem Kofferraum. »Nicht nötig, danke. Wie kommt ihr mit all dem zurecht?«

»Es ist toll, euch hierzuhaben!«, grinste Mike. »Alle sind draußen hinterm Haus. Dad grillt.« Er ging voran ins Haus, und die Tür schloss sich mit einem sanften Geräusch und schnappte dann hinter ihnen ins Schloss. »Mom lässt fragen, ob du dich erst frisch machen oder gleich ein Bier trinken willst?«

Sam grinste zurück. »Ein Bier, keine Frage!«

Er hatte bis zum Morgen frei; Cutter und Sheldon übernahmen die Spätschicht und würden anfangen, ein paar der Nachtclubs in

South Beach abzuklappern, die jemand wie Andrew Victor – ein »risikofreudiger Typ«, nach Gail Tewkesburys Worten – am Samstag, dem 9. April, vielleicht am letzten Abend seines Lebens, aufgesucht haben könnte.

Sam ließ seine Tasche zusammen mit diesen Gedanken fallen und folgte Mike durch das riesige, offene Wohnzimmer, das den Großteil des Erdgeschosses einnahm. Sie gingen zum erhellten rückwärtigen Teil des Hauses und der weitläufigen Fläche mit Terrasse und Veranda, Pool und Grillbereich. Daniel und sein jüngerer Sohn Robbie – ein Fünfzehnjähriger, der hauptsächlich fürs Essen und seinen elektronischen Schnickschnack lebte – waren dort mit »Achtung, Männer beim Kochen«-Schürzen bei der Arbeit.

»Hi, Leute!«, rief Sam in die Runde. Prompt kam Woody mit Ludo angetrottet, dem dreibeinigen Spaniel, den die Familie im vergangenen Jahr in Seattle gerettet hatte.

»Du hast es geschafft!« Grace, sichtlich entspannt in Jeans, erhob sich von ihrem Liegestuhl und kam, um ihm einen Kuss zu geben. »Joshua schläft oben, er ist völlig erschöpft davon, so verwöhnt zu werden, seit wir hier angekommen sind.«

»Hey, Bruderherz«, begrüßte Saul ihn von einem anderen Liegestuhl.

Mike brachte ihm sein Bier, und Sam bedankte sich und bahnte sich dann einen Weg zu ihrem Gastgeber und umarmte ihn und Robbie.

»Danke scheint mir nicht genug für all das hier, Dan«, sagte er.

»Mehr als genug«, versicherte ihm Daniel.

Sam betrachtete den hochgewachsenen, kantigen, grünäugigen, bebrillten Mann, ein bisschen gebeugt vom jahrzehntelangen Grübeln über Zeichenbrettern, aber noch immer umtriebig und vital und über die Maßen freundlich, und er dachte wieder, wie froh er und Grace waren, dass Daniel und Claudia ihre schlechte Phase vor ein paar Jahren überwunden hatten.

»Falls du dich fragst, wo eure Tochter ist«, sagte Daniel. »Sie hilft Claudia in der Küche und sieht entzückender aus denn je.«

Sam schmunzelte. »Sie ist sehr glücklich an der Uni. Gott sei Dank!«

Sein Schwager nickte. »Sie hat alles Glück verdient, das sie kriegen kann.«

Grace begleitete ihn nach oben – über eine Treppe aus Stahl und Glas, die von innen sanft beleuchtet war –, um Sam das Gästezimmer zu zeigen, das gemütlicher aussah als jedes Hotelzimmer, in dem sie je abgestiegen waren.

»Cathy wird unten in einem anderen Gästezimmer mit einer eigenen Dusche schlafen«, erklärte sie. »Saul teilt sich ein Zimmer mit Mike, und Joshua ist bei Robbie untergebracht.«

Sam überprüfte das Zimmer, verstaute seine Waffe und das Holster in einer Nachttischschublade. »Ich dachte, er würde bei uns schlafen.«

»Robbie wollte ihn unbedingt bei sich haben«, lächelte Grace, »aber wir können ja immer noch umdisponieren, wenn irgendjemand unzufrieden ist.«

Sie kam ins Bad, während er duschte. »Wir müssen über meine Patienten reden.«

»Ich dachte, du bestellst sie hierher«, sagte Sam, während er nach einem Handtuch griff.

»Das kann ich nicht tun«, widersprach sie. »Es ist zu weit draußen, und die Privatsphäre meiner Patienten wäre nicht gesichert, bei so vielen Leuten, die hier kommen und gehen. Ganz zu schweigen von den Unannehmlichkeiten für Claudia und Dan.«

Sam ging zurück ins Schlafzimmer und wühlte in seiner Tasche nach Shorts und einem T-Shirt. »Was hast du also vor?«

»Hausbesuche?«

»Nicht sicher genug.« Er setzte sich aufs Bett und schlüpfte in ein Paar Turnschuhe. »Besteht vielleicht die Möglichkeit, dass Magda dich für eine Weile ihre Räumlichkeiten nutzen lässt?«

Magda Shrike – Grace' Mentorin, Freundin und gelegentliche Psychologin – hatte kürzlich ihr Zuhause und Büro in ein exklusives Gebäude in Bal Harbour verlegt.

»Rund-um-die-Uhr-Doorman«, sagte er. »Das nenne ich anständige Security.«

»Ich bin mir nicht sicher, dass sie Platz dafür hat, geschweige denn, ob ihr das recht wäre...«

»Aber du hasst die Idee nicht grundsätzlich?«

»Ich hasse alles daran.«

»Wirst du sie anrufen?«

»Wir müssten uns unsere Versicherungspolicen ansehen.«

»Na klar«, sagte Sam. »Also, wirst du sie anrufen?«

Grace lächelte ihn an. »Gleich morgen früh.«

Der Rest des Abends war ein fast ungetrübtes Vergnügen. Daniel ließ sich von Sam und Saul gern beim Grillen helfen, während Grace und Claudia an ihrem Wein nippten und aßen, bis sie fast platzten. Mike, Robbie und Cathy gingen schwimmen und aßen und lachten viel, und alle übernahmen es abwechselnd, hochzugehen und nach Joshua zu sehen, und selbst die Hunde hingen fröhlich zusammen herum.

»Es ist so schön hier draußen«, sagte Grace zu Sam.

»Das ist es wirklich«, pflichtete er ihr bei.

Er versuchte, nicht über den weißen, alarmgesicherten, überwachten Zaun auf die dunkle Bucht dahinter zu starren, versuchte, sich nicht vorzustellen, wie Cooper irgendwo dort draußen lauerte, mit einem weit reichenden Nachtsichtgerät, das er auf sie gerichtet hatte – vielleicht sogar einem Gewehr mit einem Hochleistungs-Fadenkreuz –, mit fast der gesamten Familie Becket vor sich, die er auf einen Schlag auslöschen konnte...

»Hör auf, Sam«, sagte Grace leise zu ihm.

Was ihm verriet, dass es nichts war, was sie nicht auch gedacht hatte.

Ihre Fantasie ging mit ihnen durch.

»Wir müssen leben. Das Beste aus dieser Situation machen.«

Sam nickte. »Eine besondere Zeit.«

»Und das nicht nur, weil sie uns genommen werden könnte«, stimmte Grace zu. »Okay?«

Sie hatten gelegentlich darüber gesprochen, ob ihnen nach den Schrecken des letzten Jahres eine Therapie vielleicht geholfen hätte. Sam war von seinem Arbeitgeber professionelle Hilfe angeboten worden, aber er hatte sie ausgeschlagen, da er, obgleich tief erschüttert, einfach so verdammt froh gewesen war, am Leben zu sein. Und obwohl sie beide besser als die meisten anderen Leute wussten, welchen Schaden unverarbeitete posttraumatische Erlebnisse anrichten konnten, hatten sie stur, vielleicht töricherweise, entschieden, dass ihnen die schiere Erleichterung des Überlebens ausreichen würde.

In letzter Zeit jedoch war Sam zunehmend besorgt, dass es für Grace vielleicht die falsche Entscheidung gewesen war. Nicht nur, weil ihre Nervosität so untypisch für sie – wenn auch verständlich – war. Sondern auch, weil er das Gefühl hatte, dass sie mal gute und mal schlechte Tage hatte und immer wieder in einen Zustand des Leugnens verfiel.

Was nicht gesund war, und gar nicht ihre Art.

Vielleicht noch ein Grund, weshalb es eine gute Idee sein könnte, bei Magda zu arbeiten. Denn wenn irgendjemand Grace überreden konnte, professionelle Hilfe in Anspruch zu nehmen, bevor die Dinge aus dem Ruder liefen, dann war es Dr. Magda Shrike.

Aber heute Abend, hier und jetzt, war es Grace, die recht hatte.

Wie fast immer.

Sam hob seine Bierflasche.

»Verdammt richtig«, sagte er.

31

29. April

Am Donnerstagmorgen gingen sie alle ihrem Alltag nach – alle bis auf Grace, die auf Magdas Rückruf wartete. So, wie es im Moment aussah, nahm sie an, dass es bis Montag dauern würde, bevor sie auch nur hoffen konnte, wieder Patienten zu empfangen.

Es ist alles so grundfalsch, dachte sie. Und dann schalt sie sich dafür, denn hier saß sie, wohl behütet in dem wundervollen Haus ihrer Schwester. Im Augenblick hatte sie keine größeren Sorgen, als aufzupassen, dass Joshua sich vom Pool fernhielt.

»Er könnte unmöglich allein von hier weglaufen«, hatte Claudia ihr bereits versichert.

Biometrische Systeme an allen Ausgängen, nicht nur an der Vordertür.

Also gar kein Grund zur Beunruhigung, sagte sich Grace, während ihre Schwester frischen Kaffee aufbrühte.

Bis auf ihren psychopathischen Stiefbruder.

»Hey«, sagte Claudia, als sie ihre Miene sah. »Kannst du nicht wenigstens versuchen, das hier als Urlaub anzusehen?«

Grace sah ihre Schwester an und gab sich rasch einen Ruck.

»Und ob ich das kann.«

32

Cutters und Sheldons Fischzug in den Nachtclubs hatte nichts ergeben, aber Sam und Martinez hatten vor, heute Abend damit weiterzumachen.

Wobei sie die alten Jagdgründe von Cal dem Hasser im Sinn hatten – Hot-Hot-Hot und Menagerie, zwei der Lieblingsclubs des Killers – und nicht zu vergessen die Promenade, über die der selbst ernannte »Freudenjunge« stolziert war, als Mildred ihn vor zwei Jahren das erste Mal zu Gesicht bekommen hatte.

David hatte sich heute Morgen aus Boston gemeldet, hatte Sam auf seinem Handy angerufen, da bei ihnen zu Hause nur der Anrufbeantworter angegangen war. Sam und Grace hatten sich darauf verständigt, dass das Hochzeitspaar vor seiner Rückkehr nicht erfahren musste, was los war.

»Alles okay, mein Sohn?«

»Alles bestens, Dad!«

»Sicher?«

Es war immer schwer, Sams Vater etwas vorzumachen.

»Hat die Braut schon genug von dir?«, hatte Sam versucht, das Gespräch in eine andere Richtung zu lenken.

»Um genau zu sein, hat die Braut gestern Abend gesagt, ich sähe fantastisch aus.«

»Grüß sie von uns!«

»Ist Grace bei dir?«

»Natürlich nicht, Dad! Ich bin in der Arbeit, und Grace und Joshua verbringen den Tag bei Claudia.«

Was David Becket schließlich beschwichtigt hatte.

Er ließ Sam vom Telefon, damit er den Rest des Tages in Angriff nehmen konnte. Das Team würde heute so vielen von Miamis Jachthäfen und Anlegestellen wie nur möglich einen unauffälligen Besuch abstatten.

Die *Baby* – Coopers alter Cruiser – vor seinem Verschwinden von ihm in die Luft gesprengt – ging ihnen beiden durch den Kopf.

Der Tatort der Morde bei seinem letzten bekannten Gemetzel.

Bis hin zum Muttermord.

Auch wenn bei der unüberschaubaren Zahl von Booten und Schiffen in allen möglichen Formen und Größen, die auf Miamis Wasserwegen, in der Biscayne Bay und dem Ozean dahinter angelegt hatten oder unterwegs waren, die Chancen, den Dreckskerl und irgendein neues Boot ohne konkrete Anhaltspunkte oder einen Tipp zu finden, fast gegen null gingen.

Umso mehr Grund für Sam, dankbar für Névé zu sein.

Ein sicherer Hafen.

33

3. Mai

Sam und Martinez hatten das Wochenende über durchgearbeitet, hatten ihre Hoffnungen bei ihrem eigenen Fischzug durch die Jachthäfen nicht allzu hoch gehängt, da sie um das Risiko wussten, dass Cooper jederzeit wieder den Anker lichten und verschwinden konnte.

Darin war er ein Meister, Cal der Hasser.

Und es gab keine neuen Hinweise, die den Detectives irgendeine andere Richtung aufzeigten.

Sie brauchten einen offenen Verstand, und Augen und Ohren – ihre eigenen, die des restlichen Einsatzteams und die ihrer üblichen Informanten auf der Straße –, die auf *alles* achteten, was sie zu dem »Herzmörder«, wie die Medien den Täter inzwischen nannten, führen könnte.

Magda hatte mehr als gut reagiert. Sie hatte Grace am Sonntagnachmittag mit offenen Armen empfangen, ein Gästezimmer bereits in einen Behandlungsraum umfunktioniert und sogar ein Wartezimmer für ihre Patienten hergerichtet.

»Aber das ist dein Esszimmer!«, hatte Grace protestiert.

»Ich gebe keine Dinnerpartys«, hatte Magda abgewunken. »Es wird das erste Mal sein, dass dieses Zimmer benutzt wird, seit ich eingezogen bin.«

»Es ist eine Zumutung für dich«, hatte Grace beharrt.

»Du zahlst Miete.«

»Nicht genug.«

»Nimm es oder lass es bleiben!«

Sie hatten sich auf kaum mehr als eine symbolische Miete geeinigt, gerade genug, um die Sache auf eine professionelle Basis zu stellen. Magda weigerte sich, aus Grace' Nöten auch noch Profit zu schlagen.

»Wenn ich mir das so ansehe«, sagte die ältere Frau an diesem Montagmorgen, während sie das Arrangement erneut betrachtete, »frage ich mich, warum wir uns nicht schon früher überlegt haben, unsere Kräfte zu bündeln.«

»Du warst in Kalifornien«, erinnerte Grace sie. »Und dann kam Joshua.«

»Und irgendwann wird er auf eine richtige Schule gehen und einen Haufen Freunde haben, die er nach Hause einladen will, vielleicht über Nacht, und dann werdet ihr beide, du und Sam, vermutlich froh sein, zu Hause ein Zimmer mehr zu haben.« In Magdas Lächeln lag eine Spur Bedauern. »Für mich ist es etwas anderes – meine leeren Räume kommen mir wie ein Vorwurf vor.«

Sie hatte sich vor fast zehn Jahren von ihrem untreuen Ehemann, einem orthopädischen Chirurgen, scheiden lassen, und ihr einziger Sohn, ein Schönheitschirurg, lebte mit seiner Familie in Washington, DC. Sie sah sie nur selten.

»Der Gedanke, sich eine Praxis zu teilen, ist schon verlockend«, gab Grace offen zu. »Auch wenn mein Home Office uns immer gut in den Kram gepasst hat.«

»Ich weiß«, sagte Magda leichthin. »Es ist ja auch nur ein bisschen Stoff zum Nachdenken.«

An diesem ersten Tag erwartete Grace nur drei Patienten (die Mutter des vierten hatte wegen des Ortswechsels abgesagt, obwohl Magda Shrikes Wohnung keine Meile von ihrem Haus entfernt lag), aber das reichte Grace, um im Verlauf des Vormittags zu begreifen, dass diese Art Aufteilung vielleicht tatsächlich etwas Effizientes und sogar Beruhigendes an sich hatte.

Auch wenn das Arbeitszimmer und die Terrasse, wo sie ihre Patienten zu Hause empfing, die Jugendlichen offenbar immer entspannt hatten und Grace überzeugt war, dass sie schwierigen Teenagern in einer lockeren Atmosphäre besser helfen konnte.

Locker, entspannt und stabil.

Ganz im Gegensatz zu ihrer gegenwärtigen Verfassung.

Der Umzug war leicht zu organisieren gewesen; Akten wurden herübergeschafft, Telefonanrufe umgeleitet, und sie hatte die Eltern zweier ihrer kritischsten Patienten – darunter Sara Mankowitz – kontaktiert, um ihnen Bescheid zu geben, wo sie im Notfall erreichbar sein würde.

Aber ihre Organisation war nicht gänzlich unfehlbar, wie ihr nach dem Mittagessen klar wurde, als sie feststellte, dass sie einen Aktenordner zu Hause gelassen hatte, den sie gleich am Dienstagmorgen benötigen würde. Was hieß, dass sie nach Hause fahren musste, um ihn zu holen. Sie hatte mit Sam vereinbart, dass sie die Strecke nach und von Bal Harbour allein zurücklegen würde, solange es hell war, aber anrufen würde, sobald irgendetwas Ungewöhnliches vorfallen sollte.

Um kurz nach fünf rasch bei ihrem Haus vorbeizuschauen erforderte eindeutig keinen Anruf, entschied Grace. Und wenn sie schon dort war, konnte sie sich gleich noch vergewissern, dass sie nichts anderes vergessen hatte.

Alles schien in Ordnung, als sie durch die Haustür trat.

Kein warnendes, intuitives Kribbeln – nur Traurigkeit, weil sich das Haus so leer anfühlte, da sie entschieden hatten, es zu verlassen.

Nicht *entschieden*, rief sie sich in Erinnerung.

Und dann machte sie sich an die Arbeit.

Sie fand den Ordner, schnappte sich noch zwei andere und steckte sie in ihre Aktentasche, dann ging sie hoch zu ihrem Schlafzimmer und dem begehbaren Kleiderschrank – wo ihr nichts ins Auge sprang – und dann zurück zu ihrem Frisiertisch.

Noch einen zusätzlichen Lippenstift vielleicht, entschied sie, und ein bisschen Parfüm, und vielleicht ein paar Kopfschmerztabletten ...

Sie schlenderte ins Bad.

Und *wusste* es sofort.

Jemand war hier gewesen.

Sie konnte es *riechen*.

Sie trat einen Schritt vor, mit hämmerndem Herzen und feuchten Handflächen.

Und sah es.

Heilige Mutter Gottes, schoss es ihr durch den Kopf.

Sie starrte eine halbe Ewigkeit in die Badewanne.

Und dann wandte sie sich ab, eine Hand über dem Mund, die andere ausgestreckt, um nicht das Gleichgewicht zu verlieren, während sie durchs Schlafzimmer und wieder die Treppe hinunterging.

Vorsichtig – sie konnte es sich nicht erlauben, zu stürzen, nicht jetzt.

Nicht hier, ganz allein, während niemand wusste, wo sie war ...

Sie wartete, bis sie wieder draußen auf dem Gehsteig war, bevor sie es wagte, sich umzudrehen und noch einmal zu ihrem Haus zurückzusehen. Dem Zuhause, das sie sich geschaffen hatte, lange bevor sie Sam kennenlernte. Ein entzückendes, kleines weißes Haus mit einem roten Ziegeldach und dem alten, vertrauten Flaschenbürstenbaum und den zwei Palmen im Garten.

Vielleicht würde das jetzt, nach all dem, was hier im Laufe der Jahre schon geschehen war, Sam und sie endgültig von hier vertreiben.

Und dann, als ihr auf einmal bewusst wurde, wie heftig sie zitterte, ging sie zu ihrem Toyota, stieg ein und verriegelte die Türen.

Und rief ihren Mann an.

34

»Wie zum *Teufel* konnte er denn hier hereinkommen, ohne dass ihn jemand sieht?«

Sams Wut und Frustration hatten einen Siedepunkt erreicht.

Er hatte Grace bereits dafür zusammengestaucht, dass sie allein zu ihrem Haus gefahren war. Er hatte keine Widerworte von ihr gehört. Sie wusste, dass er recht hatte.

»Obwohl – wenn ich nicht hingefahren wäre«, hatte sie lahm eingewandt, »dann hätten wir gar nicht erfahren, dass es dort war.« Sie hatte seine Miene gesehen. »Ich weiß, du wärst mitgekommen, wenn ich dich darum gebeten hätte, aber du warst mit dem Fall beschäftigt.«

Er war bei der Starr Banking Corporation gewesen, hatte mit ehemaligen Kollegen des verstorbenen Andrew Victor gesprochen und das Büro des Vorgesetzten des Toten binnen Sekunden nach Grace' Anruf verlassen.

Weil *es* dort war.

Ein drittes Herz.

Aus weiß Gott welcher armen Seele herausgeschnitten.

»O Mann!«, knurrte Martinez jetzt, während er das *Ding* in der Badewanne seines Freundes betrachtete. »Ich hab's ja schon mal gesagt, und ich werde es wieder sagen: Wenn es einen noch kränkeren Scheißkerl auf dieser Welt gibt als dieses letzte Stück Dreck, dann will ich ihn verdammt noch mal lieber nicht kennenlernen.«

»Da sind wir schon zu zweit«, pflichtete Sam ihm grimmig bei.

»Zu dritt«, sagte Elliot Sanders.

Der Gerichtsmediziner war persönlich vorbeigekommen, sobald er von dem Fund erfahren hatte, hauptsächlich wegen seiner Beteiligung an den beiden anderen Herzfällen, aber auch, weil dieses hier im Haus der Beckets abgelegt worden war.

Sie wussten bereits, *wie* der Eindringling – Cooper selbst oder irgendein unbekannter Komplize oder auch irgendeine andere, völlig fremde Person, die vielleicht einfach ein paar Episteln von Cal dem Hasser mit seiner oder ihrer eigenen Kreativität ergänzt hatte – ins Haus gekommen war.

Über die Veranda, wo er die Tür aufgeschnitten hatte und eingebrochen war.

Grace hatte sich in diesen Teil des Hauses nicht vorgewagt; schließlich war sie nicht gekommen, um das Haus zu überprüfen, sondern nur rasch vorbeigefahren, um ihre Ordner und ein paar persönliche Sachen zu holen. Daher hatte sie gar nichts bemerkt, bis sie das Bad betreten hatte.

Nachdem die Familie das Haus verlassen hatte, war es nicht mehr polizeilich überwacht worden, und nach Mary Cutters und Joe Sheldons ersten Erkundigungen in der Straße hatte niemand den Eindringling gesehen und niemand an jenem Nachmittag ein unbekanntes Fahrzeug oder Besucher bemerkt.

»Könnte morgens gewesen sein«, sagte Sanders.

Keine Schachtel und kein Plastikbehälter diesmal.

Nichts zwischen dem Herzen und Sams und Grace' weißer Porzellanwanne.

Die Spurensicherung war jetzt vor Ort und kroch überall herum, aber bis sie die Fingerabdrücke und die DNA der Beckets eliminiert hatte, mochte Sam wetten, dass sie nichts Nennenswertes finden würde.

Als er Jerome Cooper das erste Mal begegnet war, hatte er ihn für einen Schwachkopf gehalten.

Das tat er jetzt nicht mehr.

35

Die Neue Epistel von Cal dem Hasser

Der Neuanfang erforderte Zeit.

Verkleiden konnte ich mich schon immer gut.

Bin Hals über Kopf aus Florida verschwunden. Habe ein paar Boote gestohlen, den Bus genommen, bin per Anhalter gefahren und schließlich in Georgia gelandet.

In Savannah.

Das Problem war: Ich wusste nur zwei Arten, Geld zu machen.

Ficken und töten.

Ficken hauptsächlich.

Sex erhielt mich am Leben, nehme ich an.

Savannah, Georgia, bekannt für seinen südländischen Charme.

Als ich ganz unten angelangt war, machte ich für zwanzig Dollar Blowjobs in Gassen und verlassenen Gebäuden, und später stieg ich ein bisschen auf zu Motels – obwohl ich, nachdem ich mir in einem dieser Drecklöcher gottverdammte Filzläuse geholt hatte, mit einem Sack voller Küchenschaben noch einmal zurückfuhr und sie dort aussetzte, bevor ich zusah, dass ich verschwand.

Weglaufen, das kann ich gut.

Früher war es immer Jewel, vor der ich weglief.

Nachdem sie nicht mehr da war, war es die Hölle, vor der ich mehr Angst hatte.

Aber das Leben geht weiter, wie man so schön sagt, und je länger es weiterging, desto mehr begann ich mich zu erinnern, was Cal am besten konnte: der Freudenjunge sein. Was hieß, dass ich wieder anfangen musste, an Cal zu glauben und dafür zu sorgen, dass auch andere Leute – die, die mehr als einen Fünfziger in der Brieftasche hatten, die, die irgendetwas an sich hatten – an Cal glaubten. Und bald, nach und nach, war der gute alte, böse alte Freudenjunge wieder da, mit seinem coolen Gang, und zog die Blicke und das Bargeld der Leute auf sich.

Das Einzige, was Cal und ich nicht hatten, war das, was wir am meisten wollten.

Das Einzige, was wir nie aufgaben, war das Hassen.

Am allermeisten Samuel Lincoln Becket.

36

Es war zehn Minuten vor Mitternacht, als Sam an jenem Abend nach Key Biscayne zurückkehrte, aber genauso, wie sie nach unzähligen Spätschichten zu Hause auf ihn gewartet hatte, war Grace auch jetzt noch wach und wartete in der Küche auf ihn.

Granit, Stahl und Glas, und dieselben schneeweißen Fliesen wie im restlichen Erdgeschoss.

Fast zu schön, um sie zu betreten.

»Ich habe *Cacciucco* gemacht«, sagte Grace zu ihm. »Ich habe genug für die ganze Familie gemacht, aber eigentlich habe ich es für dich gemacht.«

»Danke, Gracie!«

Es war ein italienischer Fischeintopf und eines seiner Lieblingsgerichte, da es sein erster Eindruck von Grace' Kochkünsten gewesen und später eines ihrer großen Trostessen geworden war. Und es war ihre Entsprechung eines Rosenstraußes, wenn sie das Gefühl hatte, sich entschuldigen zu müssen.

»Ich habe dir schon verziehen«, sagte Sam jetzt.

»Bist du nicht hungrig?«

»Ich bin eher müde als hungrig.« Der Duft stieg ihm in die Nase. »Aber ich denke, das könnte ich noch schaffen.«

»Gut.« Grace begann, etwas Eintopf in eine Schale zu füllen. »Ich muss dir nämlich etwas sagen.«

Sie stellte ihm die Schale hin, legte ein Stück Ciabatta dazu und schenkte ihm ein Glas Chianti ein.

»Das ganze Programm«, bemerkte Sam trocken. »Da musst du ja Schuldgefühle haben.«

»Die habe ich auch«, gab Grace zu. »Weil ich so dämlich war.«

Sie zog sich einen Stuhl heran und setzte sich neben ihn. »Und du sollst wissen – wirklich glauben –, wenn ich noch eine Sache gebraucht habe, um die Realität unserer Situation zu akzeptieren, dann war es genau das – in unser Bad zu gehen und dieses *Ding* zu sehen.«

»Das freut mich zu hören«, sagte Sam.

Sie war noch nicht fertig. »Und du sollst auch wissen, dass du dich nicht eine Minute länger darum sorgen musst, ich könnte so etwas wiederholen, okay?«

»Okay«, nickte er. »Trink ein Glas Wein mit mir.«

»Ab jetzt werde ich immer ohne Umwege zu Magda und wieder hierher fahren, und wenn irgendetwas Ungewöhnliches vorkommt, werde ich dich sofort anrufen.«

»Und mit ›ungewöhnlich‹ meinst du was genau?«

»Du weißt selbst, dass man das unmöglich wissen kann, bevor es passiert.«

»Und was, wenn ›es‹ passiert und du mich nicht erreichen kannst?«

»Sam, ich weiß auch nicht genau«, sagte Grace. »Aber unterm Strich verspreche ich dir, nichts Unbesonnenes zu tun.« Sie lächelte. »Jedenfalls nicht, bis du ihn hinter Schloss und Riegel gebracht hast. Okay?«

Auf einmal war seine Miene todernst. »Weißt du, was es für mich bedeuten würde, wenn dir irgendetwas Schlimmes zustoßen sollte?«

»Ja, das weiß ich. Dasselbe, als ob es dir zustoßen würde.«

»Ganz zu schweigen davon, wie sehr Joshua seine Mom braucht.«

»Und seinen Dad.« Jetzt stand Grace auf und schenkte sich selbst ein halbes Glas Wein ein. »Gab's irgendeinen Durchbruch?«

»Noch nicht.«

»Ihr werdet ihn schon schnappen!« Grace küsste ihn aufs Haar.

Sam lächelte entschlossen. »Darauf kannst du Gift nehmen!«

37

5. Mai

Es war drei Uhr früh am Mittwoch, als auf einmal die Hölle losbrach.

Ohrenbetäubende Sirenen rissen die ganze erweiterte Familie aus dem Schlaf – Cathy unten im Erdgeschoss, und die anderen oben, die auf der Diele zusammenliefen.

»Schon gut«, rief Claudia zu Sam und Grace und den anderen, mit lauter Stimme über dem Alarm – der im nächsten Augenblick aufhörte, sodass ihre letzte Silbe schrill in der Stille nachhallte. »Dan kümmert sich darum.«

Wie aufs Stichwort tauchte er aus ihrem Schlafzimmer auf. »Nur das Übliche. Ich habe es schon gemeldet.«

»Wir müssen den Cops und der Sicherheitsfirma den Code melden«, erklärte Mike.

»Das Übliche?«, fragte Sam, während er sich ein T-Shirt über den Kopf zog.

»Das ist nur ein Typ aus der Nachbarschaft«, sagte Daniel. »Ein alter Säufer, harmlos.«

»Bist du sicher?«

»Komm und sieh ihn dir selbst an.« Daniel winkte Sam ins große Schlafzimmer, wo eine der Schranktüren offen stand, mit einer Reihe von Monitoren dahinter, die jeden Zugangspunkt zu dem Grundstück überwachten. »Nummer vier – siehst du?«

Er spulte eine Aufnahme zurück, auf der eine unförmige Gestalt mit einer grauen Kapuze unbeholfen gegen den hinteren Zaun hämmerte und dann davonstolperte.

»Bist du sicher, dass er weg ist?«, fragte Sam. »Ich würde ihn mir gern genauer ansehen.«

»Längst weg«, nickte Daniel. »Wir haben uns an ihn gewöhnt.«

»Wie lange treibt er sich schon hier herum?« Sam nahm nichts mehr für bare Münze.

»Lange bevor wir eingezogen sind, sagen die Nachbarn«, erwiderte Daniel.

»Er ist harmlos.« Claudia war jetzt bei ihnen im Zimmer und zog den Gürtel ihres Morgenmantels zu. »Ein kleines Wrack – ein paar Leute nennen ihn Clouseau, aber niemand weiß, wie er wirklich heißt.«

»Armer Kerl«, rief Saul von der Diele.

»Eine Nervensäge«, kommentierte Robbie.

Alle waren jetzt im Schlafzimmer, Grace mit Joshua auf dem Arm, der verschlafen und unbekümmert aussah.

Sams Augen suchten noch immer die Monitore ab. »Bist du sicher, dass es derselbe Typ ist? Du kannst sein Gesicht doch gar nicht sehen.«

»So sicher, wie ich mir sein kann«, nickte Daniel. »Körpersprache, Größe.«

»Okay. Ich würde mich trotzdem gern umsehen.«

»Wenn du dich damit besser fühlst.«

»Jetzt ist niemand da«, erklärte Mike. »Die Kameras reagieren auf Körperwärme und Bewegung, sogar Luftbewegung.«

»Trotzdem.« Sam wandte sich zur Tür.

Daniel lächelte seinen älteren Sohn an. »Er ist ein Cop, Mike. Was soll ich dazu sagen?«

»Sam, bitte sei vorsichtig!«, beschwor Grace ihren Mann.

Robbie räusperte sich. »Ich gehe mit.«

»Kommt nicht infrage!«, widersprach Daniel. »Ich gehe.«

»Ich dachte, der Sinn und Zweck dieses ganzen Zeugs« – Claudia wies auf die Monitore, während die beiden Männer auf die Treppe zugingen – »ist, dass wir uns niemals in Gefahr begeben müssen.«

»Das müssen wir auch nicht.« Mike legte seiner Mutter einen Arm um die Schultern. »Onkel Sam macht nur sein Ding.«

»Onki Sam«, wiederholte Joshua und rieb sich die Augen.
»Ganz recht«, lächelte Grace. »Dein Daddy.«
»Warum bringen wir diesen kleinen Mann nicht wieder ins Bett?«, schlug Cathy vor.
»Sobald sie wieder im Haus sind.«
Grace' Stimme klang leise, ruhiger, als sie sich fühlte.
Auf einmal hatte sie in Sam genauso wenig Vertrauen wie in Daniels Sicherheitssystem.

Im Licht des Morgens sah alles ganz anders aus.
Besser, wie es die Dinge dann meistens taten.
Selbst wenn ein Mörder frei herumlief.
Aber hier in Névé war gestern kein Mörder gewesen, und selbst Sam war überzeugt davon, denn Daniel hatte die Aufnahmen des Säufers vergrößert und bestätigt, dass er tatsächlich ihr regelmäßiger Besucher war, und Sam hatte mit eigenen Augen gesehen, dass er keine Ähnlichkeit mit Cooper aufwies.
Er fühlte sich rundum besser an diesem Morgen. Dass seine Familie hier sicherer war als an den meisten anderen Orten, die ihm einfielen, war heute leichter zu akzeptieren.
Zumindest, solange sie auch hier *waren*.
»Ihr alle«, begrüßte er sie, »seid bloß vorsichtig!«
»Hör auf, dir so viele Sorgen zu machen«, versuchte Cathy, ihn zu beschwichtigen.
»Niemals!«, erwiderte er mit einem Blick auf Mike und Robbie. »Und das gilt für euch alle!«
»Großes Ehrenwort!«, nickten Saul und die Brüder fast einstimmig.
Und Joshua kicherte.

38

Es war ein arbeitsreicher Tag für Grace.

Es gab keine Absagen, all ihre vereinbarten Termine fanden ohne Klagen statt, und eine Sitzung wurde in letzter Minute für vier Uhr angesetzt, als sie eigentlich schon gehen wollte.

Sie rief Claudia an, bevor sie diesen letzten Termin annahm, um sicher zu sein, dass es kein Problem für sie sein würde, bis zu ihrer Rückkehr auf Joshua aufzupassen.

»Soll das ein Witz sein?«, fragte ihre Schwester. »Ich genieße jede Minute mit ihm.«

Grace rief auch Sam an, um kurz vor vier.

»Ich wollte es dir nur sagen, weil ich es versprochen habe.«

»Danke.«

»Wie läuft's?«

»Alle Systeme laufen mit Hochdruck«, erklärte Sam. »Zerren jeden Dreckskerl in Miami-Dade ans Licht, scheint es.«

»Nur nicht den, nach dem ihr sucht.«

»Noch nicht.«

Grace sagte ihm, dass sie ihn liebte, und er sagte dasselbe zu ihr.

»Mehr als je zuvor, Dr. Lucca.«

Zärtliche Erinnerungen wurden unvermittelt in ihm wach, wie er sie zum allerersten Mal gesehen hatte, die langen Beine und die skandinavische Kühle, und das viel wärmere italienische *Etwas*, das unter der Oberfläche lag. Alles noch immer da und so, wie es sein sollte. Was für ein Glückspilz er doch war!

»Was denn?«, fragte Grace, als sie die bedeutungsschwere Stille hörte.

»Später.«

39

Während Grace nach jener letzten Sitzung – mit einem sechsjährigen Mädchen, das Anzeichen von Magersucht erkennen ließ – auf dem Weg zurück nach Key Biscayne den Julia Tuttle in Richtung 95 nahm, dachte sie über ihre Rolle als Psychologin und Mutter nach.

Der heutige Tag war erfolgreich verlaufen, und sie hatte sich gefreut, mit Magda mittags einen Happen zu essen, hatte die reibungslosen, ununterbrochenen Arbeitsstunden genossen. Aber sie hatte Joshua schmerzlich vermisst. Und so schön es auch war, Zeit mit Claudia zu verbringen – und sie gingen alle so freundlich, so entspannt mit ihrem Aufenthalt bei ihnen um –, vermisste Grace doch ihr eigenes Zuhause. Sie wollte – *musste* – so bald wie möglich zurückkehren, um zu verarbeiten, was dort passiert war, bevor es in ihrem Verstand Wurzeln schlug und wild zu wuchern begann.

Das Badezimmer – vielleicht das ganze Haus – würde mit Dampf gereinigt werden müssen, und sie würden diese Badewanne herausreißen und eine neue einbauen müssen, falls sie sich je wieder glücklich darin aalen wollte. Und Sam hatte einmal gesagt, er fände, eine Whirlpool-Wanne wäre schön, eine, die groß genug für sie beide war ...

»Es wird schon werden«, sagte sie laut.

Und es würde gut werden, das Haus, die neue Badewanne, ihr *normales* Familienleben.

Sobald *er* erledigt war.

Auf der 95, an der Kreuzung mit dem South Dixie Highway, bemerkte sie, dass ein altes rotes VW-Käfer-Cabrio, das ihr das erste Mal auf dem Julia Tuttle aufgefallen war, noch immer hinter ihr fuhr. Es war ein Modell, für das sie schwärmte; Claudia hatte vor Jahren so eines gefahren und sie beide ein paar schöne Zeiten zusammen in diesem Wagen verbracht, mit offenem Verdeck ...

Noch irgendetwas an diesem Wagen ließ ihr keine Ruhe, und sie versuchte angestrengt, sich zu erinnern. Bis sie auf einmal von dem unangenehmen Gedanken durchzuckt wurde, dass auf dem Parkplatz vor dem Partygeschäft, ein paar Tage vor Davids Hochzeit, ein roter VW Käfer gestanden hatte – auch wenn sie sich nicht mehr erinnern konnte, ob jener VW ein Cabrio gewesen war.

Sie nahm die SE 26th zum Rickenbacker Causeway, während sie noch einmal einen Blick in den Rückspiegel warf. Sie sah, dass der Wagen noch immer da war, und zum ersten Mal konnte sie einen deutlicheren Blick auf den Fahrer erhaschen ...

Es war unmöglich, sein Gesicht zu erkennen, das hinter einer Baseballmütze und einer Sonnenbrille versteckt war, und sie wusste, dass der Gedanke verrückt war. Es war *nichts*. Aber es jagte ihr trotzdem einen Schauer über den Rücken.

Ruf Sam an.

Grace griff nach ihrem Handy am Armaturenbrett, warf noch einmal einen Blick in den Rückspiegel, sah den Blinker des VW aufleuchten, sah, wie der Wagen zurückfiel und eine der Ausfahrten nach Hobie Beach nahm.

Verschwunden.

Die Erleichterung war so groß, dass sie laut auflachte.

Ihre Nerven gingen *wirklich* mit ihr durch.

Sie fuhr weiter nach Key Biscayne, zu ihrer Familie.

40

Die Neue Epistel von Cal dem Hasser

Ich wusste, dass ich die Eine getroffen hatte – meine Geldquelle, meinen persönlichen Fleischtopf, meine Freifahrt ins leichte Leben, all diese vulgären Klischees auf einmal –, als ich Blossom traf.

Blossom van Heusen war alt und fett, aber mit einem zarten Teint und duftend, wie es ihr Name andeutete, und sie war freundlich und lachte gern. Sie wusste mehr über Sex als jede, der ich je begegnet war, und sie wusste auf Anhieb, was für einer ich war.

Nicht das mit dem Töten. Diese Seite von mir lernte sie nie kennen, und dafür werde ich immer dankbar sein. Denn ich mochte Blossom wirklich – vielleicht liebte ich sie sogar. Ich wollte nie, dass sie schlecht von mir dachte, und ich wollte ihr nie, aber auch nie auch nur ein Haar krümmen.

Und Blossom war reich. Sie war mit Prostitution und zwei begüterten Ehen zu Geld gekommen, aber als ich in ihr Leben trat, da war sie einsam und krank, und ich brachte sie zum Lachen, und was noch besser war, ich bereitete ihr die besten Orgasmen, die sie je bekommen hatte, denn ich war wieder der Freudenjunge. Und ich lachte nicht ein einziges Mal über sie, immer nur mit ihr, und ich kümmerte mich um sie, wenn sie krank war, und eine Zeit lang glaubte ich, es gäbe nichts, was ich nicht für sie getan hätte, wenn sie mich darum gebeten hätte.

»Du bist mein Ein und Alles«, sagte ich einmal zu ihr.

»Hoffentlich nicht.« Blossom wollte mehr für mich.

»Du bist alles, was meine Mutter nie war«, sagte ich zu ihr, »und dafür liebe ich dich.«

Das war der Augenblick, als sie mir eröffnete, dass sie mich in ihr Testament einsetzen würde. Dann aber fürchtete sie, das könnte mir Ärger einbringen, die Behörden auf mich aufmerksam machen, und sie wusste, dass ich das nicht wollen würde. Daher schlug sie vor, mir meinen Anteil einfach schon zu geben, bevor sie starb.

»Klingt gut«, erwiderte ich, und sie lachte.

Dann erklärte sie mir, sie wolle nur eines im Gegenzug: meine Hilfe bei ihrem eigenen Hinscheiden. Denn das schien ihr für ihren Geschmack noch zu lange zu dauern. Ich weinte wie ein Baby, als sie mich darum bat. Das könne ich ihr nicht antun, sagte ich, ich könne es einfach nicht, und sie weinte auch, denn da wusste sie, dass ich ihr wirklich etwas bedeutete, und sie wusste auch, dass ich sie verlassen würde, bevor sie starb, aber sie gab mir das Geld trotzdem.

»Ohne Verpflichtungen«, sagte sie.

Damals wusste ich nicht, wie viel es war.

»Sieh es dir nicht an, bevor du gegangen bist«, bat Blossom mich.

Ich glaube nicht, dass es mir etwas ausgemacht hätte, wenn es nur zehn Dollar gewesen wären.

Denn ich liebte diese Dame wirklich.

Ich tat, was ich konnte, bevor ich ging. Ich war da, als sie ihr letztes offizielles Schreiben an die Leute, die sie finden würden, aufsetzte, in dem sie erklärte, dass sie sterben wollte, dass sie genug an ihrem Krebs gelitten hätte und dass ihr niemand dabei geholfen hätte. Dabei musste ich wieder schluchzen, aber dennoch half ich ihr, soweit ich es ertragen konnte. Ich wusch sie und machte ihr die Haare und ihr Make-up so, wie sie es gern hatte, und dann gab es nichts mehr, was ich noch für sie tun konnte, kein Essen, das ich ihr machen konnte, denn sie konnte gar nichts mehr essen.

Und ich schluchzte wieder, als ich zum letzten Mal zu Blossoms

Haustür hinausging, und ich nehme an, das war der Augenblick, als ich wusste, warum.

Weil ich nicht mehr Cal der Hasser gewesen war, seit ich sie getroffen hatte.

Und als ich sah, was sie mir gegeben hatte, da schluchzte ich, glaube ich, noch ein bisschen mehr, wie eine gottverdammte Heulsuse.

Und dann trocknete ich mir die Augen, stieg im Bohemian Hotel an der Uferpromenade ab, legte den Umschlag in den Safe, ging in der River Street einkaufen, kaufte mir einen Geldgürtel und ein paar anständige Kleider, und dann ging ich zurück und trank bis zum Umfallen auf Blossom van Heusen.

Und am nächsten Tag verließ ich Savannah.

41

6. Mai

Sie hatten noch etliche schwere und anstrengende Tage und Nächte vor sich, bis sie den Killer schnappten, das wusste Sam. Alle legten sich mächtig ins Zeug, um die Arbeit zu erledigen, die mit jedem neuen schweren Gewaltverbrechen einherging, erst recht mit einem Doppel- und vermutlich sogar Dreifachmord, während gleichzeitig die Suche nach dem Hauptverdächtigen weiterging.

Nicht zum ersten Mal – und damals hatten sie ihn *fast* geschnappt.

»Fast« war nicht gut genug.

Da musste man nur Andrew Victor fragen.

Da musste man nur seine Freundin Gail und seine Schwester Anne fragen, die beide gestern angerufen hatten, in der Hoffnung, Neues zu erfahren, wobei keine der beiden Frauen den Detectives Vorwürfe wegen ihres ausbleibenden Erfolgs gemacht hatte.

Es gab nichts, was sie ihnen sagen konnten.

Sie hatten die Öffentlichkeit um Mithilfe gebeten. Auf der Webseite des Departments stand eine Presseerklärung, und Fox, CNN, 7 News, CBS 4 und Channel Six, dazu die lokalen spanischen Sender, Channel 51 und 23, brachten alle den Beitrag.

Eine Flut von Anrufen ging ein.

Viele davon, wie immer, von Verrückten, die die Zeit und Arbeitskraft der Polizei vergeudeten, indem sie falsche Informationen meldeten.

Auch andere Anrufe, von braven Bürgern.
Die sie bislang noch nicht weiterbrachten.
Es war auch keine große Hilfe, dass ihre Fotos von Cooper veraltet waren und sich unmöglich sagen ließ, wie er sein Aussehen verändert haben könnte. Und falls (und es war noch immer ein großes *falls*) es Cooper war, den Grace am 19. April im La Tienda Fiesta gesehen hatte, dann lieferte ihnen das auch keine neuen Anhaltspunkte.

»Männlich, durchschnittlich groß, schlank, silberblondes Haar.«

Jemand, der *vielleicht* von hinten an sie herangetreten war und die Frechheit besessen hatte, mit den Fingern ihren Nacken zu streifen.

Könnten Finger gewesen sein. Nicht einmal das war sicher.

Wenn die neuen Morde auf Coopers Konto gingen – und in dem Punkt hatte zumindest Sam kaum noch Zweifel seit der schaurigen gestrigen Entdeckung –, dann bezweifelte er, dass er noch immer dasselbe silberne Kostüm von Kopf bis Fuß verwenden würde, in dem er damals als dreister Killer über die Uferpromenade von South Beach stolziert war. Auch wenn Cal der Hasser – falls er es war, der ahnungslose Männer wie Andy Victor in sein Horrornetz lockte – vielleicht noch immer die Rolle des »Freudenjungen, Freudengebers« spielte, über die er in seinen *Episteln* geschrieben hatte.

Am Donnerstagnachmittag um fünfzehn Uhr vierzehn bekam das Einsatzteam Wind von einer weiteren Vermisstenanzeige, die bei ihnen die Alarmglocken läuten ließ.

Ricardo Torres, neunzehn Jahre alt, aus Hallandale Beach, war von seiner Mutter, Mrs. Lilian Torres, als vermisst gemeldet worden, nachdem ihr Sohn die vierte Nacht in Folge nicht nach Hause gekommen war. Mrs. Torres sagte aus, sie wisse, dass Ricardo zwei Samstage zuvor, am 24. April, auf eine Party gegangen sei, sie wisse jedoch nicht, wer ihn eingeladen hätte oder wo die Party gewesen sei.

Die Aussage war von der örtlichen Polizei aufgenommen worden, und falls es Anlass gab, einen schlimmen Grund für das Verschwinden des jungen Mannes zu vermuten, dann würde jedes Verbrechen in die Zuständigkeit von Broward County fallen.

Daher konnten sie von Glück reden, dass die Information überhaupt bis zum Department für Gewaltverbrechen des MBPD durchgedrungen war, aber jetzt hatten sie sie, und um halb sechs waren Sam und Martinez in der Wohnung der Familie Torres, nicht weit vom Hallandale Beach Boulevard.

Mrs. Torres war eine rundliche Frau mit dunklen, beunruhigten Augen, aber sie nahm sich die Zeit, die beiden Detectives auf ihren schmalen Balkon zu bitten, und bot ihnen frische Limonade und selbst gebackene Kekse an.

»Das ist wundervoll«, sagte Sam zu ihr. »Wir werden nicht oft so verwöhnt.«

»Vielleicht möchten Sie lieber Kaffee?« Lilian Torres war sehr bemüht, ihnen die richtige Art Gastfreundlichkeit zukommen zu lassen. »Ich hätte Sie fragen sollen.«

»Ma'am, es ist alles wunderbar so«, versicherte ihr Martinez.

»Ich kann Ihnen sagen, ich war von Anfang an nervös«, kam Mrs. Torres sofort auf ihre Befürchtungen zu sprechen, »weil er mir nichts von dieser Party sagen wollte, denn im Allgemeinen sagt mir mein Ricardo immer, wohin er geht. Aber wenn er irgendwohin will und denkt, dass es mir nicht gefallen könnte, dann ist es, als ob über seinen Augen ein Rollladen heruntergeht, und dann kann ich nichts dagegen machen.«

»Ist Ricardo Student, Mrs. Torres?«, fragte Martinez.

»Nicht mehr. Er arbeitet in einem Schuhgeschäft in Aventura, in der Mall.« Sie schüttelte den Kopf. »Wenn sein Vater noch bei uns wäre, dann würde Ricardo noch aufs College gehen, und dann hätte er nicht das Gefühl, einfach so verschwinden zu können.«

»Wo ist Ricardos Vater denn?«, fragte Sam.

»Weg«, sagte sie nur. »Ich weiß nicht, wohin.«

»Könnte Ricardo es wissen?«

»Nein.«

»Das heißt, es besteht nicht die Möglichkeit, dass Ihr Sohn bei seinem Dad ist?«, erkundigte sich Martinez.

»Es sei denn, er hat mir auch das verheimlicht.«

»Hat Ricardo irgendwelche engen Freunde?«, fragte Sam.

»Keiner von ihnen weiß, wo er steckt.«

»Was ist mit einer Freundin?«, hakte Martinez nach.

Die beste Art, die ihm einfiel, um zu fragen, ob der junge Mann schwul war.

»Nein«, sagte Mrs. Torres.

Martinez' Einschätzung der Situation, als sie das Gebäude verließen, war, dass Ricardo Torres vielleicht gar nicht vermisst war.

»Dad zahlt keinen Unterhalt, Mom hat ihr Kind nicht im Griff.«

»Ich weiß nicht«, sagte Sam. »Er ist seit zwölf Tagen verschwunden.«

Er hatte noch andere Dinge oben in der Wohnung der Familie Torres gesehen: Fotos eines Jungen mit süßen, dunklen Augen und einer Haut, die ein paar Töne heller als seine eigene war, aber dennoch dunkel, und vielleicht, vielleicht auch nicht, hetero. Aber auf jeden Fall die Art, die Jerome Cooper gern hasste.

Die er gern verstümmelte und zerstörte.

Ein junger Mann, dessen natürliches Streben nach Unabhängigkeit ihn vielleicht genau in die Arme von Cal dem Hasser getrieben hatte.

Oder vielleicht auch nicht.

»Ich hoffe bei Gott, du hast recht«, sagte er zu seinem Partner, als sie wieder in den Chevy stiegen.

Martinez erinnerte sich noch, wie Coopers frühere Opfer ausgesehen hatten, und nickte.

»Ich auch.«

42

Grace' Handy klingelte am Donnerstagabend um achtzehn Uhr siebenundvierzig.

Sam hatte vor einer Weile angerufen, um ihr zu sagen, er würde spät arbeiten, Daniel aß mit Kunden zu Abend, und Mike würde auf eine Party gehen, aber der Rest des Clans war zu Hause. Grace hatte Joshua gebadet und zu Bett gebracht, und Cathy hatte angeboten zu kochen, und bald würde Claudia eine Flasche Napa Sauvignon Blanc aufmachen ...

Sie nahm ab.

»O Grace, Gott sei Dank!«, sagte Sara Mankowitz.

Ihre Stimme überschlug sich vor Stress, was nur heißen konnte, dass Pete, Grace' junger Patient, wieder einmal Probleme hatte.

»Sara, was ist los?«

»Es tut mir so leid, dass ich Sie anrufe, aber ich wusste nicht, was ich sonst tun sollte, und auf Charlie würde Pete niemals hören ...«

»Charlie, das ist Ihr neuer Freund?« Grace wollte Klarheit.

»Ja, und er weiß, dass Pete Ihnen vertraut, deshalb hat er mir gesagt, ich sollte Sie anrufen.«

»Sara, jetzt mal langsam.«

»Ich kann nicht«, sagte die andere Frau. »Charlie hat heute auf Virginia Key gearbeitet, und er hat vorgeschlagen, vielleicht zu Jimbo's zu fahren ...«

»Zu Jimbo's? Wirklich?« Grace war die Verblüffung anzuhören. Das Jimbo's, eine Shrimps-Bude am Ende der Straße auf Virginia Key, war eine örtliche Institution, aber keinesfalls geeignet für einen nervösen Jungen.

»Ich weiß«, sagte Sara. »Aber Charlie dachte, es ist vielleicht genau das, was Pete braucht.« Sie sprach schnell, unter Tränen. »Ein paar der Typen dort draußen haben Pete nervös gemacht, deshalb sind wir wieder gegangen, aber je mehr Charlie versucht hat, ihn zu beruhigen, desto schlimmer wurde es. Und dann, als Charlie an einer Kreuzung vom Gas gegangen ist, ist Pete einfach aus dem Wagen gesprungen. Wir haben alles versucht, um ihn zurückzuholen, und Charlie hat sich jetzt erst einmal zurückgezogen, aber Pete will sich noch immer nicht vom Fleck bewegen, und ich habe höllische Angst, er könnte ...«

»Sara, wo sind Sie?«, schnitt ihr Grace alarmiert das Wort ab. »Und wo genau ist Pete?«

»Wir sind an einer Abfahrt am Crandon Boulevard, gegenüber dem Tenniscenter, in der Nähe des großen Parkplatzes.« Ihre Stimme schwankte, aber Sara fuhr fort. »Und er hat sich neben ein paar Bäumen im Gebüsch verkrochen. Ich kann ihn sehen, im Augenblick ist alles okay mit ihm, aber wenn er wegrennt, könnte er in den Park oder sogar über den Highway laufen ...«

»Sara, Sie müssen den Rettungsdienst verständigen«, schnitt ihr Grace wieder das Wort ab.

»Aber das würde ihm *schreckliche* Angst machen, das wissen Sie doch!« Saras Stimme wurde noch schriller. »Grace, es tut mir so leid, Sie darum zu bitten, aber Sie haben doch gesagt, dass Sie in der Nähe wohnen, und Sie sind die Einzige, die an Pete herankommen kann, wenn er so ausflippt. Er ist einfach so aufgelöst, er kauert im Gebüsch wie ein aufgeschrecktes Tier. Bitte, *bitte* sagen Sie, dass Sie kommen werden!«

Grace sah auf ihre Armbanduhr – noch nicht ganz sieben, und noch hell, und bis zum Abendessen würde es noch eine ganze Weile dauern. Sie hatte noch keinen Tropfen Wein getrunken, und das hier *war* ein echter Notfall – auch wenn sie froh war, dass sie allein war, denn wenn Claudia oder die Kinder davon wüssten, dann würden sie alle auf sie einreden und ihr sagen, sie könne nicht hinfahren.

Aber sie musste hinfahren. Da hatte sie nicht den geringsten Zweifel.

»Ich bin in fünf Minuten unterwegs«, sagte sie zu Sara. »Halten Sie die Leitung frei, damit Sie mir genau sagen können, wo Sie sind, wenn ich in der Nähe bin.«

Sie vergewisserte sich, dass ihr eigenes Handy aufgeladen war, warf es in ihre Handtasche, schlüpfte in ihre Turnschuhe, sah nach Joshua – der Gott sei Dank tief und fest schlief – und rannte nach unten.

Claudia saß in einer der Nischen und sah fern.

»Ich habe einen Notfall«, rief Grace. »Keine Zeit für Erklärungen...«

»Was denn für einen Notfall?«

»Ich werde meine Türen dort und auf dem Weg zurück verriegeln, und ich werde Sam vom Auto aus anrufen, und bitte sorg dafür, dass Saul und Robbie hier bei dir bleiben, sonst wird Sam mir für den Rest meines Lebens Hausarrest erteilen.«

Claudia war aufgesprungen. »Sag mir wenigstens, wohin du fährst.«

»Nicht weit.« Grace eilte zur Haustür. »Schwesterherz, es ist ein Patient, und ich glaube, es geht um Leben und Tod.«

Saul und Cathy tauchten beide gleichzeitig aus der Küche auf.

»Was ist los?«, fragte Saul.

Aber Grace war schon aus dem Haus.

43

Sam und Martinez klapperten wieder Jachthäfen ab.

Sie waren bei der Flamingo Marina gewesen – am Ende der Sechzehnten Straße, nicht weit von der Lincoln Road Mall –, und das bereits zum zweiten Mal. Sie wussten, dass es jeder Logik widersprach, dass sie ausgerechnet hier Glück haben würden, denn das war der Ort, an dem Cooper seinen alten Cruiser, die *Baby*, bei seiner ersten Mordserie immer ordentlich vertäut hatte, mit dem er hauptsächlich hinausgefahren war, um sterbliche Überreste und Beweise zu beseitigen. Daher war es, zumindest für einen *geistig gesunden* Menschen, der letzte Ort, an den er zurückkehren würde. Aber Cal der Hasser war schließlich alles andere als geistig gesund. Außerdem – wenn es tatsächlich Cal/Cooper war, der neue Spiele mit Sam und seiner Familie trieb, dann würden sie, wenn sie weiterhin hier vorbeifuhren, irgendwann vielleicht doch noch auf irgendetwas stoßen.

»Wer zum Teufel kann das bei diesem Scheißkerl schon sagen?«, knurrte Martinez.

Bei ihren ersten beiden Besuchen waren dort zu viele Leute gewesen, und sie hatten Coopers alte Fotos nicht herumgezeigt, hatten sich im Hintergrund halten wollen, auch wenn das alles andere als leicht gewesen war; aber heute Abend war nicht viel los, der Zeitpunkt erschien ihnen günstiger, um ein bisschen herumzuschnüffeln. Es war ein verdammt weiter Schuss ins Blaue, aber dennoch hatte es beide Männer irgendwie an diesen Ort zurückgezogen ...

Nichts. Wieder einmal.

Und dann:

»Hey«, sagte Sam auf dem Weg zurück zur Straße.

Er sah auf eine kleine, handgeschriebene Notiz, die an einem Schwarzen Brett in der Nähe des Eingangs hing.

Sonderangebot bei Sadies Bootswerft
Mehr, als Sie erwarten würden.
Kommen Sie bald!

Was Sams Aufmerksamkeit erregt hatte – das war die Tatsache, dass die Notiz brandneu aussah, im Gegensatz zu den anderen Zetteln, von denen viele vor langer Zeit laminiert worden waren, um sie vor den Elementen zu schützen.

Diese hier war nicht laminiert, und doch sah sie frisch aus, als sei sie erst kürzlich angebracht worden.

Vielleicht von jemandem, der sie beide hier zurückerwartet hatte...

»Sadies Bootswerft«, überlegte Martinez. »S. B.? Spezielle Botschaft für Sam Becket, was meinst du?«

»Ich würde sagen, das ist ein bisschen weit hergeholt«, sagte Sam. »Hast du schon mal von Sadies Bootswerft gehört?«

»Nö.«

»Mehr, als Sie erwarten würden«, las Sam laut vor.

Sein Magen rumorte bereits, bestimmt irrational, bei dem Gedanken, was dieses »mehr« sein könnte.

»Vermutlich nichts«, murmelte er.

»Aber wir fahren trotzdem hin, oder?«

»Wir haben nichts zu verlieren.«

Martinez nahm einen Beweisbeutel und einen Handschuh aus seiner Hosentasche, notierte sich die Adresse auf dem Zettel, nahm ihn dann ab und steckte ihn in den Beutel.

Und schon waren sie wieder unterwegs.

44

Grace' Handy hatte keinen Empfang mehr.

Keine Chance, Sam anzurufen, bis das Netz wieder da war.

Oder Saras und Petes genauen Aufenthaltsort festzustellen.

Bis heute Abend hatte sie hier noch nie Probleme mit dem Empfang gehabt.

»Murphy's Law«, sagte sie laut.

Der Empfang würde jeden Moment wiederkommen.

Toi, toi, toi.

45

Martinez saß am Steuer, und Sam rief sich in Erinnerung, dass es vermutlich wieder einmal reine Zeitverschwendung war. Nur dass es diesmal nicht nur eine seiner Ahnungen war. Denn diesmal ging es seinem Partner genauso.

Es herrschte dichter Verkehr, aber sie hatten keine große Eile. In Sams PDA war kein Eintrag für Sadies Bootswerft gewesen, die der Notiz zufolge am South River Drive lag, nicht weit von der NW 9th Avenue, neben einer ganzen Reihe von Werften. Kein Ort, den sie für einen abendlichen Kurzbesuch ausgewählt hätten.

Aber wenn sie recht damit hatten, dass diese Notiz *irgendetwas* war, dann war die entscheidende Frage, wann genau sie angebracht worden war. Sam konnte sich zwar nicht vorstellen, dass Cooper es selbst riskiert hatte, aber vielleicht hatte er jemandem ein paar Dollar dafür zugesteckt, und in diesem Fall mussten sie genau diese Person ausfindig machen. Und wenn es tatsächlich auf Coopers Konto ging, dann hätte er unmöglich wissen können, dass sie heute Abend wieder zur Flamingo Marina fahren würden, was hieß, dass vielleicht auch an anderen Orten Zettel angebracht worden waren.

Zu viele Wenns und Vielleichts.

Und fast mit Sicherheit sowieso eine Sackgasse.

Der vermisste Ricardo Torres mit den süßen Augen ging Sam durch den Kopf, und er sprach rasch ein stilles Gebet für Lilian Torres, bevor er seinen Kopf klärte.

Vermutlich nur ein harmloser Zettel von einer Bootswerft, die um Kunden warb.

Vermutlich nichts.

46

Grace' Handy hatte jetzt wieder vollen Empfang, aber bei Sams Handy schaltete sich die Mailbox ein, und eine Nachricht zu hinterlassen erschien ihr als allzu leichter Ausweg, als würde sie bei ihrem eigenen Versprechen betrügen.

Sie wusste, wenn er bei ihr gewesen wäre, als Sara angerufen hatte, dann hätte er sie niemals ohne ihn fahren lassen, und dabei war es noch hell gewesen. Aber inzwischen senkte sich bereits die Dämmerung, und auf dem Crandon Boulevard herrschte ungewöhnlich viel Verkehr, und die normalerweise zehnminütige Fahrt dauerte weitaus länger ...

Kehr um!

Egal, was Sara gesagt hatte – Grace sollte besser den Rettungsdienst verständigen, sich als Petes Psychologin ausweisen und sagen, was los war, sich vielleicht von ihnen mitnehmen lassen, um seine Panik zu beschwichtigen.

Aber Pete Mankowitz war ein Kind, das Hilfe brauchte.

Er brauchte Grace, und er brauchte sie *jetzt*.

Daher rief sie nicht an, hinterließ keine Nachricht auf Sams Handy und kroch im Schneckentempo weiter.

47

Sadie T. Marshalls Bootswerft – so der vollständige Name – lag dunkel und verlassen da.

»*Niemand macht es besser als Sadie*«, stand auf einem alten, verbogenen Schild.

Vielleicht vor langer Zeit einmal, aber jetzt sah der Ort eher nach einem Schiffsfriedhof aus als nach einer Werkstatt in Betrieb, und falls Wachschutz bei Sadie T. Marshall je großgeschrieben wurde, dann war davon jedenfalls nichts mehr zu sehen. Jeder Trottel, so schien es Sam und Martinez, während sie den Ort mit Taschenlampen überprüften, hätte sich mit den erbärmlichen, undichten alten Kähnen, die heute Abend hier lagen, davonmachen können.

Nicht, dass es irgendwer bemerken, geschweige denn beachten würde.

»Siehst du irgendwas?«, fragte Martinez leise.

»Noch nicht.«

Die Notiz wurde mit jeder Sekunde verdächtiger, und beide Männer hatten eine Hand auf die Holster unter ihren Jacken gelegt.

Kein »Sonderangebot« zu sehen, jedenfalls keines von der legitimen Sorte.

Und dann sah Sam es.

»Da«, sagte er mit leiser Stimme. Er hielt die Taschenlampe still, damit sein Partner sehen konnte, was er entdeckt hatte.

Vielleicht sechs Meter rechts von ihnen, an einen Haken gebunden.

Noch ein Spielzeug-Dingi.

»O Mann«, murmelte Martinez.

Mit einer geübten Bewegung zückten beide gleichzeitig ihre Waffen, zeichneten einen langen, langsamen Bogen mit den Taschenlampen, alle Sinne geschärft für einen möglichen Hinterhalt.

Keine Geräusche bis auf den Verkehr und die Nachtvögel ...
Irgendwo bellte ein Hund ...

Sams Handy klingelte in seiner Hosentasche.

Er zuckte zusammen, stellte den Ton ab.

Sie warteten noch einen langen Augenblick.

»Sehen wir's uns mal an«, sagte er grimmig.

48

Jetzt blieb Grace keine andere Wahl mehr, als eine Nachricht zu hinterlassen, denn der Verkehr floss wieder, und jede Sekunde würde sie Sara anrufen müssen. Sie hatte darüber nachgegrübelt, warum dieser Charlie mit Pete ausgerechnet zu Jimbo's hatte fahren wollen – auch wenn er es vielleicht nur gut gemeint hatte. Vielleicht hatte er einfach keine Ahnung von schwierigen Kindern, und vermutlich hatte er jetzt ein höllisch schlechtes Gewissen...

Sie hörte Sams Stimme, holte einmal tief Luft.

»Sam, bitte sei nicht sauer, aber ich hatte einen dringenden Anruf von Sara Mankowitz – erinnerst du dich, ich habe dir von ihrem Sohn Pete erzählt? Sie haben ein Riesenproblem, und sie braucht mich, um ihn zu beruhigen, daher werde ich die beiden jetzt nach Hause fahren und einen Arzt verständigen, der sich um seine Medikamente kümmert. Ich habe ein paarmal versucht, dich zu erreichen, und ich werde es wieder versuchen, sobald ich hier fertig bin, also mach dir keine Sorgen um mich, ich bin ganz vorsichtig! Pete neigt nicht zu Gewalt, nur zu Angst, und ich liebe dich, und bitte pass auf dich auf.«

Sie beendete den Anruf und tätigte den nächsten.

»Sara, ich bin fast bei Ihnen. Sagen Sie mir, wo genau ich Sie finde.«

49

Ein Plastikbehälter lag in dem Dingi.

Kein Zweifel mehr.

Nur über den Inhalt.

»Könnte alles sein, Mann«, sagte Martinez. »Könnte eine beschissene Bombe sein.«

»Könnte sein«, gab ihm Sam recht.

Er hockte sich hin, so nah, wie er herankommen konnte.

Das Dingi war einen guten Meter von ihm entfernt und schaukelte sanft.

»Fass das besser nicht an!«

»Ich sehe es mir nur an.«

»Wir müssen raus hier, Meldung machen.«

»Ich weiß.«

Nur dass es eine ganze Weile dauern würde, das Bombenentschärfungsteam der City of Miami zu verständigen. Das hier war Jerome Coopers Werk, und Sam hatte nicht das Gefühl, dass es eine Bombe war, nicht eine Sekunde. Und wenn dieser Dreckskerl irgendwie wusste, dass er und Martinez in diesem Augenblick hier waren, dann konnte das heißen, dass er im Begriff war, einen Anschlag gegen Grace oder den Rest der Familie zu verüben, und selbst wenn sie alle sicher und behütet in Daniels ganz persönlichem Fort Knox waren, konnte er es sich nicht erlauben, eine Minute länger als nötig zu verschwenden.

»Geh du raus, Al«, sagte er leise, »und gib mir Deckung.«

»Ausgeschlossen!«, widersprach Martinez. »Ich mache Meldung.«

»Na schön. Aber zuerst sehe ich es mir an.«

»Herrgott noch mal, Mann, denk doch an deine Familie!«

»Genau deshalb werde ich hier nicht herumstehen und warten.«

»Scheiße!«, fluchte Martinez. »Dann lass es mich aufmachen. Ich habe niemanden.«

Sam schüttelte energisch den Kopf. »Diese Botschaft war für mich bestimmt, nicht für dich.«

Das S. B. von Sadies Bootswerft war eben doch nicht so weit hergeholt.

50

»Ich kann Sie noch immer nicht sehen«, sagte Grace zu Sara.
»Ich trage Weiß und winke mit den Armen.«
Der Highway selbst war hell erleuchtet, aber als Grace in die Dunkelheit rechts von ihr spähte, wurde sie auf einmal von einer neuen Art Angst ergriffen. Es war eine Sache, zu versuchen, einem verängstigten Kind in seinem Zuhause oder einem Behandlungsraum zu helfen, aber das hier war etwas völlig anderes. Sie hätte sich nicht darauf einlassen sollen, sie war zu nervös, um ...
Da.
Etwas Weißes blitzte auf, und Arme ruderten.
»Ich sehe Sie«, sagte Grace.
Sie sah die Abfahrt und nahm sie.

51

Keine Bombe.
    Und auch kein Herz.
    Nur ein kleines, einzelnes Blatt Papier, aus einem Spiralblock gerissen.
    Handgeschrieben, in einer Schrift, die Sam vertraut war.

Aus der Neuen Epistel von Cal dem Hasser

Wenn du weißt, dass du sowieso zur Hölle fährst,
    dann weißt du, dass du nichts zu verlieren hast.
    Du bist an allem schuld, Samuel Lincoln Becket.
    Du und die Deinen.

Martinez sprach als Erster.
    »Ich mache jetzt Meldung. Keine Widerrede.«
    Sam reagierte nicht.
    »Alles okay, Mann?«
    Sam nickte, zückte sein Handy.
    »Nachricht von Grace«, sagte er leise.
    Er hörte sie ab.
    »Scheiße!«, fluchte er.
    »Was ist?«
    Sam starrte noch immer auf das Telefon in seiner Hand.
    »Sie ist zu einem Notfall gefahren. Allein.«

»Wo ist sie?«

»Hat sie nicht gesagt. Nur dass sie dieser Mom und dem Jungen helfen will, den sie behandelt, und die beiden nach Hause bringen will – sie wohnen in der Nähe von Claudia.«

Martinez nickte. »Dürfte kein Problem sein.«

»Sie nach Hause bringen von wo?«, sagte Sam grimmig.

Er wählte Grace' Nummer, erreichte die Mailbox.

»Grace, hier ist Sam. Ruf mich sofort zurück!«

»Sie schafft das schon«, wiederholte Martinez.

Sam brauchte eine Sekunde, dann nickte er ihm zu.

»Na los! Mach Meldung.«

52

»Er ist dort drüben.« Sara kämpfte mit den Tränen, während Grace aus dem Toyota stieg.

Sie waren auf der Zufahrtsstraße, die zu einem großen Parkplatz führte, der jetzt geschlossen war.

Keine Beleuchtung dort, wo sie standen, Reihen mit Palmen und ein breiter Grasstreifen zwischen der schmalen Straße und dem Highway weiter rechts von ihnen. Ein dichtere Gruppe von Bäumen vielleicht dreißig Meter vor ihnen, wo die Straße eine Biegung nach rechts machte und zurück zum Highway führte.

»Ich kann ihn nicht sehen.« Grace spähte in das Halbdunkel, sie hatte die Scheinwerfer angelassen, aber die Bäume, unter denen Pete Schutz gesucht hatte, standen weit außerhalb der Reichweite ihres Lichtstrahls.

»Er ist dort drüben, in der Hocke.« Sara wischte sich mit dem Handrücken über die Augen, dann rief sie etwas lauter: »Pete, Schatz, Doc Lucca ist hier, wie ich es dir gesagt habe.«

Es war keine Bewegung zu sehen, aber auf einmal bemerkte Grace einen blassen, ovalen Klecks in der Dunkelheit, und ihre eigene Nervosität wich unvermittelt einem heftigen Anfall von Mitgefühl mit diesem Jungen und seiner Verwirrung, *seinen* Ängsten. Bei jedem anderen Kind hätte sie sich vielleicht gefragt, ob es seiner Mom einen Streich spielen wollte, vielleicht um sie wegen ihres neuen Freundes zu ärgern, aber Grace hatte nie auch nur einen Funken Gemeinheit in dem kleinen Pete entdeckt.

»Wo ist Ihr Freund?«, fragte sie leise.

»Er ist mit dem Wagen irgendwo um die Kurve gefahren, um außer Sicht zu sein. Wir dachten beide, wenn Pete ihn nicht mehr sehen könnte, dann würde er sich vielleicht ein bisschen entspannen, wieder herauskommen und mit mir reden. Aber er hat sich nicht vom Fleck gerührt.«

Grace sah wieder zu dem blassen Oval hinüber, hob die rechte Hand zum Gruß.

»Was genau war denn der Auslöser dafür?«, fragte sie.

»Nicht mehr, als ich Ihnen schon gesagt habe. Irgendetwas im Jimbo's hat ihn erschreckt, und dann, je mehr Charlie auf der Fahrt zurück versucht hat, Pete zu beruhigen, desto schlimmer wurde es mit ihm.« Sara drehte mit der rechten Hand ein paar Strähnen ihres Haars ein; ihre Anspannung war gewaltig. »Grace, wenn er nicht mit Ihnen reden will, dann weiß ich nicht, was passieren wird.«

»Es wird alles gut werden«, sagte Grace. »Ich werde ein Stück auf ihn zugehen, wenn er mich lässt, und ich will, dass Sie in meinem Wagen auf mich warten. Hier draußen ist es verdammt unheimlich.«

»Bitte seien Sie vorsichtig mit ihm.«

»Als ob er mein eigener Sohn wäre.«

Sie begann, ganz langsam auf den Jungen zuzugehen, hörte ihr Handy klingeln und begriff, dass sie es in ihrem Wagen liegen gelassen hatte.

Sam.

Sie machte nicht kehrt.

53

»Gottverdammte Mailbox!«, fluchte Sam.

»Du hast doch gesagt, dass sie bei einem Patienten ist.« Martinez bemühte sich um einen vernünftigen Ton, obwohl er wusste, dass Sam in diesem Augenblick jeder Patient scheißegal war, dass er Grace nur sicher und behütet bei ihrer Familie wissen wollte.

»Sie hat mir versprochen, nichts dergleichen zu tun, bis Cooper hinter Schloss und Riegel ist!«, brauste Sam auf. »Sie hat geschworen, vorsichtig zu sein!«

»Es ist ein Patient«, erwiderte Martinez ganz ruhig. »Eines ihrer Kinder. Ich nehme an, sie konnte nicht Nein sagen. Aber das heißt ja nicht, dass sie nicht vorsichtig ist.«

»Und in der Zwischenzeit weiß ich nicht, wo sie steckt.«

»Das gilt umgekehrt auch für sie. Sie lebt jeden einzelnen Tag damit, Mann.«

Sie hörten Sirenen in ihre Richtung.

Sie hatten einen Job zu erledigen.

Sie mussten einen Killer schnappen.

54

»Ich fahre nicht mit ihm zurück.«

Petes erste Worte an Grace.

Er hatte nichts gesagt, als sie sich genähert hatte, hatte sie kommen lassen. Sie hatte sich langsam, stetig auf ihn zubewegt, in der Hoffnung, Ruhe zu bewahren, auch wenn die dunklen Formen, die sich in der Brise rings um sie bewegten, verdammt unheimlich waren. Grace war erschreckend klar, dass ein falscher Schritt, ein einziges unpassendes Wort in dieser Situation eine Katastrophe nach sich ziehen konnte ...

Anfangs, als sie sich ihm genähert hatte, hatte er wie ein Tier ausgesehen, das im Begriff zu fliehen war, aber dann hatte sie ihm gesagt, dass es ihr nur darum ginge, ihn in Sicherheit zu wissen. Inzwischen schien er sich ein klein wenig entspannt zu haben, auch wenn er noch immer tief unten auf dem Boden kauerte, seine haselnussbraunen Augen weit aufgerissen vor Angst und Groll und auf ihr Gesicht geheftet.

»Das verlangt ja auch niemand von dir, Pete«, sagte sie zu ihm.

Seine Augen huschten zur Seite, sahen sich um. »Meine Mom mag ihn.«

»Deine Mom wird ihn nicht mehr mögen, wenn er dir irgendetwas angetan hat.«

»Sie findet, er ist der Größte.«

Grace stand noch immer mit dem Rücken zu dem Toyota, in dem Sara jetzt saß und darauf wartete, dass ihr Sohn sicher zu ihr zurückgebracht wurde.

»Hast du etwas dagegen, wenn ich mich zu dir auf den Boden setze?«, fragte sie.

Er schüttelte den Kopf, und sie kniete sich auf die Erde, froh, dass sie Jeans trug. Irgendwo über ihnen schrie eine Rohreule, unheimlich in der Nacht.

Sie wartete noch einen Augenblick, nahm sich wieder zusammen und fragte dann mit leiser, ruhiger Stimme: »Hat er dir irgendetwas angetan, Pete?«

»Eigentlich nicht«, murmelte Pete. »Nur...«

»Nur was?«, drängte sie ihn sanft.

»Er sagt Sachen.«

»Was für Sachen?«

Sie spürte Hass tief in sich aufsteigen, und vielleicht war es ungerecht, diesen Fremden kurzerhand für schuldig zu erklären, und sie hätte es besser wissen sollen. Aber hier saß sie auf der Erde, ein paar Schritte entfernt von einem verängstigten Kind, und ungerechte Instinkte erwachten in Augenblicken wie diesem...

»Nicht so etwas«, sagte Pete schnell. Er wusste, was sie vielleicht dachte; immerhin war er zehn und nicht fünf. Aber in seiner Stimme lag ein so abwehrender Ton, als würde man ihm vielleicht die Schuld geben, wenn es *so etwas* wäre.

»Was denn dann, Pete?«

»Er mag es, wenn ich Angst bekomme. Er hat so ein Lächeln, und ich hasse ihn.«

»Was hat er denn heute getan, um dich so aus der Fassung zu bringen?«, fragte sie. »Meinst du, du kannst es mir sagen, Pete? Aber es macht auch nichts, wenn du nicht bereit dazu bist. Wichtig ist nur, dass wir euch beide, dich und deine Mom, sicher nach Hause bringen.«

»Aber er wird auch mitkommen.«

»Das glaube ich nicht. Ich werde euch nach Hause fahren.«

»Werden Sie ihm sagen, dass er uns allein lassen soll?« Jetzt hatte Pete den Blick fest auf Grace geheftet. »Bitte, Doc, bitte sagen Sie es ihm!«

»Ich bin mir nicht sicher, ob ich das kann, Pete. Das steht mir nicht zu.«

»Dann komme ich nicht mit nach Hause.«

»Aber ich werde mit deiner Mom reden, und ich werde sie bitten, Charlie zu sagen, dass er nicht mehr zu euch nach Hause kommen soll, bis du bereit bist, ihn bei euch zu haben.«

»Dazu werde ich nie bereit sein.«

»Dann wirst du deiner Mom genau das sagen.«

»Sie wird sauer sein.«

»Vielleicht ein bisschen«, nickte Grace. »Und vielleicht auch ein bisschen traurig.«

»Weil sie ihn mag.« Pete schüttelte den Kopf. »Sie täuscht sich.«

»Vielleicht.« Grace streckte eine Hand aus. »Kommst du jetzt mit zurück?« Sie sah sich um, spähte durch die Dunkelheit zu den Scheinwerfern ihres Wagens. »Ich muss dir nämlich sagen, Pete, ich habe hier draußen selbst ganz schön Angst.«

»Tut mir leid«, sagte er.

»Das ist nicht deine Schuld.«

Er schwieg einen Augenblick, und dann sagte er: »Wenn ich jetzt mit zurückkomme, in Ihrem Wagen, können Sie dann wenigstens dafür sorgen, dass Charlie nicht mit zu uns kommt?«

Grace nickte. »Ich bin sicher, das kann ich tun.«

Und Pete legte seine Hand in ihre.

55

Sam versuchte es noch einmal auf Grace' Handy.
Es klingelte zweimal, und dann nahm eine Frau ab.
»Hallo?«
Nicht Grace.
»Wer ist da?«
»Ist da Sam?«, fragte die Stimme.
»Ich habe zuerst gefragt«, erwiderte er. »Das ist das Telefon meiner Frau.«
»Hier ist Sara Mankowitz. Mein Sohn, Pete, ist ein Patient Ihrer Frau.«
»Na schön«, sagte Sam angespannt. »Dann sagen Sie mir bitte, warum Sie an ihr Telefon gehen?«
Zu irgendeinem anderen Zeitpunkt wäre er vielleicht freundlicher gewesen, aber in diesem Augenblick musste er einfach wissen, wo Grace war und ob sie in Sicherheit war.
»Sie klingen beunruhigt.« Sara Mankowitz' Stimme bebte. »Es tut mir so leid, das ist alles meine Schuld, aber ich brauchte Grace' Hilfe, und ...«
»Wo ist meine Frau? Geht es ihr gut?«
»Es geht ihr gut. Sie redet im Augenblick mit Pete.«
Sam zwang sich, durchzuatmen, denn das war schon besser. Sie war in Sicherheit.
»Ich möchte bitte mit ihr sprechen.«
»Ich werde sie bitten müssen, Sie zurückzurufen.«
»Ich möchte lieber warten«, sagte Sam. »Wo wohnen Sie, Mrs. Mankowitz?«
»Wir sind nicht bei mir zu Hause. Bitte nennen Sie mich Sara.«

»Wo sind Sie denn dann?«, fragte Sam.

Er bekam schon wieder so ein ungutes Gefühl.

»Wir sind neben dem Highway.« Sara begann zu schluchzen. »Es tut mir so leid.«

Ein Puls pochte in Sams rechter Schläfe. »Schon gut, Sara! Sagen Sie mir einfach, was passiert ist.«

»Passiert ist, dass Pete eine richtig schlimme Panikattacke hatte und aus dem Wagen meines Freundes gesprungen ist und wir ihn nicht wieder zurückholen konnten, und der einzige Mensch, auf den er hört, wenn er so ausflippt, ist Grace, und so schlimm wie jetzt war es noch nie, und es wurde allmählich so gefährlich.«

»Wo genau sind Sie, Sara?«, fragte Sam.

»Neben dem Crandon Boulevard.«

»Wo *genau?*«, hakte er nach.

»Wir sind in der Nähe des Tenniscenters...«

»Und findet diese *Sitzung* in ihrem Wagen statt oder in dem Ihres Freundes?« Er lief immer noch vor Sadies Bootswerft auf und ab. Seine Gedanken überschlugen sich, denn mein Gott, dort draußen war es dunkel, und...

»Nein, aber...«

»Sagen Sie mir, wo genau Sie sind.«

»O mein Gott«, sagte Sara Mankowitz.

»Was denn?«, rief Sam. »Was ist los?«

»Es ist alles gut.« Die Erleichterung war ihr deutlich anzuhören. »Sie hat ihn, sie kommen. Ich muss Schluss machen.«

Sam hörte, wie die Verbindung unterbrochen wurde.

Er versuchte es noch einmal.

Keine Antwort.

»Was ist los, Mann?«, fragte Martinez.

»Das würde ich auch gern wissen«, sagte Sam. »Aber ich muss Grace finden.«

Jetzt konnten sie Lichter sehen, die Sirenen waren fast bei ihnen.

»Wir können hier nicht weg.« Martinez runzelte die Stirn. Doch sein Partner war schon in Bewegung. »Ich verschwinde«, sagte Sam.

56

Es war, fand sie später, als sie darüber nachzudenken wagte, wie ein Klischee der schlimmsten Art in dem Sinn, dass es wie in Zeitlupe und Zeitraffer zugleich abzulaufen schien.

Es begann, als sie zwischen den Palmen herauskamen.

Pete hielt ihre Hand fest umklammert. Seine Angst war spürbar, obwohl die einzige andere Person in Sicht seine Mutter war, die am anderen Ende der Straße aus dem Toyota stieg. Ihre Körpersprache war anfangs zögerlich, während sie die Reaktion ihres Sohns abwartete, dann hoffnungsvoller, die Arme nach ihm ausgestreckt.

»Bereit für die große Umarmung?«, fragte Grace Pete leise.

»Mhm«, sagte er etwas heiser, voller Sehnsucht danach.

Er ließ Grace' Hand los, machte sich bereit, auf Sara zuzulaufen.

Und dann hörten sie es beide.

Ein dröhnendes Motorengeräusch.

Das aus dem Dunkeln links von ihnen kam.

Und dann ein VW-Käfer-Cabrio, mit offenem Verdeck, das sich ganz langsam bewegte.

Ein Mann saß am Lenkrad.

»Das ist er«, schrie Pete und klammerte sich an Grace fest.

Er sah Charlie.

Auch Grace sah den Mann.

Wusste, wer er war.

Nicht Charles Duggan.

Und in einem winzigen, ruhigen Moment inmitten ihrer eigenen wachsenden, wilden Angst wusste sie, was sie zu tun hatte.

»Pete, geh zu deiner Mom!«, sagte sie zu ihm.

Sie konnte seine verängstigten, fragenden Augen eher spüren als sehen.

Sie holte einmal tief Luft. »Sara«, rief sie, »Sie müssen Pete nehmen und *wegrennen!*«

»Was ist denn los?« Die andere Frau war nur ein paar Schritte entfernt.

»Sara, das ist *nicht* Charlie, glauben Sie mir.« Sie schubste Pete hart auf seine Mutter zu. »Pete, lauf *sofort* zu deiner Mommy, und dann *rennt* ihr beide weg!«

Der Junge setzte sich in Bewegung, rannte los, erreichte seine Mutter, und Sara starrte Grace einen Augenblick lang an, dann schnappte sie sich die Hand ihrer Sohns und tat, was man ihr gesagt hatte, wandte sich ab und rannte los, vorbei an dem Toyota. Dann zögerte sie, sah noch einmal zurück.

»*Rennen* Sie einfach weg!«, brüllte Grace. »Laufen Sie zurück zum Highway, zu anderen *Leuten!*«

Der VW blieb stehen.

Grace' Angst steigerte sich zu Entsetzen. Sie lief los, erreichte ihren Wagen, riss die Tür auf, stieg mit hämmerndem Herzen ein, knallte die Tür zu und tastete nach dem Zündschlüssel.

Er öffnete seine Tür, stieg aus.

Zu weit entfernt, zu sehr in Dunkelheit gehüllt, um ihn deutlich erkennen zu können, aber sie wusste, wer er war, o mein Gott, sie *wusste* es.

Jerome Cooper – Cal der Hasser – Saras »Freund« Charlie – bahnte eine Beziehung mit Sara Mankowitz an, terrorisierte ihr verletzliches Kind, nur um an Grace heranzukommen, und der neue, abscheuliche Beweis für die Bosheit dieses Mannes erfüllte sie mit purem Entsetzen und Abscheu.

Ihr Wagen sprang nicht an.

Und er kam auf sie zu.

Kam langsam näher.

Sie verriegelte ihre Türen, drehte den Zündschlüssel ein zweites Mal, und der Motor sprang an.

Er kam noch immer näher, war jetzt nur noch ein paar Schritte von ihr entfernt, und Grace starrte in ihren Rückspiegel hoch, aber hinter ihr war alles pechschwarz, und jetzt stand er genau vor dem Toyota, *genau* davor, daher legte sie den Rückwärtsgang ein – es war noch immer zu dunkel, um etwas zu erkennen, aber sie trat das Pedal trotzdem durch und spürte fast im selben Augenblick einen dumpfen Schlag, ein entsetzliches Knirschen, als sie mit irgendetwas zusammenstieß.

»O mein Gott.«

Sie legte wieder den Leerlauf ein, aber der Mann stand noch immer einfach nur da. Sein Gesicht war kaum zu erkennen, so nah war er, und sein Körper schluckte das grelle Licht der Scheinwerfer des Toyotas, und es gab kein Entrinnen von ihm, diesem Dreckskerl, der schon so vielen Menschen so viel Leid angetan hatte, einem bösen Mann, der ein *Kind* benutzte, um an sie und ihre Familie heranzukommen, und sie würde nicht zulassen, dass er Pete noch mehr wehtat, sie würde nicht zulassen, dass er weiter tötete ...

»Geh *weg* von mir!«, brüllte sie.

Er beugte sich zu ihrer Windschutzscheibe vor, und sie ließ den Motor aufheulen, aber er schien sich nur noch weiter vorzubeugen, schien immer größer, immer bedrohlicher zu werden.

Sie legte den Vorwärtsgang ein.

Auf einmal flutete alles wieder durch ihren Verstand, Erinnerungen und Bilder, die sie verzweifelt auszulöschen versucht hatte: Cooper, der Joshua aus seinem Kinderbettchen stahl, ihn mit *Medikamenten* vollpumpte ... Als sie sah, wie Coopers Boot explodierte, und dachte, ihr kleiner Sohn wäre tot ...

Sie würde nicht zulassen, dass er ihr, ihrer Familie noch einmal etwas antat ...

»Das werde ich nicht *zulassen!*«

Sie trat das Gaspedal hart durch.

Der Toyota machte einen Satz nach vorn.

Bei dem Aufprall wurde sie auf ihrem Sitz nach vorn geschleudert, dann nach hinten, und entsetzliche Geräusche hallten in ihrem Schädel, ihrem Kopf wider.

Und dann begriff sie, dass sie ihn nicht mehr sehen konnte.

Sie wusste, dass sie es *getan* hatte.

Ihr war nicht bewusst, dass sie zitterte, während sie in ihrem Wagen sitzen blieb.

Sie stellte den Motor ab.

Und hörte ihn.

Stöhnen.

Sie saß da und wartete darauf, dass das Geräusch aufhörte.

Wartete, wie es ihr schien, eine halbe Ewigkeit.

Und es hörte noch immer nicht auf.

Dann schoss ihr der Gedanke durch den Kopf, dass die echte Grace den Notruf verständigen und aus dem Wagen steigen würde, um diesem Monster zu helfen, denn er war immer noch ein Mensch, der menschliche Schmerzenslaute von sich gab.

Und schließlich nahm sie ihr Telefon und tätigte einen Anruf.

Sam.

Der so rasch abnahm, als hätte er darauf gewartet.

Sie hörte nicht auf das, was er sagte, denn sie musste es ihm sagen.

Was sie getan hatte.

»Ich habe versucht, ihn zu erledigen, aber er ist noch immer am Leben.«

»Wer?« Sams Stimme klang seltsam, ängstlich. »Wer ist noch immer am Leben?«

»Cooper«, flüsterte sie. »Er ist auf mich losgegangen, und ich habe ihn überfahren, aber er stöhnt noch immer.«

»Okay«, sagte Sam. »Grace, hör mir zu.«

»Ich höre.«

»Bist du jetzt in deinem Wagen?«

»Ja.«

»Du musst dort bleiben«, beschwor er sie. »Sind die Türen verriegelt?«

»Ja. Mach dir keine Sorgen um mich.«

»Wo bist du, Grace? Kannst du mir sagen, wo genau du bist? Die Mutter des Jungen sagte, ihr wärt in der Nähe des Tenniscenters am Crandon Boulevard.«

»Das stimmt«, murmelte sie.

»Wo *genau*?«

»Da ist eine Abfahrt in der Nähe eines großen Parkplatzes.«

»Okay«, sagte Sam. »Grace, ich rufe jetzt Verstärkung, und ich bin unterwegs, und du bleibst einfach, wo du bist.«

»Mache ich.«

Auf einmal zu erschöpft, um sich noch zu bewegen. Bleiern, am Ende.

Und dann sah sie, dass Leute kamen. Sara und Pete, die sich aneinanderklammerten, und noch zwei Leute, Fremde, einen Mann und eine Frau, und Grace sah, wie Sara Pete zu den beiden Fremden schob, und die Frau nahm ihn in die Arme und hielt ihn beschützerisch, während Sara näher kam.

Im Scheinwerferlicht des Toyotas sah Grace das Entsetzen in Sara Mankowitz' Miene.

»Was haben Sie getan?«, hörte sie sie rufen. »Was haben Sie *getan?*«

Da wusste Grace, dass sie sich in Bewegung setzen musste, dass sie die Kraft aufbringen musste, aus dem Wagen zu steigen und mit Sara zu sprechen, um ihr klarzumachen, dass das hier nicht ihr Freund war, dass das hier ein Monster war.

Daher entriegelte sie ihre Tür und stieg aus, und falls *er* noch am Leben war, falls er reden konnte, wer wusste schon, was er zu Sara sagen würde, was er ihr einreden würde.

»Grace, was haben Sie *getan?*« Saras Stimme war dünn und schrill vor Schmerz.

»Sara«, begann Grace. »Dieser Mann ist nicht Charlie. Dieser Mann ...«

Sie brach ab.

Sah auf den Mann am Boden.

Den Mann, den sie mit ihrem Wagen überfahren hatte.

Nicht Cooper.

Nicht Cal.

Und das Seltsame, das *Seltsamste* von alledem war, dass dieser Mann, der dort zu ihren Füßen lag, nicht einmal wirklich wie Cooper aussah. Sein Haar hatte diesen silbernen Ton, in dem Cooper seines als Cal der Hasser gefärbt hatte, und während sie ihn dort liegen sah, fand sie, dass er schlank aussah.

Aber er war es nicht.

Grace war wie gelähmt, und ein Teil von ihr machte einfach dicht.

»Aber er hat Pete schreckliche Angst eingejagt«, sagte sie, »und dann kam er genau auf mich zu, und ich habe ihm gesagt, er solle verschwinden, aber er kam immer näher.«

Ihre Stimme funktionierte noch, und ihr Herz schlug noch.

»Er kam, um zu *helfen*«, schluchzte Sara.

Und dann sprach der Mann auf dem Boden zu Sara.

»Ich wollte nur helfen«, sprach er mit schwacher, aber klarer Stimme.

Und dann starb er.

57

»Warum sagst du es nicht?«, fragte Grace Sam.

Später.

Der Rettungsdienst war als Erstes eingetroffen, dann die Polizei von Key Biscayne, und andere Fremde, mit und ohne Uniform, die alle freundlich mit ihr umgingen, ruhig, so, wie ausgebildete Rettungskräfte mit jemandem umgingen, der kurz vor einem Zusammenbruch stand.

Sie wusste nicht, wie viel Zeit zwischen *vorhin* und jetzt verstrichen war.

Seit dem Augenblick, als sie alles beendet hatte, was gut und anständig war.

»Warum sage ich was nicht?«, fragte Sam.

»Ich weiß nicht«, sagte sie. »Ich nehme an, vielleicht ›Mein Gott, Grace, was hast du getan?‹. So etwas eben.«

Sam erkannte einen Schock, wenn er einen sah.

Er konnte sich nicht einmal annähernd vorstellen, wie ihr zumute war, obwohl er selbst im Dienst mehr als einmal jemanden getötet hatte und einmal, vor ein paar Jahren, außerhalb seiner Zuständigkeit das Leben von jemandem beendet hatte, der Cathy nahestand, einem Mörder, aber trotzdem ... Cops wurden nach traumatischen Ereignissen im Großen und Ganzen psychologisch gut betreut, und sicher, auch Cops waren nur Menschen, aber Grace ...

Grace lebte dafür, sich um andere zu kümmern.

Und Grace hatte soeben getötet.

Sam spürte, wie sein eigener Schmerzpegel mit jeder Sekunde stieg.

Sie machte noch immer dicht.

»Ich dachte, er wäre es«, sagte sie wieder.

Sie hatte es ihm gesagt, hatte es allen gesagt, immer und immer wieder.

»Ich weiß«, sagte Sam. »Er sah so aus wie er.«

Aber nicht genug, dachte er, *als dass auch andere die Ähnlichkeit sehen konnten.* Auch wenn er bei Gott hoffte, dass er sich in dem Punkt täuschte.

Grace sah ihn an, sah neue Wunden in seinen warmen Augen.

»Ich komme mir vor wie eine Porzellanpuppe.« »Ich weiß, dass ich am Leben bin, und ich weiß, was ich getan habe. Ich habe einen Mann kaltblütig getötet. Aber offenbar kann ich es noch nicht *fühlen*, und ich glaube, darüber bin ich froh.«

Sie saßen auf dem Boden, am Rand der schmalen Straße, Grace mit einer Decke um die Schultern, und Sam hatte einen Arm um sie gelegt. Der Tatort wurde jetzt von Scheinwerfern und Leuchtbalken von Streifenwagen angestrahlt, und Blinklichter erhellten den Toten – Grace' Opfer –, der noch immer vor ihrem Wagen lag.

Sie zitterte noch immer.

»Können wir uns nicht in deinen Wagen setzen?«, fragte sie.

Sam hatte ihr bereits gesagt, sie könnten sich nicht in den Toyota setzen, da er im Augenblick ein Beweismittel sei, und ohnehin konnte sie sich nicht vorstellen, je wieder in diesen Wagen steigen zu können.

»Ich glaube, das ist keine gute Idee. Es könnte falsch ausgelegt werden.«

»Damit du mir nicht sagst, was ich sagen soll.«

Ihre Stimme klang leblos.

»So ähnlich«, nickte Sam.

»Aber das könntest du auch hier tun«, erwiderte sie.

Er wünschte in gewisser Hinsicht, sie wäre weniger rational, hatte mit jedem Augenblick, der verstrich, mehr Angst um sie.

»Ich nehme an, sie wollen uns ein bisschen Zeit geben.«

»Bevor sie mich mitnehmen«, flüsterte Grace.

»Ich habe Jerry Wagner angerufen«, sagte Sam.

Das durchbrach den Porzellanpanzer, drang in ihn ein wie eine Pfeilspitze.

Jerry Wagner war Cathys Strafverteidiger gewesen, als sie vierzehn war und zu Unrecht wegen Mordes an ihren Eltern und anderer Dinge angeklagt worden war.

»So schlimm?«, fragte sie leise.

»Er ist der Beste, der mir eingefallen ist«, sagte Sam, »und er kennt dich.«

Grace sah wieder in seine verletzten Augen, sah, dass er innerlich zerbrach, und sie wusste, dass sie alles getan hätte, um ihm das zu ersparen.

Zu spät.

»Ich dachte wirklich, er wäre es«, wiederholte sie.

»Ich weiß.«

»Charlie.« Sie schüttelte den Kopf. »Ich kann mich nicht einmal an seinen Nachnamen erinnern.«

»Duggan«, half Sam.

»Charlie Duggan.«

Der Name, von ihr ausgesprochen, klang wie aus weiter Ferne, so, wie sie sich fühlte. *Dissoziiert.* Und doch begriff ihr Psychologen-Verstand, unter der Dumpfheit, die von ihr Besitz ergriffen hatte, was mit ihr geschah, denn Dissoziation war eine häufige Reaktion auf ein Trauma, und sie hatte in den letzten Jahren weiß Gott so manchen Schock erlebt.

Aber bis jetzt hatte sie noch nie jemanden getötet.

Ein Mal, vor Jahren, hatte sie den Unfalltod eines Mannes mitverschuldet, als sie selbst Angst um ihr Leben gehabt hatte, und sie hatte noch lange danach unter den Folgen gelitten. Und ein Mal hatte sie töten *wollen*, kurz, aber heftig, nachdem Cooper Joshua entführt und sie ihr Baby verloren geglaubt hatte.

Aber dieser Mann, dieser Charlie Duggan, war unschuldig gewesen.

Ich wollte nur helfen.

Seine letzten Worte, vor Zeugen ausgesprochen.

»Ich habe ihn getötet«, sagte sie jetzt noch einmal. »Ich habe einen Mann getötet, und ich fühle es noch nicht, aber ich weiß genug, um zu begreifen, dass es mich bald treffen wird.«

Sam berührte ihre Wange. »Ich bin für dich da.«

Er hatte Martinez vor einer Weile angerufen, hatte ihm rasch und behutsam beigebracht, was hier vorgefallen war, und sein Freund, zutiefst bestürzt, hatte ihm gesagt, er würde sich um die Abwicklung der Situation bei Sadies Bootswerft kümmern und mit einem diskreten Anruf Mike Alvarez verständigen – und der Lieutenant hatte Sam bereits angerufen und ihm gesagt, er solle sich als außer Dienst betrachten, hatte ihm versichert, seine Gedanken seien bei ihm und Grace, und wenn sie irgendetwas bräuchten, würde er sein Bestes tun, um ihnen zu helfen.

»Du musst zurück zu Claudia fahren«, murmelte Grace. »Bei unseren Kindern sein.«

»Es geht ihnen gut. Ich habe mit deiner Schwester gesprochen.«

»Aber *er* ist noch immer dort draußen. Ich habe ihn nicht zur Strecke gebracht.«

»Ich bleibe bei dir«, sagte Sam.

»Wird man dich denn lassen?«

»Nicht während der Vernehmung, aber danach.«

»Wird man mich denn gehen lassen?«

»Gegen Kaution.«

»Heute Abend?«

»Ich weiß nicht.«

»Nicht heute Abend«, sagte sie langsam.

»Hab keine Angst!« Sam drückte sie fester an sich.

»Ich habe keine Angst. Außer vor dem, was ich getan habe.

Wozu ich imstande war.« Sie schwieg einen Augenblick. »Und davor, was das für Cathy und Joshua bedeuten wird.«

»Joshua wird gar nichts davon mitbekommen«, sagte Sam. »Dafür werden wir alle sorgen.«

»Eines Tages schon«, widersprach sie. »Wenn ich ins Gefängnis komme.«

»Du wirst nicht ins Gefängnis kommen, Schatz.«

»Woher willst du das wissen?«

»Das werde ich nicht zulassen. Jerry Wagner wird es nicht zulassen. Sie werden die ganze Geschichte hören, und sie werden es verstehen.«

»Nicht einmal ich verstehe es.«

Und dann, ganz plötzlich, standen zwei Männer über ihnen und nahmen ihnen das Licht.

Zwei Detectives vom Miami-Dade-Morddezernat.

Grace hörte ihre Namen, aber sie drangen nicht zu ihr durch.

Nur ein Name ging ihr unaufhörlich durch den Kopf.

Charlie Duggan.

Ihr Opfer.

»Grace.« Sams Stimme, scharf und klar, drang zu ihr durch. »Grace, hör mir zu. Du wirst vermutlich festgenommen werden, und sie werden dich nach Doral mitnehmen.« Er sah sie nicken. »Aber ich will nicht, dass du *irgendetwas* sagst, bevor Jerry Wagner kommt. Du kannst deinen Namen und deine Anschrift bestätigen, aber sonst nichts. Hast du verstanden?«

»Natürlich. Mach dir keine Sorgen.«

Er küsste sie auf die Stirn und half ihr hoch. Die Detectives warteten, hielten ihn nicht ab.

Sam sagte ihr, dass er sie liebte, und Grace sagte dasselbe zu ihm.

Und dann, auf einmal, begriff sie, was ihr bis jetzt noch gar nicht über die Lippen gekommen war.

»Es tut mir so leid.«

»Ich weiß«, sagte Sam.

58

Grace wurde im Fred-Taylor-Hauptrevier in der NW 25th Street in Doral, westlich des Miami International Airport, von zwei Detectives befragt. Es dauerte, wie ihr schien, eine halbe Ewigkeit.

Sie wurde über ihre Rechte belehrt und verstand sie, aber Jerry Wagner war schon vor ihr eingetroffen und hatte sich als der sie vertretende Anwalt ausgewiesen, und er ließ nicht zu, dass eine Aussage aufgenommen wurde.

»Sagen Sie gar nichts«, sagte er zu ihr.

Ihr Recht zu schweigen, verankert im Fünften Zusatzartikel der Verfassung.

Die Beschuldigung, das wusste sie bereits, lautete auf Tötung mit einem Fahrzeug.

Hässlich, hart, kalt.

Und zutreffend, wie es ihr schien.

»Sie müssen mir sagen, warum Sie es getan haben«, bat Wagner sie vor der Vernehmung.

»Die ganze Geschichte?«, fragte Grace.

Er lächelte. »Zu gegebener Zeit. Für heute Abend reicht mir die Kurzfassung.«

»Ich dachte, er wäre jemand anders.«

»Jerome Cooper«, nickte Wagner.

»Ja.« Grace schwieg einen Augenblick. »Ich dachte, er würde ...«

Sie brach ab, auf einmal unsicher, was genau sie gedacht hatte, dass Cooper gleich tun würde, und ein neues Gefühl von Panik drohte sie zu überwältigen, eine Panik, die sie, wie sie wusste, eher ihrer Familie als sich selbst zuliebe in den Griff bekommen musste...

Aber inzwischen war sie sich tatsächlich nicht mehr sicher, was sie dort draußen in der Dunkelheit gedacht hatte. Vielleicht, dass er ihr etwas antun würde, sie vielleicht sogar töten würde, und sie hatte schreckliche Angst gehabt – aber das war es gar nicht, was ihre Gedanken in den Sekunden vor Charles Duggans Tod beherrscht hatte. Was in genau jenem Augenblick in ihrem Kopf explodiert war, das war Wut auf den Mann gewesen, da er Pete benutzt hatte, um an sie heranzukommen, da er diesem verletzlichen Jungen solch schreckliche Angst eingejagt hatte, und da er vor langer Zeit einmal ihr Kind, ihr Baby, gestohlen hatte...

Was hieß, dass sie ihn hatte bestrafen wollen.

Und vielleicht konnte Jerry Wagner Gedanken lesen. Er entschied jedenfalls, nicht abzuwarten, bis sie mehr sagte, nur für den Fall, dass sie damit die Beweislage gegen sich erhärten sollte. Daher war jetzt vielleicht *nicht* der richtige Augenblick für die ungeschminkte Wahrheit aus dem Mund einer aufrichtigen Frau, die, soweit er wusste, noch nie einem anderen Menschen irgendetwas angetan hatte.

Bis sie einen Mann mit ihrem Wagen umgemäht hatte.

»Sie dachten, ein mehrfacher Mörder würde auf Sie zukommen«, half Wagner.

»Vermutlich.«

»Vermutlich?«

Grace nickte. Das war die Wahrheit, daran erinnerte sie sich jetzt wieder.

»Genau das habe ich gedacht«, nickte sie wieder. »Ich habe ihm gesagt, er soll verschwinden.«

Auch daran konnte sie sich erinnern.

»Aber er ist nicht zurückgewichen.«

»Nein. Ich dachte, er wäre Cooper.«

»Das ist alles, was ich im Augenblick brauche«, sagte Wagner.

Sie begannen mit der Vernehmung, und sie registrierte ihre Fragen, tat, was ihr Anwalt ihr geraten hatte, und sagte so wenig, wie es das gute Benehmen zuließ. Aber ihr Gehirn war jetzt offenbar zu benebelt, um klar zu verstehen, was die Mordermittler oder auch nur Wagner von ihr wollten.

Schließlich war sie schuldig.

Schuldig.

Das war der einzige Gedanke, der von Zeit zu Zeit aus dem Nebel aufstieg. Ihr Bewusstsein dieser Schuld, und der schreckliche Schmerz in ihrer Brust.

Um ihr Opfer. Um Sam. Um Joshua. Um Cathy und Saul, und um Claudia und David und Mildred, und Sara Mankowitz und all die anderen Leute, denen sie unwiderruflich geschadet hatte.

Kein Schmerz um sie selbst.

Aber um das Leben, das sie weggeworfen hatte.

59

7. Mai

Donnerstagabend bis Freitagmorgen.

Die längste, dunkelste aller Nächte.

Nach der Vernehmung in Doral hatten sie sie zunächst zur »Erfassung« ins Untersuchungsgefängnis in der NW 13th Street in Miami gebracht und danach in das Frauengefängnis in der NW 7th Avenue verlegt, wohin Jerry Wagner gekommen war, um sie ein zweites Mal zu sehen.

Grace hatte sein äußeres Erscheinungsbild zuvor, auf dem Hauptrevier von Miami-Dade, kaum wahrgenommen. Aber jetzt, über einen schmuddeligen Tisch hinweg, sah sie ihn genauer an und konnte sich gut an ihn erinnern. Sie entsann sich, wie sie ihn das erste Mal gesehen hatte, auf der Beerdigung von Cathys Tante. Sie erinnerte sich, damals gedacht zu haben, dass er vom Scheitel bis zur Sohle wie der typische vornehme Anwalt aussah, entschlossen und erfolgreich, mit einer gut geschnittenen, lockigen Frisur. Jetzt sah er kaum anders aus, nur älter, mit silbergrauen Strähnen im Haar, die Hände noch immer schön maniküt, die Augen noch immer von demselben durchdringenden Blau.

Um Cathy hatte er sich so gut gekümmert, wie er konnte.

Aber das war nicht dasselbe. Cathy war eine unschuldige Vierzehnjährige gewesen, und sie war eine vierzigjährige Psychologin und verheiratete Mutter.

Und sie war nicht unschuldig.

Was sie auch zu Wagner sagte. Noch einmal. In einem anderen Raum, an einem anderen Ort.

Einem Gefängnis.

»Wird man mich nach Hause gehen lassen?«, fragte sie.

»Nicht heute Abend«, antwortete der Anwalt.

Sie hatte geglaubt, darauf gefasst zu sein, aber es war dennoch wie ein Schlag in die Magengrube.

»Aber morgen«, fuhr Wagner mit fester Stimme fort, »werden Sie einem Richter vorgeführt. Ich hoffe, dass Sie mit der Auflage, sich zur Verfügung zu halten, auf freien Fuß gesetzt werden – oder gegen Hinterlegung einer Sicherheitsleistung. Eine Kaution, mit anderen Worten.«

»Was, wenn der Richter nichts davon gewährt?«

»Er oder sie wird es gewähren.« Wagners Lächeln war sanft. »Sie haben keinerlei Vorstrafen, Sie genießen hohes Ansehen in der Gemeinde, Fluchtgefahr besteht nicht, und Sie haben ein kleines Kind und Patienten, die auf Sie angewiesen sind.«

»Ich würde sagen, Letzteres bleibt abzuwarten«, erwiderte Grace nüchtern.

Wagner sammelte seine Unterlagen und Notizen ein und erhob sich.

»Morgen, Dr. Lucca«, wiederholte er.

»Ich glaube, man hat mich als Mrs. Becket beschuldigt«, sagte sie zu ihm.

Er lächelte wieder. »Ich weiß.«

»Was ist schon ein Name?«

»Das ist die richtige Einstellung!«, lächelte Jerry Wagner aufmunternd. »Bleiben Sie stark, Grace!«

Sie verbrachte die lange, dunkle Nacht mit vier anderen Frauen, jede auf einer Schlafkoje mit einem Metallgestell, das an einer graffitibeschmierten Wand verschraubt war, mit einem verstörend fleckigen Boden, und jede Gefangene hatte eine Matratze und eine Decke. Sie waren vereint durch die Luft und den Raum und die Sanitäreinrichtungen – eine einzige stinkende Stahltoilette und ein Waschbecken –, die sie sich teilten, aber ansonsten ohne die geringste Gemeinsamkeit.

Das Untersuchungsgefängnis befand sich etwa zehn bis fünfzehn Meter unterhalb des I-95–836-Korridors des Expressway-Systems, was hieß, dass es nie ruhig war.

Lärmender, donnernder, dröhnender Verkehr.

Eine der Frauen schnarchte die ganze Nacht, während eine andere – die jüngste – eine Weile in ihre Hände schluchzte, bis eine ältere Frau mit scharfen Gesichtszügen ihr sagte, wenn sie nicht gleich aufhörte, dann würde sie dafür sorgen, dass sie es täte. Und Grace wünschte, sie hätte den Mut, für das junge Mädchen einzutreten, aber sie stellte fest, dass ihr diese Eigenschaft völlig abhandengekommen war, und sie war einfach erleichtert, als das Schluchzen schließlich aufhörte.

Sie sprach nur, wenn sie angesprochen wurde, was nur ein einziges Mal geschah.

»Haste Kippen?«

Die Frage war von der Gefangenen mit den harten Gesichtszügen gekommen, und Grace zögerte einen Augenblick, bevor sie begriff, dass die Frau natürlich nach Zigaretten oder Marihuana oder so etwas fragte.

»Nein«, sagte sie. »Tut mir leid.«

Und danach gab es Gott sei Dank kein weiteres Interesse an ihr.

Eine Zeit lang, während sie im Dunkeln still und schweigsam dalag, dachte sie wieder an Cathy, und dann huschten ihre Gedanken zu Joshua, aber ihn an diesen Ort zu bringen, wenn auch nur in ihren Gedanken, erschien ihr allzu abscheulich. Und jeder Mensch, der ihr in den Sinn kam, ging auf dieselbe Weise wieder, wurde zurückgeworfen in die Außenwelt, eine anständige Welt, in die sie alle gehörten und sie, Grace, nicht mehr.

Sie war hier, im Gefängnis, weil sie einen Mann getötet hatte.

Einen unschuldigen Mann.

Sie hatte ihm das Leben genommen.
Nicht doch, sagte sie sich. *Nicht jetzt.*

Wenn sie jetzt diese Richtung einschlug, hier drinnen, wenn sie sich dazu hinreißen ließ, es zu glauben, es wirklich zu *fühlen*, dann befürchtete sie, sie könnte sich selbst tief in dieser Schuld verlieren.

Und wie sollte sie dann je wieder hier herauskommen, nach Hause kommen, Joshua wieder halten?

Aber jetzt war sie eine Mörderin.

Mörder hatten keine Rechte.

Nicht doch!, sagte sie sich wieder.

Nicht jetzt.

Noch nicht.

Dafür war später noch jede Menge Zeit.

60

Die längste, dunkelste aller Nächte auch für Sam.

Und für Cathy, die sich erinnerte, wie es sich anfühlte, eingekerkert zu sein.

Sam war um vier Uhr früh heruntergekommen, hatte sie in der Küche angetroffen, wo sie vor einer nicht angerührten Tasse Kräutertee saß. Er hatte sie umarmt und sich dann ein Glas Wasser eingeschenkt und sich neben sie gesetzt.

Er wusste, dass sie sich erinnerte.

»Es wird für Grace nicht dasselbe sein«, sagte er zu ihr. Er begriff, dass er sich selbst ebenso zu beschwichtigen versuchte wie ihre Tochter. »Du warst ein Kind.«

Und du warst unschuldig.

Die Worte lagen unausgesprochen in der Luft, und beide hatten schreckliche Schuldgefühle wegen der tieferen Bedeutung ihrer Gedanken. Und doch ließen sich die Fakten nicht leugnen.

Denn Grace hatte einen Mann getötet.

Einen Mann, der ihr schreckliche Angst eingejagt, der ihr aber offenbar nichts Böses gewollt hatte.

Den Freund der Mutter ihres Patienten.

Sam hatte Sara Mankowitz nur kurz am Tatort gesehen, hatte eine verzweifelte Frau gesehen, die mit dem Schock und dem überwältigenden Bedürfnis, sich um ihren Sohn zu kümmern, zu kämpfen hatte.

Aber er hatte gehört, was sie zu den Polizisten von Key Biscayne gesagt hatte.

»Er wollte nur helfen.«

Martinez hatte es in einem Telefonanruf vor einer Weile klar genug ausgedrückt.

»O Mann, was für ein Schlamassel!«

Saul war der Stoischste, der Standhafteste von ihnen allen gewesen.

»Das ist doch völlig abwegig!«, hatte er gesagt. »Grace ist nun wirklich der letzte Mensch, der irgendjemandem wehtun will.«

Und Claudia, fast sprachlos vor Schock, tat im Augenblick das Beste, was sie tun konnte: bei Joshua sitzen, der vor einer Weile aufgewacht war und zu weinen begonnen hatte und dessen Leid sich nur zu verschlimmern schien, als Sam ihn hochgenommen hatte.

Mit den Antennen des Kleinen war alles in bester Ordnung.

Was man von ihrem Leben nicht behaupten konnte.

61

Jerry Wagner traf sich mit Sam auf einem Korridor des Gerichtsgebäudes, eine Stunde vor Grace' Erscheinen vor Gericht.

Sie sprachen schnell, und Wagner sagte, er bräuchte von Sam alles darüber, was Grace veranlasst haben könnte, auf eine so völlig untypische Art zu handeln.

»Es steht außer Frage«, sagte der Anwalt, »dass sie Gewalt verabscheut, und doch lässt sich nicht leugnen, dass sie getan hat, was ihr zur Last gelegt wird. Es war kein Unfall in dem Sinn, dass das Gaspedal klemmte oder sie den Fuß auf dieses Pedal anstatt auf die Bremse drückte, denn das hätte sie von Anfang an gesagt. Und jeder, der am Tatort war, weiß, dass sie das nicht gesagt hat.«

»Man muss jemanden nur weit genug treiben«, begann Sam.

»Aber Charles Duggan hat Grace nicht getrieben«, erstickte Wagner diese Überlegung im Keim. »Das ist unser Problem. Sie hat ihn überfahren, und sie hat es zugegeben. Sie hat ihm gesagt, er solle verschwinden, da sie ihn für einen anderen hielt, aber der war er nicht. Mit einer angeblichen Personenverwechslung kommt man bei einem Auto als Waffe ebenso wenig durch wie bei einer Pistole, das wissen Sie selbst. Duggan war ein unschuldiges Opfer, und dagegen gibt es offenbar nichts zu sagen.«

»Es *muss* etwas geben«, knurrte Sam.

»Haben Sie denn etwas?« Wagners Blick war so scharf wie noch nie.

»Nein.« Sam schüttelte den Kopf. »Noch nicht.«

»Dann geben Sie mir einfach, was Sie haben.«

Und das tat Sam. Fasste die Cooper-Story und ihr Martyrium

zusammen, Grace' unbewiesene Sichtungen Cal/Coopers sowohl im letzten Frühjahr als auch in jüngster Zeit, erhärtet durch die Tatsache, dass der Killer Sam im März vor einem Jahr geschrieben hatte. Danach brachte er Wagner auf den aktuellen Stand zu den neuen Morden und dem psychologischen Angriff des »Herzmörders« gegen seine Familie.

»Reicht für Notwehr«, resümierte Wagner.

»Wenn Duggan Cooper wäre«, erwiderte Sam mit wachsender Ernüchterung.

»Vermutlich mehr als genug für vorübergehende Unzurechnungsfähigkeit«, sagte Wagner. »Falls wir darauf plädieren wollen.«

»Wollen wir das denn nicht?«

»Es ist ein steiniger Weg. Und selbst wenn ein Richter oder eine Jury es uns abnimmt, haben wir immer noch das Problem, beweisen zu müssen, dass Grace inzwischen nicht mehr unzurechnungsfähig ist und daher nicht in eine Anstalt eingewiesen werden muss.« Er schwieg einen Augenblick. »Schlimmstenfalls könnte Grace bis zu ihrer ›Genesung‹ in eine Anstalt eingewiesen und danach bis zum Ende ihrer Haftstrafe in ein Gefängnis verlegt werden.«

Er sah das Entsetzen in Sams Augen, und er empfand tiefes Mitleid mit ihm.

»Zum Glück«, fuhr er fort, »müssen wir, wie Sie wissen, unsere Einrede nicht vor der Anklageverlesung vorbringen. Das heißt, wir haben noch Zeit, um uns die bestmögliche Strategie zu überlegen.«

Anklageverlesung. Gefängnis. Urteil. Diese Worte im Zusammenhang mit Grace.

Undenkbar.

62

Er hatte sie noch nie so bleich und ausgezehrt gesehen.
 Außer vielleicht damals, als Cal der Hasser Joshua in seiner Gewalt gehabt hatte.
 Aber irgendwie bewahrte sie die Fassung, ihre Haltung war aufrecht, und ihre Stimme schwankte nur leicht, als sie sprach.
 Er sah die Freude in ihren Augen, als sie ihn sah.
 Und etwas ganz anderes, als sie Cathy und Saul sah.
 Scham, die schon jetzt an ihr nagte.

Die Kaution wurde, nach einer Auseinandersetzung zwischen der Staatsanwaltschaft und der Verteidigung, auf einhunderttausend Dollar festgesetzt. Sam bezahlte zehn Prozent davon an den Kautionsvollstrecker, und sechs Stunden später wurde Grace auf freien Fuß gesetzt.
 In der langen Nacht hatte sie gedacht, sie würde sich an jeden einzelnen Augenblick davon bis an ihr Lebensende erinnern. Und doch war diese Nacht schon am nächsten Morgen, als Grace vor weiteren unbekannten Grauen stand, allmählich verschwommen: die Leibesvisitation, die Abnahme von Fingerabdrücken und DNA-Proben, der Transport, ihr erster Anflug von Panik in der Zelle, ihre Angst vor den anderen Gefangenen, die Geräusche. Alles war verblasst bis auf den Gestank, der tief in ihre Nasenlöcher und ihre Kehle, ihre Haut und ihre Haare eingedrungen war, sodass sie sich vor allem nach heißem Wasser und Seife sehnte.
 Sie ließ sich von allen der Reihe nach umarmen, aber sie

spürte, dass sie die Umarmung nicht erwidern konnte. »Es tut mir leid. Ich fühle mich einfach so unsauber.«

Cathy musterte sie voller Mitgefühl. »Ich weiß.«

»Wir gehen voraus«, entschied Saul.

Taktvoll wie immer, Sams junger Bruder. So warmherzig wie ihr Vater, aber David nahm im Allgemeinen kein Blatt vor den Mund, während Saul sich normalerweise Zeit nahm, um die Gefühle anderer Leute zu berücksichtigen.

»Ich klinge vermutlich sehr undankbar«, sagte Grace zu Sam, während sie langsam hinter den anderen hergingen. Ihr Bedürfnis, Abstand zu ihnen zu halten, erschien ihr bizarr, nachdem sie es die ganze Zeit kaum erwarten konnte, endlich gehen zu dürfen. »Aber ich wünschte, wir würden nach Hause fahren anstatt zu Claudia.«

»Du hast keine andere Wahl, Schatz.« Die Adresse auf Key Biscayne war als ihr derzeitiger Wohnsitz eingetragen worden.

Ganz zu schweigen davon, dass vor weniger als vier Tagen ein herausgeschnittenes menschliches Herz in ihre Badewanne gelegt worden war.

»Ich weiß. Im Augenblick erscheint mir das nur so schwer.«

Sam sah sie an, verstand ihr Bedürfnis nach Privatsphäre.

»In gewisser Weise wird es das bestimmt sein. Aber ich werde weitaus glücklicher sein, wenn ich weiß, dass du sicher bei Claudia bist.« Er lächelte nicht. »Und diesmal dort bleibst.«

»Stehe ich unter Hausarrest?«, fragte sie, um einen leichten Ton bemüht.

Er nahm ihre Hand. »Ich meine nur, dass du nicht allein aus dem Haus gehen sollst.«

Auflagen dieser Art hatte der Richter nicht erteilt. Ihr Reisepass und ihr Führerschein waren hinterlegt worden, und sie durfte mit keinem der Zeugen kommunizieren. Und dann war da natürlich noch die Kaution.

»Es tut mir so leid, Sam.«

Sie sagte es immer wieder, aber sie wusste bereits, dass es keine Worte gab, um das Ausmaß ihrer Reue zum Ausdruck zu bringen.

Eine Reue, um die sie mit Sicherheit niemand beneidete.

»Wirst du etwas für mich tun?«, bat sie ihn.

»Alles.«

»Ruf Magda an und bitte sie, meine sämtlichen Termine abzusagen.«

»Bis wann?«

Sie war stehen geblieben. »Auf unbestimmte Zeit.«

Er spürte die tiefere Bedeutung dieser Worte wie eine weitere unheilvolle Vorahnung.

»Du darfst arbeiten«, sagte er.

Sie schüttelte den Kopf. »Ich kann nicht. Nicht jetzt.«

»*Noch* nicht vielleicht.«

»Wirst du sie anrufen?«, bat sie flehend. »Bitte, Sam.«

»Na klar.« Er wollte eben weitergehen, aber sie hielt ihn am Arm zurück.

»Eine Bitte noch. Eine noch größere.«

Er wartete.

»Ich weiß, ich sollte lieber nicht sagen, dass ich mit Charles Duggans Familie sprechen muss – ich habe weiß Gott kein Recht, sie um irgendetwas zu bitten.« Sie fuhr rasch fort. »Aber vielleicht könntest du ihnen sagen, wie unendlich leid es mir tut.«

»Sie werden vielleicht auch mit mir nicht reden wollen«, antwortete Sam skeptisch.

»Nein.« Grace sah zu Cathy und Saul, die neben dem Saab warteten. »Es ist noch nicht durchgedrungen, nicht wirklich. Nicht zu mir, und ich nehme an, auch zu keinem von euch. Was ich getan habe.«

Sam sah ihren Schmerz, und das Wissen, dass es vielleicht nur ein Bruchteil von dem war, was vor ihnen lag, legte sich um sein eigenes Herz und drückte es fest zusammen.

»Wir werden das durchstehen.«
Grace zuckte zusammen. »Ich wüsste nicht, wie.«
»Gemeinsam«, sagte Sam mit fester Stimme. »So wie immer.«
»Ich weiß nicht«, flüsterte sie.
Denn manche Dinge waren einfach zu schlimm, um sie durchzustehen.
Und überhaupt – nach ihrem Prozess würden sie vielleicht gar nicht mehr zusammen sein.

63

Um kurz nach halb sieben, während Grace noch schlief und die Familie still darauf achtete, ob sie noch irgendetwas brauchen könnte, fuhr Sam zurück aufs Revier, wo Martinez auf ihn wartete. Im Department wimmelte es noch immer von Detectives, die am Ende einer arbeitsreichen Woche den angefallenen Papierkram erledigten.

Sadie T. Marshalls verlassene Bootswerft – erklärte Martinez Sam – war von den Beamten der City of Miami so gründlich überprüft worden, wie sie es ohne individuellen Durchsuchungsbefehl für jeden der rostigen Kähne, die dort herumlagen, konnten.

»Nichts«, sagte Martinez zu ihm. »Und keine Fingerabdrücke auf der Notiz.«

Und auch kein Sadie. Noch nicht.

»Ida hat angerufen«, sagte Martinez. »Sie haben eine Übereinstimmung für das Herz in eurer Wanne.«

Sanders machte beim Labor offenbar noch immer mächtig Druck.

»Ricardo Torres?«, tippte Sam.

Die Mutter des jungen Mannes hatte ihnen Haare und eine Zahnbürste zur Verfügung gestellt.

»Leider ja«, bestätigte Martinez.

Sams Stimmung sackte ab.

Er dachte an Lilian Torres, an den dunkeläugigen jungen Mann.

»Die Broward-County-Kollegen waren schon bei seiner Mom«, informierte ihn Martinez.

Es war ihr Fall, nahm Sam an. Denn auch, wenn Torres' Herz in Miami-Dade abgelegt worden war, war es im Augenblick genauso gut denkbar, dass das Verbrechen in der Nähe des Wohnorts des Opfers begangen worden war.

Es sei denn, die Miami-Beach-Detectives bewiesen das Gegenteil.

In der nächsten halben Stunde erreichte Sams Stimmung ihren Tiefpunkt. Er stauchte jeden zusammen, der in seine Nähe kam – selbst Martinez, als dieser ihm zu sagen versuchte, er solle locker bleiben. Aber erst, als Mike Alvarez ihn aufforderte, aus dem Büro zu verschwinden, wurde Sam klar, wie er sich benahm. Und er entschuldigte sich.

»Schon gut«, beruhigte der Lieutenant ihn. »Es ist spät am Freitag, und du bist die letzten vierundzwanzig Stunden durch die Hölle gegangen. Du musst dir eine Auszeit nehmen. Wenn du deinen Job nicht machen kannst, Sam, dann bist du keinem von uns eine Hilfe. Grace am allerwenigsten.«

Zum ersten Mal seit Langem war sich Sam nicht sicher, ob er seiner Aufgabe gewachsen war oder es in absehbarer Zeit sein würde.

Regeln, Routinen, Methoden, Berichte.

Alles konnte ihm gestohlen bleiben, bis auf zwei Dinge.

Erstens: Cooper schnappen.

Zweitens: eine Möglichkeit finden, Grace zu helfen.

Alles andere war egal.

64

Sie sah ihr eigenes Gesicht in den Fernsehnachrichten.

Robbie, der in einer der Nischen fernsah, bemerkte, wie sie hinter ihm stand, und griff nach der Fernbedienung.

»Schon gut«, sagte Grace zu ihm.

Sie war sich nicht sicher, ob die Geschichte echter oder weniger echt dadurch wurde, dass sie sie auf dem Bildschirm sah.

Sie zeigten noch keine Fotos von Charles Duggan, und noch keine Verwandten, die weinten oder über ihren Verlust redeten.

Robbie schaltete den Fernseher trotzdem aus, stand auf und sah sie an, und er dachte, er hätte sie noch nie so zerbrechlich gesehen.

»Was kann ich für dich tun, Tante Grace?«

»Einfach du selbst sein, Robbie.«

Woody kam von hinten an sie heran, mit wedelndem Schwanz, wollte Gassi gehen, dicht gefolgt von dem Spaniel.

Grace wuschelte durch sein Fell. »Nicht jetzt, Woody!«

»Keine Sorge«, sagte Robbie. »Ich war mit den beiden vor einer Weile draußen.«

Und Claudia hatte Joshua sein Abendessen gegeben, ihn gebadet und zu Bett gebracht, und Grace hatte schon jetzt das Gefühl, nicht mehr benötigt zu werden.

Vielleicht war es besser so.

Falls sie ins Gefängnis kam.

65

8. Mai

Sie hätte es nicht für möglich gehalten, dass ihr irgendeine Nacht noch länger oder dunkler vorkommen könnte als die letzte. Und doch erschienen ihr die Stunden, die sie in diesem großen, bequemen Bett mit Sam an ihrer Seite verbrachte, allenfalls noch länger und schmerzlicher.

Er passte auf sie auf, sie konnte es spüren, die ganze Zeit.

»Du musst dich ausruhen«, sagte sie irgendwann gegen drei zu ihm. »Es geht mir gut.«

»Mir auch«, erwiderte er.

Lügner, alle beide.

»Wenn du reden willst«, hatte er vor einer Weile gesagt, »ich bin hier.«

»Ich glaube nicht, dass ich reden will«, hatte sie ihm geantwortet. »Ich glaube nicht, dass ich es kann.«

»Das wirst du schon noch.«

»Ich weiß.«

Nur dass diese Sache durch Reden nicht besser werden würde, nicht verschwinden oder ungeschehen gemacht werden würde.

Sie war Psychologin, und sie kannte sich aus mit den Prozessen, wusste, was für ihre eigene langfristige Heilung nach dem Trauma, einen anderen Menschen getötet zu haben, nötig war. Sie kannte die »Symptome«, mit denen sie zu rechnen hatte, und sie wusste besser als die meisten anderen, dass sie sich behandeln lassen konnte, dass es Hilfe gab.

Falls sie sie verdient hatte.

Aber sie hatte sie bestimmt nicht verdient.

Diese Gedanken waren natürlich ebenfalls »symptomatisch«,

und auf einmal, während sie neben Sam dalag, der so hilflos war mit seinem eigenen Schmerz und seiner Angst um sie, wollte sie sich am liebsten anschreien, denn was *nützte* ihr ganzes Psychologiestudium jetzt noch irgendwem? Es nützte weder Sam noch ihrem Sohn oder Cathy ...

Oder Charlie Duggan.

Die Erinnerung durchzuckte sie heftiger als jede noch so klare Blitzlichtaufnahme. Sie war wieder dort, in dem Wagen, sah *ihn* wieder, trat wieder mit dem rechten Fuß das Gaspedal durch.

Tötete ihn wieder.

Sie schlief kurz, unruhig und traumreich, und sie fuhr erschrocken aus dem Schlaf hoch, als ihr plötzlich aufs Neue bewusst wurde, was sie Entsetzliches getan hatte.

Sam war noch immer bei ihr, beobachtete sie wieder.

»Hast du das die ganze Nacht getan?«, fragte sie ihn.

Fast mit einer Spur Groll in der Stimme, wofür sie sich am liebsten auf die Zunge gebissen hätte, und dann brach auf einmal eine andere Flut von Emotionen über sie herein. Mitleid mit ihm, neue Scham, und noch eine Erkenntnis: dass sie vielleicht lernen müssen würde, ihre Gedanken für sich zu behalten, weniger offen zu sein.

Ihre Ehe, ihre Partnerschaft, war auf Offenheit gebaut.

Noch ein Opfer.

»Es geht mir gut«, sagte sie zu ihm.

»Nein, es geht dir nicht gut.«

Sie versuchte, ihn anzulächeln.

Er küsste sie, und sie schaffte es, sich nicht von ihm abzuwenden, obwohl sie es eigentlich wollte. Sie verstand selbst nicht, was mit ihr los war – vielleicht glaubte sie, keine Liebe verdient zu haben.

Noch mehr Psycho-Müll.

»Fährst du nicht zur Arbeit?«, fragte sie ihn einen Augenblick später.

Sie wusste, dass sie wollte, dass er ging, wenigstens für eine Weile.

»Ich glaube nicht«, sagte Sam. »Es ist Samstag.«

»Aber du musst! Diese ganze Auszeit, und der Fall...«

Bitte, hörte sie die Stimme in ihrem Kopf. *Bitte geh.*

»Ich will dich nicht allein lassen, nicht heute.«

»Warum nicht? Claudia ist doch hier.«

Sam nickte. »Cathy auch.«

Meine Bewacher, dachte Grace, und sie verspürte wieder diese Wut auf sich selbst.

»Das ist doch wunderbar«, lächelte sie gezwungen. »Wir hängen hier alle zusammen ein bisschen rum, und du kannst zur Arbeit fahren und tun, was du tun musst.«

Sam sah die Frau an, die wie seine Frau aussah, aber nicht sie zu sein schien.

»Es geht dir nicht gut«, stellte er fest.

»Nein«, antwortete sie. »Natürlich nicht.«

»Wir werden das durchstehen«, sagte er, genau wie gestern, als sie das Untersuchungsgefängnis verlassen hatten.

Streit dich nicht darüber!, befahl sie sich.

Stattdessen küsste sie ihn auf die Lippen.

»Fahr zur Arbeit, Sam.«

66

»Irgendetwas stimmt nicht mit diesem Duggan«, sagte Martinez zu Sam, als der um neun Uhr fünfundzwanzig aufs Revier kam. »Haben sie dir gesagt, dass er am Tatort keinen Ausweis bei sich hatte?«

Nachdem sie jede Menge Überstunden geschoben hatten, seit man das zweite Herz im Fontainebleau gefunden hatte, hatten sich die meisten Detectives das Wochenende frei genommen. Daher war es still im Büro, und nur Martinez, dem Grace' Schicksal verdammt naheging, war seit vor acht dort.

»Haben sie nicht.« Sam ließ sich auf seinen Stuhl fallen, aber die kleinen Härchen in seinem Nacken stellten sich bereits auf.

»Offenbar hat Mrs. Mankowitz ausgesagt, Duggan hätte ihr erzählt, er würde auf Virginia Key am Meereslabor der Universität arbeiten, aber dort haben sie nie von ihm gehört.«

»Vielleicht hat sie ihn falsch verstanden.«

»Ich habe vor einer Viertelstunde mit ihr gesprochen. Er hat genau das zu ihr gesagt.« Martinez schwieg einen Augenblick. »Und das ist noch nicht alles. Sein Wagen ist auch nicht auf seinen Namen zugelassen.« Er warf einen Blick auf ein Post-it auf seinem Schreibtisch. »Der Fahrzeughalter ist eine Bernice van Heusen aus Savannah, Georgia.«

»Gestohlen?«

»Nicht gemeldet.«

»Wo lebt Duggan?«, fragte Sam.

»Das scheint niemand zu wissen«, erklärte Martinez. »Kein Ausweis, kein gar nichts über ihn, das heißt, auch keine Möglichkeit, seine Familie zu verständigen. In Südflorida sind jede

Menge Duggans gemeldet, bei denen Key Biscayne oder Miami-Dade mit Sicherheit anrufen werden, aber ich habe auch schon damit angefangen.«

»Gib mir die Liste«, sagte Sam. »Ich mache weiter.«

»Wie wär's, wenn wir's uns teilen?«

Sam lächelte. »Du kannst die Samthandschuhe jetzt ausziehen. Ich breche nicht zusammen.«

»Hat auch keinen Sinn«, sagte sein Partner.

Um Viertel nach zehn hatten sie mit zwei Charles Duggans gesprochen, beide sehr lebendig.

Keine anderen Leute mit diesem Namen.

Es ließ sich schwer sagen, was es heißen könnte, wenn sie und die offiziellen Ermittler keine Spur des Duggan finden sollten, der Sara Mankowitz' Freund gewesen war.

Aber *etwas* hieß es, so viel stand fest.

»Nach den Vorschriften«, betonte Martinez, »sollten wir diesen Typen natürlich gar nicht überprüfen.«

Sam schwieg einen Augenblick oder zwei.

»Sieht aus«, sagte er, »als könnte Alvarez recht damit haben, dass ich mir eine Auszeit nehmen sollte.«

»Du wirst Mrs. Mankowitz besuchen?«

Sam nickte vage. »Kann schon sein.«

»Sei vorsichtig, Mann!«, sagte Martinez.

67

Sam traf Sara Mankowitz zu Hause an.

Ein einstöckiges Einfamilienhaus, gepflegt, wie die meisten Häuser auf Key Biscayne.

Er wusste, er hätte nicht kommen sollen, egal, ob außer Dienst oder nicht.

Grace war verboten worden, mit Zeugen zu sprechen, auch wenn ihm selbst nichts dergleichen auferlegt worden war.

Es war trotzdem falsch, und er wusste es.

Aber im Augenblick war ihm das scheißegal.

»Woher wissen Sie, wo ich wohne?«

Sie war eher abwehrend als feindselig. Ihr Gesicht war blass, und ihre Augen gerötet von Tränen oder Erschöpfung, oder vermutlich von beidem.

»Ich wusste, dass Sie in der Nähe meiner Schwägerin wohnen.«

»Und schließlich sind Sie Detective.« Sie öffnete die Haustür etwas weiter, um ihn hereinzulassen, dann zögerte sie. »Ich bin mir nicht sicher, ob ich mit Ihnen reden sollte.«

»Das ist schon okay«, sagte Sam. »Es hat nichts mit dem zu tun, was passiert ist.«

»Wirklich?« Noch immer zweifelnd, schloss Sara die Tür und ging voran in ihr Wohnzimmer. »Möchten Sie sich setzen?«

»Danke.« Sam nahm auf einem grauen Ledersessel Platz.

»Kaffee?«

»Nein, danke«, lehnte er höflich ab. »Wie geht es Ihnen und Ihrem Sohn?«

»Pete ruht sich aus. Er hat seitdem nicht viel geschlafen.«

»Und Sie?«

»Es geht mir den Umständen entsprechend, wie Sie sich sicher denken können.« Sara schwieg einen Augenblick. »Was wollen Sie von mir, Detective Becket?«

»Ich hatte gehofft, Sie könnten Charles Duggans Adresse haben.«

»Die habe ich nicht.« Sie stand noch immer. »Das habe ich der Polizei doch schon gesagt.«

»Wissen Sie, in welcher Gegend er gewohnt hat?«

»In Coral Gables, in der Nähe der Universität.«

»In der Nähe der UM?«, fragte Sam. »Aber Sie haben ihn dort nie besucht?«

»Warum stellen Sie mir diese Fragen?«

»Weil wir keine Adresse von Mr. Duggan feststellen konnten.«

Sara nahm auf dem zweiten Sessel Platz. »Das scheint mir seltsam.«

»Das ist es auch«, nickte Sam. »Was können Sie mir über ihn sagen?«

»Er war ein netter Mann«, sagte sie. »Ich habe ihn nicht sehr lange gekannt.«

»Wie haben Sie sich kennengelernt?«

Einen Augenblick lang dachte er, sie würde sich vielleicht weigern, ihm zu antworten, aber dann lehnte sie sich zurück, und Sam begriff, dass es vielleicht genau das war, was sie brauchte – über ihren verlorenen Freund reden.

»Wir haben uns eines Morgens getroffen, nachdem ich Pete zur Schule gebracht hatte.«

Sie dämpfte ihre Stimme, als hätte sie Angst, ihr Sohn könnte sie hören.

»Sie haben ihn in der Schule kennengelernt?«

Sie schüttelte den Kopf. »In einem Café in der Nähe. Ich brauchte einen Schuss Koffein, und Charlie saß am Nebentisch. Er lächelte mich an, machte irgendeine Bemerkung übers Wetter und ließ mich dann in Ruhe, was ich höflich fand.«

Sam wartete, wusste, dass noch mehr kommen würde.

»Vielleicht eine Woche später sah ich ihn auf dem Postamt, und wir unterhielten uns eine Weile, während wir in der Schlange standen.« Sara brach ab.

»Und Sie haben sich angefreundet«, sagte Sam. »Ihr Verlust tut mir sehr leid.«

Er wartete darauf, dass sie fortfuhr, aber sie schwieg.

»Ich nehme an, Pete war davon nicht so begeistert«, sprach er also weiter.

»Diese Information sollte vertraulich sein.« Ihr Tonfall war hart, ihre Wangen gerötet.

»Ich bin mir nicht sicher, ob diese Information unter die ärztliche Schweigepflicht fällt«, erwiderte Sam beherrscht, »die Grace, wie Sie sicher wissen, sehr ernst nimmt.« Er beugte sich vor, bemühte sich, ruhig zu bleiben. »Aber es gab ein paar Dinge, die sie mir sagen musste, als ich am Donnerstagabend zum Tatort kam.« Er schwieg einen Augenblick. »Zum Beispiel, warum Sie es für nötig hielten, sie zu einer möglicherweise gefährlichen Situation zu rufen.«

»Sie war Petes Psychologin«, sagte Sara. »Er brauchte ihre Hilfe.«

Das »war« ging Sam gegen den Strich. Sehr.

»Am Rande eines viel befahrenen Highways?«

Ihre Miene veränderte sich. »Ich weiß.« Einen Augenblick lang sah sie aus, als sei sie den Tränen nahe. »Ich wünschte, ich hätte sie nicht angerufen, glauben Sie mir! Es tut mir mehr leid, als Sie sich vorstellen können.«

Wieder ließ er ihr ein paar Augenblicke Zeit.

»Warum hatte Pete Angst vor Mr. Duggan?«

»Ich glaube nicht, dass es Charlie war, vor dem er Angst hatte«, nahm Sara den Toten in Schutz. »Pete ist sehr schreckhaft, und er hatte schon vorher Angst bekommen.«

»Im Jimbo's.«

»Ja.«

»Mr. Duggans Wahl, nehme ich an.«

»Ja.«

»Eine seltsame Wahl für einen nervösen Jungen, finden Sie nicht?«

»Ich war noch nie dort gewesen«, sagte Sara.

»Mr. Duggan vermutlich schon.«

»Warum verhören Sie mich?«

»Ich versuche nur, mir ein Bild von dem zu machen, was passiert ist.«

»Bevor Ihre Frau einen unschuldigen Mann überfahren hat.«

Ihr Mund bebte.

Sams Instinkt befahl ihm, aufzuhören und sie zu trösten, ihr zu sagen, wie leid es Grace täte, wie leid ihnen beiden ihr Schmerz täte. Aber er wusste, dass er vielleicht nie wieder die Chance bekommen würde, ihr diese Fragen zu stellen.

»Ich bin ein bisschen verwirrt«, fuhr er also fort.

»Weswegen?«

»Offenbar hat niemand in dem Labor auf Virginia Key je von Charles Duggan gehört. Er hat dort nicht gearbeitet.«

»Wie ich einem anderen Detective, der heute Morgen angerufen hat, bereits sagte, hat er vielleicht nur ihre Einrichtungen benutzt«, sagte Sara. »Er war Forscher.«

»Für wen hat er gearbeitet?«

»Er war freiberuflich tätig. Er hat Meeresbiologie studiert, daher klingt es logisch, dass er ihre Bibliothek benutzt hat.«

»Auf welchem College war er, wissen Sie das zufällig?«

»Nein.«

»Er hat es Ihnen nicht gesagt?«

»Es kam nicht zur Sprache.« Sara erhob sich. »Ich glaube, ich habe jetzt genug davon.«

»Natürlich.« Sam erhob sich ebenfalls. »Nur eine letzte Frage noch?«

Sie seufzte. »Was denn?«

»Haben Sie ein Foto von Mr. Duggan?« Falls ja, dann hielt er es für unwahrscheinlich, dass sie es ihm aushändigen würde, denn wenn sie eines gehabt hatte, dann hatte sie es bereits der Miami-Dade oder Key Biscayne Police gegeben.

»Warum?«

»Weil es offenbar nicht leicht ist, seine Familie ausfindig zu machen, und es wäre schöner, wenn man dafür keine Fotos vom Tatort verwenden müsste, wie Sie sich sicher vorstellen können.«

»Natürlich.« Einen Augenblick lang schien sie wieder den Tränen nahe. »Nachdem es passiert war, habe ich der Polizei gleich erzählt, dass Charlie gesagt hat, seine Mom würde in North Miami leben. Ich verstehe nicht, wieso es so schwer sein soll, sie ausfindig zu machen.«

»Was ist mit seinem Vater?«

»Charlie sagte, er sei schon vor Jahren gestorben.«

»Aus genau diesem Grund könnte uns ein Foto helfen«, beharrte Sam. »Wir wollen nicht, dass seine Mutter es aus dem Fernsehen oder der Zeitung erfährt.«

»Aber sie haben die Story doch schon gebracht«, widersprach Sara.

»Sein Name wurde nicht genannt«, betonte Sam.

»Ehrlich gesagt« – sie blickte etwas verlegen – »als ich am Donnerstag gefragt wurde, ob ich ein Foto von ihm hätte, hatte ich ganz vergessen, dass ich eines auf meinem Handy habe. Ich habe es mir erst heute Morgen wieder angesehen, und ich dachte, vielleicht sollte ich deswegen jemanden anrufen.«

»Würden Sie es mir vielleicht auf mein Handy schicken?«, versuchte Sam sein Glück.

»Ich weiß nicht, wie das geht. Diese Sachen macht Pete normalerweise für mich.«

»Ich könnte es Ihnen zeigen, wenn Sie nichts dagegen haben.«

Ihre Handtasche lag auf einem Sideboard unter einem Gemälde von Greenwich Village, und sie nahm das Handy heraus, fand das Foto und reichte das Telefon Sam, und es juckte ihn, gleich das ganze Ding an sich zu nehmen.

»Haben Sie eine Telefonnummer von Mr. Duggan?«

»Nur eine Handynummer«, nickte sie. »Ich habe sie der Polizei schon gegeben.«

Er fragte nicht nach der Nummer, wusste, dass er sein Glück damit auf die Probe stellen würde. Aber er wollte unbedingt das Foto haben.

Er betrachtete das Bild eingehend und stellte es dann auf »Versenden« ein. »Er sah nett aus.«

»Er war nett«, sagte sie.

Das Foto zeigte den Toten auf einem weißen Gartenstuhl, ein Glas in der Hand, in die Kamera lächelnd, und als Sam die Augen halb schloss, glaubte er verstehen zu können, wie Grace ihn in der Dunkelheit und Verwirrung für Cooper halten konnte.

»Ihr Garten?«, fragte er und schickte das Foto ab.

Sara Mankowitz nickte, auf einmal wieder den Tränen nahe.

»Werden Sie Grace sagen, dass es mir leidtut?«, bat sie Sam. »Dass ich sie da hineingezogen habe.«

»Sie wissen doch, dass sie nur helfen wollte, oder?« Er vergewisserte sich, dass das Foto auf seinem Handy angekommen war, und gab ihr das Telefon wieder.

»Ich weiß. Aber Charlie auch.«

An der Tür stellte er ihr eine letzte Frage.

»Hat er Ihnen gegenüber je eine Bernice van Heusen erwähnt?«

»Nein. Wer soll das sein?«
»Ich weiß es nicht«, sagte Sam.

Sein nächster Stopp war ein Fotolabor am Crandon Boulevard, wo er den Techniker und seinen Assistenten fragte, ob einer von ihnen Duggan erkenne, während ihre Software das Foto des Toten hochlud und ein paar Abzüge machte.

Kein Erkennen. Keine große Überraschung.

Virginia Key war sein nächster Anlaufhafen.

Jimbo Luznars Lokal in der Duck Lake Road war seit über fünfzig Jahren eine Art Institution in Südflorida, eine Shrimps-Bude mit Bocciaplatz, ein ziemliches Dreckloch, aber beliebt bei Filmproduzenten und Fischern gleichermaßen.

In Sams Augen nur ein Dreckloch.

Er entschied sich dagegen, seine Dienstmarke zu zeigen, bezahlte die fünf Dollar Eintritt und fuhr dann über die Arthur Lamb Road und vorbei an dem Klärwerk. Vor dem Jimbo's angekommen, sah er das Chaos von Lastwagen und Motorrädern, ein paar schrottreif, andere so gut wie, und er dachte an Grace' spontanes Misstrauen gegenüber einem Mann, der das für einen geeigneten Ort für einen sensiblen Jungen hielt.

Der Instinkt seiner Frau lag so selten falsch, und eine leise Hoffnung regte sich noch immer in ihm, während er den Saab parkte.

Irgendetwas stimmte nicht mit diesem Duggan, hatte Martinez gesagt.

Mit anderen Worten: Sieh zu, dass du aus dem Büro verschwindest und alles ausbuddelst, was du finden kannst, weil es Grace einfach helfen könnte.

Alejandro Martinez liebte Grace auch.

Eine Menge Leute liebten sie.

Keiner von ihnen mehr als er.

Und er würde alles tun.
Alles.

Im Jimbo's war keine Hilfe zu bekommen, auch wenn die Leute, die an diesem Mittag dort waren, wussten, dass am Donnerstagabend ein Mann beim Crandon Boulevard getötet worden war.

»Ich habe gehört, eine Frau hat ihn umgemäht«, sagte ein Typ.

Lederjacke, trotz der Hitze, und ein Tattoo auf einer Wange.

Sam wollte ihm am liebsten mit der Faust ins Gesicht schlagen, ihn vielleicht festnehmen.

Aber er konnte einen Typen nicht dafür festnehmen, dass er die Wahrheit aussprach.

Und ihm mit der Faust in sein dummes Gesicht zu schlagen würde Grace auch nicht weiterhelfen.

Daher zog er weiter.

Er schickte Duggans Foto auf Martinez' Handy, rief ihn an, während er fuhr, und sagte ihm, er hätte vor, das Foto im Gebäude für angewandte Physik beim nahegelegenen Rosenstiel-Institut für Meeres- und Atmosphärenforschung herumzuzeigen.

»Es ist Samstag«, erinnerte ihn Martinez. »Da wird nicht viel los sein.«

»Dann werde ich eben ein andermal wiederkommen«, brummte Sam. »Und wenn ich schon mal hier bin, werde ich mir auch gleich noch diesen anderen Laden ansehen.«

Der »andere Laden« war das Labor für Atlantische Ozeanographie und Meteorologie der Wetter- und Ozeanographiebehörde NOAA. Wer weiß – vielleicht würde dort irgendjemand Duggan erkennen?

»Ich könnte eigentlich gleich jeden Campus abklappern, der mir einfällt. Seine Freundin glaubt, er hätte irgendwo Meeresbiologie studiert.«

»Cutter kommt später rein«, sagte Martinez. »Ich werde ein paar Abzüge von dem Foto machen, und vielleicht können sie und ich es auch noch ein bisschen herumzeigen.« Er schwieg einen Augenblick. »Übrigens, ich habe eine Bernice van Heusen in Savannah gefunden. Sie ist letztes Jahr verstorben, mit einundsiebzig.«

»Dann frage ich mich, wie Duggan dazu kam, ihren Wagen zu fahren?«

Sam hatte das Rosenstiel-Gebäude bereits erreicht.

»Ich mich auch«, nickte Martinez. »Wie geht's Grace?«

»Als ich das letzte Mal anrief, sagte Claudia, sie hätte sich hingelegt.«

Grace legte sich selten tagsüber hin.

»Ist am besten so, Mann.«

Sam fand einen Parkplatz und starrte blind auf das weiße Gebäude, das er gleich betreten würde. »Glaubst du immer noch, dass mit Duggan irgendetwas nicht stimmt?«

»Wenn wir sein Leben vor dem Tod nicht finden können«, erwiderte Martinez, »dann mit Sicherheit.«

»Könnte heißen, dass er nicht der war, als der er sich ausgegeben hat.«

»Überstürzen wir nichts«, sagte sein Freund.

Aber Sam musste den Gedanken zu Ende denken. »Könnte heißen, dass Grace guten Grund hatte, zu glauben, dass sie in Gefahr war.«

»Sie dachte, er wäre Cooper«, erinnerte Martinez ihn nüchtern. »Wir müssen auf dem Boden der Tatsachen bleiben. Selbst wenn sich Duggan als ein richtig mieses Schwein herausstellt, heißt das nicht, dass der Richter sagen wird, es sei schon okay gewesen, dass sie ihn mit ihrem Wagen umnietet.«

»Vielleicht doch, wenn sie *wirklich* bedroht wurde«, stellte Sam fest. »Notwehr.«

»Das müssen wir immer noch beweisen«, sagte Martinez.

68

David und Mildred kamen am frühen Abend aus New York City am Flughafen Miami International an. Saul und Cathy wurden hingeschickt, um sie abzuholen.

Und die Nachricht zu überbringen.

»Können wir es ihnen nicht noch ein bisschen länger verschweigen?«, hatte Grace Sam kurz davor gefragt. »Es erscheint mir so grausam, ihnen ihre Heimkehr so zu verderben.«

»Und was, wenn sie es schon irgendwo anders gehört haben?«, hatte Sam sanft erwidert.

Und Grace war ein bisschen zusammengesackt und hatte eingelenkt.

»Sam hat gesagt, wir sollen euch nach Hause fahren«, sagte Saul zu den beiden Frischvermählten, die noch unter Schock standen.

Cathy hatte sie zu überreden versucht, sich zu setzen, einen Kaffee oder etwas Stärkeres zu trinken, aber weder David noch Mildred wollten etwas davon wissen.

»Wir fahren nicht nach Hause«, sagte David entschlossen. »Wir kommen mit euch mit zu Claudia.«

»Ich bin mir nicht sicher, ob Grace das will«, gab Cathy zu bedenken.

»Ich weiß auch nicht, was sie will«, entgegnete David. »Aber was sie bekommen wird, das ist unsere Liebe und Unterstützung.«

»Und zwar bedingungslose«, fügte Mildred hinzu.

David nahm ihre Hand, und sie umklammerte sie fest.

»Scheußliche Heimkehr«, stellte Saul fest.

»Wir hatten die Flitterwochen«, sagte Mildred. »Jetzt kommt die Ehe.«

Nach den Begrüßungen, Umarmungen und ein paar Tränen gab es wieder ein Familienessen, und dann fuhr Sam sie zurück nach Golden Beach.

Er hatte das Haus schon ein paarmal überprüft, aber er wollte sich noch einmal umsehen, um sich zu vergewissern, dass wirklich alles sicher war. Daniel hatte versucht, sie zum Bleiben zu überreden, obwohl Névé jetzt schon recht voll war, aber keiner der beiden Beckets senior war bereit gewesen, den Vorschlag auch nur in Erwägung zu ziehen.

»Ihr werdet hin und wieder einen Streifenwagen bemerken«, sagte Sam unterwegs zu ihnen. Er warf von der Seite einen Blick auf seinen Vater, wartete auf Widerworte. Davids Lippen spannten sich tatsächlich für einen Moment an, aber das war alles. Sam nahm an, dass er an Mildreds Leid in den Händen Cals des Hassers zurückdachte.

»Eins noch, Dad«, sagte Sam.

Diese Neuigkeit würde, wie er wusste, nicht so leicht aufgenommen werden.

»Ich habe mir erlaubt, eine Alarmanlage installieren zu lassen.«

Er hörte, wie sein Vater scharf einatmete, aber dann streckte Mildred eine wettergegerbte Hand von hinten aus und tätschelte die Schulter ihres Mannes, und David riss sich wieder zusammen.

»Ich denke, das ist eine sehr gute Idee«, mischte Mildred sich ein.

»Dad?«, fragte Sam. »Ist dir das recht?«

»Habe ich denn eine Wahl?«

»Sie ist bereits installiert«, erwiderte sein Sohn, »also eigentlich nicht.«

»Ich kann mich immer noch entscheiden, das verdammte Ding nicht zu benutzen«, knurrte David.

Mildred lächelte sanft. »Er wird es benutzen.«

Oben in Névé, wo sie auf Sams Rückkehr wartete, dachte Grace, dass sie es nie für möglich gehalten hätte, von all ihren Lieben umgeben zu sein und sich dennoch so allein zu fühlen.

Sie waren alle so wie immer zu ihr gewesen. Hatten jedes Wort bedingungsloser Liebe ernst gemeint, und ihr Lächeln war so warmherzig wie immer gewesen.

Und doch war sie innerlich eiskalt.

Trotz der Freundlichkeit ihrer Familie fühlte sie sich wie eine Aussätzige. Ihr Verbrechen erschien ihr mit jedem Tag, der verstrich, unverzeihlicher.

Sie wusste, dass Jerry Wagner irgendeine Möglichkeit zu finden versuchte, um auf nicht schuldig zu plädieren, dass er hoffte, ihr das Gefängnis oder eine Anstalt zu ersparen. Und sie wusste, dass sie ihrer Familie zuliebe alles tun musste, um ihm zu helfen.

Aber sie war sich nicht wirklich sicher, dass sie das konnte.

Denn sie hatte es verdient, bestraft zu werden.

69

9. Mai

Dasselbe Foto von Duggan, das Sara Mankowitz Sam gegeben hatte, erschien am Sonntag in den Zeitungen, mit einem Aufruf an alle, die das Opfer erkannten, sich mit weiteren Informationen zu melden.

Und andere Fotos.

Die für Grace neu waren. Eines von ihr mit Sam, vor ein paar Jahren bei einer Benefizveranstaltung für das Miami General Hospital aufgenommen, wo sie zusammen lachten und sich amüsierten. Ein anderes, aufgenommen am Freitagnachmittag, als sie das Gerichtsgebäude verließen.

Berichterstattung im *Herald*, dem *Sun-Sentinel* und der *Key Biscayne News*.

Dasselbe auf den lokalen Fernsehsendern.

»Wenigstens haben sie nicht ihr Verbrecherfoto genommen«, sagte Robbie zu Mike.

»Halt den Mund, Mann!«, fuhr sein Bruder ihn an.

Saul und Cathy kamen eben auf die Terrasse.

»Schon gut«, mischte Saul sich ein. »Wir haben die Zeitungen gesehen.«

»Wir haben versucht, es vor Grace zu verheimlichen«, erklärte Cathy, »aber ich habe den Fernseher in ihrem Zimmer gehört, daher nehme ich an, dieser Kampf ist schon verloren.«

»Es geht ihr nicht so gut, stimmt's?«, sagte Mike.

Saul ließ sich auf einen Liegestuhl fallen. »Ich habe sie noch nie so gesehen.«

»Es macht sie völlig fertig.« Cathy setzte sich neben ihn. »Ich weiß nicht, was ich für sie tun könnte.«

»Du tust es«, sagte Robbie. »In ihrer Nähe bleiben.«

»Du selbst sein«, pflichtete Mike bei.

»Ich nehme an, das ist alles, was jeder von uns tun kann«, sagte Saul.

In Golden Beach hatten Mildred und David die Zeitungen mit wachsender Beklemmung gesehen, hatten sie beiseitegelegt und versucht, ein wenig Trost in den Fotos von ihren Flitterwochen zu finden, die Mildred mit ihrem Handy aufgenommen hatte.

Aber nicht lange. Sie waren nicht mit dem Herzen dabei.

»Ich hatte den Eindruck, dass Joshua es vielleicht auch spüren kann«, sagte Mildred. »Wie Sommer und Winter auf einmal. Seine Mom knuddelt ihn, spielt jede Sekunde mit ihm, und dann zieht sie sich auf einmal zurück.«

David war es auch aufgefallen. »Genau dieses Verhalten habe ich auch bei manchen Patienten beobachtet. Erst suchen sie Nähe, und dann weisen sie die Menschen ab, die sie lieben.«

»Sie glaubt, sie wird ins Gefängnis kommen«, sagte Mildred.

Ihr Mann schüttelte seinen markanten Kopf. »Das ist undenkbar!«

Mildred seufzte. »Zu viele schlimme Dinge sind dieser Familie passiert. Das ist einfach nicht richtig.«

»Ich weiß nicht, was es mit Sam anstellen wird, wenn sie schuldig gesprochen wird.«

»Samuel ist ein starker Mann.«

»Jeder hat einen Punkt, an dem er zerbricht«, sagte David.

70

Sam war gegen Mittag aufs Revier gekommen.

Er war noch vor Sonnenaufgang, nach keinen zwei Stunden Schlaf, mit der klaren Überzeugung aufgewacht, dass er Grace jetzt vermutlich am besten helfen konnte, indem er sich wieder in seinen Job stürzte.

Zwei Jobs inzwischen.

Weiterhin alles über den offenbar geheimnisvollen Charles Duggan auszubuddeln. Und sich mehr denn je darauf zu konzentrieren, Jerome Cooper zu schnappen. Denn egal, was bei Grace' Fall herauskommen sollte – wenn Cal der Hasser ein für allemal hinter Schloss und Riegel gebracht wurde, dann konnte wenigstens ihre Familie als Ganzes anfangen, sich wieder sicher und frei zu fühlen, um ihr Leben wiederaufzunehmen.

»Fahr zur Arbeit«, hatte Grace zu ihm gesagt.

Es war das Gleiche gewesen wie gestern: Sie forderte ihn auf, zu gehen, er wollte bei ihr bleiben. Sie hatte sich nicht körperlich von ihm zurückgezogen, aber Sam spürte dennoch, dass sie ihn abwies. Und wenn er nicht aufpasste, dann bestand ernsthaft die Gefahr, dass sie sich noch mehr verschloss.

Schlimm für Grace, schlimm für Joshua, und nicht besonders schön für ihn. Daher war er den ganzen Vormittag geblieben, und dann hatte er sie bei Claudia gelassen, die jetzt begann, den Brunch vorzubereiten.

Martinez war auch im Büro, hatte Bagels mit Räucherlachs und frisch gepressten Saft von Markie's mitgebracht, einem ihrer Stammlokale, und Sam wunderte sich, als er feststellte, dass er Hunger hatte.

»Du hast eine Nachricht.« Martinez wies mit einem Nicken auf sein Telefon.

Sam nahm ab und hörte die Nachricht ab.

»Tony und ich haben gehört, was passiert ist«, sagte eine vertraute Stimme. »Wenn wir irgendetwas tun können, sag einfach Bescheid.«

Angie Carlino war eine alte Freundin und ehemalige Kollegin, inzwischen Mutter von drei Kindern, die im Büro des Sheriffs von Pinellas County drüben in Tampa arbeitete. Sie war hart, aber herzlich, und nahm nie ein Blatt vor den Mund. Ihr Tonfall bei dieser Nachricht zeugte davon.

»Schöne Grüße an dich und Grace, und haltet durch, ihr zwei.«

Dieselbe Art Ermutigung hatte er von seinen Kollegen hier in der Washington Avenue bekommen.

Ein Segen, für den er dankbar sein sollte.

Sein Telefon klingelte.

»Mein Gott, du bist ja beliebt!«, grinste Martinez.

»Dave Rowan«, sagte eine schroffe Stimme, »mit etwas, was du dir vielleicht ansehen willst.«

Detective Dave Rowan vom Morddezernat des Sheriffs von Broward County war jetzt für den Torres-Fall zuständig. Sie hatten vor einigen Jahren ein paarmal mit ihm zu tun gehabt. Rowan wusste über Sams persönliche Geschichte mit Jerome Cooper, ganz zu schweigen von den derzeitigen Schwierigkeiten seiner Familie, genauso gut Bescheid wie die meisten der hiesigen Cops.

»Wir sind ein paar Beschwerden und Festnahmen wegen Partylärm in der Nacht des 24. April nachgegangen.« Der Nacht, in der Lilian Torres ihren Sohn bei einer Party glaubte. »Für uns selbst war nicht viel dabei, aber offenbar fand drüben in Wynwood in einem leer stehenden Lagerhaus eine ziemlich wilde statt.«

»Okay.« Sam wartete auf mehr.

»Ich schicke dir gleich einen Link«, sagte Rowan zu ihm. »Jemand hat auf YouTube ein Video eingestellt, das auf der Party gedreht wurde. Da herrscht ein Riesentrubel, aber ein paar Leute sind mir doch aufgefallen.«

»Torres?«

»O ja.«

»Und Cooper?« Sams Puls beschleunigte sich.

»Ich denke, das solltest du dir besser selbst ansehen«, sagte Rowan.

71

Wenn Magda Shrike eine Stunde erübrigen konnte, dann nahm sie sich sonntags gern eine Pause von ihrem Papierkram, um einen späten Brunch zu sich zu nehmen und die Zeitungen durchzusehen.

Ihre erste Reaktion, als sie die Fotos von Grace auf der Titelseite des *Herald* sah, war Entsetzen. Sie hatte gestern Abend kurz mit ihrer Freundin gesprochen, hatte die Flut von Emotionen in ihrer Stimme gehört – am deutlichsten davon die Scham.

Sie hatte viel zu ertragen, zu viel. Und sobald Grace bereit war, professionelle Unterstützung anzunehmen, würde Magda alles tun, was sie konnte, um ihr zu helfen, diese Sache durchzustehen.

Aber noch war Grace nicht bereit, noch lange nicht, und die Erfahrung hatte beide Frauen gelehrt, dass ein gewisser Schmerz ertragen werden musste, verarbeitet oder einfach nur überlebt werden musste, bevor professionelle Hilfe etwas nützen konnte.

Grace' Miene auf dem Foto, das vor dem Gerichtsgebäude aufgenommen worden war, erfüllte Magda mit tiefem Kummer.

Und doch waren die Bilder ihrer Freundin nicht das Einzige, was ihre Aufmerksamkeit erregt hatte, als sie die Zeitung sah.

Es war das Bild des Opfers, Charles Duggan.

»*Wenn Sie diesen Mann kennen, rufen Sie bitte die Hotline an...*«

Magda war sich fast sicher, ihn schon einmal irgendwo gesehen zu haben.

Sie konnte sich nur nicht daran erinnern, wo.

Jetzt lehnte sie sich auf ihrem Stuhl zurück und schloss die

Augen, versuchte allen mentalen Müll außen vor zu lassen und diese Erinnerung hervorzuholen ...

Nichts Konkretes.

Obwohl sie so ein unbestimmtes Gefühl hatte, dass es eine Verbindung zu einer der Zeitschriften geben könnte, für die sie gelegentlich einen Beitrag verfasste. Ihr jüngster Artikel unter der Überschrift »Die Angst und darüber hinaus« war vor einem Monat in der Zeitschrift *Grundkurs Psychologie* erschienen und hatte mehrere Besprechungen mit einer Lektorin in ihren Büroräumen am Biscayne Boulevard erfordert.

Das Telefon auf ihrem Schreibtisch klingelte, und sie ließ den Anrufbeantworter angehen.

Hörte, dass es ein Patient war. Klang dringend.

Sie nahm ab. »Hier spricht Dr. Shrike.«

Sie faltete die Zeitung mit der linken Hand zusammen und legte sie beiseite.

Vielleicht würde es ihr später wieder einfallen.

72

Tom O'Hagen hatte in den letzten vierundzwanzig Stunden immer wieder bei Toy angerufen.
Hatte manchmal eine Nachricht hinterlassen.
Wurde immer aufgeladener.
»Wo zum Teufel steckst du?«
Und dann, heute Morgen, bei einem späten Frühstück, hatte er es gesehen.
Das Foto.
Zweimal. Im Fernsehen und in der Zeitung.
Daher hatte er aufgehört, bei Toy anzurufen.
Gottverdammter Idiot!
»Scheiße«, sagte er jetzt.
Sah auf sein halb gegessenes Frühstück.
Der Appetit war ihm vergangen.
Scheißtrottel!

73

Sie saßen vor Sams PC und gingen das YouTube-Video durch.
Suchten nach Cooper.
Beide bis zum Äußersten angespannt.
Sie sahen Ricardo Torres.
Jung und lebendig, mit funkelnden Augen.
Wie er mit jemandem redete.
Einem anderen Mann.
»Was zum . . . ?«
Sam sah ihn etwa eine Achtelsekunde vor Martinez.
Nicht Cooper.
Jemand völlig anderes.
Der Mann, dessen Foto sie und ihre Kollegen an Colleges rund um Miami-Dade herumgezeigt hatten.
Charles Duggan.
Zwei Geister auf einen Schlag.

74

Jerry Wagner war nach Key Biscayne gekommen.

Grace war sich, als der Anwalt im Vorfeld deswegen angerufen hatte, nicht sicher gewesen, ob der Zeitpunkt günstig sein würde. Sam würde bei der Arbeit sein, aber der Rest der Familie würde vermutlich zu Hause sein.

»Ich nehme an, wir könnten irgendwo eine stille Ecke finden«, hatte er freundlich erwidert.

»Hat das nicht bis morgen Zeit?«

»Besser nicht.«

Daher hatte sie sich einverstanden erklärt, und die Familie hatte sich zurückgezogen, damit Anwalt und Mandantin ungestört draußen auf der Terrasse sitzen konnten.

»Wenn ich mich recht erinnere, mögen Sie Eistee«, begann Grace.

»Sie erinnern sich recht.« Wagner wies mit einem Nicken auf den Teller mit Keksen auf dem Tisch zwischen ihnen. »Und die sehen sehr verlockend aus.«

»Cathy hat sie gestern Nacht gebacken. Sie konnte nicht schlafen.«

»Da ist sie hier sicher nicht die Einzige«, vermutete Wagner.

Grace schenkte ihm Tee ein und reichte ihm ein paar Kekse, wartete, bis er es sich bequem gemacht hatte, und ergriff dann als Erste wieder das Wort.

»Ich muss mich schuldig bekennen.«

»Nein, das müssen Sie nicht.«

»Doch«, erwiderte Grace leise, aber entschieden. »Das muss ich, denn ich bin schuldig, und daran gibt es nichts zu rütteln.

Aber damit will ich nicht sagen, dass ich nicht möchte, dass Sie mir helfen, meine Strafe – mein Urteil – zu verringern, schließlich muss ich an meine Familie denken. Alles andere wäre egoistisch von mir.«

Wagner nahm einen Schluck Tee.

»Sie müssen auf mich hören«, sagte er dann.

»Natürlich.«

»Das hier wird nicht wie irgendein Film ablaufen, Grace. Wir werden Ihre albtraumhafte Geschichte erzählen, und ein Richter oder eine Jury wird nichts weiter wollen, als die nette Dame wieder nach Hause zu schicken, wo sie hingehört. Daher wird der Richter irgendeinen Weg finden, um Ihre Strafe zur Bewährung auszusetzen.« Er schwieg einen Augenblick. »Wenn Sie sich der Tötung mit einem Fahrzeug schuldig bekennen, dann sehen Sie fast mit Sicherheit zehn bis fünfzehn Jahren im bundesstaatlichen Gefängnis entgegen.«

Grace schloss die Augen.

Sie dachte an Joshua als Teenager, konnte sich sein Gesicht kaum mehr vorstellen. Sie würde nicht da sein, um ihn aufwachsen zu sehen.

Besser für ihn, wenn sie starb, als das hier.

»Grace.«

Sie schlug die Augen auf.

»Geht es Ihnen gut?«

Sie nickte.

»Dann lassen Sie uns jetzt bitte überlegen, wie wir für Sie und Ihre Familie das Beste aus dieser Situation machen können.« Wagner lächelte freundlich. »Sie werden später noch genug Zeit haben, um sich mit Ihren Schuldgefühlen auseinanderzusetzen. Ich wage zu behaupten, dass Sie sich nicht selbst behandeln können werden, aber ein paar halbwegs anständige Therapeuten müssen Sie doch kennen.«

Grace brachte fast ein Lächeln zu Stande. »O ja.«

»Sie sehen verdammt schlecht aus«, sagte er zu ihr.
»Ich weiß.«
»Also, werden Sie sich von mir helfen lassen?«
Sie brauchte einen langen Moment, bevor sie antwortete.
Sie wusste, dass sie im Grunde keine Wahl hatte.
»Das werde ich«, sagte sie.

75

Es war schwer zu begreifen.

Diese beiden zusammenhangslosen Fälle, die sich so überschnitten.

»Nicht ganz so zusammenhangslos, nehme ich an«, äußerte Martinez.

»Grace.«

Der Zusammenhang. Offensichtlich.

Auch wenn er keinen Sinn ergab.

»Wir müssen noch mal mit Rowan reden«, befand Martinez.

Ein paar Details in Sachen Zuständigkeit klären.

Sams Verstand war wie benebelt.

Martinez räusperte sich. »Ist bei mir eine Schraube locker, oder haben wir es mit einem neuen Verdächtigen zu tun?«

»Für die Morde?«

»Charles Duggan, verstorben.«

Von Grace getötet.

Sam schüttelte den Kopf. »Das kann ich nicht glauben.«

Cal/Cooper stand noch immer ganz oben auf seiner Liste mit Verdächtigen. Der handgeschriebene Auszug aus seiner *Epistel*, in Sadies Bootswerft hinterlegt, erhärtete diesen Verdacht, und der vorläufige Vergleich mit den originalen *Episteln* deutete darauf hin, dass die Handschrift echt war.

Auch wenn in diesem Fall vielleicht nichts so war, wie es schien.

Bis auf Jerome Coopers unerschütterliche Bosheit gegenüber Sam.

Du bist an allem schuld, Samuel Lincoln Becket.
Du und die Deinen.

»Aber eines steht jetzt fest«, bemerkte Sam. »Du hattest recht mit Duggan.«

»Falls er der überhaupt war.«

Sie saßen beide einen Moment da und starrten auf den eingefrorenen Bildschirm von Sams PC.

»Ich nehme an«, sagte Martinez langsam, »genau das könnte Grace vielleicht helfen.«

Sam schüttelte den Kopf. »Alles, was wir im Augenblick haben, ist ein Typ auf einer Party.«

»Der mit einem Mordopfer redet.«

»Und zwei Tote«, ergänzte Sam.

Martinez nickte. »Aber es ist etwas.«

76

Eines von Jerry Wagners Talenten war es, wie er selbst gern dachte, seine Mandanten zu überzeugen, konstruktiv für sich zu denken.

Und es ließ sich nicht leugnen, dass Grace, während sie auf der Terrasse saßen und Eistee schlürften, allmählich wieder etwas Klarheit gewonnen hatte, auch wenn diese größtenteils schmerzlich war. Aber noch etwas anderes war mit diesem Schmerz einhergegangen: ein besseres Verständnis von dem, was zu den katastrophalen Ereignissen am Donnerstagabend geführt hatte.

Die Zuspitzung anderer Ereignisse, Ahnungen und kleiner Panikattacken ...

Und, wie ihr erst allmählich wirklich bewusst wurde, das Schlüsselelement, das bei zwei dieser Alarmsituationen *vor* der Katastrophe vorhanden gewesen war.

Das rote VW-Käfer-Cabrio.

Das Einzige, das Wichtigste, was sie vergessen hatte, Sam zu erzählen, während sie darauf gewartet hatten, dass die Polizei sie festnahm.

»Ich bin mir nicht sicher, ob ich es wirklich vergessen hatte«, sagte sie jetzt zu Wagner. »Es hat meine Gedanken so völlig beherrscht, als ich diesen Wagen auf uns zukommen sah – ich glaube, ich hielt in dem Augenblick noch immer Petes Hand. Er war schon im Begriff, zu Sara zurückzulaufen, aber dann schien auf einmal alles so schnell zu gehen, und alles, was danach offenbar noch zählte, war, dass es – dass *er* – nicht Jerome Cooper war, was hieß, dass ich einen Unschuldigen getötet hatte.«

Wagner hatte sich Notizen gemacht, während sie sprach.

Jetzt legte er seinen golden-schwarzen Mont-Blanc-Stift hin.

»Sie haben ihn vielleicht getötet, aber meines Erachtens gibt es inzwischen etwas begründetere Zweifel, ob er unschuldig war.«

Grace versuchte ein Lächeln. »Trotzdem, man kann einen Mann nicht dafür töten, dass er einen roten VW fährt.«

»Das vielleicht nicht«, stimmte Wagner ihr zu, »und vielleicht sind wir auch noch nicht sehr weit damit, mehr über diesen Mr. Duggan herauszufinden. Aber ich würde sagen, es ist höchste Zeit, dass wir uns seinen Wagen etwas genauer ansehen.«

77

Am Sonntagabend ging es Grace kaum besser als am Morgen.

Sie hatte Sam von ihrer Besprechung mit Wagner berichtet, von ihrer plötzlichen Erinnerung an den roten VW, und eine Zeit lang hatte ihn das positiv gestimmt – noch eine Zutat, die er im Topf rühren konnte, während er herauszufinden versuchte, wer dieser Duggan gewesen sein könnte ...

Und doch schien Grace selbst alles andere als zuversichtlich zu sein. Sie gab sich Mühe, so zu tun, als ob, aber tatsächlich wirkte sie teilnahmslos.

»Sie ist sehr deprimiert«, sagte Claudia in der Küche zu ihm.

Sam nickte müde. »Natürlich ist sie das.«

Ihm ging es genauso.

Er hatte Grace noch nichts von dem YouTube-Video erzählt, um ihre Gefühle nicht noch mehr zu verwirren. Martinez hatte diese Entscheidung infrage gestellt, aber Sam hielt es trotzdem für zu früh.

Nicht, dass er sich bei irgendetwas sicher war.

Sie sahen eine Weile zusammen fern, in der großen Familien-Sitznische, und die anderen kamen und gingen, aber alle sagten, sie hätten zu tun.

»Sie wollen uns Raum geben«, bemerkte Sam.

Grace zog eine Grimasse. »Sie sind erleichtert, dass sie mich nicht babysitten müssen.«

Er sah sie an.

»Sieh mich nicht so an.«

»Wie denn?«

»Scharf«, sagte sie. »Analytisch.«

Er lachte halb. »Das habe ich doch gar nicht.«

»Doch, das hast du. Das tust du ständig.«

»Seit wann denn?« Im selben Augenblick hätte er sich am liebsten für seine Gedankenlosigkeit geohrfeigt.

Woody rettete ihn; er kam angetrottet und wollte hochgenommen werden. Grace setzte ihn für eine Weile auf ihren Schoß, strich ihm über den Kopf und streichelte seine Ohren, aber Sam konnte sehen, dass sie auch hier nicht mit dem Herzen dabei war.

»Ich werde zu Bett gehen«, beschloss sie um kurz nach zehn.

Sam nickte. »Ich auch.«

»Das musst du nicht.«

»Gracie, ich bin müde. Ich will mit dir zu Bett gehen.«

Sie sahen nach Joshua, der tief und fest schlief. Sie stellten den Fernseher in ihrem Zimmer an, Grace zog sich aus und wusch sich das bisschen Make-up ab, das sie an diesem Morgen aufgetragen hatte, und kämmte sich das Haar und zog ein Nachthemd an.

»Das werde ich nie müde«, sagte Sam.

»Was?«

»Dir zusehen, wie du das tust.«

Sie lächelte ihn an, aber es schien ein unglaublich trauriges Lächeln zu sein. Wenig später kam sie ins Bett und knipste das Licht auf ihrer Seite aus.

»Gute Nacht!«, sagte sie.

»Ich liebe dich, Gracie«, flüsterte er und küsste sie.

»Ich dich auch.«

Sie war binnen Minuten eingeschlafen, und Sam war froh über ihre vorübergehende Flucht. Er wünschte, er selbst könnte genauso abschalten, aber Charles Duggan ging ihm noch immer nicht aus dem Kopf. Gleich morgen früh würde er mit Mike Alvarez reden und versuchen, den Lieutenant auf seine Seite zu bringen.

Um kurz nach elf stieg er leise aus dem Bett, ging wieder nach unten und sah noch ein bisschen fern. Er spürte, wie irgendetwas an ihm nagte, ohne dass er genau sagen konnte, was. Nach einer Weile schlief er auf dem Sofa ein.

Als er aufwachte, hatte irgendjemand eine Decke über ihn gelegt, und er fragte sich, ob es Grace gewesen war. Er wünschte, sie hätte ihn stattdessen geweckt, damit er mit ihr wieder ins Bett hätte gehen können. Aber jetzt war es nach fünf, und er musste früh raus.

Er ging hoch, wollte gern nach Joshua sehen, aber der schlief ja in Robbies Zimmer. Und auf einmal vermisste er ihr Zuhause, ihr richtiges *Leben*, mit einer solchen Heftigkeit, dass er sich beherrschen musste, um nicht mit der Faust gegen die Wand zu schlagen.

»Bleib locker!«, befahl er sich leise.

Er öffnete die Tür zu ihrem Zimmer.

Grace schlief, das Haar ausgebreitet auf dem Kissen.

Er wollte wieder zu ihr ins Bett, wollte sie halten, sie wachküssen.

Aber er wusste, dass das egoistisch wäre.

Er seufzte, ging ins Bad und schloss leise hinter sich die Tür.

78

10. Mai

Da sie am Montagmorgen vor Viertel nach elf keine Patienten hatte, fuhr Magda mit ihrem Lexus Hybrid zu Shrinkwrap Publications. Der Verlag am Biscayne Boulevard brachte neben medizinischen und Selbsthilfebüchern die Zeitschrift *Grundkurs Psychologie* heraus.

Ihre Lektorin war außer Haus, aber eine Sonntagsausgabe des *Herald*, aufgeschlagen bei den Fotos von Grace und Charles Duggan, lag auf dem Empfangstresen. Die junge Empfangssekretärin kam ihr vage bekannt vor, aber sie trug kein Namensschild.

Magda versuchte ihr Glück.

»Ich sehe, Sie haben sich das auch eben angeschaut«, sagte sie in ihrem liebenswürdigsten Ton.

»Na klar.« Die Augen der anderen Frau schienen vor Aufregung fast zu funkeln. »Ich wollte eben schon die Telefonnummer in dem Artikel anrufen, aber eine der Lektorinnen sagte, sie würde es tun.«

»Ich dachte auch, ich würde ihn kennen«, lächelte Magda, »aber ich konnte ihn nicht ganz einordnen.«

»Das ist Richard Bianchi«, erklärte die Empfangssekretärin. »Er ist – er war – ein freiberuflicher Redakteur. Vor einer Weile ist er hier ständig ein- und ausgegangen.«

Wieder in ihrem Lexus, im Begriff, Grace anzurufen, überlegte Magda es sich anders.

Sie hatte Sams Handynummer nicht, aber sie wusste mit Sicherheit, wo er arbeitete.

Sie rief bei der Auskunft an und ließ sich verbinden.

79

»Aber wenn«, sagte Sam zu Lieutenant Alvarez, »Charles Duggan, auch bekannt als Richard Bianchi, jetzt für den Mordfall Ricardo Torres von Interesse ist, dann ist er damit doch auch für den Mord an Andrew Victor von Interesse und folglich Teil eines Falls von Miami Beach, oder?«

Er war seit fast zehn Minuten in Alvarez' Büro, wäre schon viel früher dort gewesen, wenn der Lieutenant nicht in einer Besprechung mit Captain Kennedy gewesen wäre. In der Zwischenzeit hatte Magda Shrike angerufen, und Sam hatte mit Dave Rowan gesprochen, der zwei Anrufe von Shrinkwrap Publications erhalten und Sam bereitwillig ein paar erste Anhaltspunkte zu dem Toten mitgeteilt hatte.

Geboren in Fort Myers, Florida, vor achtundzwanzig Jahren. Ein überwiegend erfolgloser Autor, der ein paar Features und zwei Kurzgeschichten veröffentlicht hatte, mit denen er sein Einkommen als Redakteur aufbesserte.

Das war so ziemlich alles, was die Verleger über Richard Bianchi in ihren Unterlagen hatten.

Keine Vorstrafen.

Aber ein *Name*.

Und jetzt hatte Sam, dank der Kooperation des Broward-Detectives, auch seine Adresse am North River Drive.

Gar nicht weit von Sadies Bootswerft.

»Wir brauchen einen Durchsuchungsbefehl«, sagte Sam.

Alvarez hob eine Augenbraue. »Vergessen Sie's!«

»Der Typ hat eine falsche Identität benutzt!«

»Bei ihm wurde kein gefälschter Ausweis gefunden.«

»Bei ihm wurde *gar kein* Ausweis gefunden. Er hat sich Sara Mankowitz und ihrem Sohn als Charles Duggan vorgestellt. An jenem letzten Tag hat er behauptet, er würde am Meereslabor der Universität auf Virginia Key arbeiten.«

»Hörensagen«, kommentierte der Lieutenant.

»Ich nehme an, es steht in ihrer Aussage«, beharrte Sam. »Und angesichts der Tatsache, dass sie eine mögliche Zeugin der Anklage gegen Grace ist, könnte uns das nicht zu einem Durchsuchungsbefehl verhelfen?«

»Es ist immer noch Hörensagen«, wiederholte Alvarez. »Bianchis Eltern sind informiert. Sie sind auf dem Weg von Fort Myers hierher, um ihn zu identifizieren.«

»Bianchi hat Sara Mankowitz als Charles Duggan erzählt, sein Vater wäre tot und seine Mutter würde in North Miami leben.«

»Wieder Hörensagen«, entgegnete der Lieutenant. »Wenn Mr. Bianchis Eltern nicht kommen würden, um ihn zu identifizieren, dann hätten wir vielleicht einen Durchsuchungsbefehl beantragt, um an weitere Informationen zu kommen, die seine Identität bestätigen könnten, aber...« Er schüttelte den Kopf.

»Was ist mit dem YouTube-Video? Wir könnten YouTube vorladen, um festzustellen, wer es eingestellt hat, und die betreffende Person dann vorladen, deren Aussage ein hinreichender Grund für den Durchsuchungsbefehl wäre.«

Alvarez runzelte die Stirn. »Im Torres-Fall vielleicht.«

»Der Browards Fall ist! Verdammt!«

»Bleib entspannt, Sam!«

»Ich versuch's, glaub mir.«

»Ich weiß.« Alvarez war selbst Detective für Gewaltverbrechen gewesen. Er kannte die Arbeit und die damit verbundene Frustration. Persönlich verspürte er durchaus Mitgefühl mit Sam, aber ihm waren die Hände gebunden.

»Der Typ«, beharrte Sam, »hat Grace vor diesem Abend vermutlich wochenlang verfolgt.«

»Vermutlich«, betonte Alvarez. »Grace ist ein paarmal ein rotes VW-Käfer-Cabrio aufgefallen.«

»Und *zufällig* hat er an dem Abend, an dem Ricardo Torres verschwand und ermordet wurde, mit ihm gesprochen.« Sams Frustration schlug in Wut um. »Ich *bitte* dich! Wir müssen uns seine Bude ansehen.«

»Das wird nicht passieren, Sam.« Alvarez war freundlich, aber unbeirrbar. »Richard Bianchi ist im Augenblick ein Opfer. Allem Anschein nach hat er sich seinen Lebensunterhalt als freiberuflicher Redakteur verdient, und alles Gegenteilige, was du hast, ist, dass er dieselbe Party besucht hat wie ein Mordopfer. Und es mag ja sein, dass er gegenüber einer Frau, die er in einem Café angesprochen hat, einen anderen Namen verwendet hat. Er ist Schriftsteller – vielleicht hat er sich so seine Inspiration geholt.«

»Er hat diese Frau gezielt angesprochen, weil Grace ihren Sohn behandelt hat.«

»Dafür hast du keinen Beweis.«

»Das Durchschnittsalter auf dieser Party war neunzehn. Bianchi war achtundzwanzig.«

Alvarez zog eine Grimasse. »Dafür kann ich einen Typen nicht festnehmen. Und schon gar nicht einen toten Typen. Es tut mir leid, Sam, glaub mir.«

»Und in der Zwischenzeit muss Grace weiterhin in dieser Hölle leben.«

»Bis du irgendetwas findest, was für einen Richter stichhaltig genug ist.« Alvarez sah bei Weitem zu viel Emotion in den Augen des anderen Mannes. »Du musst diese Fälle voneinander trennen, Sam. Der Mord an Victor ist deiner, und ich bin sicher, es gibt Hoffnung auf Kooperation mit Broward im Fall Torres. Aber Grace' Fall ist eine völlig andere Geschichte, und solange du nicht irgendwelche schlüssigen Beweise für Bianchis Verstrickung in diese Morde findest, musst du dich einfach von allem und jedem fernhalten, der damit zusammenhängt.«

Sam gab keine Antwort.

»Geh zu Martinez, Sam, und tu, was du am besten kannst.«

Sam erhob sich langsam.

»Dürfen wir wenigstens einen Blick in Bianchis Leben werfen?«

»Wenn ihr Jungs wirklich glaubt, er könnte in diese Morde verstrickt sein, dann wäre ich besorgt, wenn ihr es nicht tun würdet.« Alvarez schwieg einen Augenblick. »Aber wenn irgendjemand mit Mr. Bianchis Familie spricht, Sam, dann kannst das nicht du sein.«

»Ich weiß.«

»Pass bloß auf!«, warnte der Lieutenant ihn. »Vergiss nicht: Wenn du bei diesen Leuten einen falschen Schritt tust, dann wird Grace es abkriegen.«

»Wir müssen uns diesen VW genauer ansehen«, sagte Sam zu seinem Partner.

»Hast du nicht gesagt, da ist Grace' Anwalt dran?«

»Vielleicht. Wer weiß?«

Inzwischen war es Nachmittag. Die wichtigsten Fakten zu Bianchi und seiner Familie hatten sie bereits überprüft.

Vater Lehrer, Mutter Sprechstundenhilfe, eine Schwester, die als Spendenbeschafferin für eine Hilfsorganisation arbeitete, und Bianchi selbst hatte offenbar ein untadeliges Leben geführt. Ansonsten gab es nichts Neues, nur dass er sein Einkommen und seine Erfahrung offenbar auch dadurch aufgebessert hatte, dass er Artikel für eine Internet-Zeitung redigierte. Er hatte ein paar abgelehnte Romane zu verzeichnen – weder Thriller noch Krimis – und keine Vorstrafen.

Aber Sam juckte es noch immer, sich seinen Wagen anzusehen.

Den Wagen, der auf eine inzwischen verstorbene Frau in Savannah, Georgia, zugelassen gewesen war.

»Vermutlich beschlagnahmt«, sagte Martinez.

»Vielleicht auch nicht. Er war nicht an dem Unfall beteiligt.«

»Trotzdem – irgendwohin müssen sie ihn gebracht haben.«

»Nicht unbedingt. Er hat die Straße nicht versperrt.«

»Sie werden ihn abgeschleppt haben«, beharrte Martinez.

Es gab jede Menge Abschleppfirmen in Miami, allein schon auf Key Biscayne.

»Ich werde mich auf dem Rückweg mal umsehen.«

»Ich komme mit«, entschied Martinez.

»Das musst du nicht.«

Sein Partner winkte ab. »Vier Augen sehen mehr – *falls* der Wagen dort ist. Außerdem muss ich dafür sorgen, dass du keine Dummheiten anstellst.«

Der Käfer war längst verschwunden.

»Tut mir leid, dass ich deine Zeit verschwendet habe«, sagte Sam zu Martinez.

Sie standen auf der schmalen Straße am Rand des Highways, nahe der Stelle, wo Sam mit Grace darauf gewartet hatte, dass die Cops kamen, um sie mitzunehmen. Und nahe der Stelle, wo sie, nach ihren Worten, den VW langsam auf sich und den Jungen in ihrer Obhut zurollen gesehen hatte.

Wo Duggan/Bianchi auf sie losgegangen und sie auf ihn zugefahren war.

»Warum zum Teufel hat er das getan?«, fragte Sam. »Warum ist er ihr nicht aus dem Weg gegangen?«

Dieselbe Frage hatte er sich seit Donnerstagabend immer wieder gestellt.

»Zu beschäftigt damit, Grace zu verhöhnen, nehme ich an«, vermutete Martinez. »Sie zu bedrohen.«

»Aber er muss doch gewusst haben, dass es gefährlich war, verrückt sogar!«

»Vielleicht nicht. Wenn er ein Schikanierer war, dann dachte er vermutlich, er würde gewinnen.«

»Pete hat zu Grace gesagt, er hätte das Gefühl, Charlie würde ihm gern Angst machen.«

»Möchte wetten, der hat sein blaues Wunder erlebt, als Grace...«

Sam schwieg.

»Jedenfalls«, stellte Martinez fest, »keine Chance, in absehbarer Zeit an den Wagen zu kommen.«

»Und selbst wenn...«

»Wird jeder Beweis unzulässig sein.«

»Ich würde ihn mir trotzdem gern ansehen.«

»Da wirst du wohl warten müssen.«

Sam stöhnte frustriert auf. »Gibt es irgendetwas, worauf wir nicht warten müssen?«

»Fahr nach Hause zu deiner Frau und deinem Sohn!«

Auf Martinez wartete niemand.

»Ich weiß, ich bin ein verdammter Glückspilz«, murmelte Sam.

»Vergiss das bloß nie!«

»Ich tue mein Bestes.«

80

»Das sind doch gute Neuigkeiten!«, sagte Daniel, nachdem Sam ihnen von Bianchi berichtet hatte. »Oder nicht?«

Sie saßen alle nach dem Abendessen draußen auf der Terrasse.

»Ich hoffe es.«

»Wenn Duggan eine falsche Identität war«, meinte Claudia, »dann beweist das doch sicher, dass er irgendetwas zu verbergen hatte.«

»Häng deine Hoffnungen nicht zu hoch, Schwesterherz«, erwiderte Grace.

»Klingt für mich, als ob der Typ ein echt komischer Vogel war«, bemerkte Robbie.

Mike nickte. »Er hat diesem armen Jungen eine Höllenangst eingejagt.«

»Es wird alles gut werden.« Saul klang positiv wie immer.

Cathy runzelte die Stirn. »Ich gebe seiner Mutter die Schuld.«

»Können wir bitte damit aufhören?«, unterbrach Grace ihre Familie.

»Aber das sind doch gute Neuigkeiten«, wiederholte Robbie. »Genau wie Dad gesagt hat.«

Grace schüttelte leicht den Kopf. »Der Mann ist immer noch tot. Egal, wie sein Name war.«

Claudia griff nach ihrer Hand, aber Grace zog sie zurück und erhob sich.

»Ich sehe nach Joshua, und dann gehe ich zu Bett.«

»Ich komme mit«, bot Sam an.

»Nicht nötig.« Grace beugte sich hinunter, um ihn auf die Wange zu küssen, wandte sich um und ging ins Haus.

Ein paar Augenblicke saßen sie alle schweigend da.

»Das macht sie ständig, Sam«, begann Claudia schließlich. »Sie will allein sein.«

Cathy lächelte. »Bis auf Joshua. Und das ist immerhin etwas, nehme ich an.«

Sam schwieg.

»Sie hat Angst«, vermutete Daniel. »Und hier eingepfercht zu sein, das geht ihr auf die Nerven.«

Mike nickte. »Dad hat recht. Wir anderen kommen jeden Tag aus dem Haus.«

»Grace könnte auch mit einem von uns aus dem Haus gehen oder zu ihren Patienten«, gab Cathy zu bedenken. »Aber sie will nicht.«

Sam erhob sich. »Ich gehe nach oben, Leute.«

»Du bist, was sie braucht«, sagte seine Tochter tröstend.

»Dass dieser Albtraum endlich aufhört«, bemerkte Saul, »das ist es, was sie braucht.«

»Es tut mir leid.« Grace kam eine Viertelstunde später zu Sam ins Schlafzimmer.

»Nicht doch!«

»Ich glaube, ich kriege hier allmählich einen kleinen Gefängniskoller.« Sie lächelte. »Nicht die beste Formulierung, in Anbetracht der Umstände.«

»Wenigstens hast du gelächelt.«

Sie setzte sich zu ihm auf die Bettkante, ließ ihn ihre Hand nehmen.

»Gibt's was Neues von Wagner?«, erkundigte er sich.

Sie schüttelte den Kopf. »Ich nehme an, seine Ermittler suchen nach dem VW.«

»Sieht aus, als käme er schneller an ihn ran als wir.«

»Weniger Vorschriften«, sagte Grace.

Sam sah sie von der Seite an.

»Bitte nicht!«

»Ich ›analysiere‹ nicht«, sagte er sanft, ihr Gespräch von gestern Abend vor Augen.

Sie seufzte. »Ich weiß. Aber trotzdem – bitte nicht.«

»Warum nicht?«

»Weil das einer dieser Blicke ist, die bedeuten, dass du mich liebst.«

»Und?«

»Und das erscheint mir nicht richtig.«

»Es ist immer richtig. Das wird es immer sein.«

»Selbst jetzt, wo ich eine Mörderin bin?«

»Du bist keine Mörderin«, widersprach Sam entschieden, »und das weißt du genau.«

»Die Definition trifft auf mich zu, soweit ich weiß.« Ihr Tonfall war leise, aber entschieden. »Ich habe auf jeden Fall vorsätzlich einen Menschen getötet. Was sonst bin ich damit?«

»Hör auf!«

»Leicht gesagt.«

»Bitte, Grace!«

»Was?« Sie wandte sich zu ihm um, hörte seinen Schmerz heraus. »Sag mir, was ich für dich tun kann. Ich werde alles für dich tun.«

»Lass dich einfach nur halten.«

Sie glitt lautlos in seine Arme, und er wartete auf ihre Tränen, aber diese Erleichterung fand sie nicht. Doch als sie unter die Decken gekrochen waren, schlief sie wenig später ein.

Und dann wagte auch er nicht, zu weinen, um sie nicht zu wecken.

81

11. Mai

Es war zwei Uhr früh, als es ihm einfiel.

Die Sache, die ihm keine Ruhe gelassen hatte. Dieses nagende Gefühl, das er gestern Abend nicht genau benennen konnte.

Aber im Augenblick schlief Grace, sah fast friedlich aus, und er war hellwach.

Dachte über einen Namen nach.

Das war es, was an ihm genagt hatte.

Irgendetwas an dem Namen Charles Duggan.

Irgendetwas Vertrautes.

Er stieg vorsichtig aus dem Bett, und Grace regte sich, stöhnte leise, beruhigte sich wieder.

Er ging nach unten.

Noch jemand war auf, bemerkte er, als er barfuß über den kalten Boden tapste, jemand in der Küche. Sam wollte fast wieder hochgehen, denn was er jetzt brauchte, das war Zeit allein, ungestört.

»Hi.«

Mike war dabei, Milch in einen Aufschäumer zu gießen.

Nicht nur ein gut aussehender junger Mann, wie Sam in letzter Zeit aufgefallen war, sondern auch verdammt nett.

»Hi«, sagte Sam.

»Kannst du auch nicht schlafen?«

»Leider nein.«

»Auch Lust auf eine heiße Schokolade?«

Sam konnte sich nicht erinnern, wann er das letzte Mal eine heiße Schokolade getrunken hatte, schon gar nicht in Südflorida. »Na klar«, sagte er. »Warum nicht? Danke, Mike.«

Die Hunde lagen nebeneinander in ihren Körbchen in der Ecke, aber während Sam am Tisch Platz nahm und Grace' Neffe noch etwas Milch in den Aufschäumer goss und ihn einstöpselte, erhob sich Woody, streckte sich träge und kam dann mit wedelndem Schwanz auf ihn zu.

»Hi, du«, begrüßte ihn Sam und beugte sich hinunter, um seine Ohren zu tätscheln.

»Ludo rührt sich zu dieser nächtlichen Stunde nie«, grinste Mike, »es sei denn für einen Keks.«

»Kluger Hund!«

»Was ist los?«, fragte Mike, dann schnitt er eine Grimasse. »Blöde Frage.«

»Eigentlich nicht.« Sam sah zu, wie der junge Mann die heiße Schokolade anrührte und mit Schaum und Kakaopulver abrundete. »Sieht gut aus«, sagte er.

Mike brachte zwei Becher an den Tisch und setzte sich. »Lass es dir schmecken.«

»Mache ich.« Sam wartete einen Augenblick. »Mike, hast du schon mal den Namen Charles Duggan gehört?«

»Du meinst, vor letzter Woche?«

»Der Name lässt mir irgendwie keine Ruhe.«

»Okay.« Mike nickte. »Hast du je *Der Schakal* gesehen?«

»Na klar! Das Original. Und ich habe das Buch gelesen.«

»Könnte sein, dass du dich an noch etwas daraus erinnerst«, sagte Mike. »Es ist wie eine Verschmelzung zweier Namen, aber dieselbe Figur.«

Sam hatte es schon halb begriffen. »Der Deckname des Schakals?«

»*Zwei* Decknamen.« Mike grinste. »Etwas, das ich mit meinem Dad gemeinsam habe. Wir sind beide Filmfreaks.« Er fuhr fort. »Der Schakal hat den Namen eines toten Jungen benutzt, als er einen Pass beantragt hat. Paul Duggan. Und sein anderer Deckname war Charles Calthrop – und die ersten drei Buchstaben von jedem Namen – ›Cha‹ und ›Cal‹ – ergeben die französische Schreibweise von Schakal – *chacal*.«

»Jetzt wird es mir aber unheimlich«, sagte Sam.

»Kannst du mir sagen, worum es hier eigentlich geht?«, fragte Mike.

Worum es ging, da war sich Sam auf einmal hundertprozentig sicher: Jerome Cooper spielte Namensspiele, übermittelte vielleicht sogar eine versteckte Botschaft mit dem Namen, den Bianchi gegenüber Sara Mankowitz verwendet hatte.

Er sah Mike an, sah seine gespannt funkelnden dunklen Augen, und er wünschte, er hätte den Mund gehalten.

»Könnte nichts sein.«

»O Mann!«, rief Mike, als er es kapierte. »Es geht gar nicht um den Schakal! Sondern um Cal.«

»Wie ich schon sagte«, entgegnete Sam. »Könnte gar nichts sein.«

82

»Und, was meinen wir?«, fragte Martinez' verschlafene Stimme durchs Telefon. »Dass Bianchi vielleicht Cal nachgeahmt hat?«

Sam hatte ihn vor sechs angerufen, um ihn auf den aktuellen Stand zu bringen.

Außer ihm war in Névé an diesem Dienstagmorgen noch niemand auf.

»Ich weiß nicht«, überlegte Sam laut. »Wenn die Handschrift aus den *Episteln* nicht Coopers ist, dann ist sie auf jeden Fall verdammt gut gefälscht.« Er schwieg einen Augenblick. »Mir scheint eher wahrscheinlich, dass Bianchi für Cal gearbeitet hat.«

»Das würde Bezahlung bedeuten«, folgerte Martinez. »Und soweit wir wissen, war Cooper zuletzt selbst völlig abgebrannt.«

»Das könnte sich geändert haben. Außerdem gibt es noch andere Arten der Bezahlung.«

»Wir müssen in Bianchis Wohnung!«, sagte Martinez.

»Diese Schakal-Geschichte wird auf keinen Richter Eindruck machen.«

»Und Bianchis Familie wird dich mit Sicherheit nicht in die Wohnung lassen.« Martinez schwieg einen Moment. »Aber du meinst wirklich, da könnte etwas dran sein, stimmt's?«

»Ich glaube, es ist ein Zufall zu viel«, erwiderte Sam. »Und denk mal darüber nach. Cooper war immer stolz auf seine Texte. Und dieser Widerling ist auch Schriftsteller, ein Redakteur, ein Mann der *Worte*, oder?«

»Vielleicht dachte Cooper, Bianchi könnte seine *Episteln* redigieren«, bemerkte Martinez trocken.

»Nur dass Cal vermutlich jeden umbringen würde, der an seinen Schriften herumpfuscht.«

»Ich nehme an, wir haben nicht vor, irgendetwas davon Detective Rowan mitzuteilen?«

»Du nimmst richtig an.«

»Und was fangen wir jetzt damit an?«, fragte Martinez.

Sam seufzte. »Frag mich was Leichteres.«

Sie fuhren hinüber zu dem Lagerhaus, wo die Party stattgefunden hatte. Wo der junge Ricardo Torres vermutlich nur Stunden vor seinem Tod Richard Bianchi getroffen hatte. Alles mit Brettern vernagelt jetzt. Keine Hoffnung, da hineinzukommen, ohne einzubrechen.

Keine Hoffnung auf forensische Beweise. Keine Chance auf eine Gästeliste in absehbarer Zeit, falls überhaupt je. Und selbst wenn YouTube ihnen die Person liefern sollte, die das Video eingestellt hatte, war es nicht die Art Party gewesen, zu der Einladungen verschickt wurden. Vermutlich hatte sie sich von Mund zu Mund und im Internet herumgesprochen.

»Gottverdammtes Twitter!«, bemerkte Martinez säuerlich.

Die neue Technologie war eines seiner Lieblingsärgernisse.

Keine Nachbarn, die sie fragen konnten. Nur Geschäftsräume von Firmen, die an jenem Samstagabend vermutlich alle geschlossen waren.

Sie zeigten dem Kassierer einer nahegelegenen Tankstelle ihre Dienstmarken und ein paar Fotos von Cooper, und Martinez fragte den Mann auf Spanisch, ob er am Samstagabend, dem 24. April, gearbeitet hätte, und er schüttelte ein bisschen zu schnell den Kopf.

Schüttelte ihn wieder, als er die Fotos ansah.

»Verdammte Zeitverschwendung«, sagte Sam, als sie wieder in dem Chevy saßen.

Diese Gegend entsprach eigentlich nicht den typischen Jagdgründen von Cal dem Hasser.

Nur dass es nicht Cal/Cooper war, der Torres in jener Nacht aufgegabelt hatte.

Nicht unbedingt er, der diesen jungen Mann zur Strecke gebracht, erdrosselt und ihm das Herz herausgeschnitten hatte.

83

Um zehn nach drei an jenem Nachmittag klingelte Grace' Handy, während sie draußen auf der Terrasse die Hunde kämmte. Beide freuten sich über die Aufmerksamkeit, stupsten sie mit ihren kalten, nassen Schnauzen an und schlugen im Takt mit den Schwänzen.

»Tut mir leid, Jungs«, sagte sie und nahm das Telefon.
Und sah Pete Mankowitz' Namen auf dem Display.
Grace starrte auf das Telefon.
Keinen Kontakt zu Zeugen.
Sie nahm den Anruf an.
»Doc?« Seine Stimme war zitternd, unsicher.
Diesen Ton kannte sie nur zu gut.
»Hallo, Pete. Was gibt's?«
»Ich muss Sie sehen!«
»Das ist leider nicht möglich, Pete«, erwiderte sie. »Es tut mir so leid.«
»Ich fühle mich so schlecht, Doc.«
»Wo bist du, Pete? Bist du in der Schule?«
»Ich meine, ich fühle mich *richtig* schlecht, als ob ich sterben könnte.«
»Okay, Pete.« Das hatten sie schon ein paarmal gehabt. »Du weißt, dass das eine Panikattacke ist, und du weißt, was du tun musst.«
»Ich will nicht durchatmen!«, sagte er trotzig. »Und ich will mich nicht beruhigen! Ich bin auch nicht in der Schule. Ich gehe nie wieder dorthin, und ich will auch zu keinem anderen Psychodoktor – Sie sind die Einzige, die mich *versteht*, und wenn Sie mir

nicht erlauben, Sie zu sehen, bringe ich mich um. Im Ernst, Doc! Ich habe eine Flasche mit den Pillen meiner Mom genommen.«

»Was soll das heißen?« Grace blieb vor Entsetzen die Luft weg. »Du hast sie geschluckt?«

»Noch nicht. Aber ich habe sie bei mir, und ich werde sie schlucken.«

Grace' Gedanken überschlugen sich. Wenn sie jetzt den Notruf verständigte – falls sie überhaupt wusste, wo man den Jungen finden konnte –, weiß Gott, was für neue Traumata das bei ihm aufreißen würde.

Dazu würde es nicht kommen. Nicht mit ihr.

»Okay, Pete. Ich sage dir jetzt, was wir tun werden.« Sie schlug einen härteren Ton an. »Und das ist deine einzige Chance, mich zu sehen, das heißt, du musst jetzt gut zuhören, okay?«

Er gab keine Antwort.

»Ich werde kommen, aber ich werde nicht allein sein.«

»Niemals!«

»Hör mich bitte an, Pete. Ich habe eine gute Freundin. Sie ist dieselbe Art Ärztin wie ich.«

»Ich habe Ihnen doch gesagt, ich gehe zu keinem anderen Psychodoktor.«

»Das musst du ja auch nicht. Das ist nur, damit du und ich heute miteinander reden können. Damit ich nicht noch mehr Ärger bekomme.«

»Sie sollten *gar* keinen Ärger haben.«

»Das stimmt nicht, Pete. Ich habe etwas sehr Schlimmes getan.«

»*Er* war der Schlimme. Charlie war richtig schlimm.«

Jerry Wagner würde das gern genauer hören, aber sie würde niemals zulassen, dass er Pete in den Zeugenstand rief.

»Wirst du mir erlauben, meine Freundin mitzubringen? Nur damit ich keinen Ärger bekomme?«

Er weinte noch immer.

»Eine andere Möglichkeit gibt es nicht, Pete.«

»Sie müssen mir versprechen, meiner Mom nichts davon zu sagen.«

»Sie wird sich solche Sorgen machen.«

»Wenn Sie sie anrufen, dann laufe ich weg und ...«

»Ich werde sie nicht anrufen.«

»Schwören Sie es!«, verlangte Pete.

»Ich schwöre es.«

»Ich werde genau aufpassen, und wenn noch irgendjemand anders da ist außer dieser Dame, dann laufe ich weg und nehme diese Pillen und ...«

»Es wird niemand anders da sein.«

»Okay«, sagte er.

84

Noch etwas nagte an Sam.
Die registrierte Eigentümerin von Bianchis VW.
Bernice van Heusen.
Die Art Name, hinter dem leicht eine Geschichte stecken konnte.
Letztes Jahr verstorben, und ihm fielen mindestens ein Dutzend Möglichkeiten ein, wie ihr Wagen von Savannah nach Südflorida gekommen sein könnte, aber trotzdem...
Selbst wenn Angie Carlino gestern nicht angerufen und ihre Hilfe angeboten hätte, hätte Sam jetzt an sie gedacht. Mit ihren unzähligen Kontakten überall und ihrer Fähigkeit, fast jedem Menschen Geheimnisse zu entlocken, war sie genau die Person, die sich durch das System lavieren konnte, ohne die Wellen zu schlagen, die er selbst dabei riskieren würde.
»Hey, *bellissima*, wie geht's denn so?«
»Gleich viel besser, wenn ich deine Stimme höre, schöner Mann!«
»Aber bestimmt nicht so gut wie mir, als ich deine Nachricht bekam«, grinste Sam.
»Was brauchst du?«, fragte Angie.
»Zweierlei.«
»Diesen Bianchi habe ich schon überprüft«, sagte sie. »Und seine Familie.«
Der Buschfunk funktionierte offenbar.
»Vater: Robert Bianchi, Italienischlehrer der zweiten Generation«, berichtete Angie. »Mutter: Josephine – genannt Josie –, Sprechstundenhilfe mit französischem Blut auf der mütterlichen

Seite. Eine Schwester, Gina Bianchi, die in Naples lebt und dort für eine Kinder-Hilfsorganisation arbeitet.«

Kaum etwas, was sie nicht schon hatten.

»Beide sauber, stimmt's?«, vermutete er.

»Wie frisch gebadete Babys, Richard eingeschlossen. Tut mir leid.«

»Besteht vielleicht die Möglichkeit, dass du dir seine Schulakte ansiehst?«, fragte Sam. »Vielleicht ist er als Schikanierer bekannt, irgendwas in der Richtung. Ich weiß, ich verlange ein bisschen viel, Angie.«

»Hey«, sagte sie. »Ich habe dich schließlich gefragt, was du brauchst.«

»Du bist ein Schatz! Hast du zufällig irgendwelche Kumpel in Savannah, Georgia?«

»Schieß los!«, sagte Angie.

85

Bei Petes Telefon ging sofort die Mailbox an.

»Ich wollte dir nur sagen, dass meine Freundin und ich auf dem Weg sind«, sagte Grace. »Wenn ich das nächste Mal anrufe, kannst du uns schon sehen. Okay?«

Ihr hatte vor Magdas Reaktion gegraut, aber ihre Freundin hatte nur zugehört und sich dann einverstanden erklärt. »Ich fahre jetzt los und hole dich ab.«

»Aber das wird eine ganze Weile dauern ...«

»Du hast Sam versprochen, nirgends allein hinzufahren – also entweder so oder gar nicht.«

»Dann so«, sagte Grace dankbar.

»Und du musst Petes Mutter anrufen.«

»Ich weiß.«

Sie waren fast da. Der Lexus fühlte sich weich und beruhigend an, und es war tröstlich, diese kluge Frau an ihrer Seite zu haben. Wenigstens hatte sie Claudia nicht anlügen müssen, als sie losgefahren waren, und das allein war schon viel wert.

Nicht, dass sie ihr die genaue Wahrheit gesagt hatte.

Ein Patient, hatte sie gesagt.

Nicht ein *Zeuge*.

»Wo genau ist er denn jetzt, dieser Spielplatz?«, fragte Magda.

»Ich bin mir nicht sicher.«

Pete hatte von Grace verlangt, sich auf eine Bank in der Nähe der blauen und grünen Rutschen im Village Green Park zu setzen. Er wollte dann dorthin kommen.

Sie entdeckte den Spielplatz in dem Augenblick, als Magda einen Parkplatz fand.

Keine Spur von Pete.

Zeit, zu beichten.

»Ich habe seine Mom noch nicht angerufen«, gestand Grace. »Und ich weiß, es erscheint falsch, aber ich habe Pete mein Wort gegeben. Hier ist ihre Nummer. Du kannst sie anrufen, sobald ich losgegangen bin.«

»Das wird Tränen geben.« Magda nahm den Zettel mit der Telefonnummer.

»Solange es meine sind und nicht seine«, sagte Grace. »Und könntest du sie bitte von hier aus anrufen, damit Pete es nicht sieht?«

»Sonst noch was?«, fragte Magda mit sarkastischem Unterton.

»Es tut mir leid.«

Ihre Freundin tätschelte ihr den Arm. »Es muss dir nicht leidtun«, erwiderte sie versöhnlich. »Sei einfach nur vorsichtig.«

»Ich werde mein Bestes tun.«

86

Detective Rowan rief Sam an.

»Nur ein Höflichkeitsanruf«, erklärte er. »Um dir Bescheid zu geben, dass Bianchis Eltern uns einen Blick in die Wohnung ihres Sohns gewährt haben.«

»Ich bin dir sehr dankbar, Mike.« Sam klang ruhig. »Irgendwas gefunden?«

»Gibt nichts zu sagen«, erwiderte Rowan, »nur dass die Bude sauber war.«

»*Zu* sauber?« Sam sprang auf das Wort an.

»Ich habe seine Familie darauf angesprochen, und seine Mom sagte, sie wünschte, er wäre so ordentlich gewesen, als er noch zu Hause gewohnt hat.«

»Meinst du, es könnte seit seinem Tod jemand dort gewesen sein?«, fragte Sam.

»Gab keinen Hinweis darauf.«

87

Der Junge schien aus dem Nichts aufzutauchen, nachdem Grace drei, vielleicht vier Minuten auf einer der Bänke gesessen hatte.

Die kleinen Kinder und ihre Eltern waren für den Tag nach Hause gegangen, aber ein paar ältere Jungen und Mädchen alberten noch in der Nähe der Rutschen herum.

Petes Gesicht war ein bisschen schmuddelig, und seine Augen waren gerötet, aber ansonsten sah er körperlich unversehrt aus.

»Hey«, sagte er.

»Hey.«

»Wo ist Ihre Freundin?«

»Parkt ihren Wagen.«

Pete schüttelte den Kopf. »Sie hat den Wagen schon geparkt, bevor Sie ausgestiegen sind.«

Grace lächelte. »Ich habe sie gebeten, ein paar Augenblicke zu warten. Dann wird sie kommen und Hi sagen, und dann wird sie sich etwas abseits von uns hinsetzen.«

»Warum kann sie nicht einfach in ihrem Wagen bleiben?«

»Das war der Deal, schon vergessen? Ich muss jemanden in meiner Nähe haben, während wir reden, damit der Richter nicht sauer auf mich wird.«

Wie aufs Stichwort tauchte Magda auf, mit langsamen Schritten, ließ sich Zeit.

»Da kommt sie«, sagte Grace. »Magda ist sehr nett.«

»Sie hat einen komischen Namen.«

»Er ist vielleicht ein bisschen ungewöhnlich, aber sie ist überhaupt nicht komisch.«

Grace lächelte, während ihre Freundin näher kam.

»Pete, das ist Magda«, stellte Grace die beiden einander vor. »Magda, das ist Pete.«

Magda streckte eine Hand aus, und Pete ergriff sie.

»Guter, fester Händedruck.« Magda lächelte. »Sagt viel über einen Burschen aus.«

»Danke.« Pete sah Grace unsicher an.

»Schon gut«, lächelte Magda. »Ich werde mich dort drüben hinsetzen, okay?« Sie wies mit einem Nicken auf eine Bank etwas weiter weg.

»Bitte«, nickte Pete.

»Kein Problem.« Magda ging auf die andere Bank zu und setzte sich.

»Es tut mir leid.«

»Schon gut.«

Pete sah sich noch einmal gründlich um, dann setzte er sich zögernd neben Grace.

»Es geht mir schon besser.«

»Das kann ich sehen«, nickte sie. »Ich wusste doch, dass du dich beruhigen kannst.«

»Es war gar nicht so schlimm, wie ich getan habe«, gab Pete zu. »Ich wollte nur, dass Sie kommen.«

»Weißt du«, sagte Grace leise, »du hättest nirgends hingehen sollen, ohne deiner Mom Bescheid zu sagen.«

»Ich weiß. Sie wird stocksauer sein.«

»Das nehme ich auch an. Aber du weißt ja, warum.«

Pete runzelte die Stirn. »Ich weiß, sie liebt mich. Aber sie wollte mir nicht erlauben, Sie zu sehen.«

»Wegen dem, was passiert ist. Was ich ihrem Freund angetan habe.«

»Er war kein guter Freund«, widersprach Pete. »Er war ein Lügner. Er hat ihr nicht einmal seinen richtigen Namen gesagt.«

Grace war nicht wirklich überrascht, dass er davon wusste. Aber selbst, wenn Sara ihm die Fernsehnachrichten verboten hatte, hätte er es immer noch im Internet herausfinden oder in der Schule davon hören können.

»Ja«, sagte sie. »Das stimmt.«

Der Junge räusperte sich. »Ich bin jetzt so weit, es Ihnen zu erzählen. Was er getan hat.«

Sie verspürte einen schmerzlichen Stich, denn das war genau die Art Durchbruch, auf die sie mit Kindern wie Pete immer hinarbeitete. Und doch würde sie ihn hier, heute, davon abhalten müssen, fortzufahren. Außerdem – wer konnte schon sagen, ob man ihr je wieder gestatten würde, ihren Beruf auszuüben und Kindern mit Problemen zu helfen?

»Du darfst es mir nicht sagen, Pete. Im Augenblick darf ich gar nicht mit dir sprechen. Weil du ein Zeuge für das bist, was ich getan habe.«

»Das ist doch Blödsinn! Und außerdem werde ich es niemandem sagen außer Ihnen.«

Die Angst war wieder da, in diesen ausdrucksvollen Augen, überhaupt nicht vorgetäuscht, und sie war nicht überzeugt, dass sein Anruf nur ein Trick gewesen war, um sie hierherzulocken. Es kam nicht infrage, dass sie jetzt irgendein Risiko einging.

»Wo sind die Pillen, Pete?«

»Ich habe keine. Das habe ich mir nur ausgedacht.«

»Ich bin mir nicht sicher, ob ich das glaube«, sagte sie vorsichtig.

»Wollen Sie mich durchsuchen?«, fragte er.

»Natürlich nicht.« Grace sah ihm ruhig in die Augen. »Ich vertraue dir.«

»Ich will mich nicht umbringen«, versicherte Pete ihr.

»Das freut mich sehr zu hören.« Sie schwieg einen Augenblick. »Aber du hattest solche Gedanken schon einmal, stimmt's? Dass du wolltest, dass alles aufhört.«

»Mhm.« Sein Blick schweifte ab, nach unten.

»Schon gut.« Jetzt wusste Grace, dass sie ihn nicht abweisen konnte. »Wenn du willst, na ja, dann kannst du mir sagen, was er getan hat.«

»Sind Sie sicher?« Er schien besorgt. »Ich will nicht, dass Sie noch schlimmeren Ärger bekommen.«

»Ich bin mir sicher.«

»Es ist nur so komisch«, sagte er, »weil ich dachte, es würde mir besser gehen jetzt, wo er weg ist.«

»Aber so ist es nicht?«

Er schüttelte den Kopf.

»Das erscheint mir logisch«, sprach Grace weiter. »Schließlich ging es dir ja auch manchmal schlecht, bevor deine Mom ihn kennengelernt hat, oder?«

»Ich glaube schon.«

Sie wartete einen Moment.

»Also«, sagte sie dann. »Zu ihm. Nennen wir ihn Charlie, okay?«

»Er hat mir wehgetan«, brach es aus Pete heraus. »Ich weiß, ich hab gesagt, er hätte es nicht getan, als Sie mich an dem Abend gefragt haben, bevor ...«

»Schon gut. Sprich weiter!«

»Wissen Sie, was ein Hertz-Donut ist, Doc?«

»Ich bin mir nicht sicher«, antwortete Grace, obwohl sie es ganz genau wusste.

»Ein Typ kommt mit einer Schachtel Donuts an und fragt: ›Willst du einen Hertz-Donut?‹ Und wenn man dann Ja sagt, schlägt er zu und sagt: *Hurts, don't it?*«

Grace nickte. »Und das hat Charlie mit dir gemacht?«

Witzbolde waren die schlimmsten Schikanierer.

»Und manchmal hat er mich mit beiden Händen am Unterarm gepackt und Brennnessel gemacht.«

»Pete, warum hast du deiner Mom nichts davon gesagt?« Das

Entsetzen war ihr anzuhören und vermutlich auch anzusehen, aber sie konnte es nicht verhindern.

Jetzt hatte er Tränen in den Augen. »Einmal, als wir zu Hause in unserem Garten waren, hat er mich geschubst, und ich bin hingefallen und habe mir das Knie am Tisch angeschlagen, und als meine Mom herauskam, hat er so getan, als würde er mir helfen. Dabei hat er mir ins Ohr geflüstert, wenn ich etwas sagen würde, dann würde er kommen und mich holen.«

»Das tut mir so leid, Pete!«

»Er wusste, dass ich Angst vor solchen Sachen habe«, fuhr Pete fort, »weil Mom es ihm gesagt hat. Er hat gesagt, ich sei ein Weichei, und er hat mich ausgelacht, aber nie, wenn sie in der Nähe war.«

Grace erinnerte sich, was sie an dem Abend empfunden hatte, als er begonnen hatte, ihr zu erzählen, was »Charlie« zu ihm gesagt hatte. Sie erinnerte sich an die Wut, die in ihr aufgestiegen war, und dann war *es* passiert, und dieser Mann hatte sterbend zu ihren Füßen gelegen ...

Aber jetzt, in diesem Augenblick, konnte sie Sirenen hören, die näher kamen.

Und aufhörten.

Und dann kamen zwei uniformierte Key-Biscayne-Cops, ein Mann und eine Frau, mit raschen Schritten über das Gras auf sie zu.

»Doc?« Sie sah die Angst in Petes Augen.

»Schon gut«, sagte Grace ruhig zu ihm. »Ich glaube, ich bin es, mit der sie reden wollen.«

»Nein!« Er sprang auf. »Sie werden Sie ins Gefängnis bringen!«

Magda war aufgestanden.

Grace erhob sich langsam, sah noch eine andere Frau hinter den Polizisten, mit eiligen Schritten.

Sara Mankowitz.

»Mom!«, rief Pete, voller Zorn in der Stimme.

Er rannte los, aber er kam nicht weit, denn die Polizistin hielt ihn mühelos fest, packte ihn an einem Arm.

»Tun Sie ihm nicht weh!«, rief Grace.

Pete schrie und trat um sich, Sara schluchzte, und der Polizist musste dazwischengehen. Grace' Impuls war es, ebenfalls zu helfen.

»Nein, Grace.« Magda war an ihrer Seite. »Du kannst hier nichts tun.«

»O Gott!«, stöhnte Grace. »Ich habe alles nur noch schlimmer gemacht!«

»Nein, das hast du nicht«, widersprach Magda. »Du hast das Einzige getan, was du konntest.«

»Er hat mir erzählt, was Duggan . . . was Bianchi ihm angetan hat.«

»Vorsicht!«, warnte Magda sie. »Nicht jetzt.«

»O Gott«, sagte Grace wieder.

88

»Sie hat dir nicht gesagt, wohin sie wollte?«, fragte Sam Claudia am Telefon. Es fiel ihm schwer, sie nicht anzuschreien.

»Sie ist mit Dr. Shrike weggefahren«, sagte Claudia. »Ich dachte, das wäre bestimmt in Ordnung.«

»Was genau hat Grace gesagt, bevor sie losgefahren sind?«

»Das habe ich dir doch schon gesagt! Sie hat gesagt, sie hätten etwas zu erledigen, Magda würde sie abholen. Und das hat sie auch getan. Ich habe ihren Wagen vorfahren sehen, und ich habe mich vergewissert, dass Dr. Shrike am Steuer saß. Grace ist nicht dumm, Sam, das weißt du.«

»Hat sie gesagt, dass sie zu Magda nach Hause fahren?«

»Nein, aber ich denke, das könnte sein.« Auf einmal stieg Claudias Angstpegel. »Sam, ist irgendetwas passiert?«

»Nichts Neues«, brummte Sam. »Außer dass dort draußen ein mehrfacher Mörder herumläuft, der unsere Familie hasst und, ach ja, Grace gegen Kaution auf freiem Fuß ist.«

»Hey«, sagte Claudia sanft. »Bleib locker!«

Sam holte einmal Luft. »Entschuldige.«

»Es setzt dir alles so zu«, erwiderte sie verständnisvoll. »Mir auch – obwohl ich weiß, dass es für mich anders ist. Auf dir lastet dieser ganze Druck, dafür zu sorgen, dass es aufhört, dass es besser wird.«

»Da hast du nicht unrecht.«

»Ich würde ja gern anbieten, nach ihr zu suchen, aber mit Joshua hier ...«

»Bleib du, wo du bist!«, fiel Sam ihr ins Wort. »Ich bin sicher, es geht ihr gut.«

»Ich auch.«

»Danke.« Er schwieg einen Augenblick. »Das habe ich noch nicht oft genug gesagt. Danke, euch allen, auch den Jungs! Ihr seid alle mehr als großartig.«

»Wir lieben euch«, sagte Claudia nur.

»Wenn Grace sich meldet, richte ihr bitte aus, sie soll mich anrufen.«

Claudia nickte. »Und umgekehrt.«

89

Es hätte für sie viel schlimmer kommen können.

Das wusste sie.

Obwohl es auch so schon schlimm genug war.

Die Polizei von Key Biscayne war höflich zu ihr, hörte sich das Wenige an, das sie ihnen sagen konnte – da Pete in ihren Augen noch immer ihr Patient war –, und sagte ihr, sie würde einen Bericht verfassen.

Danach fuhr Magda, die die ganze Zeit gewartet hatte, sie zurück nach Névé.

Sam öffnete sofort die Tür.

Er hatte vor einer Stunde einen Höflichkeitsanruf bekommen.

»Alles okay mit dir?«, fragte er sie.

»Ja«, nickte sie. »Danke.«

Sie hörte den Lexus durch das Tor abfahren, wollte sich noch einmal umwenden und winken, aber dann überlegte sie es sich anders. Sie fühlte sich zu sehr wie ein weggelaufenes Kind.

»Ich habe mit Jerry Wagner gesprochen«, sagte Sam. »Und ich nehme an, das wirst du auch tun müssen.«

Er schloss die Haustür.

Das Erdgeschoss war still, leer. Die Familienautos standen vor dem Haus, aber aus Taktgefühl, vermutete Grace, hatten sich alle zurückgezogen.

»Ich weiß, dass du sauer auf mich bist«, begann sie langsam. »Ich bin selbst sauer auf mich. Aber ich weiß noch immer nicht, welche Wahl ich unter diesen Umständen gehabt hätte.«

Sam schüttelte den Kopf. »Wie kannst du das *nicht* wissen?«

»Magda hat mich die ganze Zeit nicht aus den Augen gelassen.«

»Trägt Magda eine Schusswaffe bei sich?«, fragte Sam.

Grace runzelte die Stirn. »Das bezweifle ich, und ich möchte auch bezweifeln, dass du glücklich wärst, wenn die Antwort Ja lauten würde.«

Woody tauchte auf, mit wedelndem Schwanz, kam näher, blieb dann stehen, spürte die angespannte Stimmung. »Ich wäre glücklich«, sagte Sam, »wenn ich mich darauf verlassen könnte, dass du dich wie ein geistig gesunder Mensch verhältst.«

»Und ein Kind ignoriere, das damit droht, sich umzubringen?« Grace spürte, wie die Wut in ihr aufstieg. »Und es ist mir egal, ob er ein Zeuge war, oder es war mir in dem Moment egal, und ich möchte wetten, du an meiner Stelle hättest so ziemlich dasselbe getan.«

»Mit einem entscheidenden Unterschied.«

»Du hättest mich zuerst angerufen.«

»Da hast du recht«, sagte Sam und ging weg.

Sam ging selten von ihr weg.

Es dauerte lange, bis sie wieder darüber redeten.

Die Familie war dazwischengekommen, die Zeit mit ihrem Sohn, das Abendessen, *sichere* Konversation, bei der niemand zu viele Fragen stellte. Nur Claudia hatte sich Grace in der Küche kurz vorgeknöpft und ihr gesagt, sie könne es ja verstehen, hätte aber trotzdem etwas dagegen, so getäuscht zu werden.

»Es tut mir leid«, hatte Grace sich entschuldigt.

Claudia hatte sie aufmerksam gemustert. »Es muss so schlimm für dich gewesen sein.«

»Noch viel, viel schlimmer für Pete.«

Sam und sie gingen früh nach oben, sahen nach Joshua, dann gingen sie in ihr Zimmer und schlossen die Tür.

»Hat Jerry dir gesagt, womit ich rechnen muss?«, fragte Grace.

Sams Augenbrauen schnellten nach oben. »*Ich* bin nicht sein Mandant.«

»Er konnte noch nicht viel sagen«, erwiderte sie leise. »Er nimmt an, der Staatsanwalt wird darüber informiert werden, und sie werden vielleicht versuchen, die Kaution zu widerrufen.« Die Bedeutung dieser Worte traf sie auf einmal mit voller Wucht. »Mein Gott, Sam, was würde das finanziell für dich bedeuten?«

»Ich glaube nicht, dass es dazu kommen wird«, sagte er. »Aber danke, dass du darüber nachdenkst.«

»Ein bisschen spät.«

»Nur ein bisschen.«

»Ich wünschte, du würdest mich anschreien.«

»Das will ich nicht.«

»Hasst du mich?«, fragte sie.

»Was bist du auf einmal, sechzehn?«

Sie setzte sich aufs Bett. »Es tut mir leid. Ständig vermassele ich alles, aber Dinge passieren, wenn ich am wenigsten damit rechne, und vielleicht sind meine Fähigkeiten, Entscheidungen zu treffen, im Augenblick nicht die besten.«

»Aber wenn Pete dich morgen wieder anrufen würde, würdest du vermutlich zu ihm fahren.«

»Aber nicht, ohne dich vorher anzurufen«, lenkte Grace kleinlaut ein.

Sam setzte sich neben sie. »Ich glaube, dir ist nicht ganz klar, wie viel Angst ich um dich habe.«

»Ich wünschte, die hättest du nicht.«

»Ständig«, sagte er. »Nicht nur, wenn du losziehst und irgendwelche verrückten Dinge tust, sondern auch, wenn ich weiß, dass du hier bist. Wenn ich glauben sollte, dass du in Sicherheit bist – aber das tue ich nicht, nicht solange die Lage so ist, wie sie ist, und das ist eher meine Schuld als deine.«

»Das ist es natürlich nicht!«, widersprach Grace.

»Es ist meine Schuld, dass ich diesen Job noch nicht erledigt habe«, sagte Sam.

»O Sam.« Sie lehnte sich gegen ihn. »Eine Zeit lang dachte ich, ich würde heute Abend wieder ins Gefängnis kommen.«

»Was hat Jerry sonst noch gesagt?«

»Dass sie vielleicht jeden noch einmal vor Gericht bestellen werden und dass die Staatsanwaltschaft, weil ich Kontakt zu einem Zeugen der Anklage hatte, vielleicht versuchen wird – aber das habe ich ja schon gesagt...«

»Das hast du.«

»Und was jetzt?«

»Abwarten.«

90

12. Mai

Im Traum war sie in einer Zelle, aber es gab nur noch einen anderen Gefangenen.

Joshua war auch da. Angekettet, zu weit weg von ihr, um ihn zu halten, aber sie konnte seine Wärme spüren, seinen Atem hören ...

»Joshua«, sagte sie leise, damit niemand sie hören und kommen würde, um ihnen etwas anzutun. »Joshua, Schatz, es wird alles gut werden. Stimmt's, Daddy?«

Nur dass Sam keine Antwort gab, weil er gar nicht da war.

»Ich habe dich verlassen«, sagte seine Stimme auf einmal.

»Sam?«, sagte sie. »Wo bist du?«

»Ich habe dich verlassen, weil du nie zuhörst«, sagte seine Stimme zu ihr. »Weil du lügst.«

»Das stimmt nicht!«

»Du bist eine Lügnerin und Mörderin«, fuhr Sams Stimme fort, »und jetzt sieh, was deinetwegen, Gracie, mit unserem kleinen Sohn passiert ist! Sieh dir jetzt nur Joshua an.«

Sie wandte den Kopf um, sah ihren kleinen Sohn in Ketten.

Und dann sah sie, dass *er* auch da war.

Cooper.

Auf den Knien, neben Joshua, ein Messer in der Hand.

Auf sein Herz gerichtet.

Grace schrie auf.

Und wachte auf.

Allein in dem großen Bett.

Es war erst vier Uhr früh, aber Sam war nicht bei ihr. Die Logik sagte ihr, während ihr Herz in ihrer Brust hämmerte, dass er sie nicht verlassen hatte, sondern nur das Bett. In letzter Zeit fand er kaum noch Schlaf und stand auf, um sie nicht zu stören.

»O Gott«, stöhnte sie.

Und dann legte sie sich wieder hin, während sie sich zum tausendsten Mal seit jenem Abend fragte, was aus ihnen allen werden sollte.

»*Mörderin*«, warf Sams Stimme aus dem Traum ihr wieder vor.

»Du hast recht«, flüsterte sie in die Dunkelheit.

91

»Es sieht aus, als müssten wir uns wegen gestern keine Sorgen machen.« Jerry Wagner rief kurz nach zehn an.

Grace seufzte erleichtert. »Sind Sie sicher?«

Sie war in der Küche; Claudia stand neben dem großen Edelstahlkühlschrank und sah und hörte zu. Grace nahm an, dass es ab jetzt einfach immer so sein würde – dass einer von ihnen Wache halten und aufpassen würde, dass sie nicht ausbrach oder noch mehr tat, um den Zorn des Gesetzes auf sich zu ziehen.

»Ich weiß aus zuverlässiger Quelle«, fuhr Wagner fort, »dass Mrs. Mankowitz sehr aufgelöst war, als sie dachte, Sie seien festgenommen worden. Sie wusste, dass Sie nur helfen wollten, als ihr Sohn in echter Gefahr schwebte.«

»Das ist nett von Sara.«

»Vermutlich«, erwiderte Wagner. »Auch wenn das vielleicht das Mindeste ist, was sie tun kann, wenn sie sich schon nicht selbst anständig um ihn kümmern kann.«

»Das ist ein bisschen unfair.« Grace setzte sich, erschöpft vor Erleichterung.

»Können wir jetzt bitte über Sie sprechen?«

»Ja.«

»Zum Beispiel darüber, dass es, wenn Sie diesmal damit davonkommen, das allerletzte Mal sein wird.«

»Ich weiß.«

»Davon bin ich nicht so überzeugt.« Er sprach es für sie aus. »Sie dürfen *keinen* Kontakt mehr zu Zeugen der Anklage haben. Sie werden keine weitere Chance bekommen. Und dann werden Sie alles verlieren. Sie, Sam, Joshua, Cathy, Ihre ganze Familie.«

Wagner schwieg einen Moment. »Habe ich mich klar genug ausgedrückt? Oder muss ich mich mit dem Gedanken anfreunden, dass Sie mit einer elektronischen Fußfessel um den Knöchel vielleicht sicherer wären?«

»Nein«, versprach Grace, »das müssen Sie nicht.«

»Ich will Sie dort drinnen nicht noch einmal sehen«, betonte er. »Und ich habe vor, alles zu tun, was in meiner Macht steht, um es zu verhindern.«

»Ich weiß. Ich bin Ihnen sehr dankbar.«

Wagner lächelte. »Seien Sie mir nicht dankbar«, sagte er. »Halten Sie sich einfach an die Regeln.«

92

Angie Carlino rief Sam um kurz nach Mittag an.

»Konnte keine Schikanierer-Vergangenheit von Bianchi ausbuddeln, aber das muss nicht heißen, dass er nicht vielleicht doch ein böses oder auch nur schwieriges Kind war.« Angie schwieg einen Moment. »Bernice van Heusen, auch bekannt als Blossom van Heusen, auch bekannt unter mindestens drei anderen Ehenamen. George van Heusen, eine große Nummer in der Immobilienbranche, war ihr letzter Ehemann.«

»Tot oder lebendig?«, fragte Sam.

»Alle tot«, sagte Angie. »Aber nichts Verdächtiges, außer dass Blossom sie vielleicht zu Tode erregt hat. Soweit ich erkennen kann, hat sie früher mit Prostitution gutes Geld verdient.«

»Nutte oder Puffmutter?«

»Beides. Aber offenbar hat sie es für George aufgegeben, der vor zehn Jahren starb – an Krebs – und ihr ein kleines Vermögen hinterließ.«

Sam versuchte, sich die Witwe, damals einundsechzig, vorzustellen.

»Wenn sie Geld hatte«, überlegte er, »warum fuhr sie dann einen alten Käfer?«

»Vielleicht hat er ihr gefallen«, sagte Angie. »Sie klingt doch nach einer Ulknudel. Oder vielleicht war es auch nur einer von mehreren Wagen, die ihr gehört haben.«

»Wo hat sie zuletzt gelebt?«

»In ihrem Haus. Mr. van Heusens schönem großen Haus, nehme ich an.«

»Hatte sie Angestellte, die sich um sie kümmerten?«

»Ich weiß nicht«, sagte Angie. »Das ist alles, was ich kriegen konnte, Sam.«

»Das ist gut. Ich bin dir was schuldig.«

»Schon okay. Wie geht es Grace?«

»Ganz gut«, log Sam.

Es hatte schließlich keinen Sinn, auch noch Angie mit ihren Sorgen zu behelligen.

Die machten sich schon genügend Leute.

Er wartete bis zum Spätnachmittag, als alle anderen Detectives das Büro verlassen hatten, bevor er seine neuen Gedanken mit Martinez teilte.

»Ich habe allmählich ein ganz bestimmtes Gefühl, was diese Mrs. van Heusen und Cooper angeht«, sagte er. »Ich weiß, es ist ein bisschen sehr gewagt, aber immerhin war die Dame früher eine Puffmutter.«

»Du meinst, Cooper könnte in Savannah untergekrochen sein, nachdem er getürmt ist?«

Sam zuckte mit den Schultern. »Wir wissen, dass ihr Wagen irgendwie nach Miami gekommen sein muss.«

»Der letzte Fahrer war Richard Bianchi«, sagte Martinez.

»Wenn Cooper ›Blossom‹ kannte«, fuhr Sam fort, »wenn er sich, sagen wir, irgendwann nachdem er von unserem Radar verschwunden war, mit ihr eingelassen hat, dann ändert das vielleicht nicht die Bohne für die Mordermittlungen, aber es könnte verdammt viel ändern, um Grace' Notwehr zu beweisen.«

»Wie jetzt, du meinst, Bianchi hatte sich auch mit dieser Blossom-Schlampe eingelassen?«

Sam schüttelte den Kopf. »Ich will vermutlich sagen, ich hätte gern, dass Bianchi Mrs. van Heusens Wagen gefahren hat, weil Cooper ihn ihm gegeben hat.«

»Ein bisschen weit hergeholt.«

»Ich weiß. Es sei denn, Bianchi hat seinen Decknamen zusammen mit dem Wagen von Cooper bekommen...« Er schwieg einen Augenblick. »Denk mal drüber nach. Cooper hält sich so lange fern, wie er es aushält, oder vielleicht so lange, bis er von dort, wo er sich verkrochen hat, wegmuss.«

»Vielleicht bei Mrs. van Heusen«, sagte Martinez. »Bis sie stirbt.«

»Und dann kommt er zurück nach Miami, bereit, seine Nummer noch ein bisschen weiter zu treiben, mit veränderter Handschrift, vielleicht, weil er dieses neue, brennende Bedürfnis hat, schwarzen, vorzugsweise schwulen Männern das Herz herauszuschneiden, oder vielleicht, um sein Spiel mit uns am Leben zu erhalten.«

»Vielleicht auch nur, um sich einen Kick zu holen.«

»Aber er weiß, dass er es nicht mehr riskieren kann, sich in den Clubs oder auf den Straßen blicken zu lassen...«

»Es sei denn, er hat sein Aussehen verändert.«

»Leichter wäre es für ihn, jemanden zu finden, der es für ihn übernimmt«, schlug Sam vor.

»Du meinst, Bianchi könnte Cooper Jungs zugeführt haben?«

»Könnte doch sein.«

Martinez schüttelte den Kopf. »Ist verdammt weit hergeholt.«

»Ich weiß«, sagte Sam noch einmal.

Jerry Wagner rief um kurz vor fünf an, um Sam zu sagen, dass der VW seinem Ermittler zufolge von Familie Bianchi unter Verschluss gehalten wurde.

»Nur zu ihrem Schutz, was meinen Sie?«, fragte Sam. »Oder haben die Leute irgendetwas zu verbergen?«

»Fast mit Sicherheit nur Trauer und Wut, würde ich sagen. Eltern, die den Namen ihres toten Sohns nicht beschmutzt sehen wollen.«

»Kann ich ihnen nicht verdenken«, sagte Sam.
»Ich auch nicht«, stimmte Wagner zu. »Aber selbst, wenn Sie den Wagen jetzt in die Finger kriegen würden, wäre nichts von dort drinnen verwertbar. Daher würde ich es verstehen, wenn Sie es ihnen doch verdenken würden.«

»Ich werde mich heute Abend noch ein bisschen in South Beach rumdrücken«, sagte Sam zu Martinez. »Noch eine inoffizielle Erkundungstour.«
»Wieder die Clubs?« Sein Partner blickte zweifelnd.
»Und die Gehsteige und die Promenade«, nickte Sam. »Wenn an meiner Bianchi-Theorie irgendetwas dran ist, dann wird der Freudenjunge jetzt, wo sein kleiner Helfer nicht mehr da ist, bald selbst wieder zum Spielen rauskommen müssen, wenn er noch ein Herz haben will.«
»Besorg uns zuerst ein paar Tamales«, sagte Martinez, »und dann bin ich dabei.«
Sam grinste. »Abgemacht!«

Die Tamales waren wunderbar.
Genau wie die Gesellschaft seines Partners und guten Freundes.
Letztes Jahr hätten sie ihn fast verloren.
Was für ein Jahr.
Kein Glück mit der Erkundungstour heute.
Falls der Freudenjunge heute Abend unterwegs war, konnten sie ihn jedenfalls nicht sehen.
Was nicht hieß, dass er nicht da war.
Sie hingen bis nach zwei herum.
»Fahr nach Hause, Mann«, sagte Martinez.
»Ich wünschte, das könnte ich«, sagte Sam.

»Du hast Grace und Joshua, die auf dich warten«, sagte Martinez. »Klingt für mich genug nach Zuhause.«

Der Vorwurf war sanft, aber verdient.

»Bin schon unterwegs«, sagte Sam.

93

13. Mai

Sams Handy begann um Viertel vor sieben zu klingeln, als er mit Daniel in der Küche saß. Sein Schwager bereitete gerade French Toast zu.

»Beth Riley hat mich eben angerufen«, sagte Martinez. »Offenbar haben ein paar Touristen in der Nähe der Dinner Key Marina etwas Schlimmes im Wasser entdeckt.«

»Was denn Schlimmes?«

Drüben am Herd wandte sich Dan mit interessiertem Blick um.

»Blut«, antwortete Martinez. »Sie sagten, es sähe aus, als ob es aus einem Boot sickert, das dort draußen festgemacht ist.«

»Was denn für ein Boot?«

Sam lief es schon jetzt eiskalt über den Rücken.

»Ein Hausboot namens *Aggie*.«

Coopers letztes bekanntes Boot, die *Baby*, war ein verbeulter alter Cruiser gewesen.

»Haben wir einen registrierten Eigentümer?«

»Noch nicht.«

»Irgendjemand unterwegs?«

»Die Miami Police schickt ein Boot, um es sich anzusehen, meint Riley.«

»Wir müssen sie aufhalten!«

»Du meinst, er ist es?«

»Es könnte jeder sein«, sagte Sam. »Aber zum Teufel, ja, ich denke, es könnte Cooper sein, und genau deshalb müssen wir es unter Beobachtung stellen und nicht einfach drauflosstürmen.«

»Ich rufe ein paar Leute an«, entschied Martinez, »und treffe dich wo?«

»City Hall.«

Sam beendete das Gespräch, sah zu Daniel hoch. Sein Schwager hatte genug gehört.

»Wahrscheinlich«, sagte er leise, »hat es gar nichts mit Cooper zu tun.«

»Was hat gar nichts mit Cooper zu tun?«

Grace stand im Türrahmen, in einem langen weißen T-Shirt, barfuß. Sie sah müde und zerbrechlich aus. Sam zögerte kurz; er wusste, dass er es ihr sagen musste.

»Jemand hat gemeldet, dass etwas, was nach Blut aussieht, aus einem Boot sickert«, berichtete er. »Mehr wissen wir noch nicht.«

»Aber du glaubst, es könnte Cooper sein?«

»Wir werden es uns ansehen.«

Ihre Augen blickten misstrauisch drein.

»Bitte«, flüsterte sie, »pass auf dich auf.«

Sam strich ihr über die Wange. »Darauf kannst du Gift nehmen.«

94

Die *Aggie* war ein weißes 34-Fuß-Wavelength-Hausboot, dessen registrierter Eigentümer ein Tom O'Hagen war.

Nicht Thomas, nur Tom.

Kein Vorstrafenregister für jemanden mit diesem Namen.

Nur ein Typ mit einem Hausboot.

Vielleicht.

Sie hatten die Seepatrouille von Miami nicht davon abhalten können, einen ersten Blick auf das Wasser rings um das Boot zu werfen. Aber immerhin hatte man, soweit Sam verstanden hatte, Lieutenant Alvarez eine behutsame und diskrete Vorgehensweise zugesichert.

Es wurde bestätigt, dass das Zeug im Wasser tatsächlich wie Blut aussah, und dass an dem Boot ein Dingi befestigt war.

Alles andere wurde im Augenblick zurückgehalten.

Die Typen, die es zuerst gemeldet hatten, waren zwei englische Touristen, Philip Hamblin und Terence Reed. Inzwischen wieder an Land, hatten die beiden Männer alle Fragen der Miami Police beantwortet. Sie warteten nun auf der Rückbank eines Streifenwagens auf Sam und Martinez, auf dem Parkplatz des weiß-blauen Gebäudes, das in den Dreißigerjahren der Wasserflugzeug-Terminal der Pan Am gewesen, jetzt aber wohl oder übel die City Hall war.

»Können Sie uns sonst noch irgendetwas sagen?«, fragte Sam die beiden.

Sie waren Mitte bis Ende zwanzig, beide mit einer tiefen Segler-Sonnenbräune und kaum verhohlener Aufregung.

»Nicht mehr, als wir schon gesagt haben«, antwortete Hamblin.

»Und Sie hatten wo festgemacht – in der Nähe der *Aggie?*«

»Wir haben in der Bucht übernachtet«, erzählte Reed. »Dort draußen war es stockdunkel, und wir waren beide müde, daher hatten wir uns entschieden, dort zu ankern und zu warten, bis es wieder hell ist.«

»Und dann, auf dem Weg herein heute Morgen«, ergänzte Hamblin, »sind wir an diesem Hausboot vorbeigekommen und haben das Blut im Wasser gesehen.«

»Zumindest dachten wir, es sei Blut«, sagte Reed.

»Haben Sie irgendjemanden an Bord gesehen?«, wollte Martinez wissen.

Beide Engländer schüttelten den Kopf.

»Können Sie uns irgendetwas Genaueres über das Boot sagen?«, erkundigte sich Sam.

»Eigentlich nicht.« Reed schüttelte den Kopf. »Es ist einfach ein Hausboot.«

»Es ist so ein Boot, auf dem ein Mensch wirklich leben könnte, nehme ich an«, fügte sein Freund an. »Auf dem man richtig Zeit verbringen könnte.«

»Solange man es nicht eilig hat, irgendwohin zu kommen«, ergänzte Reed.

»Und, glaubst du immer noch, er könnte es sein?«, fragte Martinez Sam außer Hörweite der Engländer, während sie seitlich um die City Hall zum Jachthafen gingen. »Wie der Mann schon sagte – Hausboote sind nicht unbedingt für schnelle Fluchten gebaut.«

»Das vielleicht nicht. Aber da drinnen ist jede Menge Platz.«

Zum Töten. Ganz zu schweigen vom Verstümmeln.

Beide Männer hingen einen Moment ihren Gedanken nach.

Schließlich räusperte sich Martinez. »Kommt dir der Name O'Hagen irgendwie bekannt vor?«

»Das nicht«, sagte Sam. »Aber es besteht eine winzige Chance, dass mir die *Aggie* bekannt vorkommt.«

Er blieb stehen, zückte seinen PDA und tippte eine Suche ein.

»Okay«, nickte er. »Erinnerst du dich noch, warum Cal der Hasser seine Mom in Jewel umbenannt hatte?«

Martinez nickte, zu viel aus den so genannten *Episteln* des Killers hatte sich in sein Gedächtnis eingebrannt. »Nach Caligulas Mutter, richtig?«

»Richtig«, nickte Sam. »Julia Agrippina.«

»Scheiße. Nur dass Cooper seine Mom gehasst hat.«

Und das mit gutem Grund, wie sie beide wussten.

»Aber nachdem er sie getötet hatte«, fuhr Sam fort, »da wollte er ihr vielleicht Tribut zollen?«

»Sein altes Boot hat er auf jeden Fall geliebt.«

»Mehr als jeden Menschen, von dem wir wissen«, pflichtete ihm sein Partner bei.

»Und was jetzt? Gehen wir an Bord der *Aggie*, um zu sehen, ob er da unten ist?«

»Das ist eine Option«, überlegte Sam. »Obwohl ... Wenn er nicht an Bord ist und uns sieht oder hört, haben wir unsere Chance vermasselt.«

Martinez runzelte die Stirn. »Er könnte überall sein.«

»Außer in Bianchis Wohnung.«

»Du meinst, er könnte sich dort die ganze Zeit verkrochen haben?«

»Ich habe keine Ahnung«, sagte Sam. »Aber der Gedanke drängt sich auf. Was immer die beiden für eine Abmachung hatten – es sei denn, ich liege mit der ganzen Verbindung völlig falsch –, Cooper könnte doch zeitweise bei Bianchi und ansonsten auf dem Hausboot gelebt haben.« Er zuckte mit den Schultern. »Und in genau diesem Augenblick könnte er mit einem anderen Dingi aufs Meer hinausgefahren sein, oder er könnte an Land sein, um sich Vorräte zu besorgen.«

»Oder ein neues Opfer«, bemerkte Martinez trocken.

»Nicht um diese Tageszeit. Es sei denn, er hat auch da seine Handschrift geändert.«

»Vielleicht hat das alles aber auch gar nichts mit Cooper zu tun? Vielleicht haben wir es bei diesem O'Hagen mit einem ganz neuen Mörder zu tun.«

»Vielleicht.«

»Oder O'Hagen ist ein harmloser Mann mit einem Hausboot, das er nach seiner Tante Agatha benannt hat.« Martinez schüttelte frustriert den Kopf. »O Mann, ich wünschte, wir hätten irgendwas *Greifbares!*«

»Wie wär's mit einem Hausboot, bei dem Blut aus dem Kiel sickert?«, schlug Sam vor.

»Ich bin beeindruckt!«, feixte Martinez. »Ich würde sagen, Volltreffer.«

Nach einer kurzen Besprechung mit zwei Marine Officers wählten sie als Beobachtungsposten ein Segelboot in Reichweite ihrer Ferngläser. Die Miami Police und die Küstenwache würden zur Unterstützung bereitstehen, falls und wenn erforderlich.

Elf Uhr vormittags, und sie zählten die Minuten.

95

Die ganze Familie wartete in Névé.

Weder Daniel noch Grace waren offenbar imstande gewesen, ihre Anspannung vor den anderen zu verbergen.

»Ausgeschlossen, dass ich jetzt zum College fahre«, hatte Cathy beschlossen, nachdem sie Grace die Neuigkeit aus der Nase gezogen hatte, und Saul hatte in etwa genauso reagiert.

Und dann war Saul ans Telefon gegangen, als sein Dad anrief, und ihm war die Neuigkeit herausgerutscht, weshalb David und Mildred sofort hergekommen waren. Und jetzt spielten die beiden mit Joshua, und Claudia und Cathy bereiteten halbherzig den Brunch zu. Und obwohl Sam betont hatte, wie gering die Chance auf einen Durchbruch war, hatten sie alle das Gefühl, gespannt auf irgendetwas Großes zu warten.

»Alles okay mit dir?« Daniel traf Grace auf der Terrasse an, wo sie mit den Hunden saß.

»Na klar.«

»Wird es dir dort drinnen allmählich ein bisschen zu voll?«

Sie versuchte ein Lächeln. »Ich komme gleich ins Haus.«

Er überließ sie ihren Gedanken, denen jeder Optimismus zu fehlen schien.

Denn sie war, egal, was Sam und die anderen herausfanden, eine Mörderin, die gegen Kaution auf freiem Fuß war.

Und im Augenblick nur an zwei Dingen interessiert: zu hören, dass ihr Mann in Sicherheit und Cooper in Gewahrsam war. Und das mit der *Sicherheit* war etwas, worüber sie und Sam bald würden reden müssen. Denn wenn sie ins Gefängnis kam, dann würde Joshua einen Vater brauchen, der in Sicherheit und bei guter Gesundheit und in seinem Leben anwesend war – keinen, der mit brutalen Mördern, mit Monstern sein Leben aufs Spiel setzte.

Sam liebte seine Arbeit, so hart sie manchmal auch war.

Noch eine Sache, die sie ihm letztendlich vielleicht nehmen würde.

96

Mittags um kurz nach eins wurde klar, dass sich herumgesprochen hatte, dass die Cops die *Aggie* überwachten. Denn eine aufmerksame Frau auf einer Jacht, die ein paar hundert Meter weiter vor Anker lag, hatte die Miami Police angerufen, um zu melden, sie hätte den Typen, der auf dem Hausboot lebte, in den frühen Morgenstunden dieses Tages an Bord gehen sehen.

»Sie behauptet, sie hätte es bemerkt, wenn er das Boot verlassen hätte«, berichtete einer der Polizisten, die die *Aggie* zusammen mit den Miami-Beach-Detectives beobachteten.

»Hat sie zufällig eine Beschreibung abgegeben?«, fragte Sam.

»›Groß, blond, ansonsten unscheinbar‹.«

Dieses letzte Wort ließ Sam mehr aufhorchen als der Rest.

Als er Jerome Cooper zum allererste Mal zu Gesicht bekommen hatte, hatte er genau diesen Eindruck von ihm gehabt: ein unscheinbarer Mann mit gemeinen kleinen Wieselaugen. Allerdings musste es in diesem Fall, wenn sie von den frühen Morgenstunden sprachen, noch dunkel gewesen sein, sodass er sich fragte, woher sie überhaupt wusste, dass der Typ blond gewesen war.

»Ich muss mit ihr reden«, beschloss er.

Er konnte unmöglich wissen, ob man am Telefon genügend Fragen gestellt hatte.

Fünf Minuten später beantwortete die Dame – eine Marilyn Segal, die in Boca Raton lebte – Sams Fragen via Handy.

»Sein Gesicht konnten Sie wohl nicht genau erkennen, Ma'am?«

»Falls Sie darauf anspielen, ob ich ihn mir mit dem Fernglas angesehen habe – ich habe nicht die Angewohnheit, meinen Nachbarn nachzuspionieren, weder zu Hause noch auf der Jacht.«

Schade, dachte Sam.

»Bei Ihrem ersten Anruf haben Sie ihn als ›unscheinbar‹ bezeichnet.«

»Das habe ich«, bestätigte Marilyn Segal, »aber das war vermutlich das falsche Wort, denn es war dunkel, und er war zu weit weg, als dass ich ihn wirklich hätte sehen können.«

»Aber Sie haben gesehen, dass er blonde Haare hatte?«

»Ehrlich gesagt, sahen sie irgendwie silbern aus. Aber seine Bewegungen waren gelenkig, zu jugendlich für jemanden mit grauen Haaren, und deshalb habe ich gesagt, blond.« Sie schwieg einen Augenblick. »Er ist von einem Dingi an Bord gegangen, und dann hat er an Bord ein paar Lichter eingeschaltet – das war der Augenblick, als ich ihn gesehen habe. Er blieb ein paar Minuten an Deck und ging dann hinein.«

»Und er war allein?«, fragte Sam.

»Soweit ich sehen konnte.«

»Fällt Ihnen sonst noch irgendetwas ein?«

»Nur, dass ich an Schlaflosigkeit leide. Deshalb hätte ich es vermutlich bemerkt, wenn er wieder gegangen wäre.«

Sam bedankte sich bei ihr und beendete das Gespräch.

Martinez ließ ihm eine Minute Zeit.

»Und?«, fragte er leise.

Sam brauchte noch ein paar Augenblicke. Er wusste, dass er sein Bauchgefühl mit professionellem Verstand mäßigen musste.

Der Instinkt besiegte alle anderen Argumente in seinem Kopf.

»Wir fahren hin.«

97

An Bord der *Aggie* zu kommen war ein Kinderspiel.

So leicht, dass sie jeden Augenblick mit einer Gefahr aus dem Hinterhalt rechneten – einem Angriff aus dem Wasser oder einer getarnten Bombe.

Zwei Boote der Miami Police. Sechs Officer, dazu Sam und Martinez, alle mit Schwimmwesten, alle bewaffnet.

Sie gaben keine Warnung.

Sie stießen auf keinen Widerstand.

Sie fanden keine Bombe an Bord.

Niemand war an Bord.

Aber jemand war da gewesen.

Ein unerträglicher Gestank schlug ihnen von irgendwo auf dem Hausboot entgegen.

Sie suchten die *Aggie* mit den Augen ab, mit gezückten Waffen. Sie überprüften vorsichtig jedes mögliche Versteck, jeden Wandschrank, jedes Schließfach, jede Ecke und jeden Winkel.

Ein paar hochwertige Hemden und Hosen hingen auf einer Kleiderstange im großen Schlafzimmer, und die zerknautschten Laken auf dem Bett sahen nicht nur teuer aus, sondern fühlten sich auch so an.

»Noch warm«, stellte Sam leise fest.

In einer zweiten Kajüte, und in einem kleinen Stauraum, boten sich ihnen Anblicke, die weitaus schlimmer waren als der Gestank.

Menschliche Überreste.

Aber Jerome Cooper war nicht da.

Sam war vor den anderen wieder oben an Deck, umrundete das Boot, so schnell es die Vorsicht zuließ, wobei er sich alle paar Meter über die Bootswand beugte, die Waffe stets griffbereit, alle Sinne in Alarmbereitschaft, und suchte das Wasser ab ...

Da.

Nackt, mit dem Gesicht nach unten.

»Verdächtiger über Bord«, brüllte er.

Er steckte die Waffe ins Holster, zog seine Schuhe aus.

»Sam, warte!«

Er hörte Martinez, hörte andere Stimmen neben seiner, aber er war schon über der Schutzreling. Ausgeschlossen, dass er das zuließ, *ausgeschlossen*, dass er dieses Monster ertrinken ließ, wenn Grace ihn *lebend* brauchte.

»Gib mir Deckung!«, brüllte er.

Und sprang.

Cooper war schlaff, als Sam ihn erreichte.

Leblos.

Die schwarzen Läufe von sieben Waffen waren auf ihn gerichtet.

Sieben Männer brüllten eine Warnung.

Sam packte den Mann bei den Haaren, schob die linke Hand unter seinen glitschigen Körper, um ihn herumzuwerfen – und wusste, noch bevor er Coopers Gesicht sah, dass er es vermasselt hatte. Dass es ein Trick war, ein verdammt gewagtes Spiel, aber ein *Trick*.

Der Killer schlug die Augen auf und holte einmal tief Luft.

Und lächelte.

»Ich wusste, dass du kommen würdest«, sagte er.

Sam sah, was er in der Hand hielt, eine Sekunde bevor es ihn traf.

Eine gottverdammte Spritze.

Cooper rammte sie hart in ihn.

»O mein Gott«, stöhnte Sam auf.

Er hörte die Kugelsalve in dem Augenblick, als Cooper ihm mit der anderen Hand einen harten Schlag gegen die rechte Schläfe verpasste.

Und dann wurde der Killer wieder schlaff, sackte im Wasser zusammen.

Völlig benebelt riss sich Sam die Spritze aus dem Körper.

Halt sie fest, befahl er sich.

Aber sie war ihm schon aus den Fingern geglitten.

Und er war dabei, unterzugehen.

98

Es war Martinez – der Schwimmen mehr hasste als fast alles andere auf der Welt –, der sofort mit einem Kollegen vom Miami PD ins Wasser gesprungen war und half, Sam herauszufischen, während sich die anderen im selben Augenblick Cooper schnappten.

Der Killer war nicht tot, obwohl er es eigentlich hätte sein müssen, nachdem er von drei Polizeikugeln getroffen worden war. Aber eine der Kugeln war glatt durch ihn hindurchgegangen, hatte lebenswichtige Organe verfehlt, eine andere hatte seinen Kopf gestreift, und im Augenblick wurde er auf eine Operation im City Hospital vorbereitet, um die dritte Kugel aus seinem linken Arm zu entfernen.

Verdammt viel Glück, in Anbetracht der Umstände.

Unter Bewachung, unter Arrest.

Und er wollte Sam sehen.

Der ihm diesen Gefallen nur zu gern tun wollte, denn er wollte Cooper lebend und ansprechbar haben, bis Bianchis Verbindung zu ihm bewiesen war, um Grace so ihre Notwehrverteidigung zu ermöglichen.

Und *dann* konnte der Dreckskerl sterben.

Aber im Augenblick war Sam selbst in der Notaufnahme des Miami General gestrandet, fast ohne offensichtliche Verletzungen bis auf ein paar Prellungen am Kopf und die Folgen davon, etwas Meerwasser geschluckt zu haben.

Und mit einem leichten Unbehagen aufgrund der Punktur in der linken Schulter, wo ihn die Hohlnadel – schätzungsweise eine große 18-Gauge-Nadel – von Jerome Coopers Spritze getroffen hatte. Und es blieb abzuwarten, welchen Schaden die Nadel vielleicht Nerven, Sehnen oder Bändern zugefügt hatte, aber Sams Trapezmuskeln waren gut entwickelt. Er wusste ohnehin, dass auch er verdammt viel Glück gehabt hatte. Denn wenn Cooper ihn etwas näher über der Brust getroffen hätte, dann hätte er zumindest eine punktierte Lunge davongetragen.

»Ich denke, es steht außer Frage, dass er es auf mein Herz abgesehen hatte«, sagte Sam.

Martinez war im Augenblick der Einzige, der bei ihm war. Grace war unterwegs.

Sein Freund, in trockener Kleidung, war noch immer unter Schock und noch immer sauer auf Sam wegen seiner tollkühnen Aktion, denn das geschah verdammt noch mal zu oft für *seine* gottverdammte geistige Gesundheit – und das verstand er natürlich, aber mein Gott ... Er war noch immer auf der *Aggie* gewesen, als er gesehen hatte, wie Sam Cooper herumwarf, mit dem Gesicht nach oben, und er hatte gesehen, wie sich die Hand des Dreckskerls bewegte, hatte gesehen, wie er *irgendetwas* in Sam rammte, hatte irgendeine Art Klinge vermutet, und seine anfängliche Erleichterung darüber, dass es keine größere Wunde war, war übergroß gewesen.

»Und, was meinen wir?«, fragte er jetzt, denn das Szenario ergab für ihn noch immer keinen Sinn. »Dass er das Blut absichtlich aus dem Boot abgelassen hat, dass er geschnappt werden *wollte*? Oder sollte es ein ›Selbstmord durch einen Cop‹ werden?«

»Mit ganz besonderem Pfiff«, kommentierte Sam trocken.

»Und deswegen springt er nackt über Bord, mit einer gottverdammten Spritze in der Hand, und dann stellt er sich tot, nur für den *Fall*, dass du aufkreuzt?«

»Ich nehme an, er hat uns kommen sehen.«

Das lag für Sam auf der Hand. Cal/Cooper war verrückt, schon immer gewesen.

»Und was, wenn ihm irgendjemand anders hinterhergesprungen wäre?«, fragte Martinez.

»Ich nehme an, dann hätte er eben den mit der Nadel gestochen.«

»Die Jungs vom Miami PD haben Skalpelle auf der *Aggie* gefunden.« Martinez musterte seinen Partner eindringlich. »Warum sollte er dann eine gottverdammte Spritze benutzen, wenn er es auf dein Herz abgesehen hatte?«

Sam schluckte. »Ich würde gern glauben, dass es einfach das Erstbeste war, was er zur Hand hatte.«

»Ja«, nickte Martinez. »Ich auch.«

»Nur dass ich die Spritze gesehen habe«, sagte Sam leise. »Und sie war voll.«

Martinez schwieg.

»Und es sah sehr nach Blut aus.«

Grace traf Augenblicke später ein, und Sam verdrängte diese Gedanken und konzentrierte sich stattdessen darauf, ihr zu versichern, dass es ihm gut ging und Jerome Cooper in Gewahrsam war.

»Schwer zu glauben, aber wir haben ihn.«

»Er hätte dich töten können!«

»Es waren viel zu viele Schusswaffen auf ihn gerichtet.«

Grace musterte ihn skeptisch. »Also ein Kinderspiel, ja?«

Er sah ihr blasses Gesicht und ihre noch immer verängstigten Augen.

»Und dir geht's gut, ja, Gracie?«

»Sie haben etwas von einer Spritze gesagt.«

»Er hat versucht, mich damit zu stechen.«

Sie sah auf den Verband an seiner Schulter. »Offenbar mehr als nur versucht.«

»Es ist nicht der Rede wert«, versicherte er seiner Frau.

Ihr Blick traf seinen, hielt ihm stand. »Hat er dir irgendetwas injiziert?«

»Ich glaube nicht.«

»Aber du bist dir nicht sicher?«

Sam seufzte. »Hauptsache, wir haben ihn.«

»Ja.«

»Ein Grund zum Feiern, würde ich sagen«, schob Sam nach.

»Machen sie Blutuntersuchungen?«, fragte Grace.

Sie ließ sich nicht ablenken.

»Na klar«, nickte er. »Alle Vorsichtsmaßnahmen sind ergriffen. Für alle Fälle.«

Sie entschied, es dabei zu belassen, beugte sich vor und strich ihm über Stirn und Haare.

»Ich bin froh, dass ihr ihn geschnappt habt«, sagte sie sanft. »Danke, für uns alle.«

Cathy und Saul kamen in die Notaufnahme, um ihn zu besuchen, und Sam dachte eigentlich, es gelänge ihm besser, sie zu überzeugen, dass es ihm mehr als gut ging. Eine Zeit lang glaubte er es fast selbst.

Und dann tauchte sein Vater auf.

David Becket war ein Mann von wenig Worten, wenn er Todesängste ausstand, aber alles, was er sagte und fragte, egal wie ruhig, führte zurück zu dem einen Punkt, über den Sam nicht nachzudenken versuchte.

»Du weißt, weswegen sie sich Sorgen machen, mein Sohn«, fragte er.

»Klar weiß ich das«, erwiderte Sam. »BBV.«

Durch Blut übertragbare Viren – BBV – waren vermutlich die größte Sorge der Ärzte.

Alles von Hepatitis B bis hin zu HIV.

Cops, genau wie Klinikmitarbeiter, kannten sich aus mit den

Gefahren von Nadelstichverletzungen. Eine ganz gewöhnliche Nadel konnte Verunreinigungen in den Körper einbringen, sowohl über das Äußere der Nadel als auch über den Inhalt selbst. Und wofür auch immer Cooper diese Spritze benutzt hatte, bevor er sie in Sam rammte, würde darüber entscheiden, womit er es jetzt zu tun hatte. Und das, ohne zu wissen, womit die Spritze vielleicht gefüllt gewesen war.

Blut, Körperflüssigkeiten – wer zum Teufel konnte das schon sagen?

»Sie werden einen Durchsuchungsbefehl für Coopers Blut kriegen«, sagte Sam. »Ein Polizist ist verwundet. Da wird es keine Probleme geben.«

Solange es Coopers eigenes Blut gewesen war und keine Probe, die er einem seiner Opfer abgenommen hatte – auch wenn der Dreckskerl, nach allem, was Sam wusste, das rote Zeug auch aus einer Flasche Chianti gezogen haben konnte.

Aber in dem Augenblick hatte es eher nach Blut als nach Wein ausgesehen.

»Sie werden dir eine Menge Medikamente geben«, sagte David.

»Ich weiß.«

Antibiotika, antivirale Mittel, Immunoglobine.

Allein schon von denen könnte ihm schlecht werden. Außerdem wusste Sam, dass er, egal, ob Cooper positiv auf HIV oder sonst irgendeine Krankheit getestet wurde, in den nächsten Monaten regelmäßig zu Tests würde kommen müssen. Alle möglichen mentalen Traumata, die weder er noch Grace noch der Rest ihrer Familie brauchten.

»Und du hast keine Ahnung, ob er den Kolben ganz durchgedrückt hat?«, fragte David.

»Nein«, erwiderte Sam. »Ich würde ja sagen, ich wünschte, ich wüsste es, aber ich bin mir nicht einmal sicher, ob das stimmt.«

Und wahrscheinlich würden sie es nie erfahren, denn er hatte die Spritze ins Meer fallen lassen. Auch wenn das, solange die Blutuntersuchungen zu keinen positiven Ergebnissen führten und solange er nicht krank wurde, vielleicht keine allzu große Rolle spielte.

Nur dass es noch ein Verbrechen mehr war, das Cooper begangen hatte – vielleicht nur schwere Körperverletzung, vielleicht versuchter Mord –, und die Spritze ein Beweismittel war.

Alle anderen Antworten mussten Cal dem Hasser aus der Nase gezogen werden.

Zusammen mit anderen Dingen, die Sam im Augenblick sogar noch wichtiger waren.

»Ich muss hier raus«, sagte er zu der Ärztin, die ihm eben eröffnet hatte, sie wolle ihn zur Beobachtung über Nacht dabehalten.

»Sie müssen sich ausruhen!«, widersprach sie. »Und ich würde Sie gern auf etwaige Folgen überwachen.«

»Ich kann mich zu Hause ausruhen«, sagte er zu ihr.

Er log wie gedruckt, denn obwohl er wusste, dass die Ärzte drüben im City Hospital Cooper vermutlich frühestens morgen für vernehmungsfähig erklären würden, wollte er zurück nach Dinner Key. Er wollte die *Aggie* noch einmal sehen, bevor die Spurensicherung damit begann, sie auseinanderzunehmen.

»Meine Frau wird mich überwachen.«

»Trotzdem«, sagte die Ärztin. »Ich würde Sie lieber hierbehalten.«

Sie war jung – Gott, sie waren alle so *jung!* – und hübsch, aber entschieden.

»Wie wär's, wenn ich jetzt nach Hause fahre«, schlug Sam vor, »und morgen wiederkomme?«

»Ich würde es Ihnen nicht raten.«

»Und ich weiß Ihren Rat sehr zu schätzen, Doc«, sagte er, »aber ich werde mich selbst entlassen müssen.«

»Sie werden noch warten müssen, bis einige Ihrer Medikamente fertig sind.«

»Kann ich die nicht später abholen?«

Die Ärztin zog eine Augenbraue nach oben. »Sie haben es ja wirklich sehr eilig, sich *auszuruhen*, Detective«, bemerkte sie trocken.

99

Noch immer Donnerstag. Vielleicht der 13.

Es war nach achtzehn Uhr, als Sam und Martinez zurück nach Dinner Key kamen.

Unterwegs hatte Sam Gail Tewkesbury und Anne Dover, Andrew Victors Schwester, angerufen, um ihnen von der Festnahme des Hauptverdächtigen im Mordfall Andrew Victor zu berichten.

»Ab jetzt ist es mühevolle Kleinarbeit«, erklärte er den beiden, »aber wir haben ihn.«

Gail hatte am Telefon geschluchzt. Anne Dover war zurückhaltend und beherrscht gewesen. Beide Frauen hatten sich bei Sam für die Festnahme bedankt.

Was ein gutes Gefühl gewesen war.

Solange es anhielt.

Elliot Sanders war gekommen und gegangen, auch wenn seine Arbeit und die der Spurensicherung in diesem Fall noch eine halbe Ewigkeit andauern würde.

Der stellvertretende Staatsanwalt war gleich zu Beginn aufgrund der komplexen Gesamtumstände des Falls eilig hinzugezogen worden. Alle wussten, dass sie sich zurückhalten mussten, während die City of Miami einen Durchsuchungsbefehl für die *Aggie* beantragte, mit der Begründung, ein Flüchtiger sei an Bord gewesen, und im Zuge der Festnahme dieses Flüchtigen – bei der er zudem einen Polizisten verletzt hatte – seien klare Hinweise auf neue Verbrechen auf dem Hausboot aufgetreten. Es gab bereits Durchsuchungsbefehle aufgrund Coopers früherer Verbrechen. Aber hier hatten sie etliches neues Material in einem anderen Zuständigkeitsbereich, und die Ermittler benötigten jeden fachmännischen juristischen Beistand, den sie bekommen konnten. Die Durchsuchungs- und Haftbefehle und alle anderen juristischen Aspekte des Falls, für die der Staatsanwalt vor Gericht verantwortlich sein würde, mussten absolut wasserdicht sein.

Keiner der Beteiligten würde es riskieren, auch nur einen einzigen Fehler zu machen.

Mit allem – Fotografien, Tatortskizzen, Sammlung und Sicherung von Beweisen – wurde bis zum Eintreffen des Durchsuchungsbefehls gewartet.

Ein Füllhorn an forensischen Beweisen erwartete die Spurensicherung und den Gerichtsmediziner.

Mehr als genug – ekelerregend genug – für Sam und Martinez.

Eine Badewanne stand in einem von zwei Stauräumen, zum Teil gereinigt, aber mit Blut-, Fleisch- und Knochenresten, die noch immer an den Rändern klebten und über die Wände und den Boden rings um die Wanne gespritzt waren.

DNA-Spuren überall.

Und Fingerabdrücke, auch wenn Sam jede Wette eingehen mochte, dass Cooper, selbst wenn Richard Bianchi – dessen Blut und Fingerabdrücke im Leichenschauhaus aktenkundig waren – auf der *Aggie* gewesen war, alle Spuren sorgfältig beseitigt hatte.

Sanders würde jeden Quadratzentimeter des Hausboots aus allen Winkeln fotografieren, und wenn möglich, vermuteten die Miami-Beach-Detectives, dann würde er auch die Badewanne aus der Kajüte reißen, mit einem Gabelstapler auf den Flachbett-Anhänger eines Traktors heben und in sein Institut schaffen lassen.

Sam und Martinez hatten auf mehr als nur die Wanne einen ersten Blick geworfen.

In die zweite kleine Stauraum-Kajüte.

Coopers ganz privater OP-Saal.

Kein Tisch, aber noch ein blutbespritzter Boden.

Und noch andere Dinge, deutlich zu sehen.

Ein Anatomie-Lehrbuch.

Ein großer Plastikbehälter, der die Sammlung chirurgischer Instrumente und Geräte enthielt, von der man Martinez bereits berichtet hatte. Manche davon waren behelfsmäßig, andere das Originalwerkzeug: zwei gewöhnliche Küchenscheren und ein paar Zangen, zwei Skalpelle und ein Rippenspreizer.

»Heilige Mutter Gottes«, stöhnte Martinez, während er die Instrumente musterte. »Ich glaube, wenn ich heute Abend nach Hause komme, werde ich so heiß duschen wie noch nie und vielleicht nie wieder herauskommen.«

Sam wurde schlecht.

»Du solltest nicht hier sein, Mann!«, sagte Martinez.

»Wo zum Teufel sollte ich denn sonst sein?«, fragte Sam.

Er verdrängte den Gedanken an die Spritze.

Die Neuen Episteln von Cal dem Hasser nahmen eine Art Ehrenplatz auf einem Tisch im Wohnbereich ein.

Nicht in die billigen Notizbücher geschrieben, die Cooper früher benutzt hatte.

Jetzt waren sie ledergebunden.

Er hatte sie sich etwas kosten lassen.

Und sobald die Spurensicherung sie freigab, würden Sam und Martinez sie Wort für Wort durchgehen. Beide mit derselben tief sitzenden, inoffiziellen Motivation.

Um die Verbindung zu Bianchi zu finden.

Um Grace' Notwehr zu beweisen.

Aber noch nicht.

Cooper war aus dem OP gekommen.

Besuch war nicht gestattet. Und mit Sicherheit keine Vernehmungen.

Sie hatten ihn unter Arrest gestellt, nachdem sie ihn zurück auf die *Aggie* geschleift hatten, und über seine Rechte belehrt, aber er war in einem solchen Zustand gewesen, dass sich keiner der Beteiligten sicher war, ob er sie verstanden hatte.

Niemand würde ein Risiko eingehen.

Er hatte Sam zu sprechen verlangt, aber von Captain Kennedy war die Anweisung gekommen: kein Besuch.

Martinez fuhr Sam zum City Hospital.

Sie setzten keinen Fuß in das Zimmer.

Sam stand davor und starrte durch die Glasscheibe.

An sein Krankenhausbett gekettet, den linken Arm einbandagiert, einen Verband auf der rechten Seite des Kopfs, lag Jerome Cooper – auch bekannt als Cal der Hasser und aller Wahrscheinlichkeit nach auch bekannt als Tom O'Hagen – da und schlief.

Er sah friedlich aus, dachte Sam. Friedlich für einen verdorbenen, verdammten Mann.

Coopers Augen gingen flackernd auf.

Er sah Sam durch die Scheibe hindurch direkt an.

Lächelte wieder. Dann winkte er.

»Bleib cool«, sagte Martinez leise.

Sam spürte, wie es ihn durchzuckte.

Der Drang zu töten.

Er ließ los.

Es war kein Gefühl, das er mochte.

100

18. Mai

Sie hatten Cooper drei Tage im City Hospital behalten und am späten Montag auf die Häftlingsstation des Jackson Memorial verlegt. Es war noch zu früh nach der Operation, um ihn mit anderen Gefangenen zusammenzulegen.

Nach den ersten Testergebnissen hatte der Killer weder HIV noch Hepatitis oder irgendwelche Geschlechtskrankheiten.

Sam erinnerte sich aus seinen ersten *Episteln*, dass Cooper sich selbst als Trojaner (»Amerikas getreuester Mann«) bezeichnet hatte.

Sicherer Sex für das Monster.

Das hatte es Sam nicht erspart, das ganze Wochenende zwischen Key Biscayne und dem Miami General hin- und herzupendeln. Grace kümmerte sich rührend um ihn, wenn er sie ließ, und sorgte dafür, dass er sich ausruhte.

Und dann, an diesem Dienstagmorgen, hatte sie ihn an der schweren stählernen Haustür verabschiedet, wie sie es so oft zu Hause auf der Insel tat.

Sie wusste, was vor ihm lag.

»Versuch, ihn nicht an dich heranzulassen!«

Sam lächelte. »Ich werde mein Bestes tun. Ich werde ja nicht allein sein, also mach dir keine Sorgen.«

»Ich liebe dich, Sam«, sagte sie.

»Ich dich auch, Gracie.«

Sie erschienen zu fünft zu Coopers erster Vernehmung.

Sam und Martinez. Detective Peter Collins von der City of Miami. Dave Rowan von Broward. Und Special Agent Joe Duval vom FDLE, der bei dem Pärchen-Fall im letzten Jahr geholfen hatte und heute bei ihnen war, um ihnen mit Blick auf die vielen verschiedenen Zuständigkeiten den Weg zu ebnen. Noch einer mehr, und das Verhör hätte von einem Anwalt leicht für nicht einvernehmlich erklärt werden können.

Niemand würde auch nur eine einzige gottverdammte Sache dem Zufall überlassen.

Kein Anwalt war da. Cooper, an sein Bettgeländer geschnallt, den linken Arm jetzt in einer Schlinge und einen kleineren Verband seitlich am Kopf, war für vernehmungsfähig erklärt worden. Auf sein Recht auf einen Anwalt und sein Recht zu schweigen hatte er verzichtet.

Da der Killer seit seiner Festnahme einer Anästhesie und Operation unterzogen worden war, hatte Sam die Vernehmung damit begonnen, dass er ihn noch einmal über seine Rechte belehrte, um sicherzugehen, dass er sie vollständig verstanden hatte.

Cooper verstand sie sehr gut.

Es gab einfach zu vieles, worüber er reden wollte.

Dinge, auf die er stolz zu sein schien.

Zum Beispiel die Erschaffung Tom O'Hagens.

Das war immer eines seiner *Dinge* gewesen, rief er Sam in Erinnerung: Personen zu erschaffen, für sich selbst und für andere.

»O'Hagen war das neue Ich«, erklärte Cooper. »Der mit dem schrillen Hausboot und den coolen Klamotten.«

Sie waren zu fünft, aber bis jetzt hatte sich der Killer nur an Sam gewandt.

»Tom O'Hagen ist ein Anagramm. Amon Göth war der Name eines Nazis, der gern wahllos auf Juden geschossen hat. Ich habe dieses Schindler-Buch gelesen und den Film gesehen.« Cooper lächelte. »Ich dachte, wir hätten vielleicht etwas gemeinsam, und obwohl ich ihn nachgeschlagen habe und der echte Dreckskerl hässlich und fett war, war der Schauspieler, der ihn in dem Film gespielt hat, genau die Art Typ, der ich immer sein wollte – schlank und gut aussehend.«

Da konnte, glaubte Sam, etwas Wahres dran sein. Cal der Hasser war schon immer stolz auf seinen Hang zum Lesen gewesen, und auch das Namensspiel war nichts Neues. Sam fragte sich, wie weit Cooper mit seinem Geständnis gehen würde und ob er hoffen konnte, bald den Beweis für seine These zu bekommen, dass der Killer Richard Bianchi unter Verwendung der Decknamen des Schakals umbenannt hatte.

Gut aussehend war Cooper, soweit Sam wusste, noch nie gewesen, aber er war mit Sicherheit schon einmal schlanker als jetzt. Und mehr als nur ein bisschen seltsam – und aus Sams persönlicher Sicht verdammt wichtig – war die Tatsache, dass der verstorbene Richard Bianchi dem alten Cal/Cooper in gewisser Weise fast ähnlicher gesehen hatte, als es der Killer selbst jetzt tat.

»Du hast ein bisschen zugenommen«, sagte Sam, »seit wir uns das letzte Mal begegnet sind.«

»Ich habe gut gegessen. Zumindest, bis deine Kumpel mich angeschossen haben.« Cooper lächelte wieder. »Wie geht's dir denn so, nach deinem kleinen Sprung ins Wasser?«

»Und ein hübsches neues Boot hast du dir auch zugelegt.«

Er hatte nicht vor, auf den Hinterhalt im Wasser einzugehen, bis er selbst bereit dazu war.

»Freut mich, dass es dir gefällt.«

»Und dort leben Sie?«, fragte Detective Collins.

Cooper gab keine Antwort.

»Wo haben Sie gelebt, seit Sie Miami Beach vor fast zwei Jahren verlassen haben?«, wollte Dave Rowan wissen.

»Hier und da.« Cooper richtete seine Antwort an Sam.

»Hier und da in Florida oder irgendwo anders?« Das war Joe Duval.

Cooper ignorierte auch ihn.

Wie auch Martinez, als der ihn nach Andrew Victor fragte.

Und wie auch Rowan, als er ihn nach Ricardo Torres fragte.

Sam spürte ihre Wut, und er konnte sie nachempfinden.

»Erzähl uns von der *Aggie*«, forderte er Cooper auf. »Hast du ihr den Namen gegeben?«

»Details stehen in den *Neuen Episteln*.«

»Wir haben Besseres zu tun, als Ihr Tagebuch zu lesen«, knurrte Martinez.

»Das möchte ich bezweifeln.« Cooper sah Sam an, während er antwortete. »Vor allem angesichts der vielen Informationen, die euch die ursprünglichen *Episteln* geliefert haben müssen.«

»Da hast du nicht unrecht«, nickte Sam.

In diesen Schriften hatte mehr als genug gestanden, um Cooper die Morde an Sanjiv Adani und Tobias Graham – seinen ersten beiden bekannten Opfern –, den Mordversuch an Mildred Bleeker und die Entführung von Joshua Becket zur Last zu legen.

Sie und alle anderen an der Ermittlung Beteiligten würden jedes einzelne Wort der *Neuen Episteln* lesen. Balsam für das Ego dieses Mannes.

In der Zwischenzeit gab es genügend andere Dinge und Leute, über die zu reden er sich weigerte oder die er rundheraus abstritt.

Wie zum Beispiel, Richard Bianchi gekannt zu haben.

»Was ist mit Charles Duggan?«, fragte Sam.

»Nie von ihm gehört«, sagte Cooper.

»Aber Sie haben seinen Namen auch aus einem Film, oder?«, köderte Martinez. »Ein bisschen wie O'Hagen.«

»Oder war es das Buch?«, schloss Sam sich an.

»Ich hab's dir doch schon gesagt!«, sagte Cooper. »Ich habe den Namen noch nie gehört.«

»Aber Lesen ist immer noch dein großes Ding, oder?«, fragte Sam. »Und Schreiben natürlich.«

»Ich lese gern.« Cooper zuckte mit den Schultern. »Ich mag – und hasse – alles Mögliche.«

»Was hassen Sie denn?«, fragte ihn Dave Rowan.

Cooper starrte Sam an. »Ich hasse dich.«

»Erzähl mir was Neues.«

»Alles zu seiner Zeit.«

»Was war in der Spritze, mit der Sie Detective Becket am 13. Mai gestochen haben?«, wollte Detective Collins wissen.

Es war schließlich Miamis Fall.

Cooper sah ihn nicht an.

»Ich dachte schon, du würdest vielleicht nicht rechtzeitig kommen«, sagte er zu Sam.

»Freut mich, dass ich dich nicht enttäuscht habe«, erwiderte der.

»Ich hätte ertrinken können, während ich gewartet habe«, sagte Cooper. »Stell dir das mal vor!«

Sam sagte nichts, ließ sich nicht provozieren.

»Ich nehme an, du dachtest, ich hätte es auf dein schwarzes Herz abgesehen?«

Niemand reagierte.

»Was war in der Spritze?«, fragte Collins noch einmal.

Cooper lächelte Sam an.

»Wie ich schon sagte: Alles zu seiner Zeit.«

»Ich denke, dieses Spiel, das er mit uns treibt, bedeutet, dass Bianchi auf jeden Fall sein Mann war. Und er weiß, dass wir es wissen«, meinte Martinez später. »Er wird uns nur nicht helfen, es zu beweisen. Nicht, bis er irgendetwas von uns will.«

»Es könnte aber auch heißen, dass er verdammt gut weiß, dass ich viel mehr als irgendetwas von *ihm* brauche«, sagte Sam, »und daher nur so tut, als ob er etwas zu verbergen hat.«

»Das glaubst du nicht wirklich!«

»Nein.«

Worum es hier ging, das wussten sie beide, war, dass Cooper versuchte, sein Endspiel nach seinen Regeln zu spielen. Vielleicht hätte er weiter gelebt und getötet, wenn die Engländer nicht das Blut im Wasser entdeckt hätten. Aber vielleicht hatte Cooper nach Bianchis Tod auch das Gefühl gehabt, es sei alles zu Ende, und das Blut absichtlich aus dem Boot ablaufen lassen.

Aber wenigstens hatten sie ihn, und das allein war schon gut. Und was noch besser war: Sie würden ihn auch behalten. Die Aufgabe auf der und um die *Aggie* war gigantisch, aber die Unmenge an Beweisen genau das Richtige, um Cooper letztendlich in den Todestrakt zu schicken.

In der Zwischenzeit hing Grace' Leben – ihrer aller Welt – noch immer in der Warteschleife.

101

19. Mai

Die Arbeit der Spurensicherung würde noch viele Tage, vielleicht sogar Wochen andauern.

Techniker nahmen jedes Teil der *Aggie* auseinander, das man auseinandernehmen konnte. Sie untersuchten, sammelten, sicherten und analysierten alle erkennbaren Beweise – das Blut, die Fingerabdrücke, die menschlichen Überreste – und holten das Verborgene, das Unsichtbare ans Licht. Sie stellten stichhaltiges Beweismaterial für Coopers Schuld zusammen, suchten Spuren für die Anwesenheit – vor ihrem Tod – von Andrew Victor und Ricardo Torres und jeder anderen armen Seele, die Cal dem Hasser in letzter Zeit vielleicht über den Weg gelaufen war. Denn die menschlichen Überreste an Bord waren relativ frisch gewesen, was hieß, dass er vermutlich noch ein anderes Opfer mitgenommen, ermordet, verstümmelt und beseitigt hatte. Und es konnte auch noch nicht lange her sein, da der Killer mit seiner Putzarbeit – mit Druckreiniger und Clorox, Coopers alter Lieblingsmarke, die man an Bord gefunden hatte – nicht fertig geworden war.

Keine Spur von Andy Victors rotem Fahrrad oder iPod oder seinem Handy. Oder Besitztümern irgendwelcher anderen Opfer.

Keine neue Leiche war bislang irgendwo angespült worden.

Kein neues Herz lag in einem Spielzeug-Dingi oder irgendwo sonst.

Noch kein Beweis dafür, dass Richard Bianchi die *Aggie* je betreten hatte – auch wenn Sam unbedingt einen klaren Nachweis dafür wollte, dass Ricardo Torres an Bord gewesen war.

Diese Verbindung könnte helfen, Bianchi zumindest zu einem Verdächtigen eines Mordkomplotts zu machen.

Aber nichts war so einfach.

Nach und nach sickerten ein paar handfestere Informationen zu ihnen durch.

Das Anatomie-Lehrbuch enthielt Illustrationen zu Herzentnahmen vor einer Transplantation, und ein Stapel heruntergeladener und ausgedruckter Unterlagen schien dasselbe Thema zu behandeln. Allerdings war an Bord des Hausboots kein Computer gefunden worden, und anhand der Ausdrucke selbst ließ sich unmöglich sagen, von welchem oder *wessen* Computer sie vielleicht heruntergeladen worden waren.

Noch war nicht abzusehen, ob und, falls überhaupt, wann sie einen Durchsuchungsbefehl für irgendwelche Computer bekommen würden, die Richard Bianchi besessen oder benutzt hatte.

Und ganz nebenbei hatten sie schließlich die Bestätigung von Elliot Sanders' Büro bekommen, dass das erste gefundene Herz – das, das in zwei Tupperware-Behältern in dem Kinder-Dingi vor dem Zuhause der Beckets gesteckt hatte – zu Andrew Victor gehört hatte.

Jede Menge Brauchbares für Sam Becket, den Ermittler.

Nichts davon genug für Sam, den Ehemann.

Der Mann der Stunde – der Mittelpunkt des geballten Medieninteresses, das sich auf das Kommen und Gehen in Dinner Key konzentrierte – wurde noch immer im Gefängnistrakt des Jackson Memorial festgehalten. Erst sechs Tage, seit sie an Bord der *Aggie* gegangen waren, und schon jetzt war Sam schmerzlich bewusst, wie seine Wutpegel immer höher stiegen. Und er *glaubte* sich sicher zu sein, sie unter Kontrolle halten zu können, hatte im

Laufe der Jahre gelernt, mit Abschaum und Frustration umzugehen. Aber dennoch war das hier – wie er vor sich selbst und *nur* vor sich selbst allmählich zugab – ein Fall, von dem er vielleicht doch besser zurücktreten sollte.

Aber Cooper hatte den Fall zu seiner persönlichen Angelegenheit gemacht, hatte wiederholt seine Familie in Gefahr gebracht – und Sam versuchte alles, um den Angriff gegen sich selbst mit der Spritze zu verdrängen. Aber inzwischen war er sich verdammt sicher, dass Cooper auch für all das Schlimme verantwortlich war, das Grace in diesem Augenblick durchmachen musste.

Und das hieß, zu Recht oder Unrecht, dass von allen Fällen von Gewaltverbrechen, in denen derzeit im ganzen Bundesstaat Florida ermittelt wurde, dieser hier der *letzte* Fall war, von dem er je zurücktreten würde.

Mike Alvarez rief Sam und Martinez am Mittwochvormittag in sein Büro und bat sie, Platz zu nehmen.

»Ich weiß, wie sehr euch das alles bereits zugesetzt hat«, sagte er. »Und wir alle wissen, dass es noch schlimmer werden wird.«

Es war klug vom Lieutenant, sie beide anzusprechen, in dem Bewusstsein, dass das, was einen von ihnen schmerzte, auch dem anderen schwer zu schaffen machte.

»Das ist es wert«, erwiderte Sam, »wenn wir Cooper für seine ganzen Verbrechen festnageln können.«

Alvarez nickte. »Einige dieser Verbrechen wurden gegen dich, Sam, und deine Familie verübt. Und genau deshalb muss ich dir – euch beiden – noch einmal einschärfen, bei diesem Verdächtigen *verdammt* gut aufzupassen! Sorgt dafür, dass alle Durchsuchungsbefehle abgedeckt sind, und belehrt ihn noch einmal über seine Rechte, bei jeder Vernehmung, selbst wenn ihr es nicht müsst.«

»Keine Frage«, sagte Sam.

»Das gilt auch für dich«, wandte sich der Lieutenant an dessen Partner.

Der nickte. »Natürlich.«

»Das Letzte, was ich will, ist, dich vom Fall abziehen zu müssen, okay?«

»Das wollen wir auch nicht«, sagte Martinez.

»Sam? Bist du sicher, dass du dazu imstande bist?«, hakte Alvarez nach.

Sam dachte daran, wie viel sichtliches Vergnügen Cooper seine erste Vernehmung offenbar bereitet hatte, dachte an die Auseinandersetzungen, die noch auf ihn zukommen würden, und spürte, wie sich sein eigener rasender Zorn noch ein bisschen mehr steigerte.

Letzte Chance.

»Ich war mir noch nie so sicher.«

102

Am Mittwochnachmittag verkrochen sie sich in ihrem Büro und lasen ihre Ausgabe der *Neuen Episteln von Cal dem Hasser* von Anfang bis Ende.

Noch zwei Tage bis zu Grace' Anklageverlesung, und Sam und Martinez machten ihre Arbeit. Sie brüteten über jedem Wort auf der Suche nach Beweisen für die Herzmorde und frühere Verbrechen, aber beide Männer durchkämmten auch jede Seite nach etwas, *irgendetwas*, das Sam den Zauberstab in die Hand geben könnte, um Grace' Notwehr zu beweisen.

Jerry Wagner rief um Mittag an.

»Gibt's irgendwas Neues?«, erkundigte er sich.

Obwohl er genau wusste, dass Sam es ihm nicht sagen durfte, wenn es etwas gab.

Aber er wusste ebenso sicher, dass Sam, wenn er auch nur eine Spur von irgendetwas fand, das er, Wagner, verwenden könnte, eine Möglichkeit finden würde, es den Anwalt seiner Frau wissen zu lassen.

»Noch nicht«, sagte Sam.

Und las weiter.

In vielerlei Hinsicht war es derselbe verkorkste, ausschweifende, halb tragische Schund wie die früheren Schriften. Nur dass sie beim Durchblättern dieser Seiten feststellten, dass der Killer eine Phase schilderte, in der er – falls er annähernd mit etwas wie Aufrichtigkeit schrieb – neue Chancen bekommen hatte. Auf eine Art Liebe, vielleicht sogar einen Neuanfang.

Blossom van Heusen, offenbar nichts ahnend von seinem wahren Charakter, dem Bösen in ihm, hatte offenbar geglaubt, in Cooper etwas Wertvolles entdeckt zu haben. Und er schien in ihr vielleicht die Art Mutter gefunden zu haben, die er nie gehabt hatte.

»Hat ihn nicht davon abgehalten, sie zu vögeln«, sagte Martinez.

»Und ich nehme an, der Hass hat trotzdem gewonnen«, erwiderte Sam.

»Tut er das bei den kränkesten Scheißkerlen nicht immer?«

Ein Punkt, über den sich Sam unter anderen Umständen vielleicht gestritten hätte, der ihm aber in diesem Fall, ehrlich gesagt, scheißegal war.

Nur dass, neben Blossom, noch etwas anderes in den *Neuen Episteln* stand.

Jemand anderes.

Nur ein einziges Mal erwähnt.

Sie entdeckten es beide fast im selben Augenblick.

»Meinst du, das ist ein Ausrutscher?«, fragte Martinez.

»Ich weiß nicht«, sagte Sam.

Denn der Jerome Cooper, den er ursprünglich kennengelernt hatte, war ein verkorkster Niemand gewesen, mit einer bösen, durchgeknallten Mom, einer echten Vorliebe für das geschriebene Wort, einer noch weitaus größeren Liebe dafür, Schmerz zuzufügen und zu empfangen, und nichts als Gehässigkeit im Kopf.

Dieser Mann hatte ein, zwei Dinge gelernt.

Sam war sich nicht mehr sicher, ob er je Fehler beging.

»*Toy hat mich heute besucht und mir ein bisschen Fleisch von seinem eigenen Frischmarkt mitgebracht. Manchmal frage ich mich, wie ich ohne ihn zurechtkommen würde.*«

Grace rief ihn um vier Uhr an.

»Ich dachte«, schlug sie zögernd vor, »wir könnten vielleicht ausgehen, nur wir beide, vielleicht in ein Restaurant.«

Sam fühlte sich überrumpelt, froh und beschämt zugleich, da er selbst nicht auf die Idee gekommen war, dass sie etwas so *Normales* tun wollte, vielleicht tun *musste*.

»Sehr gern.« Er schwieg kurz, wollte es richtig machen. »Irgendwo in der Nähe von Claudia, irgendetwas Neues vielleicht?«

»Ich dachte ans La Terrazza«, sagte Grace.

Eines ihrer Lieblingslokale, oben in Sunny Isles, ein Restaurant, in dem sie gut bekannt waren.

»Ich habe mich zu lange versteckt.«

Sam lächelte. »Das ist eine tolle Idee!«

»Und wir werden nicht darüber reden«, bat sie.

Er fragte sich, ob sie die bevorstehende Anklageverlesung oder Cooper oder den Nadelstich meinte.

»Über nichts von alledem.«

In gewisser Weise wussten sie beide, dass sie sich etwas vormachten. Es lag nicht an der romantischen Atmosphäre oder an dem Vergnügen, in ein hübsches Restaurant in ihrer Nähe zu gehen, in dem sie in der Vergangenheit so viele glückliche Abende verbracht hatten. Es war einfach so, dass sie, vielleicht nur für einen Abend, eine Möglichkeit gefunden hatten, wieder sie selbst zu sein. Sam und Grace, wie sie so viele Jahre gewesen waren.

Sie aßen mit Appetit, was sie beide verblüffte, und redeten über vielerlei, hauptsächlich über glückliche, schöne Erinnerungen, und über ihre Familie: Sauls wachsenden Erfolg und seine Beziehung mit Mel und wie sehr sie sich für ihn freuten; ihre Hoffnung, dass die Universität Cathy helfen würde, die Laufbahn einzuschlagen, die sie sich erträumte; Joshuas zum Glück unkomplizierten Charakter und die Art, wie dieser ganze Aufruhr seine fortlaufende Entwicklung offenbar eher gefördert als behindert hatte. Aber das war das einzige Mal, dass sie von dem »Aufruhr« sprachen, denn das war genau die Art gefährliches Terrain, auf das sie sich, so ihre Abmachung, gar nicht erst begeben würden.

Und dann, gegen Ende ihrer Mahlzeit, sagte Grace:

»Wir haben gar nicht darüber geredet, nach Hause zurückzukehren.«

»Ich dachte, du wolltest nicht darüber reden?«

»Nur über diesen Teil. Cooper ist jetzt hinter Schloss und Riegel, daher nehme ich an, das ist etwas, worüber wir reden müssen.«

»Willst du denn zurück nach Hause?« Sam schüttelte den Kopf. »Natürlich willst du das, und ich ja auch, aber ich meinte...«

»Jetzt, wo bald Freitag ist«, half sie ihm.

Traurigkeit erfüllte Sam. Die Leichtigkeit des Abends war dahin.

»Und meine Kautionsbedingungen«, sagte sie.

»Ich bin sicher, das ließe sich ändern. Wir können vor der Anhörung mit Jerry reden.«

»Nein. Das könnte den Richter irritieren.«

»Das bezweifle ich, in Anbetracht der Umstände.«

Grace schüttelte den Kopf. »Nach der Anklageverlesung vielleicht.«

Sam sah sie einen langen Moment an, wusste, dass sie noch nicht bereit war.

»Würde es dir zu sehr wehtun, unser Haus zu besuchen?«, fragte er.

»Ganz ehrlich?«

»Na klar!«

»Ich denke, es würde mir wehtun«, sagte sie. »Aber wir können trotzdem hinfahren und es uns ansehen, wenn du gern möchtest.«

Sie saßen draußen in dem Saab und starrten es an.

»Es sieht einsam aus«, flüsterte Grace.

Sam sagte nichts, hielt nur ihre Hand.

Grace brachte ein Lächeln zu Stande. »Es kommt mir seltsam vor, so hier zu sitzen. Wie zwei Teenager, die wegen ihrer Eltern nicht ins Haus gehen.«

»Wenn es dir so vorkommt«, grinste ihr Mann, »dann sollten wir vielleicht anfangen zu knutschen?«

»Das sollten wir vielleicht. Aber vielleicht sollten wir damit besser warten, bis wir wieder in diesem schönen großen Bett liegen.«

»Es ist ein tolles Bett«, gab Sam ihr recht.

»Aber es ist nicht zu Hause.«

»Wir werden bald wieder hier sein.«

»Du schon.«

»Wir beide.«

Sie gab keine Antwort.

»Glaub mir«, sagte er. »Bitte glaub mir!«

»Ich werd's versuchen.«

103

20. Mai

»Du bist gestern nicht gekommen.«

Cooper schien empört.

Er hatte alle, die in Hörweite kamen, wissen lassen, dass er jeden Tag mit Sam reden wolle, dass es ihm egal sei, wer noch mit von der Partie sei, dass es aber nur einen Detective gebe, mit dem zu sprechen ihn interessiere.

Heute Morgen hatte er seinen Willen fast bekommen; nur Sam und Martinez waren gekommen. Nicht dass ihm irgendjemand Zugeständnisse machen wollte, aber bei einer Besprechung am Dienstagabend waren sich alle einig gewesen, dass ein zu großes Gedränge herrschte, wenn jede Zuständigkeit vertreten war – ganz zu schweigen davon, dass Cooper zu viel *Spaß* dabei hatte. Daher sah der Plan im Augenblick so aus, dass sie es in Schichten übernahmen, zum Teil in der Hoffnung, den Dreckskerl auf dem falschen Fuß zu erwischen.

Sein Anwalt, Albert Singer, war heute bei ihm.

Mittleren Alters, grau meliertes dunkles Haar, Gucci-Brille.

Von seinem Mandanten beauftragt, nicht vom Gericht bestellt. Sam wusste ein wenig über Singer, wusste, dass er von der Anwaltskammer ein paarmal wegen »unangemessenen« Verhaltens gerügt worden war. Womit er, nahm Sam an, in mehr als einer Hinsicht genau der richtige Typ Anwalt für Cooper war. Kein gerichtlich bestellter Pflichtverteidiger, den sie kannten, hätte vermutlich zugelassen, dass der Killer so mit ihnen redete, unter Verzicht auf seine Rechte, selbst wenn es das war, was er wollte. Singer schien auch nicht unbedingt glücklich darüber, aber er ließ sie zumindest zu den Bedingungen seines Mandanten einen Anfang machen.

Vielleicht war das ja sogar besser für die Anklage, auch wenn sich das erst mit der Zeit herausstellen würde.

Aber eines stand fest: Nichts, was Jerome Cooper tat, tat er Sam Becket zuliebe.

Das Band lief.

»Fürs Protokoll«, sagte Sam, »wir haben dich über deine Rechte belehrt, und du verzichtest noch immer auf sie und sprichst mit uns.«

Albert Singers schmaler Mund wurde leicht verkniffen.

»Ich habe mir schon Sorgen gemacht«, sagte Cooper. »Ich dachte, du könntest krank sein.«

»Ging mir nie besser«, gab Sam zurück.

Detective Collins und sein Kollege Mike Lopez hatten den Killer gestern erneut nach dem Inhalt der Spritze befragt. Ohne Erfolg.

»Wir haben gelesen«, begann Sam die Vernehmung.

Cooper nickte unmerklich. »Das dachte ich mir schon.«

»Das heißt, wir wissen jetzt, woher du das Geld hattest, um die *Aggie* zu kaufen.«

»Und ein paar andere Sachen«, sagte Cooper.

Sam hob eine Augenbraue. »Ich kann mir nicht vorstellen, dass Blossom van Heusen *so etwas* vorgeschwebt hat.«

»Tu nicht so, als ob du irgendwas darüber weißt, was sie wollte!«, bellte Cooper.

Mit echter Wut in seinen gemeinen kleinen Augen.

»Sie hat dir Geld gegeben, und sie hat dir ihren Wagen gegeben.«

»Sie muss Sie sehr gern gehabt haben«, meldete sich Martinez zu Wort.

»Sie hat mir keinen Wagen gegeben«, sagte Cooper zu Sam.

»Dann hast du ihn dir vielleicht einfach genommen«, stellte Sam fest.

»Ich bin kein Dieb.«

»Das stimmt nicht«, korrigierte Sam. »In deinen früheren *Epis-*

teln hast du geschrieben, dass du deinen Opfern Geld abgenommen hast.«

»Mein Mandant hat sich nicht wegen Diebstahls zu verantworten«, mischte Albert Singer sich ein.

»Ist schon okay«, winkte Cooper ab.

Singer schüttelte leicht missbilligend den Kopf.

»In der Vergangenheit«, wandte Cooper sich dann wieder an Sam, »habe ich mir ein paarmal genommen, was ich brauchte.«

»Sie haben ein Baby entführt!«, sagte Martinez, damit Sam es nicht aussprechen musste, den Blick auf das Gesicht des Killers geheftet. »Verglichen damit ist ein Wagen eine Lappalie.«

»Ich habe mir keinen Wagen genommen.«

»Du willst also sagen, Mrs. van Heusen hat ihn dir gegeben?«, fragte Sam.

»Ich weiß nichts von einem Wagen.« Cooper warf einen kurzen Blick auf Singer.

»Machen wir weiter«, sagte Sam.

Der Anwalt schnaufte empört. »Ich denke, es ist Zeit für eine Pause, damit ich mich mit meinem Mandanten besprechen kann.«

»Wir können gern weitermachen«, ignorierte Cooper ihn.

»Wer ist Toy?«, fragte Sam.

Der Killer blinzelte kurz, aber seine Miene blieb unverändert.

»Sie haben ihn in Ihrer neuen *Epistel* erwähnt«, erinnerte ihn Martinez.

»Also, wer ist Toy?«, fragte Sam noch einmal.

»Keine Ahnung«, gab Cooper zurück.

Martinez entfaltete ein Blatt Papier, warf einen Blick auf Sam, der nickte.

»*Toy hat mich heute besucht und mir ein bisschen Fleisch von seinem eigenen Frischmarkt mitgebracht*«, las er vor.

»Direkt aus deinem hübschen ledergebundenen Notizbuch«, sagte Sam.

»Ich kann mich nicht erinnern, das geschrieben zu haben.«

»Danach haben Sie«, fuhr Martinez fort, »*geschrieben: ›Manchmal frage ich mich, wie ich ohne ihn zurechtkommen würde.‹*«

»Jetzt fällt es mir wieder ein!«, sagte Cooper aalglatt. »Das war ein Typ, der manchmal für mich eingekauft hat.«

Er wich ihnen nicht mehr aus, seine Selbstsicherheit war wiederhergestellt – oder vielleicht war die momentane Unsicherheit auch nur ein Teil seiner Nummer gewesen.

»Wie lautet sein richtiger Name?«, fragte Martinez.

»Keine Ahnung.« Wie schon bei ihrer letzten Sitzung beantwortete Cooper Martinez' Frage, sah dabei aber Sam an. »Ich habe ihn Toy genannt, weil er niedlich war.«

»Inwiefern sind diese Fragen relevant?«, erkundigte sich Singer.

Sam wandte sich zu ihm um. »Die Worte ›*hat mir ein bisschen Fleisch mitgebracht*‹ sind, würde ich sagen, unter den gegebenen Umständen *sehr* relevant.«

»Ist schon okay«, sagte Cooper betont locker zu dem Anwalt.

»Wann hat Toy das letzte Mal für Sie *eingekauft?*«, fragte Martinez.

»Ich kann mich nicht erinnern. Steht in der *Epistel* denn kein Datum?«

Martinez zuckte mit den Schultern. »Ich kann mich nicht erinnern.«

»Ich mich auch nicht«, sagte Sam.

Cooper zog eine Fratze. »Wie schade!«

»Wie sieht Toy denn aus?«, führte Martinez die Befragung ungerührt fort.

»Niedlich. Wie ich schon sagte.«

»Niedlich blond und blauäugig?«, fragte Sam. »Oder dunkel?«

»Eher Ihr Typ«, kommentierte Martinez.

»Ich muss darauf bestehen, mit meinem Mandanten zu sprechen!«, wiederholte Albert Singer.

»Apropos blond und blauäugig«, sagte Cooper mit einem gefährlichen Glitzern in den Augen. »Wie geht es Grace?«

Sam hatte damit gerechnet, aber die Wucht seines Wutanfalls überrumpelte ihn dennoch.

»Sieht aus, als könnte uns beiden dasselbe bevorstehen, mehr oder weniger«, ätzte Cooper weiter. »Wer hätte das gedacht? Ich und meine Stiefschwester Grace, beide im Gefängnis!«

»Halten Sie den Mund!«, zischte Martinez.

»Ich bin sicher, ich werde ein paar Kumpel finden«, fuhr der Killer fort. »Leute, die Leute dort kennen, wohin sie kommt, weißt du?«

Die Wut in Sams Kopf schäumte über.

»War das eine Drohung?« Seine Stimme war leise.

»Detective Becket«, begann Singer.

»Halten Sie den Mund!«, fuhr Sam ihn an.

Er spürte Martinez' Hand auf seinem rechten Arm, dachte an Alvarez' Warnung.

»Tut mir leid«, sagte er zu dem Anwalt.

Singer nickte kurz. »Das will ich hoffen.«

»Detective Samuel Becket ist leicht aufbrausend«, erklärte Cooper. »Einmal hat er mich vor seinem Haus auf der Straße so hart getreten, dass ich glatt hingefallen bin.«

»Ach Gottchen!«, sagte Martinez.

»Eines noch«, wandte Cooper sich wieder an Sam, »bevor wir Schluss machen ...«

»Der Typ hält sich für den gottverdammten Hannibal Lecter, der Hof hält«, murmelte Martinez.

»Vielleicht möchten Sie Ihren Mandanten erinnern,« – Sams Ton war jetzt gemäßigt – »dass er hier ist, um unsere Fragen zu beantworten.«

»Ich war nur höflich«, erwiderte Cooper. »Und mir ist eben eingefallen, dass ich ganz vergessen habe, zu fragen, wie es Grace' Dad geht.« Er lächelte wieder. »Lebt der alte Scheißkerl noch?«

»Mr. Cooper!«, ermahnte Albert Singer seinen Mandanten.
Sam erhob sich.
»Ende der Vernehmung«, sagte er und fügte die Uhrzeit hinzu.

104

Danach ging es an dem Tag für Sam nur noch bergab.

Er hatte ganz gut begonnen, alles in allem betrachtet. Grace hatte ihm um sechs Uhr früh gesagt, sie würde mit Joshua und einem Picknick an den Strand gehen, und Claudia würde auch mitkommen, sodass Sam sich keine Sorgen machen müsse, aber niemand sonst sei eingeladen, da sie alle eine Pause von ihr verdient hätten.

»Niemand will eine Pause von dir«, widersprach Sam.

»Wenn nicht«, lächelte sie, »dann sind sie verrückt.«

»Wenn ich nicht arbeiten würde«, fragte Sam, »wäre ich dann eingeladen?«

»Wenn du nicht arbeiten würdest«, entgegnete Grace, »dann würde ich vermutlich unser Kind stehen und liegen lassen und mit dir nach Hawaii durchbrennen.«

»Ich wusste gar nicht, dass du nach Hawaii fahren wolltest.«

»Nicht unbedingt.«

»Geht's dir gut, Gracie?«, fragte Sam.

»Solange du mich das nicht fragst«, sagte sie.

Danach ging es nur noch bergab.

Erst die Vernehmung, und dann hatte er auch noch von dem Lieutenant eine glatte Abfuhr bekommen.

Nachdem der Inhalt der *Neuen Episteln* als Beweismittel aufgenommen war, hatte Sam Alvarez zu überzeugen versucht, ihn eine eidesstattliche Erklärung für einen Durchsuchungsbefehl abgeben zu lassen. Er wollte alle Computer untersuchen, die der verstorbene Richard Bianchi benutzt hatte, in der Hoffnung, die Verbindung zwischen Bianchi und Cooper eindeutiger zu beweisen. Der hinreichende Grund für den Durchsuchungsbefehl war in Sams Augen die Beziehung zwischen Cooper und der verstorbenen Bernice van Heusen in Savannah, Georgia, deren Volkswagen Bianchi bis zu seinem Tod gefahren hatte.

»Ausgeschlossen!« Alvarez schüttelte den Kopf. »Niemand würde lauter jubeln als ich, wenn du beweisen könntest, dass das Zeug, das auf der *Aggie* gefunden wurde, von Bianchi heruntergeladen wurde. Aber das ist kein hinreichender Grund für eine Durchsuchung, und das weißt du genau.«

»Ich würde um ein Jahresgehalt wetten, dass der Beweis dort zu finden ist.« Sam war bis in die Fingerspitzen angespannt.

»Und die Wette könntest du gewinnen«, schmunzelte Alvarez, bevor er wieder ernst wurde. »Aber wir wissen beide, dass das Zeug aus dem Internet von Cooper oder irgendwem sonst auf jedem Computer der Welt heruntergeladen worden sein kann. Und was den Käfer angeht, so gibt es nicht den geringsten schlüssigen Beweis, dass der Wagen je mit irgendeinem Verbrechen in Verbindung stand, das Cooper begangen hat.«

»Ganz zu schweigen davon«, sagte Sam zu Martinez, als er wieder in ihrem Büro war, »dass die eidesstattliche Erklärung weitaus besser ankommen würde, wenn sie nicht von dem Ehemann der Frau abgegeben werden würde, die beschuldigt wird, Bianchi überfahren zu haben.«

»Tut mir leid, Mann!«

»Ja«, nickte Sam. »Mir auch.«

Martinez hatte noch mehr schlechte Neuigkeiten.

Die Suche nach Bankkonten auf die Namen Jerome Cooper oder Tom O'Hagen, ebenso wie die breiter angelegte Suche, die das Financial Crimes Enforcement Network durchgeführt hatte, war ergebnislos verlaufen. Die *Aggie* und die meisten Dinge des täglichen Bedarfs hatte der Killer vermutlich bar bezahlt. Auf dem Hausboot hatten sie keine Kreditkarten gefunden, und bis auf 348 Dollar und ein paar Cent waren bislang keine größeren Bargeldmengen aufgetaucht.

Diese konnten natürlich überall sein, und selbst wenn sie irgendwann Zugang zu Bianchis Wohnung bekommen sollten, würde es gar nichts heißen, wenn auch dort nichts gefunden wurde.

Das hielt Sam nicht davon ab, in die Wohnung zu wollen.

In der Zwischenzeit gab es keinen Durchsuchungsbefehl und keine Hilfe vom FinCEN.

Und eine stille Verzweiflung ergriff allmählich Besitz von dem Mann, dessen Ehefrau am nächsten Morgen ihre Anklageverlesung erwartete.

»Ich muss los«, sagte Sam um kurz nach zwei zu Martinez. »Ich nehm's dir nicht übel, wenn du nicht mitkommen willst.«

Martinez schnappte sich seine Jacke und stellte keine Fragen, bis sie bei laufendem Motor in seinem Chevy saßen.

»Wohin?«

»Shrinkwrap Publications«, erwiderte Sam und überprüfte die Postleitzahl.

Der Laden, der Bianchi als freiberuflichen Redakteur beschäftigt hatte.

»Bist du dir sicher?«, fragte Martinez.

»Sicher bin ich mir bei gar nichts.«

Der junge Mann am Empfang war zunächst freundlich, aber sobald Sam fragte, ob er wisse, ob Richard Bianchi je einen Computer in ihren Büroräumen benutzt hätte, wurde der Typ, der seinem Namensschild zufolge Mark Curtiz hieß, misstrauisch.

»Da werde ich meine Vorgesetzte fragen müssen.«

»Kein Problem«, sagte Sam.

Die Frau, die drei Minuten später auftauchte, war mittleren Alters, elegant gekleidet und offen feindselig.

Sie stellte sich als Ana Garcia vor, überprüfte eingehend ihre Ausweise und wandte sich dann an den Empfangsangestellten.

»Ich nehme an, Sie wissen nicht, wer dieser Detective ist.« Sie war eisig. »Sein Name ist Samuel Becket, und seine Frau ist die Person, die Richard Bianchi getötet hat.«

»O mein Gott!«, rief Mark Curtiz.

»Wir sind Detectives der Miami Beach Police, Ma'am«, schaltete sich Martinez ein. »Und wir ermitteln in einem Mordfall.«

»Das mag ja sein«, erwiderte Ana Garcia scharf. »Aber Mr. Bianchi war ein Freund von uns, und seine Eltern, die verständlicherweise trauern, haben uns gebeten, vorsichtig zu sein, mit wem wir über ihren Sohn sprechen.«

»Und ihr Verlust tut uns sehr leid«, sagte Sam.

Er kam sich verdammt unbeholfen vor.

Miss Garcias dunkle Augen waren kalt. »Mr. Curtiz sagte mir, Sie glauben, Mr. Bianchi könnte Computer in diesen Büroräumen benutzt haben.«

»Wir haben Mr. Curtiz gefragt, ob das der Fall war«, nickte Martinez.

»Wenn es so wäre, dann würde Mr. Curtiz es nicht wissen«, schoss die Managerin zurück. »Aber ganz gleich, ob Mr. Bianchi hier Computer benutzt hat oder nicht – ich halte es nicht für angebracht, dass Detective Becket hier ist und diese Fragen stellt.«

»Weigern Sie sich, unsere Fragen zu beantworten, Ma'am?«, fragte Martinez.

»Ich weigere mich, Ihre Fragen zu beantworten, da Sie mit diesem Mann hier sind.«

Sam fing Martinez' Blick auf, dann wandte er sich wieder an Ana Garcia. »Ich verstehe Ihre Position, Ma'am«, sagte er.

Sie nickte kühl. »Das glaube ich Ihnen gern.«

Kein guter Tag für Sam.

Alvarez rief ihn gegen fünf wieder in sein Büro, bot ihm keinen Platz an.

»Es gab eine Beschwerde. Ich nehme an, das kommt nicht überraschend.«

»Miss Garcia«, vermutete Sam. »Shrinkwrap Publications.«

»Und ich nehme an, du willst mir versichern, dass dein Besuch im Rahmen der Mordermittlung stattfand.«

»So war es.«

»Miss Garcia sagte, sie hielte es für unangebracht, dass du Mr. Bianchis Kollegen befragst.«

»Soweit ich weiß, bin ich in dem Fall der leitende Ermittler, und *Mr.* Bianchi« – Sam konnte sich seinen scharfen Unterton nicht verkneifen – »ist in diesem Fall eine Person von Interesse. Ich dachte, da würdest du mir recht geben.«

»Setz dich, Sam.«

»Ich stehe lieber, Lieutenant.«

»Setz dich!« Der Ton war für Alvarez scharf. »Der Captain ist besorgt, ebenso wie Sergeant Riley und auch ich selbst. Du verfolgst hier deine eigene Agenda, Sam, und weiß Gott, ich kann verstehen, was deine Motive sein könnten. Aber es ist nicht akzeptabel, und das weißt du genau. Es ist den Opfern gegenüber nicht fair.«

Das tat höllisch weh.

»Ich versuche hier, herauszufinden, was mit den Opfern passiert ist, Lieutenant. Richard Bianchi ist ein Teil der Ermittlung.«

»Mag sein.« Alvarez gab keinen Zentimeter nach. »Aber Bianchi ist tot, und Jerome Cooper ist in Gewahrsam, und was du tun musst, das *Einzige*, was du als Detective dieses Departments tun musst, ist, zu helfen, die Anklage gegen ihn aufzubauen.«

»Ja, Sir«, sagte Sam.

»Der Captain will keine weiteren Beschwerden, Sam.« Alvarez schwieg einen Augenblick. »Du bist viel zu nah an diesem Fall dran, das wissen wir alle. Ich will mir nicht einmal überlegen müssen, dich von dem Fall abzuziehen, aber wenn es sein muss, dann werde ich es tun.«

»Ist es das, was der Captain will?«

Sam war es nicht gewohnt, Feindseligkeit gegenüber diesem Mann zu empfinden, aber die Wut, die er erfolgreich unterdrückt hatte, weil er einen Job zu erledigen hatte und weil er um Grace' und Joshuas willen beherrscht bleiben musste, loderte wieder ein bisschen heftiger auf.

»Meinst du, es wäre vielleicht besser für dich?«, fragte Alvarez.

Sam überlegte eine Sekunde. »Es wäre auf keinen Fall besser, Lieutenant.«

»Dann musst du sehr vorsichtig sein.«

»Das werde ich.«

»Ich meine es ernst, Sam!«, sagte Alvarez.

Eine Warnung.

Ein schlechter Tag für Sam.

105

Ein noch schlechterer Tag für Grace.

Jerry Wagner hatte sie aufgesucht.

Er hatte auf sie gewartet, als sie vom Strand zurückkam, hatte ihre ernüchterte Miene bemerkt, als sie ihn sah, und ihm war nicht entgangen, wie zerzaust und glücklich ihr kleiner Sohn nach seinem Tag draußen mit seiner Mommy und seiner Tante aussah.

»Wir müssen uns für morgen vorbereiten«, erinnerte er Grace sanft.

»Ich weiß«, sagte sie. »Geben Sie mir nur fünf Minuten, um den kleinen Mann hier zu versorgen.«

»Das kann ich übernehmen«, schlug Claudia vor.

Ihre allgegenwärtige Schwester – so kam es ihr zumindest vor. Grace wusste, dass ihr Anflug von Groll absolut ungerechtfertigt war, aber er war nun einmal da. Sie wusste auch, dass Claudia ihn bemerkt hatte, aber sie schien es zu verstehen und zu verzeihen, was es nur noch schlimmer machte.

»Offenbar brauche ich die fünf Minuten nicht«, murmelte Grace.

Sie gingen auf die Terrasse, wo in letzter Zeit offenbar die meisten wichtigen Besprechungen, ob mit dem Anwalt oder der Familie, abgehalten wurden, und sie fragte sich, ob sie sich hier draußen, in dieser entzückenden Umgebung, je wieder würde entspannen können.

Sie konnte von Glück reden, überhaupt hier zu sein, rief sie sich in Erinnerung.

Sie bot an, Eistee zu holen.

»Nur, wenn Sie welchen wollen«, winkte Wagner ab.

»Eigentlich nicht.«

Er lächelte freundlich. »Es wird nicht so schlimm werden, es ist ja keine Verhandlung. Niemand kann zu diesem Zeitpunkt irgendwelche Beweise vorbringen.«

»Ich weiß«, sagte Grace. »Aber trotzdem.«

Wagner tätschelte ihre Hand wie ein liebevoller Onkel. »Man wird die Anklage verlesen, und Sie werden eine Einrede vorbringen müssen.« Er schwieg kurz. »Es ist sehr wichtig, dass Sie nichts sagen, was Sie in irgendeiner Weise belasten könnte, Grace, egal, wie Sie sich dabei fühlen. Die Anklageverlesung ist weder der richtige Zeitpunkt, um Ihr Tun zu erklären, noch für eine Entschuldigung. Der Richter wird fragen, ob wir darauf verzichten, dass die vollständige Anklageschrift verlesen wird, und dann wird er Sie auffordern, sich zu erheben, und Sie um Ihre Einrede bitten.«

Grace schwieg.

»Haben Sie mich verstanden?«, fragte Wagner.

»Ja.« Ihre Stimme klang rau. »Sie haben sich sehr klar ausgedrückt. Es ist nur . . .« Sie brach ab, wandte den Blick ab, auf einmal den Tränen nahe.

»Lassen Sie sich Zeit.«

Sie holte einmal Luft, gewann die Kontrolle wieder. »Ich nehme an, es ist nur, weil das alles jetzt wirklich passiert, und das wusste ich natürlich, verstandesmäßig, aber . . .«

»Es ist nicht leicht«, sagte der Anwalt. »Und ich werde Sie nicht beleidigen, indem ich sage, dass morgen gar nichts ist, denn für Sie muss das unglaublich klingen. Aber Sie werden es überstehen.«

Grace nickte. »Und meine Einrede?«

»Wie wir es besprochen haben.«

Sie schwieg, musste es aus seinem Mund hören.

Die zwei Worte, die ihr wie ein Meineid vorkamen, die sie

aber, wie sie wusste, Joshua und Sam und Cathy zuliebe sagen musste.

Wagner verstand.

»Nicht schuldig«, sagte er, »ist Ihre Einrede.«

»Ja«, flüsterte Grace.

»Und den Rest überlassen Sie mir.«

Grace atmete tief durch. »Danke.«

106

In jener Nacht liebten sie sich.

Es war lange her. Sie hatten jede Nacht zusammen im Bett gelegen, waren sich körperlich nahe gewesen, um einander zu trösten, waren liebevoll gewesen, waren *zusammen* gewesen. Aber seit dem Abend, an dem sie alles verändert hatte, war echte sexuelle Intimität unmöglich erschienen.

Heute Abend war es unerwartet, spontan, angefangen mit einem verzweifelten Bedürfnis nach Trost, das rasch in Verlangen umschlug, beflügelt von Angst ebenso wie Liebe.

Danach vergossen sie beide ein paar Tränen und schliefen dann ein, noch immer eng umschlungen. Aber schon bald waren sie wieder wach, lagen schlaflos da, und keiner von beiden wollte das Bett verlassen, den anderen verlassen.

»Was, wenn sie meine Kaution widerrufen?«, fragte Grace leise gegen drei.

»Das werden sie nicht tun«, sagte Sam.

»Aber es könnte passieren.«

»Jerry wird es nicht zulassen.«

»Und wenn doch, dann denke ich, ihr solltet alle nach Hause fahren.« Grace' Gedanken rasten vor zu einer eingebildeten und entsetzlichen Zukunft von Gefängniszellen, Fegefeuer, liebloser Hölle, aber dann spürte sie Sams Arme um sich, und sie beendete die Spirale, klammerte sich wieder an jenen ersten Gedanken. »Besser für euch alle, wenn ihr euer Leben wiederaufnehmt.«

»Das wird nicht passieren«, wiederholte Sam.

»Aber wenn doch?«, beharrte sie.

»Ich werde gar nicht erst damit anfangen, Gracie. Dazu kannst du mich nicht zwingen.«

»Okay«, sagte sie.

Und hielt weiter durch.

107

21. Mai

Die Anklageverlesung war für zehn Uhr anberaumt.

Magda hatte angerufen, um zu fragen, ob Grace etwas dagegen hätte, wenn sie dabei sei, und die anderen hatten, alle zu unterschiedlichen Zeiten, ebenfalls ihr Bedürfnis geäußert, mitzukommen, um sie zu unterstützen. Aber Grace hatte sich gegenüber allen klipp und klar geäußert.

Niemand sollte mitkommen außer Sam.

»Wenn es zur Verhandlung kommt, werde ich sicher auf euch alle angewiesen sein.«

»Ich glaube nicht, dass es dazu kommen wird«, hatte Claudia gesagt.

»Ich auch nicht«, hatte Saul beigepflichtet.

Cathys Schweigen hatte Bände gesprochen. Sie wusste von allen am besten, dass vor Gericht manchmal schlimme, verrückte Dinge geschahen.

»Ich liebe dich einfach, Grace«, war alles, was sie schließlich geflüstert hatte.

»Das sind wirklich die besten Worte auf der Welt«, hatte Grace erwidert.

Claudia hatte sie liebevoll angesehen. »Ich wüsste zwei, die ich im Augenblick lieber hören würde.«

Und Saul hatte ausgesprochen, was sie sich alle wünschten: »Nicht schuldig.«

Und so war jetzt nur Sam mit ihr und Wagner vor dem Gerichtsgebäude.

Dem Richard E. Gerstein Justice Building in der 1351 NW 12th Street. So nah beim Gefängnis, hatte sie gehört, dass die Gefangenen über einen Steg zum Gericht gebracht werden konnten, ohne ins Freie geführt werden zu müssen.

Aber das galt heute nicht für sie. Sie und Sam gingen die Stufen hoch und durch die Metalldetektoren, genau wie all die anderen freien Bürger.

Sam drückte sie fest, bevor der Anwalt sie wegführte.

Er spürte ihr Zittern.

»Bleib stark, Gracie!«

»Es tut mir so leid.«

»Du musst damit aufhören!«

»Ich werde nicht aufhören, aufrichtig zu dir zu sein.«

Er wusste, was sie meinte, und er wünschte von ganzem Herzen, er könnte irgendetwas tun, damit sie sich nicht mehr so *schuldig* fühlte. Aber er hatte das ungute und entsetzliche Gefühl, dass das etwas war, was er ihr vielleicht niemals wieder geben konnte.

Ihre Unschuld.

Bevor es losging, fragte Wagner sie, ob sie gern nach Hause zurückkehren würde, jetzt, wo Cooper hinter Schloss und Riegel und ihr Zuhause für sie und ihre Familie wieder sicher war.

»Ich weiß nicht«, sagte Grace.

»Wegen allem, was dort passiert ist?«, fragte der Anwalt.

Sie nickte. »Und ich nehme an, weil ich Angst habe, Staub aufzuwirbeln.«

»Sind Sie sicher?« Wagner war sanft, nahm an, dass das nicht ihr wirklicher Grund war. »Denn ich glaube, der Richter würde es zulassen.«

Die Wahrheit war: Sie war sich nicht sicher, ob sie es ertragen könnte, nach Hause zurückzukehren. Nicht nur, weil ihr vor der

Erinnerung an dieses Ding in ihrer Badewanne graute. Es war auch so, dass sie nicht glaubte, es aushalten zu können, mit Sam und Joshua nach Hause zurückzukehren und sich an eine Art gekünstelte Normalität zu gewöhnen, die ihr dann vielleicht wieder entrissen wurde.

»Ich bin mir sicher«, sagte sie.

Wenn man sie später gebeten hätte, den Gerichtssaal zu beschreiben, hätte sie es unmöglich gekonnt. Eine Zeit lang verlangte ihr eigener Herzschlag ihr mehr ab als ihre Umgebung; er hämmerte so beängstigend laut und schnell in ihren Ohren, dass sie fast glaubte, ohnmächtig zu werden. Aber dann sah sie sich um und fand Sam, heftete den Blick auf sein Gesicht, solange sie konnte, und fand die Fassung wieder, atmete gleichmäßig und blieb bei Bewusstsein.

Es lief genauso ab, wie Wagner ihr gesagt hatte.

Nur, dass er sie nicht vor der Presse oder den Fernsehkameras gewarnt hatte, die sie fast auf ihr Gesicht zoomen spüren konnte.

Vielleicht hofften sie auf Tränen, aber sie bekamen keine zu sehen. Nicht wegen irgendeines Gefühls von Mut, sondern weil sie innerlich zu erstarrt war.

Die Bedingungen ihrer Freilassung blieben unverändert.

Es fiel ihr schwer, zu sprechen, Wagner zu danken, aber er schien zu wissen, wie ihr zumute war, und er hielt für einen Moment ihre Hand, war unterstützend und stark.

Ihre Verhandlung wurde für den 8. November anberaumt.

Eine Anhörung vor der Verhandlung wurde auf den 11. Juni festgesetzt – früher als vielleicht anzunehmen, sagte Wagner, da der Richter in seinem Terminkalender noch Platz hatte.

Richter Arthur Brazen führte den Vorsitz, ein Mann, an den sich Grace danach kaum noch erinnern konnte, nur dass er weiße Haare hatte und eine Brille trug.

Sie wusste nicht, ob eine frühe Voranhörung etwas Gutes oder Schlechtes war.
Konnte sich nicht erinnern, was Wagner darüber gesagt hatte.
War noch immer zu erstarrt.

108

23. Mai

Es war lange her, seit David und Sam Becket zusammen einen Tagesausflug unternommen hatten, nur sie beide allein.

Als Sam seinen Vater nach der Anklageverlesung angerufen hatte, um ihm die Neuigkeit zu berichten und ihn zu fragen, ob er ihn am Sonntag nach Fort Myers begleiten würde, um Richard Bianchis Eltern einen Besuch abzustatten, hatte David zuerst Nein gesagt.

»Das ist ein Fehler. Wenn es nach hinten losgeht, riskierst du zu viel.«

Es war noch keine zwei Wochen her, seit Alvarez Sam angewiesen hatte, nicht mit Bianchis Familie zu sprechen, selbst wenn dieser Besuch »außerdienstlich« war. Wenn das Department Wind davon bekam, wollte er lieber nicht über die möglichen Konsequenzen nachdenken.

Er verdrängte diesen Gedanken.

»Die Bianchis hassen Grace schon jetzt dafür, dass sie ihren Sohn getötet hat«, sagte er. »Wie viel schlimmer kann ich es denn noch machen?«

»Was meint Grace?«

»Sie ist nicht gerade begeistert«, gab Sam zu. »Ich habe ihr erklärt, wir beide würden sanft und respektvoll vorgehen. Sie wollte wissen, wie ›sanft‹ wir denn vorgehen könnten, wenn wir Eltern überzeugen wollten, ihr eben erst verstorbener Sohn hätte mit einem Serienmörder gemeinsame Sache gemacht?«

»Meinst du nicht, da hatte sie recht, mein Sohn?«

»Ich meine«, sagte Sam, »dass ich eigentlich keine andere Wahl habe.«

Da sie nichts vereinbart hatten, gab es keine Garantie, dass die Bianchis überhaupt zu Hause sein würden. Auch wenn sie sonntags vermutlich nicht arbeiteten, konnten sie in der Kirche, beim Spaziergang oder sonst irgendwo sein. Sams schlimmstes Szenario war allerdings, dass sie mitten bei den Vorbereitungen für die Beisetzung ihres Sohns sein könnten, die für Donnerstag anberaumt war.

Je näher sie Fort Myers kamen, desto mulmiger wurde ihm zumute.

Das Haus war ein bescheidenes einstöckiges Vorstadthaus, klein, weiß gestrichen, mit einem roten Ziegeldach und einem gepflegten Garten.

Robert Bianchi öffnete die Tür.

Er trug ein dunkelblaues Polohemd über einer marineblauen Hose, war glatt rasiert, und seine dunkelbraunen Augen blickten interessiert und freundlich.

Bis er erfuhr, wer seine Besucher waren.

Schock und Fassungslosigkeit verwandelten seine Miene. Es ließ sich unmöglich sagen, wie viel der Mann in den letzten zwei Wochen vielleicht gealtert war, aber er sah auf jeden Fall älter aus als seine dreiundfünfzig Jahre.

»Wir haben Ihnen nichts zu sagen«, sagte er zu Sam, und dann wandte er sich an David. »Es tut mir leid, dass Sie den Weg umsonst auf sich genommen haben, Sir.«

»Nicht umsonst, hoffe ich, Mr. Bianchi«, erwiderte David.

»Ich kann Ihnen versichern, das war er.«

Eine Frau tauchte hinter ihm auf.

»Wer ist denn da, Robbie?«

»Niemand.«

Josephine Bianchi trug ein schwarzes T-Shirt und eine schwarze Hose, das gewellte blonde Haar aus dem Gesicht gebunden, und ihre blauen Augen waren gerötet, mit dunklen Ringen darunter.

»*Sie!*«, rief sie mit Blick auf Sam.

Sam erinnerte sich an das Foto im *Sun-Sentinel* von ihm und Grace, lachend bei der Benefizveranstaltung für das Krankenhaus. Seine eigene Taktlosigkeit wurde ihm aufs Neue bewusst und versetzte seinem Gewissen einen noch schmerzlicheren Stich.

»Sie wollten eben gehen«, sagte Robert Bianchi.

»Nein.« Sie fand rasch die Fassung wieder, nahm den Arm ihres Mannes. »Sie sind nicht ohne Grund so weit gekommen. Dann können Sie auch reinkommen.«

»Wir könnten später wiederkommen«, schlug Sam vor.

»Warum sollten Sie das tun wollen?«, fragte Josephine Bianchi schroff.

»Wir wissen, dass wir uns aufdrängen«, sagte David.

»Natürlich wissen Sie das! Ich bin sicher, keiner von Ihnen ist ein Idiot.«

»Ich bin gekommen...«

»... um für Ihre Frau ein gutes Wort einzulegen«, schnitt sie Sam das Wort ab. »Die Mörderin unseres Sohns.«

»In gewisser Weise.«

»Großer Gott!«, knurrte Robert Bianchi. »Kommen Sie rein! Bringen wir's hinter uns.«

Im Wohnzimmer, das klein, aber gemütlich war, mit ein paar Aquarell-Strandszenen an den Wänden, einem schwer beladenen Bücherschrank und mehreren alten Familienfotos (Sam konnte unmöglich einen genaueren Blick darauf werfen, um Richard als jungen Mann zu mustern, nicht heute), standen sie steif da. Die Atmosphäre war feindlich.

Sam kam sofort zur Sache.

»Ich bin gekommen«, sagte er, »da es meiner Ansicht nach gut möglich ist, dass Ihr Sohn, vielleicht unwissentlich, von einem bekannten Kriminellen benutzt wurde.«

»Sie reden von diesem Mörder«, stellte Josephine Bianchi fest.

Kein Wunder. Vermutlich wurde sie von ihrem eigenen Anwalt, vielleicht sogar von der Polizei von Key Biscayne, auf dem Laufenden gehalten.

»Jerome Cooper«, bestätigte Sam.

Josephine Bianchis Augen waren hart wie Stein. »Sie wagen es, in unser Haus zu kommen, während wir um unseren Sohn trauern, und ihn zu beschuldigen?«

»Das hat er nicht gesagt, Mrs. Bianchi!«, mischte sich David sanft ein.

»Das hat er unterstellt«, grollte Robert Bianchi. »Genau das hat er in ganz Miami unterstellt, soweit wir wissen, und nichts damit erreicht. Und das wird er auch mit seinen Erkundigungen nicht.«

»Es hat bereits eine Beschwerde gegen Sie gegeben«, fügte seine Frau hinzu. »Ich wundere mich über Ihre Dreistigkeit, ganz zu schweigen von Ihrer Gefühllosigkeit.«

»Mein Sohn ist kein gefühlloser Mann«, beschwichtigte David die beiden. »Und ich kann Ihnen versichern, er wäre heute nicht hier, wenn er glauben würde, eine andere Wahl zu haben.«

»Er hatte eine Wahl«, erwiderte Bianchi grimmig.

Sam atmete tief ein. »Ich verstehe, dass Ihnen das alles schrecklich aufdringlich vorkommen muss.«

»Wir brauchen Ihr Verständnis nicht!«, sagte Josephine Bianchi schrill. »Unser Sohn ist wegen Ihrer Frau tot.«

David warf einen Blick auf einen Stuhl hinter sich. »Darf ich?«

»Natürlich«, forderte ihn Robert Bianchi mit einer Handbewegung auf. »Möchten Sie vielleicht ein Glas Wasser? Josie, bitte hol doch ein Glas ...«

»Nein, danke.« David setzte sich. »Schon gut.«

»Alles okay mit dir?« Sam sah seinen Vater an.

David nickte, seufzte leise und fragte dann: »Wie viel wissen Sie über meine Schwiegertochter?«

»Alles, was wir wissen müssen.« Robert Bianchis Tonfall war verbittert.

»Vielleicht nicht«, fuhr David fort. »Grace war schon meine Kollegin, lange bevor sie meinen Sohn kennenlernte. Ich war Kinderarzt«, fügte er erläuternd hinzu. »Sie ist einer der erstaunlichsten Menschen, die ich kenne.«

»Bei allem Respekt, Dr. Becket«, entgegnete Bianchi, »Sie sind da etwas voreingenommen.«

»Ich weiß schon gar nicht mehr, wie vielen Kindern sie geholfen hat.«

»Das ist ihr Job«, sagte Josephine Bianchi. »Und ich möchte betonen, dass einer der Zeugen der Anklage die Mutter des Kindes ist, dem sie angeblich ›geholfen‹ hat, als sie mit ihrem Wagen auf unseren Sohn zugefahren ist.«

Die Zeit lief ihnen davon, begriff Sam.

»Ich glaube aufrichtig«, versuchte er es noch einmal, »dass Ihr Sohn möglicherweise in etwas hineingeraten ist, womit er nicht gerechnet hat . . .«

»Unser Sohn war Schriftsteller.« Bianchis Stimme bebte, als er ihm ins Wort fiel. »Er hat Kurzgeschichten veröffentlicht, und er hat andere Aufträge angenommen, um sein Einkommen aufzubessern. Als Redakteur, nicht als Komplize irgendeines Killers.«

»Ich weiß, dass Sie seinen Wagen haben«, sagte Sam.

»Den haben wir allerdings.« Josephine Bianchi nickte.

»Haben Sie auch seinen Computer?«

Einen Augenblick lang herrschte Schweigen, und dann hörte man, wie vor dem Zimmer die Haustür auf- und wieder zuging.

»Gina«, bemerkte Josie leise.

»Ich werde es ihr sagen.« Robert verließ das Zimmer, schloss hinter sich die Tür.

»Unsere Tochter«, erklärte seine Frau.

Die Stimmen draußen in der Diele klangen einen Augenblick lang gedämpft, dann ging die Tür auf, und eine hochgewachsene, schlanke, dunkelhaarige Frau, ganz in Schwarz gekleidet, kam herein. Richard Bianchis Schwester arbeitete für eine Hilfsorganisation.

Sie ging durch das Zimmer genau auf Sam zu.

»Dreckskerl!«, fauchte sie.

Sam sah zu spät, wie ihre rechte Hand ausholte, aber selbst wenn Zeit gewesen wäre, bezweifelte er, dass er versucht hätte, sie abzuwehren.

Das Geräusch der Ohrfeige hallte im Zimmer nach.

Gina Bianchi begann zu schluchzen.

»Gina!«, rief ihr Vater schockiert. »Das hättest du nicht tun sollen.«

»Warum nicht?« Josephine trat zu ihrer Tochter, legte einen Arm um sie, führte sie zum Sofa und setzte sie sanft hin.

David erhob sich. »Ich denke, wir sollten jetzt besser gehen.«

Sams Gesicht brannte, aber sein Bedürfnis, *irgendetwas* für Grace zu erreichen, war überwältigend stark. »Es tut mir leid, aber ich muss Sie fragen, ob Sie den Computer Ihres Sohns haben?«

»Es tut mir leid, dass meine Tochter Sie geohrfeigt hat«, sagte ihr Vater.

»Mir tut es nicht leid«, zischte Gina Bianchi Sam zu. »Auch wenn ich lieber Ihre Frau geohrfeigt hätte.«

»Gina!«, schalt Robert Bianchi sie noch einmal.

»Was ist denn los mit dir?« Jetzt richtete sich Josephine Bianchis Wut gegen ihren Ehemann. »Ich würde diesem Mann nicht einmal die Spucke aus meinem Mund geben.«

»Ich würde fast alles tun«, sagte Bianchi leise, »wenn es hilft, diesen abscheulichen Unsinn über unseren Sohn ein für alle Mal aus der Welt zu schaffen.«

»Meinst du etwa, damit wäre es erledigt?« Ginas Stimme war blechern, scharf, und ihre dunklen Augen hasserfüllt. »Wenn du diesem Mann den Computer gibst, dann will er als Nächstes Richards Wohnung sehen, Richards Abfall.«

»Die Polizei hat sich seine Wohnung bereits angesehen«, sagte Josephine.

»Das stimmt«, nickte Sam. »Ich glaube, Sie bemerkten, sie sei ungewöhnlich sauber gewesen, Mrs. Bianchi.« ›Ordentlich‹ war das Wort gewesen, aber das spielte jetzt kaum eine Rolle. »Hatten Sie den Eindruck, dort könnte jemand gewesen sein, um sauber zu machen?«

»Dreckskerl«, wiederholte Gina Bianchi.

Aber wenigstens ohrfeigte sie ihn diesmal nicht.

Weder David noch Sam sprachen auf den ersten paar Meilen der Rückfahrt, während der Saab über die Straße bretterte, zurück zur I-75.

»Geht's dir gut?«, fragte David schließlich.

»Ging mir schon besser«, erwiderte Sam.

Sein Vater nickte. »Mir auch.«

»Es tut mir leid«, sagte Sam. »Ich hätte dir das nicht zumuten sollen.«

»Ich bin es nicht, dem du Leid zugefügt hast«, bemerkte David.

Sein Vater ließ ihn nur selten seine Missbilligung spüren, und es schmerzte ihn weitaus mehr als Gina Bianchis Ohrfeige.

»Ich kann dich ja verstehen«, schob David nach, »aber es war trotzdem falsch.«

»Ich weiß«, stimmte sein Sohn zu.

»Aber du würdest es wieder tun, stimmt's?«

»Das, und noch mehr«, sagte Sam.

109

»Ich will, dass ihr beide, Saul und du, nach Hause fahrt«, sagte Grace am Sonntagabend auf der Terrasse zu Cathy. »Und zwar morgen.«

Ein geselliger Abend lag wieder einmal vor ihnen. Daniel und Mike grillten, Saul und Robbie alberten im Pool herum. Nur Sam fühlte sich sehr ausgelaugt, noch immer gezeichnet von der Anspannung des Tages.

Cathy runzelte die Stirn. »Davon halte ich gar nichts.«

»Aber ich«, betonte Grace mit Nachdruck. »Jetzt, wo dieser Mann sicher hinter Schloss und Riegel ist, ist es höchste Zeit, dass wenigstens ein paar von uns zu einem halbwegs normalen Leben zurückkehren. Und ich weiß, dass du ohne mich nicht nach Hause fahren wirst«, fügte sie an Sam gewandt hinzu, »aber ich würde mich freuen, wenn du das Haus schon einmal aufsperren und so weit vorbereiten könntest, dass man wieder einziehen kann.«

»Das klingt doch alles gut und positiv.« Claudia ging an ihnen vorbei, zwei Salatschüsseln in den Händen. Cathy nahm ihr eine davon ab und stellte sie auf den großen Tisch.

»Ich kann noch immer nicht glauben, dass der Richter dich nicht nach Hause fahren lassen wollte!«

»Ich bin froh, dass er es nicht getan hat«, sagte Claudia warmherzig.

Sam schmunzelte. »Ich glaube, Mike und Robbie wären froh, ihre Zimmer wieder für sich zu haben.«

Grace hatte ihm ihren Entschluss mitgeteilt, keine Änderung ihrer Kautionsbedingungen zu beantragen. Sie wusste, dass Sam verstanden hatte, dass es ihr noch immer widerstrebte, endgültig nach Hause zurückzukehren, und jetzt hatte sie auch noch deswegen Schuldgefühle. Allmählich fühlte sie sich, als hätte sie ein unerschöpfliches Reservoir an Schuld, ihren eigenen persönlichen Brunnen.

Saul stemmte sich aus dem Wasser hoch und kam herüber, um sich abzutrocknen.

»Was gibt's?«

»Grace sagt, wir beide sollten nach Hause fahren«, erklärte ihm Cathy. »Sie können wegen ihrer Kaution noch nicht nach Hause. Ich finde, es ist zu früh.«

»Vielleicht könnten wir noch eine Woche oder so hierbleiben?«, schlug Saul vor.

»Ich weiß, ihr denkt an Richard Bianchis Beerdigung«, sagte Grace. »Und ich weiß, ihr wollt mir nur helfen. Aber ehrlich gesagt, könnt ihr beide mir im Augenblick am besten helfen, indem ihr euer eigenes Leben wiederaufnehmt.«

Dan kam mit einer Flasche Beck's vom Grill herüber. »Solange ihr wisst, dass wir euch alle gern noch länger hier bei uns haben.«

»Ich fürchte, uns drei werdet ihr so schnell nicht los.« Grace versuchte ein Lächeln.

»Aber wir glauben, dass es wirklich an der Zeit ist, dass Joshua bei uns im Zimmer schläft«, ergänzte Sam.

»Ich teile mein Zimmer sehr gern mit ihm«, sagte Robbie.

»Das wissen wir.«

»Ehrlich gesagt«, warf Grace ein, »sind wir nur egoistisch, wenn wir ihn bei uns haben wollen.«

»Okay«, lächelte Robbie. »Das verstehe ich.«

»Dürfen wir denn dabei mitreden, ob wir nach Hause fahren?«, fragte Cathy.

»Eigentlich nicht.«

»Ich denke, ein bisschen Normalität würde euch beiden guttun«, sagte Claudia.

»Saul?«, fragte Sam.

Saul zuckte mit den Schultern. »Von mir aus.«

»Und wieso wird er gefragt?«, mischte Cathy sich wieder ein.

»Er ist dein Onkel«, sagte Grace. »Zeig ein bisschen Respekt.«

»Jetzt mach aber mal 'nen Punkt!«

Sie klangen schon jetzt normaler, und Grace hatte das Gefühl, dass sie wenigstens in diesem Punkt recht gehabt hatte.

110

24. Mai

Die Normalität endete abrupt am Montagmorgen.

Sam wachte mit einem entzündeten Hals und einem leichten Fieber auf.

»Ich rufe deinen Vater an«, sagte Grace.

Sam winkte ab. »Ich werde ihn später anrufen, falls nötig. Ich bin sicher, es ist nur eine Erkältung.«

»Ich werde mal sehen, was ich darüber herausbekommen kann.«

»Das wundert mich nicht.«

Sein Gesundheitszustand rückte in den Hintergrund, als er ins Büro kam.

Robert Bianchi hatte Chief Hernandez angerufen.

Auch das wunderte ihn nicht.

»Du bist von dem Fall abgezogen, Sam«, informierte ihn Lieutenant Alvarez. »Anweisung des Chiefs.«

Martinez, sagte er, würde den Fall weiter mit Mary Cutter bearbeiten, aber Sam würde bis auf Weiteres an seinem Schreibtisch Dienst tun.

»Ich habe dich gewarnt«, sagte Alvarez. »Ich habe dir gesagt, du sollst nicht mit seiner Familie sprechen.«

»Ich weiß. Und falls es hilft: Es tut mir leid.«

Sam erinnerte sich auch, mit einem unguten Gefühl, an die andere Sache, die Alvarez an jenem Tag zu ihm gesagt hatte. Dass, wenn er sich mit der Familie Bianchi anlegte, Grace vielleicht die Leidtragende sein würde.

Es abkriegen, das waren seine Worte gewesen.

David hatte ebenfalls versucht, ihm das zu sagen. Aber er hatte ja nicht auf ihn hören wollen.

Er musste seinen gottverdammten Verstand verloren haben!

Der Captain rief ihn in sein Büro, um eine offizielle Verwarnung auszusprechen.

»Sie sind ein guter Detective«, sagte Tom Kennedy zu ihm, »und Sie standen unter enormem Druck. Ich will Sie nicht suspendieren, aber wenn Sie noch mehr solche Nummern bringen, dann wird mir keine andere Wahl bleiben.«

Es war nicht Sam Beckets erster Knatsch mit dem Department.

O Mann.

111

25. Mai

»Wir haben ein Problem«, warnte Martinez Sam am Dienstagmorgen.

Sam ging es körperlich etwas besser als gestern, aber noch immer alles andere als gut, und ehrlich gesagt, fühlte es sich inzwischen nicht mehr nach einer bloßen Erkältung an. Er hatte seinen Vater gestern nicht angerufen, und Grace war deswegen stocksauer auf ihn gewesen. Aber erst, als sie ihn bat, sich von Joshua fernzuhalten, hatte er die Sache endlich ernst genommen.

Er würde später zu einem Bluttest ins Miami General fahren.

Dinge, die nach dem Nadelstich kommen konnten, warfen ihren Schatten voraus.

»Cooper will mit niemandem außer dir reden«, sagte Martinez jetzt zu ihm.

»Ich denke, das sollte er besser mit dem Chief besprechen.«

»Genau das läuft im Wesentlichen im Moment ab.«

Albert Singer hatte offenbar die Anweisung seines Mandanten befolgt: Wenn sie wissen wollten, was mit den anderen Opfern passiert sei, dann würde Sam Becket ihn aufsuchen müssen, egal, ob es sein Fall war oder nicht. Und obwohl Broward und die City of Miami Cooper am liebsten zur Hölle schicken würden, erörterte Special Agent Duval die Angelegenheit in diesem Augenblick mit Alvarez.

»Das wird niemand zulassen«, sagte Sam.

»Da wäre ich mir nicht so sicher«, zweifelte Martinez.

Sam wusste nicht, was er davon halten sollte. Die Vorstellung, nach Coopers Pfeife zu tanzen, war ihm so zuwider, wie sie für die anderen empörend sein musste – aber weiß Gott, er wollte, *musste* wieder an den Fall rankommen.

Das Problem war: Selbst wenn der Captain ihn wieder zu Cooper ließ, würde Sam eine Möglichkeit finden müssen, das Spiel des Killers zu durchkreuzen. Eine Verhandlungsgrundlage. Etwas, was Cooper wollte.

Keine Deals.

Ausgeschlossen.

Aber irgendetwas.

Tom Kennedy rief Sam in sein Büro.

Das zweite Mal in zwei Tagen. Eine regelrechte Achterbahnfahrt.

»Ich bin sicher, Sie wissen, was los ist, Detective.«

»Ich weiß nur, dass Cooper mit mir reden will.«

»Sein Anwalt scheint zu glauben, dass er irgendetwas mitzuteilen hat, aber Sie sind der Einzige, mit dem er reden will.« Kennedys Tonfall war scharf. »Ich nehme an, Sie können sich denken, wie begeistert ich davon bin.«

»Ja, Sir.«

»Und das ist nicht der einzige Punkt«, fuhr der Captain fort. »Er hat auch noch einmal erklärt, dass er seinen Anwalt nicht dabeihaben will.«

»Das ist nicht gut«, sagte Sam.

»Aber nicht ausgeschlossen, wenn wir uns streng an die Vorschriften halten. Detective Martinez wird Sie begleiten. Die Vernehmung wird auf Band aufgezeichnet werden. Der Beschuldigte wird noch einmal über seine Rechte belehrt werden – und Sie werden ihn klar und deutlich fragen, ob er ohne Beisein seines Anwalts mit einer Bandaufzeichnung vernommen werden will – und Sie werden sich seine Antwort noch klarer und deutlicher geben lassen.«

»Selbstverständlich.«

»Ich muss Ihnen ja wohl nicht sagen, dass der einzige Grund, weshalb ich bereit bin, das auch nur in Erwägung zu ziehen, der ist, dass wir möglichst vielen von Coopers Opfern Gerechtigkeit widerfahren lassen wollen.«

»Das verstehe ich, Sir.«

»Ist das also eine Vernehmung, der Sie sich gewachsen fühlen, Sam?«

»Ich fühle mich ihr gewachsen, Captain, aber ich bin nicht so zuversichtlich, was dabei herauskommen wird.« Sam schwieg einen Augenblick. »Sind die anderen Departments damit einverstanden? Was die Zuständigkeit angeht?«

»Das können Sie getrost mir überlassen«, erwiderte Kennedy. »Ich denke, wir können davon ausgehen, dass Cooper Spielchen spielen will.«

»Keine Frage.«

»Das heißt, vor allem Spielchen mit *Ihnen*, würde ich vermuten.«

»Auch das bezweifle ich nicht.«

Tom Kennedy war noch nicht fertig.

»Haben Sie das Gefühl, dass Sie Ihre Prioritäten jetzt richtig geordnet haben, Detective? In Bezug auf die Anklage gegen Jerome Cooper und eine mögliche Anklage gegen den verstorbenen Richard Bianchi?«

Sam brauchte einen Augenblick. »Können Sie damit leben, dass Bianchis Name im Verlauf der Vernehmung fallen könnte?«

»Solange es im besten Interesse der Anklage gegen Cooper liegt, ja.«

»Dann ja, Sir. Dann habe ich meine Prioritäten richtig geordnet.«

Kennedy erhob sich.

»Vermasseln Sie das nicht, Becket!«

Sam war ebenfalls aufgestanden.

»Ich werde mein Bestes tun, Sir.«

Cooper war ins Untersuchungsgefängnis verlegt worden.

An denselben Ort, an den Grace vor neunzehn Tagen gebracht worden war.

Grace an demselben Ort wie dieser *Abschaum*.

Aber heute war er nicht da. Sie hatten ihn zur Vernehmung ins Büro des Staatsanwalts gebracht.

»Ich wünschte, ich hätte dabei ein gutes Gefühl«, sagte Martinez vor der Vernehmung.

»Ich auch.«

Sam fühlte sich nicht so, wie er sich vor einer Konfrontation dieser Art fühlen sollte. Wie er sich vor der Vernehmung eines mutmaßlichen Verbrechers normalerweise fühlte. Er war nie übertrieben zuversichtlich, verspürte immer eine deutliche nervöse Anspannung und die nötige Wachsamkeit, um den Job gut zu machen.

Aber das hier war in so vieler Hinsicht anders. Tatsache war, dass er nicht in diesen Raum gehen sollte. Nicht mit diesem gewaltigen persönlichen Interesse, das, wie er wusste, zum ersten Mal in seiner Karriere die vor ihm liegende Aufgabe überschattete. Weiß Gott, er hatte sich schon früher von sehr persönlichen Angelegenheiten ablenken lassen. Und Kennedy und Alvarez – und vor allem Martinez – wussten verdammt gut um seine Neigung, sich in ein Risiko zu stürzen, wenn seine Liebsten in Gefahr schwebten.

Aber das hier war *so* anders.

Martinez musterte ihn aufmerksam. »Würdest du's lieber abblasen, Mann?«

»O ja«, sagte Sam. »Aber das werden wir um nichts in der Welt tun.«

112

»Bist du sicher, dass du ohne Beisein eines Anwalts jetzt mit uns sprechen willst?«

»Das habe ich dir doch schon gesagt.«

»Dann bestätige es jetzt bitte fürs Protokoll.«

»Ich, Jerome Cooper, bestätige fürs Protokoll, dass ich mit Detective Samuel Lincoln Becket ohne Beisein eines Anwalts sprechen will.« Eine Pause. »Muss der da hier sein?«

»Fürs Protokoll: Der Beschuldigte sieht Detective Martinez an«, sagte Sam. »Ja, das muss er.«

»Fürs Protokoll«, ergänzte Martinez, »der Beschuldigte hat mit den Schultern gezuckt.«

»Okay«, grunzte Cooper. »Wenn er hier sein muss, dann muss er eben hier sein.«

Wie ein Gastgeber, der über einen unerwarteten Gast die Nase rümpft.

Sam bekam schon jetzt Kopfschmerzen.

»Wenn du irgendwann im Verlauf der Vernehmung einen Anwalt dabeihaben willst«, sagte er, »dann sag das bitte. Dann wird die Vernehmung unterbrochen werden, bis ein Anwalt zur Verfügung steht.«

»Ja.« Eine Pause. »Das ist okay. Können wir anfangen?«

»Ja.«

Sam überprüfte noch einmal das Band.

»Du wolltest mich sprechen?«, begann er.

»Weil ich dachte, du würdest auch mit mir sprechen wollen«, erwiderte Cooper.

»Kein anderer Grund?«

Cooper grinste. »Du willst was von mir.«

»Ja.«

»Sag mir, was du willst.«

»Weitere Informationen hinsichtlich der Anschuldigungen gegen dich. Alle weiteren Details, die du uns hinsichtlich der vorsätzlichen Tötungen der folgenden Personen nennen kannst: Sanjiv Adani, Tobias Graham ...«

»Ich wusste damals gar nicht, dass er so hieß«, unterbrach ihn Cooper. »Er hat mir gesagt, seine Freunde würden ihn Tabby nennen. Das gefiel mir. Wer weiß, wenn er mir seinen richtigen Namen gesagt hätte, hätte ich ihn vielleicht gar nicht getötet.«

»Ist das ein Geständnis, dass du Tobias Graham vorsätzlich getötet hast?«

»Ich nehme es an.« Cooper schwieg einen Augenblick. »Du hast mit einer Liste von Namen begonnen.«

»Ich fahre fort«, sagte Sam. »Sanjiv Adani, Tobias Graham, Andrew Victor, Ricardo Torres.« Er machte eine Pause. »Und Roxanne Lucca.« Coopers Mutter. Nicht die Spur einer Reaktion seitens des Killers. »Und jegliche weiteren Details, die du uns zum jetzigen Zeitpunkt zu dem Mordversuch an Mildred Bleeker und der Entführung von Joshua Becket nennen willst.«

»Dein Sohn.« Cooper grinste. »Und inzwischen deine Stiefmom, nehme ich an.«

»So ist es.«

»Diese stinkende alte Pennerin und der alte Doc!« Cooper schüttelte den Kopf.

»Passen Sie auf, was Sie sagen!«, warnte Martinez.

»Das alles macht es ein bisschen persönlich, oder?«, erwiderte Cooper ungerührt.

»Möchtest du die Vernehmung beenden?«

»Nein.«

»Sind Sie sicher?«, vergewisserte sich Martinez.

»Ich antworte nur auf Sams – Entschuldigung, Detective Beckets – Fragen.«

Sam zuckte mit den Schultern. »Das ist dein Vorrecht.«

»Dieses Wort hat mir schon immer gefallen.«

»Du hast Freude an Worten«, erwiderte Sam. »Darüber hast du in deinen *Episteln* geschrieben.«

»Viele Male.«

»Zurück zur Vernehmung«, sagte Sam.

»Was für Details suchst du denn, Detective?«

»Sag du's mir.«

»Geständnisse?«

»Wenn du willst.«

»Namen vielleicht«, schlug Cooper vor, »von irgendwelchen Opfern, von denen du vielleicht noch nichts weißt?«

»Wenn du willst.«

»Ich will vieles. Ich nehme an, du würdest gern etwas über den Verbleib etwaiger vermisster Leichen wissen.« Er schwieg einen Augenblick. »Oder Leichenteile vielleicht?«

Sam nickte. »Das wäre hilfreich.«

»Gibt es sonst noch etwas, das hilfreich wäre, Detective?« Noch eine Pause. »Wie wäre es mit den Namen von Komplizen?«

»Natürlich.«

Sam spürte, wie sich Martinez neben ihm anspannte.

»Und was springt für mich dabei heraus?«, fragte Cooper.

Na endlich!

»Die Wahrheit«, erwiderte Sam.

»Sonst noch irgendwas?«

»Wie wär's mit Erlösung?«

»Dafür ist es ein bisschen spät, meinst du nicht?«

»Es steht mir nicht zu, das zu vermuten.«

»Komm schon, Sam! Es muss doch etwas geben, was du mir geben kannst.«

Sam beugte sich ein klein wenig vor. »Nenn mich Detective Becket, dann werde ich darüber nachdenken.«

»Okay. *Detective* Becket.«

»Schon besser«, sagte Martinez.

Cooper starrte Sam an. »Hat jemand was gesagt?«

»Werden Sie nicht frech«, knurrte Martinez, »sonst packen wir hier ein.«

Cooper ignorierte ihn, sah weiter Sam an.

»Ich glaube mich aus deinen *Episteln* zu erinnern«, fuhr der fort, »dass du ganz schön Angst vor Orten wie diesem hattest. Dem Knast. Selbst Jugendstrafanstalten.«

»Jetzt nicht mehr so sehr«, sagte Cooper. »Ich habe mir mein altes Tattoo vor einer Weile entfernen lassen.«

Er hatte ein Tattoo mit einem rassistischen Symbol auf der Brust gehabt, ein weißes Kreuz in einem roten Kreis mit einem Blutstropfen in der Mitte. Einer seiner alten *Episteln* zufolge hatte er es sich machen lassen, um seiner Mutter zu gefallen, aber sie hatte ihm gesagt, er hätte sich damit nur zu einer Zielscheibe für »die da« gemacht.

Die da, das waren alle, die keine Weißen waren. Roxanne – Frank Luccas zweite Frau – war eine noch größere Rassistin gewesen als ihr Sohn. Und vielleicht ein noch böserer Mensch: eine Mutter, die ihren eigenen Sohn missbraucht und gequält hatte, die ihm beigebracht hatte, sich selbst und andere zu hassen, und die später auch noch Grace' und Claudias Vater gequält hatte.

Jewel, die Weiße Hexe, hatte Cooper sie in seinen Schriften genannt.

Ein wesentlicher Grund, warum er sich in Cal den Hasser verwandelt hatte.

»Trotzdem«, sagte Sam jetzt, »Tattoo hin oder her – es geht hier auch um die Todesstrafe.«

Ein Flackern huschte über Coopers hellbraune Augen.

Angst vielleicht, auch wenn sich Sam nicht sicher sein konnte.

Der Typ war schließlich verrückt.

»Was denn?«, sagte Cooper. »Bietest du mir Schutz an, oder vielleicht einen Deal?«

»Keinen Deal.«

»Dann eben Schutz.«

Das war tatsächlich etwas, glaubte Sam, was er einem Mann anbieten könnte, der ihm schutzwürdig erschien.

Zu sagen, dass Sam das *nicht* wollte, war eine glatte Untertreibung.

Martinez räusperte sich.

Zeitverschwendung.

»Kommen wir zurück zu deinem Freund, ›Toy‹.«

»Du meinst den Typen, der für mich eingekauft hat«, korrigierte Cooper.

»Toys richtiger Name ist Richard Bianchi, stimmt's?«, fragte Martinez.

Vielleicht, damit Sam es nicht fragen musste.

»Ich habe noch nie von einem Richard Bianchi gehört«, antwortete Cooper in Richtung Sam.

»Ich glaube, das hast du«, erwiderte der. »Ich glaube, ›Toy‹ war Bianchi. Ich glaube, du hast ihn benutzt, um Ricardo Torres in der Nacht des 24. April von einer Party auf dein Hausboot, die *Aggie*, zu locken.«

»Glaubst du?«

»Ich glaube, du hast ihm den roten VW Käfer gegeben, den du von der verstorbenen Bernice van Heusen bekommen oder dir genommen hast, und ich glaube, er hat mit diesem Wagen *Besorgungen* für dich erledigt.«

»Was denn für Besorgungen?«, fragte Cooper. »Ich bin fasziniert.«

»Wie war der Name deines letzten Opfers?«, änderte Sam die Taktik. »Der Person, deren sterbliche Überreste auf der *Aggie* gefunden wurden?«

Coopers Augenbrauen schnellten nach oben. »Meines letzten? Da wäre ich mir nicht so sicher.«

»Ich bin mir ganz sicher.«

Die leise köchelnde Wut in Sam wurde jetzt heftiger, zusammen mit seinen Kopfschmerzen.

Er machte seinen Job nicht gut genug – nicht nur hier und jetzt, sondern seit das kleine Dingi mit dem ersten Herzen vor seinem Haus gefunden worden war.

Er war dem Job nicht gewachsen.

»Alles okay?« Martinez war so diskret wie möglich.

Er spürte Sams Ablenkung oder vielleicht seine Wut.

»Wie geht's denn jetzt deiner lieben Frau?«, fragte Cooper, der sie ebenfalls spürte.

Bleib cool!, befahl sich Sam.

Komm zurück zur letzten Frage, oder mach jetzt Schluss.

Er holte einmal tief Luft.

»Wie hast du dein letztes Opfer ausgesucht?«

»Im Sinne von kürzlichstes?«, erkundigte Cooper sich scheinheilig. »Besser.«

»Beantworten Sie die Frage!«, sagte Martinez.

»Mit Ihnen rede ich nicht.« Coopers Blick war auf Sam geheftet. »Du hast meine Frage nach der lieben Grace gar nicht beantwortet.«

»Halt den Mund!«

»Wer hätte gedacht, dass sie und ich so viel gemeinsam haben?«

»Halt den Mund, habe ich gesagt!«

Neben ihm spannte sich Martinez an.

»Ich nehme an, das Warten muss ihr schwerfallen, selbst dort draußen.« Cooper lächelte. »Selbst in diesem schönen, großen, sicheren Haus.«

Sam erstarrte.

»Auf das *sicher* würde ich mich allerdings nicht verlassen.«

Sam war von seinem Stuhl aufgesprungen, schaltete mit einer

Hand das Aufnahmegerät ab und packte mit der anderen den Dreckskerl am Kragen seiner Gefängniskluft, bevor Martinez ihn zurückhalten konnte. »*Denk* gar nicht erst dran, meiner Frau noch einmal zu drohen, du erbärmliches Stück Scheiße!«

»Sam!« Martinez zerrte ihn weg. »Mein Gott, Sam!«

»Ich habe meinem Anwalt ja gesagt, dass du leicht aufbrausend bist, stimmt's?«

Mit dem breitesten Grinsen, das Sam je auf Coopers Gesicht gesehen hatte.

Martinez versuchte verzweifelt, die Situation zu retten. Er beugte sich über den Tisch, und die Adern an seinen Schläfen traten hervor, während er das Band wieder einschaltete und darauf wartete, dass es bereit war.

»Vernehmung unterbrochen.«

»Aufgrund von Polizeigewalt«, sagte Cooper.

Bevor Martinez die Uhrzeit hinzufügen konnte.

113

»O Mann, das hast du ja schön vermasselt!«

Sam konnte sich nicht erinnern, wann sein Partner ihm das letzte Mal einen solch tief empfundenen Vorwurf gemacht hatte.

Nicht annähernd tief genug.

Was zum *Teufel* hatte er sich bloß dabei gedacht? Nicht nur die Nerven zu verlieren, sondern sich überhaupt erst zu dieser Vernehmung bereitzuerklären? Er hatte nichts erreicht, weder für die Ermittlung noch für Grace.

Und was noch schlimmer war: Höchstwahrscheinlich hatte er ihnen allen geschadet.

»Hey!«, sagte Martinez schon sanfter.

Sam saß zusammengesackt auf einer Bank, den Kopf in die Hände gestützt, innerlich noch immer zitternd.

»Alles okay mit dir?«, hakte Martinez besorgt nach.

Sam konnte nicht sprechen.

Er war sich nicht sicher, wen er mehr hasste – Cooper oder sich selbst.

Aber darum ging es auch gar nicht.

Er hatte in seinem ganzen Leben noch nie eine solche Scham empfunden.

114

Es war nicht leicht, es Grace zu sagen.

Er hatte es vor sich hergeschoben, indem er erst einmal zu seiner Blutuntersuchung ins Krankenhaus fuhr.

Die Nadel stach ein bisschen, weitaus weniger, als er verdient hatte.

Er fuhr nach Key Biscayne, fand Grace und ging mit ihr aus dem Haus und zum Strand, langsam, während er ihr berichtete, was passiert war, was genau er getan hatte.

Sie war sanft zu ihm. Sagte Dinge zu ihm, die fast Sinn ergaben, die ihm *fast* hätten helfen können, sich selbst zu verzeihen. Dass sie glaubte, sie beide hätten nach allem, was ihnen im letzten Jahr zugestoßen war, die Orientierung verloren, einen Teil ihrer grundsätzlichen Selbstdisziplin. Und dass sie, wie sie mehrmals erörtert hatten, eine gute, langfristige Therapie hätten machen sollen, anstatt stark zu bleiben und zu glauben, sie könnten das Leben so in den Griff bekommen.

»Ich nehme an, jetzt bezahlen wir den Preis dafür«, schloss sie.

Er blieb stehen und sah sie an. »Du bist gütiger, als du sein solltest. Wenn du das bist, weil du dir Sorgen machst, ich könnte krank werden, dann hast du keinen Grund dazu.«

»Du kannst mich nicht davon abhalten, mir Sorgen zu machen«, lächelte sie. »Aber wenn ich gütig bin, dann vermutlich, weil ich bezweifle, dass ich an deiner Stelle besser reagiert hätte.«

»Ich hatte da drinnen die Chance, etwas aus ihm herauszukriegen«, sagte Sam. »Etwas, das etwas geändert hätte. Für den Fall, für dich, für uns alle.«

»Er ist gerissener geworden, selbstsicherer. Boshafter.«
Sam schwieg.
Sie gingen ein Stück weiter, die Schuhe in den Händen.
»Wenn du mir jetzt wirklich helfen willst«, sagte sie wenig später, »dann hör bitte auf, dich selbst zu geißeln.« Sie blieb stehen und sah zu ihm hoch. »Denn was mir im Augenblick passiert, ist allein meine Schuld, und wenn du wirklich suspendiert wirst, dann nur, weil du mir unbedingt helfen wolltest.«
»Weil ich die Beherrschung verloren habe«, korrigierte Sam.
»Du bist auch nur ein Mensch. Du hast reagiert.«
»Ich bin dazu ausgebildet, es nicht zu tun.«
Dann sah er in ihren Augen, nur für einen Moment, den entsetzlichen Schmerz, an dem sie noch immer litt, die Schuldgefühle und die Angst und die Scham. Und doch versuchte sie verzweifelt, es vor ihm zu verbergen. In diesem Augenblick schob Grace das alles von sich, um ihm zur Seite zu stehen, denn das war schon immer ihre Art gewesen, wenn es um ihn ging.

Daher war das Gespräch mit ihr am Strand nicht annähernd so hart, wie es hätte sein sollen.

Nicht annähernd so hart, wie gestern Abend sich selbst im Spiegel zu sehen.

Er würde suspendiert werden, keine Frage. Vermutlich zwei bis fünf Tage ohne Gehalt. Noch ein Makel in seiner Karriere.

Und ohne jede Möglichkeit, einen Teil dieser Zeit zu nutzen, um einen Beweis dafür zu erbringen, dass Grace in Notwehr gehandelt hatte. Ihm fiel niemand mehr ein, mit dem er noch reden könnte.

Bernice van Heusen, die letzte registrierte Eigentümerin des VW, war tot.

Familie Bianchi wünschte sich vermutlich nichts mehr, als dass der Richter Grace lebenslänglich hinter Gitter schickte.

Bianchi selbst – Coopers ›Toy‹ – war noch nicht unter der Erde, aber längst nicht mehr da.

Es gab niemanden, an den er sich noch wenden konnte.

Gott steh ihnen allen bei!

115

26. Mai

Der Captain war grimmig, aber nicht unfreundlich.

»Warum zum Teufel haben Sie das Band abgeschaltet?«

Womit er offenbar sagen wollte, dass Sams momentaner Kontrollverlust vielleicht zumindest verzeihlich, wenn auch nicht akzeptabel hätte sein können, durch das Abschalten des Bandes aber als vorsätzlicher Übergriff ausgelegt werden konnte.

Denn genau das ließ Cooper über seinen Anwalt Albert Singer behaupten.

Auch wenn es dafür keine Zeugen gab. Denn um nichts in der Welt würde Alejandro Martinez für Cooper gegen Sam Becket aussagen.

Cooper behauptete, der Riss in seiner Gefängniskluft und die Prellungen an seinem Hals seien auf Sam zurückzuführen.

»Ich habe seine Kleidung nicht zerrissen«, sagte Sam jetzt, »und ich würde mich wundern, wenn ich ihm Prellungen zugefügt haben sollte.«

»Ich würde Sie lieber sagen hören, Sie wüssten, dass Sie ihm keine zugefügt haben«, erwiderte Kennedy.

Sam brauchte keine zwei Sekunden.

»Ich *weiß*, dass ich ihm keine Prellungen zugefügt habe, Sir.«

Der Captain nickte.

»Sie sind suspendiert, Detective Becket, bis zu einer disziplinarischen Überprüfung.« Er schwieg einen Moment. »Bedauerlicherweise ist das für Sie nichts Neues.«

»Nein, Sir.«

Sam war schon einmal suspendiert worden, vor ein paar Jahren, als er außerhalb seiner Zuständigkeit gehandelt hatte, damals im vollen Bewusstsein, dass er degradiert oder sogar aus dem Department versetzt werden könnte.

»Ich würde mich gern entschuldigen, Captain.«

»Das glaube ich Ihnen gern.«

»Zu spät, nehme ich an«, sagte Sam.

»Detective Martinez sagte mir, Sie seien provoziert worden, und das Band stützt diese Behauptung.«

»Das ist keine Entschuldigung.«.

Kennedy sah ihn lange an. »Nein, Sam, das ist es nicht.«

116

Um zehn nach elf an demselben Morgen – einen Tag vor Richard Bianchis Beerdigung – saß Gina Bianchi, die bei ihren Eltern in Fort Myers übernachtet hatte, in dem alten Zimmer ihres Bruders auf dem Bett, öffnete den Laptop, der aus seiner Wohnung in Miami zurückgebracht worden war, und schaltete ihn ein.

Sie tat es hauptsächlich, weil sie dachte, es könne praktische Dinge zu klären geben, um die sich noch niemand gekümmert hatte. Denn wenn sie selbst gestorben wäre, dann hätten ihre Hinterbliebenen in ihrem Computer fast alles gefunden, was noch zu regeln wäre.

Außerdem verspürte Gina ein dringendes Bedürfnis, sich Richard nahe zu fühlen.

Sie rief Word auf, ging seinen Creative-Writing-Ordner durch, stieß auf eine seiner Kurzgeschichten – mit dem Titel »Bodenkontrolle« – und begann zu lesen.

Und bald darauf zu schluchzen. Nicht nur, weil er nicht mehr da war, nicht nur, weil ihr diese Lektüre wieder einmal zeigte, dass ihr jüngerer Bruder kaum Talent besessen hatte. Sondern vor allem, weil sie wusste, dass Richard es ebenfalls gewusst hatte, weshalb er nicht so glücklich gewesen war, wie er andernfalls vielleicht gewesen wäre.

Er hatte einen Roman schreiben wollen, und Gina mochte wetten, wenn sie ein bisschen genauer suchte, dann würde sie auf Versuche eines solchen Romans stoßen. Irgendwann würde sie auch danach suchen, aber nicht heute. Denn wenn sie so etwas finden sollte, dann würde sie das erst recht traurig stimmen. Daher las sie die Kurzgeschichte zu Ende, und dann, obwohl sie das Gefühl hatte, in seiner Privatsphäre zu schnüffeln, machte sie weiter und stöberte in seinen E-Mails.

Das übliche Zeug kam noch immer herein: Shopping-Webseiten, Junk-Mails, eine E-Mail von einer Rebecca, die gesprächig klang und die Neuigkeit ganz offensichtlich noch nicht erfahren hatte, sodass Gina ihr eine freundliche Nachricht schickte und ihr sagte, Richard sei verstorben und die Beerdigung würde morgen stattfinden, und falls Rebecca in der Nähe von Fort Myers leben sollte, sei sie herzlich eingeladen.

Als das erledigt war, überprüfte sie seinen Terminkalender auf Verabredungen, die es abzusagen galt, aber sie stellte fest, dass Richard diese Anwendung offenbar nicht benutzt hatte. Daher ging sie weiter zu den Lesezeichen ihres Bruders: seine Bank, bereits erledigt; eine Arztpraxis, von der sie nie gehört hatte – wozu sie auch keinen Grund hatte; ein paar Buch-Webseiten und eine ganze Reihe seltsam klingender Seiten, die Richard, so ihre Vermutung, wahrscheinlich für Recherchezwecke benutzt hatte, die Art, auf die manche Romanschriftsteller vermutlich oft zugriffen.

Gina ging zurück zu Word und suchte nach Briefen oder Nachrichten, die ihr Bruder ihr oder ihren Eltern vielleicht hinterlassen hatte, fand keine und war noch trauriger, wenn auch nicht überrascht. Warum sollte ein Mann von achtundzwanzig Jahren Todesahnungen haben?

Nichts davon gab ihr das Gefühl, ihm jetzt noch nützlich zu sein.

Eine lausige E-Mail an diese »Rebecca«, die vielleicht nicht einmal eine echte Freundin gewesen war.

Gina fuhr den Computer herunter und stellte ihn wieder in den Schrank. Sie wusste, dass der Anblick ihre Mutter beunruhigen würde.

Wie alles, seit es passiert war.

Nicht zuletzt der Besuch dieses Dreckskerls Becket am Sonntag.

117

27. Mai

Der Tag der Beerdigung verstrich langsam.

Ein Heer von Reportern versuchte am frühen Donnerstagmorgen an Névé heranzukommen und umzingelte Mikes Wagen, als er mit Robbie wegfuhr. Im Großen und Ganzen wurden sie aber von der Alarmanlage und dank der Hilfe der Key Biscayne Police in Schach gehalten.

Daniel traf Sam in der Küche an. Er hatte mit David über die Ergebnisse seiner Blutuntersuchung gesprochen, die alle in Ordnung gewesen waren. Genau wie sein Hals und sein Kopf, denen es wieder gut ging.

Was man von seinem Gewissen nicht behaupten konnte.

»Wir sind uns nicht sicher, wie ihr beide den heutigen Tag verbringen wollt«, sagte Daniel.

»Ich wünschte, ich wüsste es«, erwiderte Sam.

»Claudia hat vor einer Weile versucht, mit Grace zu reden, aber ...«

»Es ist ein schwerer Tag für sie.«

Und noch viele weitere würden folgen.

»Das wissen wir beide.«

»Wenigstens arbeite ich nicht«, bemerkte Sam trocken.

Coopers Anklageverlesung würde ebenfalls heute stattfinden. Martinez ging an Sams Stelle hin.

»Es hat bestimmt alles sein Gutes.« Daniel schwieg kurz. »Wir dachten, vielleicht sollten wir euch ein paar Stunden in Ruhe lassen. Wir nehmen nicht an, dass ihr aus dem Haus gehen wollt, mit den ganzen Paparazzi dort draußen.«

»Ich bin mir nicht sicher, ob wir als Prominente gelten, aber du hast nicht unrecht.« Sam zwang sich zu einem Lächeln. »Wenigstens könnt ihr beide, du und Claudia, für eine Weile entkommen.«

»Wir könnten was zum Abendessen mitbringen«, schlug Daniel vor.

»Ich habe das Gefühl, wir werden euch nie genug danken können, Dan.«

»Es ist nur ein Essen.« Daniel lächelte.

»Schön wär's«, sagte Sam.

»Sie sind entkommen«, stellte Grace fest, nachdem ihre Schwester und ihr Schwager weggefahren waren.

»Das habe ich doch gesagt.«

»Du solltest auch fahren.«

»Hör auf damit!«, bat er sie sanft.

»Okay.«

»Wir werden es ganz ruhig angehen. Bei Joshua sein, zusammen sein.«

»Solange wir es noch können«, murmelte Grace.

»Weißt du eigentlich nicht, wie sehr mir das wehtut?«

»Doch«, sagte sie. »Entschuldige.«

Ihre Schuldgefühle quollen noch immer über.

Aber wenn nicht heute, wann dann?

118

30. Mai

Am Sonntagmorgen kam ein Anruf aus Chicago.

Frank Lucca, der Vater der beiden Schwestern, hatte bereits zwei Schlaganfälle überstanden, während seine zweite Frau Roxanne noch am Leben war und ihn quälte. Seit Juni vor zwei Jahren lebte er in einem Pflegeheim. Jetzt hatte er einen weiteren Schlaganfall erlitten, diesmal, wie man Claudia sagte, einen »schweren«.

Man rechnete nicht damit, dass er ihn überlebte.

»Werden sie mich hinfahren lassen?«, fragte Grace Sam.

Es gab keine Spur von Liebe mehr zwischen ihr und dem Mann, der in ihrer Kindheit Claudia bis zu dem Tag missbraucht hatte, an dem Grace ihre Flucht nach Florida organisiert hatte. Auch wenn er für seine Sünden bezahlt hatte, dank Jeromes Mutter.

»Ich muss für Claudia dort sein«, sagte sie jetzt.

Claudia war immer die Sanftere gewesen, wenn es um ihre Eltern ging, hatte Frank nach seinen Schlaganfällen weiterhin besucht – auch wenn er es, falls er sich über ihre Besuche gefreut hatte, nicht gezeigt hatte, denn was von seinem Verstand noch übrig war, taumelte irgendwo zwischen seiner eigenen Kindheit und den frühen Jahren in seinem italienischen Lebensmittelladen in Melrose Park.

»Ich werde Jerry anrufen«, beschloss Sam. »Obwohl ich vermute, dass wir bis morgen warten müssen werden, bis wir irgendeine Antwort bekommen.«

Was sich erübrigte. Denn weniger als eine Stunde später kam ein zweiter Anruf aus Chicago, um ihnen mitzuteilen, dass Frank verstorben war.

Die Schwestern blieben noch lange auf, tranken Chianti und redeten über die alten Zeiten.

»Es war nicht alles schlecht«, sagte Claudia.

Grace warf ihr einen kurzen Blick zu. »Das Meiste schon.«

Sie sprachen auch über jüngere Zeiten, über ihr großes Glück, ihre Kinder und ihre Ehemänner. Claudia redete davon, über schlechte Zeiten hinwegzukommen, darüber, wie gut es ihr und Dan jetzt ging, und wie dankbar sie ihm war, dass er sie hierher, und vor allem zu Grace, zurückgebracht hatte.

»Ich glaube, Dan ist einer der freundlichsten Männer, die mir je begegnet sind«, erwiderte Grace.

Claudia lächelte. »Der Beste. Zusammen mit Sam.«

»Ich weiß.«

Sie schwiegen eine Weile.

»Ich wünschte, ich könnte dir mehr helfen«, sagte Claudia dann.

»Niemand hätte mir mehr helfen können als du! Nicht nur, indem du dieses wunderschöne, sichere Haus mit uns teilst.« Grace schwieg einen Augenblick. »Du hast mich nicht verurteilt. Keiner von euch hat mich verurteilt.«

»Weil wir alle an dich glauben.« Claudia seufzte und schüttelte den Kopf.

»Was denn?«, fragte ihre Schwester.

»Ich habe nur eben wieder an Dad gedacht.«

»Wenn wir noch viel länger an Frank denken«, erwiderte Grace trocken, »dann brauche ich mehr Wein.«

Irgendwann in der Nacht kamen Sam und Daniel, die ihre Frauen vermissten, nach unten und fanden die Schwestern schlafend auf dem Sofa.

»Decken?«, sagte Sam leise.

Daniel nickte und verschwand, kam mit einer großen Patchworkdecke wieder, und sie deckten ihre Frauen behutsam zu und gingen dann in die Küche.

»Wie wär's mit einem Drink?«, schlug Daniel vor. »Ich könnte jetzt einen Schluck vertragen.«

»Klingt gut.«

»Single Malt für dich?«

»Noch besser! Und morgen keine Arbeit.«

Daniel schenkte ihnen beiden ein paar Finger breit ein, und sie setzten sich an den Tisch.

»Kann ich dir etwas sagen?«

»Natürlich.«

»Aber sag mir, wenn ich den Mund halten soll.«

»Klar.«

»Okay.« Daniel nahm einen Schluck. »Mir scheint, es gibt Dinge, die wir einfach nicht unter Kontrolle haben, egal, wie sehr wir es wollen. Dinge, die wir selbst vermasseln oder die offenbar nur immer schlimmer werden, je mehr wir dagegen ankämpfen. Und manchmal, denke ich, muss man sie vielleicht einfach geschehen lassen und sich später überlegen, was man tun soll.«

»Ich kann meine Frau nicht einfach ins Gefängnis gehen lassen«, sagte Sam leise.

»Nein«, nickte Daniel. »Das ist einfach undenkbar.«

»Das Problem ist, es wird allmählich alles zu undenkbar.«

Und diesmal hatte sein Schwager nichts zu erwidern.

119

31. Mai – 2. Juni

Die Erlaubnis war erteilt worden, und Grace und Claudia trafen ihre Vorkehrungen.

Frank würde neben ihrer Mutter Ellen beigesetzt werden.

Roxanne ruhte an einem anderen Ort.

Sie hatten eine Anzeige ins *Melrose Park Journal* gesetzt, um die Einzelheiten der Beerdigung bekannt zu geben, falls es irgendwo noch jemanden gab, der vielleicht teilnehmen wollte.

Cathy und Saul würden mitkommen, ebenso Mike und Robbie, Joshua würde jedoch bei David und Mildred bleiben.

Die Trennung von ihm war Grace' größter Schmerz, aber sie war entschlossen, ihn nichts auszusetzen, was irgendwie mit Frank Lucca zusammenhing.

Am Dienstag – dem Tag, der eigentlich Sams erster Arbeitstag nach einer viertägigen Suspendierung sein sollte – stiegen sie alle im Seneca Hotel in der East Chestnut Street in Chicago ab.

»Hübsches Zimmer.« Sam sah sich um.

»Ja, nicht wahr? Wir können fast so tun, als wären wir im Urlaub.«

Er hörte den Unterton in Grace' Stimme, Ironie, gepaart mit Panik.

»Willst du weg von hier?«, fragte er.

»Nein.« Sie setzte sich ans Bettende. »Obwohl – ein bisschen Platzangst kriege ich hier schon, was lächerlich ist, weil es ein wundervolles Zimmer ist.«

Und weil sie vermutlich noch früh genug in einer Zelle leben würde.

Sam setzte sich neben sie, nahm ihre Hand, und sie lehnte sich gegen ihn.

»Ein Schicksalsschlag zu viel«, sagte er.

»Mein Vater?« Grace lächelte und schüttelte den Kopf. »Ich weiß noch, wie Claudia einmal zu mir sagte, sie hätte sich früher immer vorgestellt, Frank würde eines Tages qualvoll sterben und uns um Verzeihung bitten. Genau wie Ellen, die Claudia anflehen würde, ihr zu verzeihen, dass sie sich nicht gegen Frank gestellt hatte.«

Sam wusste, dass keiner der beiden seine Frau je um Verzeihung gebeten hatte.

»Claudia ist natürlich diejenige, die verziehen hat.« Grace lächelte müde. »Aber es tut ihr trotzdem weh, denke ich.«

»Und dir?«

»Im Augenblick tut vieles weh. Das hier nicht so sehr.«

Nur Familienangehörige waren auf der Beerdigung, bis auf eine Vertreterin des Pflegeheims, die ihrer Pflicht nachkam.

»Ihr Vater war ein liebenswürdiger Mann«, sagte sie zu Grace und Claudia.

Ihr »Ach ja?« konnte Grace sich einfach nicht verkneifen.

»Sie waren alle sehr gut zu ihm«, erwiderte Claudia dankbar.

»Er hat oft von Ihnen gesprochen.«

Grace sah, wie Daniel die Hand seiner Frau nahm und fest drückte. Sie freute sich für sie.

Sie freute sich auch für sich selbst, während sie Sam nah bei sich spürte.

Fast alle, die ihr etwas bedeuteten, waren ihr zuliebe hier, alle bis auf Joshua, David und Mildred, die auf sie warten würden, wenn sie morgen nach Hause kamen.

»Alles okay?«, fragte Sam leise.

»Alles okay«, nickte sie.

Obwohl es ihr auf einmal überaus traurig erschien, dass es selbst jetzt, nach so vielen Jahren und sogar nach all dem, was Frank durchgemacht hatte, noch immer nur ein Wort gab, das ihr in den Sinn kam, wenn sie an ihren Vater dachte.

Dreckskerl.

Es gab für sie nicht mehr viel zu tun.

Das Einsammeln der wenigen verbliebenen Dinge, die Frank gehört hatten.

Nichts davon Erinnerungsstücke.

Das Haus war aufgelöst worden, während er noch im Krankenhaus war, bevor er ins Pflegeheim verlegt wurde.

Das Haus, in dem der junge Jerome Cooper gelebt hatte, bevor er Melrose Park verlassen hatte, um mit seiner ersten abscheulichen Verbrechensserie zu beginnen. Das Haus, von dem er – wie sie aus seinen *Neuen Episteln* wussten – glaubte, es sei ihm gestohlen worden.

Sie gingen alle zusammen im Chicago Chophouse essen. Daniel protestierte, als er feststellte, dass Sam die Rechnung bereits beglichen hatte. Doch der ließ keinen Widerspruch gelten; es war das Mindeste, was er tun konnte.

»Das war's«, sagte Grace, als sie später zu Bett gingen.

Sam nickte. »Alles erledigt.«

Schön wär's.

120

3. Juni

Auf dem American-Airlines-Flug zurück nach Miami saßen sie alle beisammen.

Sie tranken und hatten ein bisschen Spaß zusammen.

Grace und Sam freuten sich darauf, wieder bei Joshua zu sein.

Dieser kleine Mensch und sein Lachen versprachen jede Menge Heilung.

Aber ihre Anspannung steigerte sich immer mehr, je näher sie dem Flughafen kamen.

Nur noch acht Tage bis zur Voranhörung.

Wagner hatte Grace erklärt, der Hauptzweck einer solchen Anhörung sei im Allgemeinen, den Weg für eine faire und zügige Verhandlung zu ebnen. Die Anwälte sollten die Gelegenheit bekommen, bestimmte Fragen vorab zu erörtern, vorbereitende Punkte. Es würde ein paar Aussagen von Zeugen geben, der Richter würde Fragen stellen, vielleicht auch an sie, sollte er es wünschen, ohne Beisein von Geschworenen.

»Wie lange dauert es normalerweise?«, hatte Grace gefragt.

»In Kalifornien gab es vor ein paar Jahren einmal einen großen, komplexen Fall, bei dem die Voranhörung sechs Monate gedauert hat.« Wagner hatte ihre Hand getätschelt. »Ich schätze, zwei Tage bei unserem.«

Unserem.

Selbst jetzt, tausende Meter hoch in der Luft, graute Grace so sehr vor dem 11. Juni, dass sie kaum noch Luft bekam. Daher verdrängte sie diese Gedanken, erwiderte Sams besorgten, liebevollen Blick mit etwas wie einem Lächeln und nahm einen Schluck Mineralwasser.

Acht Tage, in denen sie, wie sie wusste, das meiste aus jeder Minute machen musste – genau wie sie es danach zwischen der Voranhörung und der Verhandlung selbst tun müssen würde. Und sie würde ihr Bestes geben, für Joshua und Cathy und Sam, während sie in Gedanken die Tage von einem entsetzlichen Meilenstein zum nächsten abhakte.

Mit nur einem letztendlichen Ort vor Augen, den sie sich vorstellen konnte.

Einer Zelle.

Sam durchschaute ihr Lächeln, sah den Schmerz dahinter.

Ihre Angst war das Schlimmste daran.

Und es gab nicht eine verdammte Sache, die er für sie tun konnte – außer bei ihr zu bleiben, sie wissen zu lassen, dass er noch immer Vertrauen in sie hatte. Wenn er schon sonst nichts für sie tun konnte.

Letztes Jahr, als sie beide gedacht hatten, ihre Familie niemals wiederzusehen, hatte er geglaubt, nichts könnte schlimmer sein als das.

Jetzt wusste er es besser.

Das hier ist die Hölle.

Zuzusehen, wie die Frau, die er mehr liebt als alles andere auf der Welt, immer tiefer in das schwarze Loch eines Albtraums fällt. Und nicht eine verdammte Sache tun zu können, um ihr zu helfen.

Hölle.

121

7. Juni

Am nächsten Montag gegen zwei, an einem heißen, feuchten Nachmittag mit Gewitter im Anzug, hatten Sam und Martinez eben das Revier verlassen. Sie überquerten die Rocky Pomerantz Plaza, um bei Markie's einen Happen zu essen, als Sam auf einmal wie angewurzelt stehen blieb.

»Was ist denn?«, fragte Martinez.

Sam gab keine Antwort.

Er hatte den Blick auf einen kleinen, hellblauen Honda geheftet, der auf der anderen Seite der Washington Avenue parkte.

»O mein Gott«, sagte er leise.

Martinez folgte seiner Blickrichtung. »Wer ist das?«

»Bianchis Schwester«, sagte Sam. »Warte kurz auf mich, Al.«

Er setzte sich wieder in Bewegung, langsam, um sie nicht zu erschrecken.

Sie saß auf dem Fahrersitz, starrte ihn durch ihr offenes Fenster genau an. Jetzt wusste sie, dass er sie gesehen hatte, aber mehr konnte Sam nicht sagen. Er konnte den Ausdruck ihrer Augen nicht lesen, und der Rest ihres Gesichts war reglos, verriet nichts.

Seine Ampel war rot, aber während er darauf wartete, die Straße überqueren zu können, und gegen den Drang ankämpfte, einfach loszusprinten und sich durch den Verkehr zu schlängeln, hatte er den Eindruck, dass sie ihren Mut zusammennahm.

Die Ampel sprang um.

Er setzte sich wieder in Bewegung.

Jetzt konnte er diese dunklen Augen deutlicher sehen, auf ihn geheftet, aber noch immer nicht zu deuten.

Und dann, auf einmal, schien sie zitternd Luft zu holen, und jetzt war alles da, in ihrem Gesicht, eine Art heftiger Schmerz, und Sam beschleunigte seine Schritte.

»Miss Bianchi!«, rief er.

Sie drückte das Gaspedal durch, und der Honda schoss davon.

Sam starrte ihr nach. »Gottverdammt noch mal!«

Martinez überquerte die Straße bei Rot, trat auf der westlichen Seite der Straße zu ihm.

»Was zum Teufel war das denn?«

»Das wüsste ich auch gern.«

»Noch mehr Wut abzulassen?«, vermutete Martinez.

»Ich glaube nicht.«

»Bist du sicher?« Sein Partner dachte an Rache, eine trauernde Frau vielleicht, die diesmal eine Waffe zücken, nicht nur eine Ohrfeige verpassen würde.

»Ich glaube«, sagte Sam langsam, »sie wollte mit mir reden.«

Er grübelte beim Mittagessen immer wieder darüber nach und aß sein Sandwich, ohne es zu genießen.

Martinez klopfte ihm bedauernd auf die Schulter. »Du kannst nichts tun, Mann.«

»Ich weiß.«

»Warum habe ich dann das Gefühl, dass du das nicht wirklich glaubst?«

Sam leerte eine halbe Flasche Cola.

»Irgendetwas an ihr war anders.«

»Erzähl es Wagner«, schlug sein Partner vor.

»Na klar!«

»Ruf ihn an!«

»Ich werde ihn schon noch anrufen.«

»Was hast du vor?« Martinez war unbehaglich zumute.

»Ich weiß nicht.«

Sam wartete, bis er einen Moment allein war, dann rief er Angie Carlino in Tampa an.

»Was brauchst du, Sam?« Keine Vorrede.

»Ein paar Adressen in Naples«, sagte er wie aus der Pistole geschossen. »Gina Bianchis Zuhause und Arbeit. Ihre Privatnummer steht nicht im Telefonbuch.«

»Kein Problem«, erwiderte sie.

122

8. Juni

Noch drei Tage bis zur Voranhörung.

Wenn er das tun wollte, dann musste er es bald tun.

Heute.

Den ganzen gestrigen Nachmittag und Abend hatte er darauf gewartet, dass Gina Bianchi wiederauftauchte, hatte immer wieder auf sein Handy gesehen, hatte überall nach hellblauen Hondas Ausschau gehalten, parkend oder im Verkehr.

Martinez sagte nichts, und falls Grace oder irgendjemand sonst seine innere Unruhe aufgefallen war, nahm er an, dann hatten sie das sicher der Anhörung geschuldet.

Grace war ohnehin in einer völlig anderen Welt.

Sie ging liebevoll mit Joshua um, dann zog sie sich auf einmal zurück – wieder derselbe Kreislauf, nur diesmal noch heftiger.

Sam wusste, dass es riskant war, Bianchis Schwester aufzusuchen.

Aber falls – und es war ein *großes* Falls – Gina Bianchi irgendetwas Wichtiges über ihren Bruder herausgefunden und sich entschlossen hatte, es Sam mitzuteilen, ihre Meinung dann aber geändert hatte, dann bestand die Gefahr, dass sie es auch niemandem sonst je mitteilen würde.

Und das schien ihm ein noch größeres Risiko zu sein.

Er verließ Key Biscayne früh, rief Martinez von unterwegs an.

»Ich melde mich einen Tag krank«, sagte er. »Du musst mich decken.«

»Du fährst nach Naples?« Sein Partner stöhnte auf. »Das ist nicht dein Ernst!«

»Ich habe keine andere Wahl.«

»Ruf Wagner an!«, wiederholte Martinez noch einmal.

»Um ihm was zu sagen? Ich muss wissen, warum sie gekommen ist!«

»Vermutlich, weil sie dich hasst, Mann.«

»Natürlich hasst sie mich. Aber sie wollte mit mir reden.«

»Vielleicht wollte sie dir auch nur in deinen sturen Arsch schießen«, schlug Martinez vor.

Sam lächelte. »Ich glaube, das ist nicht ihr Stil, aber ich könnte mich täuschen.«

Sams Gedanken überschlugen sich während der Fahrt auf der Alligator Alley, genau der Strecke, die er erst vor Kurzem mit seinem Vater gefahren war. Er konnte nur hoffen, dass das Ergebnis diesmal besser ausfallen würde. Er erinnerte sich an Grace' Worte, nachdem er seine letzte Vernehmung von Cooper vermasselt hatte; dass sie beide ihre Orientierung und Selbstdisziplin verloren hätten. Und er war sich nicht sicher, ob sein Urteilsvermögen heute weniger verzerrt war. Aber er hatte das Gefühl – er *wusste* –, dass er keine Alternative hatte, als es zu versuchen.

Er stand auf dem Gehsteig vor den Geschäftsräumen der Stephen L. Jacks Foundation in der 6th Avenue North, als Gina Bianchi um zehn vor neun ankam. Sie sah ihn erst, als sie nur noch etwa fünf Meter entfernt war.

Sie blieb wie angewurzelt stehen, und ihre Miene erstarrte.

Und dann schüttelte sie entschieden den Kopf und kam auf ihn zu.

»Es tut mir leid«, sagte Sam.

»Das wird es mit Sicherheit«, erwiderte sie.

Er nahm die Drohung wahr, wusste, dass er sie irgendwie wegstecken musste, wusste, dass er hier und jetzt an sie herankommen musste, hier draußen auf diesem Gehsteig.

»Sie sind zuerst zu mir gekommen«, begann er vorsichtig.

»Ich bin nicht zu Ihnen gekommen.«

»Ich glaube, Sie haben es sich anders überlegt«, fuhr Sam fort. »Aber ich hatte den deutlichen Eindruck, dass Sie nach Miami Beach gekommen waren, weil Sie mir etwas zu sagen hatten.«

»Sie haben sich geirrt.« Sie wandte sich ab.

»Meine Frau wird an diesem Freitag vor Gericht stehen.«

Gina Bianchi wandte sich noch einmal um. »Weil sie meinen Bruder getötet hat.« Ihre Stimme war leise, aber der Zorn loderte noch immer.

»Und sie zerfleischt sich selbst deswegen, und es tut ihr – es tut uns beiden – so unendlich leid für Sie und Ihre Eltern. Ich hätte vor ein paar Jahren selbst um ein Haar meinen Bruder verloren. Es lässt sich nicht in Worte fassen, was ich dabei empfunden habe, daher kann ich mir Ihren Verlust nur annähernd vorstellen.«

Zwei Männer in Anzügen kamen auf dem Weg in das Gebäude an ihnen vorbei, und einer von ihnen sah erst Gina und dann Sam kurz an.

»Die Wahrheit ist, Grace dachte, er würde sie töten«, sprach Sam weiter. »Und was aus ihrer Sicht noch schlimmer war: Sie dachte, er würde einem verängstigten Jungen etwas antun.« Er war erbärmlich, und er wusste es. »Und ich glaube, Sie sind nach Miami gekommen, weil Sie vielleicht irgendetwas Wichtiges herausgefunden haben.«

»Ich gehe rein«, erwiderte sie. »Ich bin schon spät dran.«

»Nur eine Minute noch.« Er war ein verzweifelter Mann. »Und dann bin ich weg.«

Sie schüttelte den Kopf. »Eine Minute, und *ich* bin weg.« Sie hob ihr Handgelenk, sah auf die Uhr.

»Danke.«

»Sie verschwenden Ihre Zeit.«

Auf der Uhr.

»Ich bitte Sie nicht, jetzt sofort eine Entscheidung zu treffen, Miss Bianchi, denn wenn Sie irgendetwas Beunruhigendes herausgefunden haben, dann kann ich mir vorstellen ...«

Der Ausdruck in ihren Augen ließ ihn innehalten, wurde härter, wütender.

Obwohl das vielleicht etwas Gutes zu bedeuten hatte. Denn wenn er sich getäuscht hatte, wenn sie gar nichts herausgefunden hatte, dann hätte sie das Gespräch sicher sofort beendet, hätte ihn entweder wieder geohrfeigt oder ihm einfach gesagt, er solle verschwinden.

Er klammerte sich an Strohhalme.

»Wenn Sie es mir nicht sagen wollen – und vielleicht bin ich ja der Letzte, dem Sie es sagen würden – aber wenn es irgendetwas gibt, worin Sie sich unsicher sind, einen noch so winzigen Zweifel, dann bitte ich, flehe ich Sie an, sagen Sie es *irgendjemandem*, bevor es zu spät für meine Frau und für unseren kleinen Jungen ist.«

Sie hielt wieder ihre Uhr hoch.

»Ich weiß, Sie haben allen Grund, uns zu hassen.« Er sprach jetzt schneller. »Aber das ganze Leben meiner Frau dreht sich darum, anderen Leuten zu helfen. Ich sehe, wie sie von Schuldgefühlen verzehrt wird, und ich habe höllische Angst um sie. Genau, wie Sie vermutlich Angst um Ihre Eltern haben müssen, wenn die Wahrheit ans Licht kommt.«

Er trat einen Schritt zurück, hob beide Hände, als wollte er sich ergeben.

»Sie haben zugehört. Allein schon dafür bin ich Ihnen sehr dankbar.«

Gina Bianchi stand einen Moment schweigend da.

»Was wird mit Ihnen passieren«, fragte sie schließlich, »wenn ich das hier Ihren Vorgesetzten melde?«

»Ärger«, sagte Sam. »Jede Menge Ärger, nehme ich an.«

»Sie sind schon lange Detective.«

»Ja, das bin ich.«

»Sie mögen Ihre Arbeit.«

»Ich liebe meine Arbeit.« Sam schwieg einen Augenblick. »Meistens.«

»Das hätten Sie sich vielleicht vorher überlegen sollen.«

Und damit wandte Gina Bianchi sich ab und ging in das Gebäude.

Sam wartete noch einen Augenblick, dann ging er langsam zurück zum Parkplatz neben dem Gebäude und stieg in den Saab.

Er ließ den Motor an.

Er sah Grace' Gesicht wieder vor sich, wie sie ihn bei ihrer Anklageverlesung im Gericht angesehen hatte. Die Blässe ihres Gesichts, die Angst in ihren Augen.

Die Angst, die er seitdem allzu oft gesehen hatte.

»O Gott«, flüsterte er.

Und dann legte er die Hände aufs Lenkrad und stützte sein Gesicht darauf.

Er hatte nichts erreicht, außer alles nur noch schlimmer zu machen.

Jetzt konnte er nichts weiter tun, als zu warten.

123

11. Juni

»Bitte erheben Sie sich! Die Sitzung ist eröffnet. Den Vorsitz führt Richter Arthur Brazen.«

Gestern Abend hatte Grace Sam zum ersten Mal gefragt, was er über den Richter wisse, und Sam hatte gesagt, er sei als gerechter Mann bekannt.

Dasselbe Wort hatte Wagner verwendet, als sie ihn gefragt hatte. »Gerecht.«

Ein gerechter Richter würde gegen eine Frau entscheiden müssen, die einen Mann kaltblütig überfahren hatte.

Grace zitterte innerlich, als sie an diesem Morgen aus dem Bett stieg.

Ach was – zittern.

Das hier war eher ein Beben von 7,5 auf der Richter-Skala.

Es hatte begonnen.

Grace saß neben Wagner und sah sich im Gerichtssaal um, während sie versuchte, das Summen in ihren Ohren zu unterdrücken, ihren hämmernden Herzschlag zu verlangsamen.

Der Saal erschien ihr größer und eindrucksvoller als der, in dem ihre Anklageverlesung stattgefunden hatte. Das Holz war blanker poliert, und der Richter saß höher auf seinem Platz, von dem aus er den Vorsitz führte.

Über ihr.

Sie nahm den Bereich wahr, in dem die Geschworenen bei ihrem eigentlichen Prozess sitzen würden, und unterdrückte ein Schaudern. Sie wandte den Blick ab und sah je einen Zeugenstand zu beiden Seiten des Richterstuhls, von denen einer im Augenblick von dem Justizsekretär eingenommen wurde.

Ein Gerichtsreporter saß an einem Tisch unterhalb des Richterstuhls.

Grace sah zu den beiden Flaggen hinter Richter Brazen hoch. Der Flagge des Bundesstaates, auf der das große rote Andreaskreuz mit dem Siegel des Bundesstaates prangte, der strahlenden Sonne, der Palme, dem segelnden Dampfer und der Blumen streuenden Seminolen-Indianerin. Sie dachte an all das, was Florida für sie und Claudia getan hatte, die Freiheit, die ihre Flucht in die Sonne ihnen beiden geschenkt hatte.

Sie sah an dem Richter vorbei auf die amerikanische Flagge, versuchte sich zu erinnern, wofür das Rot, Weiß und Blau standen, konnte sich nur noch an Blau für Gerechtigkeit erinnern und...

Panik erfasste sie, und sie riss sich von dem Anblick los, suchte jetzt nach ihrer Familie auf den Zuschauerplätzen, aber dort waren heute so viel mehr Leute als bei der Anklageverlesung, mehr Fremde...

Sie fand sie, die Leute, die sie brauchte. Cathy sah verängstigt aus, aber Sams Blick ruhte auf ihr, liebevoll und unterstützend, und auf einmal wollte sie schluchzen, daher starrte sie stattdessen auf ihre Hände im Schoß, aber sie fühlten sich taub an, als würden sie gar nicht ihr gehören, und Panik wallte wieder in ihr auf...

»Sie schaffen das schon«, hörte sie Jerry Wagner ganz leise sagen.

Ihr Blick wanderte weiter, dorthin, wovor ihr am meisten graute.

Zu einer blonden Frau und einem dunkelhaarigen Mann, beide in Schwarz gekleidet.

Josephine und Robert Bianchi.

Ihre Tochter war nicht bei ihnen.

Sam hatte Grace am Dienstagabend von seinem Besuch bei Gina Bianchi erzählt, der ihn ziemlich mitgenommen hatte. Grace hatte ihn getröstet; sie verstand sein Bedürfnis, es wenigstens zu versuchen. Und falls Gina ihn beim Department gemeldet hatte, dann hatten sich die Folgen davon bislang noch nicht abgezeichnet, auch wenn Captain Kennedy vielleicht nur freundlich war und damit wartete, bis der heutige Tag vorbei war.

Richard Bianchis Eltern sahen sie jetzt an, mit erbittertem Hass.

Keine Vergebung lag in ihren Blicken.

Oder in ihr selbst.

Noch mehr Scham aus dem unversiegbaren Brunnen.

»Grace«, sagte Wagner leise. »Konzentrieren Sie sich!«

Sie sah zu ihm zurück, sah in seine ruhigen und freundlichen Augen, und sie wusste, dass sie sich daran klammern musste, wusste, dass es kein Entrinnen von diesem Prozess gab. Irgendjemand sprach jetzt, auch wenn sie es wegen des Hämmerns in ihren Ohren nicht genau hören konnte.

Sie dachte an Pete Mankowitz und seine Panikattacken.

»Durchatmen«, hatte sie ihm immer gesagt.

Als sie noch seine Psychologin war.

Durchatmen.

Leicht gesagt.

Das wusste sie jetzt.

Armer Pete.

Richter Arthur Brazen sprach.

»Für diejenigen von Ihnen, die mit dem Ablauf einer Voranhörung nicht vertraut sind, möchte ich sagen: Ich selbst sehe sie immer gern als eine Art allerletzte Chance für beide Seiten, um zu einer Einigung zu kommen, bevor wir uns auf ein langes, quälendes und kostspieliges Verfahren einlassen.« Er hielt kurz inne. »Es gibt keine Geschworenen, daher werde ich selbst alle Entscheidungen treffen, von denen die wichtigste sein wird, ob es genügend hinreichende Gründe gibt, um fortzufahren.«

Durchatmen!, befahl sich Grace wieder.

Der Richter sah Elena Alonso an, die Staatsanwältin, eine stämmige Frau mit kurzem, gewelltem Haar mit Strähnchen, in einem dunklen Kostüm.

»Bitte«, sagte er.

Die Zeugenaussagen begannen.

Als Erstes sagte einer der Polizisten aus, die am Abend von Richard Bianchis Tod zum Tatort gekommen waren.

Dann Sara Mankowitz, die Grace nicht ein einziges Mal ansah.

Arme Sara!, dachte Grace. Sie wusste, dass Petes Mutter keine andere Wahl hatte, als es so zu berichten, wie sie es gesehen hatte.

Dann einer der Leute, die Sara vom Highway mitgenommen hatte: der Ehemann der Frau, die sich um Pete gekümmert hatte, während Richard Bianchi im Sterben lag...

Sie alle berichteten, was sie gesehen hatten, und keiner von ihnen wollte ihr ausdrücklich schaden, sondern nur die Wahrheit sagen. Genug Wahrheit, nahm Grace an, um sie für Jahre wegzusperren, mehr Jahre, als sie sich vorzustellen wagte.

Die Zeit verstrich. Ihr linker Fuß begann zu kribbeln, und sie versuchte, mit den Zehen zu wackeln, aber ihr Schuh saß zu fest, daher presste sie die Ledersohle fest auf den Boden, um den Fuß so zu entspannen.

Irgendwo hinter ihr ging eine Tür auf und wieder zu, und jemand trat ein. Eine Frau, die Grace nicht kannte.

Noch eine Zeugin, nahm sie an.

Die junge Frau, die auf Wagners anderer Seite saß, erhob sich, um die neu Angekommene zu begrüßen, und Wagner wandte sich ebenfalls um und nickte ihr zu.

Jemand für ihre Seite offenbar, vielleicht eine Sachverständige, eine Psychologin möglicherweise, mit der sie hofften, ihrer Verteidigung Glaubwürdigkeit zu verleihen.

Elena Alonso erhob sich.

»Die Beweisführung der Anklage ist abgeschlossen«, sagte sie.

Wagner erhob sich.

»Darf ich vortreten, Euer Ehren?«, fragte er den Richter.

Alonso erhob sich ebenfalls wieder und trat mit Wagner vor den Richter.

Sie redeten eine Weile, zu leise, um gehört zu werden.

Grace sah zu ihrer Familie – alle da bis auf David und Mildred, die wieder einmal auf Joshua aufpassten – und zu Magda, die darauf bestanden hatte, zu kommen, und sie dachte wieder, wie gütig und freundlich sie alle waren, wie loyal. Und das war immerhin ein Trost, dieses Wissen, dass es Joshua nie an Liebe und Fürsorge mangeln würde.

Sie sah zurück zu der neu angekommenen Frau im Gerichtssaal.

Sie war dunkelhaarig, schlank, in einem dunkelblauen Kostüm, und sie schien unsicher, nervös, blass sogar.

Wohl doch keine Sachverständige.

Wagner und Alonso waren sich wegen irgendetwas uneins.

Wenn das hier ein Film wäre, dachte Grace, *dann wäre es vermutlich ein Versuch, einen neuen Beweis vorzubringen, vielleicht zu spät...*

Aber es war kein Film.

Ihr Magen rumorte, und ihr Herzschlag beschleunigte sich wieder.

Sie sah Sam an, sah, dass sein Blick auf der Frau ruhte.

Und auf einmal wusste Grace, wer sie war.

Wer sie sein *musste*.

Sie betete, Arthur Brazen möge ein aufgeschlossener Richter sein, der es vielleicht in Betracht ziehen würde, es mit den Vorschriften nicht so genau zu nehmen. Der zulassen würde, was immer diese Frau in den Gerichtssaal gebracht hatte. In *seinen* Gerichtssaal, seine Auslegung des Gesetzes. Grace lag in seinen Händen.

Die Anwälte kehrten an ihre Tische zurück und nahmen Platz.

Wagner blätterte ein bisschen in seinen Unterlagen, machte sich eine Notiz, steckte seinen Stift dann ein, nickte und erhob sich wieder, mit nichts in den Händen.

Und sagte: »Ich rufe Gina Bianchi in den Zeugenstand.«

124

Sam und die anderen saßen stocksteif da.

Grace fühlte sich, als würde das Leben an ihr vorbeiziehen, als würde sie den Gerichtssaal in einer Art körperlosem Schwebezustand aus der Ferne beobachten.

Gina Bianchi war vereidigt worden.

Die Schwester des Toten, von Grace' Opfer. Die Frau, die Sam geohrfeigt hatte, als er mit David zu ihren Eltern gefahren war.

Jenen Eltern, die jetzt im Gerichtssaal saßen, mit neuer Verzweiflung in ihren Augen.

Gina Bianchi, die Sams Flehen rundheraus zurückgewiesen hatte, als er vor drei Tagen nach Naples gefahren war, um mit ihr zu reden, hatte noch immer allen Grund der Welt, Grace ins Gefängnis zu wünschen.

Oder Schlimmeres.

Jerry Wagner hatte mit seiner Befragung begonnen.

»Miss Bianchi, können Sie uns sagen, warum Sie sich nicht schon früher gemeldet haben?«

»Ich war in Trauer«, antwortete sie. »Und bis vor Kurzem war mir nicht bewusst, dass ich Informationen mitzuteilen hatte, die für diesen Fall relevant sein könnten.«

»Und Sie wollten nichts tun, was das Andenken Ihres Bruders beschädigen könnte.«

»Einspruch.« Elena Alonso stand auf.

»Stattgegeben«, sagte der Richter. »Aber da das hier keine Verhandlung ist, lassen Sie uns einfach in Erfahrung bringen, warum Miss Bianchi hier ist.« Er lächelte sie an. »Mit Ihren eigenen Worten.«

»Danke«, erwiderte sie. »Es fällt mir sehr schwer.«

»Lassen Sie sich ruhig Zeit.«

Sie nickte, fand ihre Fassung wieder. »Um die Zeit, als Jerome Cooper, der Mörder, festgenommen wurde, habe ich ein paar Berichte in den Nachrichten gesehen.«

»Der mutmaßliche Mörder«, korrigierte Richter Brazen sie.

»Ja, Euer Ehren«, nickte sie. »Entschuldigung.«

»Schon gut.«

Sie schüttelte den Kopf. »Ich werde versuchen, die Dinge chronologisch zu ordnen, aber das fällt mir sehr schwer. Ich habe versucht, meinen Eltern zu helfen, den Tod meines Bruders zu bewältigen, und dann wurden uns auf einmal Fragen zu Richard gestellt, die nichts damit zu tun hatten, dass er getötet wurde. Leute redeten von seinem Wagen, wollten seinen Computer sehen, seine Wohnung durchsuchen.«

»Fahren Sie fort«, forderte Wagner sie sanft auf.

»Insbesondere suchte Detective Samuel Becket ein paar Tage vor Richards Beerdigung meine Eltern zu Hause auf, um sie, wie ich glaube, zu überreden, ihn den Computer sehen zu lassen. Ich wurde leider sehr wütend. Zu wütend, um richtig auf das zu hören, was er zu sagen hatte.«

»Was hat Detective Becket gesagt?«, fragte Wagner.

»Dass er glaubt, mein Bruder könnte von Jerome Cooper benutzt worden sein.«

»Und Sie hatten den Eindruck, das sei nicht wahr?«

»Natürlich. Ich hatte den Eindruck – ich *wusste* –, dass der eigentliche Grund seines Besuchs war, zu versuchen, seiner Frau aus der Klemme zu helfen, die meinen Bruder getötet hat.«

Wagner wartete einen Moment.

»Und hat sich seitdem irgendetwas geändert, Miss Bianchi?«

»Ja.« Ihre Stimme wurde leiser.

»Es tut mir leid, Miss Bianchi«, mischte Richter Brazen sich ein, »aber ich muss Sie bitten, deutlicher zu sprechen.«

»Natürlich. Entschuldigung.«

Wagner nickte ihr zu. »Wir verstehen, wie schwer das für Sie ist.«

»Lassen Sie die Zeugin einfach fortfahren«, sagte der Richter.

Wagner nickte und wartete.

»Am Tag vor der Beerdigung meines Bruders«, fuhr Gina Bianchi fort, »habe ich seinen Laptop eingeschaltet. Zum einen, weil ich sehen wollte, ob es irgendwelche Leute gab, die noch kontaktiert werden mussten, und zum anderen, weil ich das Bedürfnis verspürte, einen Teil seiner Arbeit zu lesen. Richard schrieb unter anderem Kurzgeschichten, und ich dachte, das könnte mir helfen, mich ihm nahe zu fühlen.«

Wagner wartete einen Moment, aber die junge Frau sah jetzt ihre Eltern an. Ihre Mutter sah blass aus, ihr Vater angespannt.

»Ist Ihnen sonst noch irgendetwas auf Mr. Bianchis Computer aufgefallen?«, fragte er schließlich.

»Ja.« Sie schwieg einen Augenblick. »Ein paar ungewöhnliche Webseiten beim Suchverlauf.«

»Was für Webseiten?«

»Ich habe sie mir nicht angesehen, aber den Namen nach schienen sie irgendetwas mit Organtransplantationen zu tun zu haben.«

»Kam Ihnen das seltsam vor?«

»Eigentlich nicht. Ich nahm an, dass es sich um Recherchen für seine Geschichten handelte.«

»Schrieb Ihr Bruder über Organtransplantationen?«

»Nicht dass ich wüsste. Aber damals ging ich davon aus.«

»Und heute?«, fragte Wagner. »Gehen Sie noch immer davon aus?«

Die junge Frau sah todunglücklich aus.

»Nein«, antwortete sie leise.

»Warum nicht?«

»Ich habe danach noch andere Dinge gefunden«, erzählte sie. »Nicht an diesem Tag. Eine Weile nach der Beerdigung, als ich den Laptop noch einmal eingeschaltet habe.«

»Was haben Sie dann gefunden, Miss Bianchi?«

Sie brauchte einen Moment. »Ich habe Material gefunden, das Richard – oder jemand anders, der seinen Computer benutzt hat – aus dem Internet heruntergeladen hatte.«

»Was für Material?«

»Es ging um Herzoperationen. Vor allem ging es um Herzentnahmen zu Transplantationszwecken.«

Jetzt brauchte Wagner einen Moment.

»Sie waren so freundlich, Miss Bianchi«, sagte er, »mir kurz vor dieser Anhörung eine E-Mail mit einer Kopie dieses Materials zu schicken.«

»Ja«, flüsterte sie.

»War Ihnen bewusst, dass es sich dabei um genau dasselbe Material handelte, das in ausgedruckter Form auf dem Hausboot namens *Aggie* gefunden wurde, auf dem Jerome Cooper festgenommen wurde?«

Im Gerichtssaal kam Unruhe auf. Gemurmel wurde laut und etwas, das wie das Tippen von Fingern auf Laptops klang, vielleicht der Gerichtsreporter. Grace sah sich nicht um, sondern saß nur wie erstarrt da und wartete auf Gina Bianchis Antwort.

»Nein«, erwiderte sie. »Das konnte ich unmöglich wissen.«

»Was haben Sie sonst noch gefunden, Miss Bianchi?«

Eine Pause trat ein.

»Miss Bianchi?«, fragte Wagner noch einmal.

»Ich habe eine E-Mail-Bestätigung über den Kauf chirurgischer Instrumente gefunden.«

Grace, der nicht bewusst gewesen war, dass sie ein paar Augenblicke lang den Atem angehalten hatte, holte auf einmal tief Luft.

Es klang in ihren eigenen Ohren wie ein Stöhnen, sodass sich wiederum ihre Wangen röteten. Und sie wollte Sam ansehen, aber sie wagte es nicht, sich zu bewegen, wollte nichts tun, was den Fluss dieses Augenblicks unterbrechen könnte.

»Fahren Sie fort, Miss Bianchi«, forderte Richter Brazen sie auf.

»Dann fiel mir ein, dass Jerome Cooper unter anderem im Zusammenhang mit diesen ›Herzmorden‹ festgenommen worden war – diese entsetzliche Geschichte von dem Herzen, das ein Kind in einem Pool in einem Hotel gefunden hatte.«

»Stand auf der E-Mail-Bestätigung des Kaufs, von der Sie uns eben berichtet haben, ein Datum?«, fragte Wagner.

»Sie wissen doch, dass dort eines stand«, erwiderte sie gereizt. »Ich habe sie Ihnen heute Morgen geschickt.«

»Würden Sie bitte die Frage beantworten?«

»Ja«, sagte sie. »Der 11. März.«

»Der 11. März dieses Jahres?«, fragte Wagner.

»Ja.«

»Und haben Sie irgendeine Verbindung zwischen dem Kauf chirurgischer Instrumente durch Ihren Bruder und diesen entsetzlichen Verbrechen hergestellt?«

»Ich weiß nicht, ob mein Bruder sie gekauft hat«, sagte sie. »Jemand anders könnte seinen Computer benutzt haben.«

»Jerome Cooper vielleicht?«

»Ich weiß es nicht.«

»Wissen Sie von irgendjemand anders, der seinen Computer benutzt haben könnte?«

»Nein«, erwiderte Gina. »Aber das heißt nicht, dass es niemand getan hat.«

»War auf der E-Mail-Bestätigung die Zahlungsmethode angegeben?«

»Ich glaube, es war irgendeine Kreditkarte.«

Wagner nickte. »Nach ersten Informationen der Firma, die

diese E-Mail an Ihren Bruder geschickt hat, wurde der Kauf mit einer Kreditkarte getätigt, die Richard Bianchi gehört hat.«

Gina Bianchi wurde blasser und schwankte ein wenig, und drüben auf den Zuschauerplätzen starrte Josephine Bianchi ihrem Mann in die Augen.

»Möchten Sie vielleicht für eine Weile unterbrechen, Miss Bianchi?«, fragte Wagner.

»Nein. Es geht schon.«

»Möchten Sie vielleicht ein Glas Wasser?«, bot Richter Brazen an.

»Ja, bitte.«

Wagners Assistentin schenkte rasch ein Glas Wasser ein und brachte es zum Zeugenstand, und Gina Bianchi nahm das Glas mit zitternden Händen entgegen und führte es an ihre Lippen.

»Sind Sie imstande, fortzufahren?«, fragte der Richter. »Wir können auch eine Pause machen.«

»Ich würde lieber fortfahren.«

»Miss Bianchi«, ergriff Wagner wieder das Wort, »was haben Sie sonst noch auf Mr. Bianchis Laptop gefunden, das Ihnen besonders bemerkenswert erschien?«

»Ich habe ein paar Notizen gefunden, die schwer zu verstehen waren.«

»Warum war das so?«, wollte Wagner wissen.

»Sie standen in einem Notizkalender, der mir nicht aufgefallen war, als ich mir den Computer das erste Mal ansah, und sie waren irgendwie kryptisch. Hauptsächlich schienen sie Daten zu sperren, wie man es tut, wenn man etwas Bestimmtes zu erledigen hat, das länger dauern könnte. Aber das Einzige, was bei diesen Tagen stand, war ›Der Boss‹.«

»Hatte Ihr Bruder zu der Zeit einen Boss? Einen Arbeitgeber?«

»Nicht dass ich wüsste. Soweit ich weiß, war Richard selbstständig.«

»Sonst noch etwas?«

»Etwas, das nach Einkaufslisten aussah«, sagte sie.

»Was stand auf diesen Listen?«

»Alles Mögliche. Lebensmittel, Schmerzmittel, Putzmittel, alles Mögliche. Ich kann mich nicht erinnern.«

»Warum sind sie Ihnen überhaupt aufgefallen?«

»Weil sie in einem Ordner mit dem Namen ›Der Boss‹ standen.«

»Alle?«, fragte Wagner.

»Nein. Eine der Listen hatte Initialen als Überschrift.«

»Wie lauteten die Initialen?«

»T.O.H.« Sie schwieg einen Moment. »Es war ein großes T, dann ein großes O, dann ein Apostroph, dann ein großes H.«

»Haben Ihnen diese Initialen irgendetwas gesagt, Miss Bianchi?«, fragte Wagner.

»Erst, als ich noch einmal zurückging und ein paar Zeitungsartikel über Jerome Coopers Festnahme nachlas.« Ihre Stimme wurde vor Anstrengung allmählich heiser. »Und dort las ich, dass das Boot, auf dem er festgenommen wurde, auf einen Mann namens O'Hagen zugelassen war.«

»Tom O'Hagen«, sagte Wagner.

»Ja.«

»Und welchen Schluss, falls überhaupt, haben Sie aus all diesen Entdeckungen gezogen?«

Gina Bianchis Augen schienen sich mit Schmerz zu füllen.

»Dass Detective Becket, als er sagte, er glaube, mein Bruder könnte von Jerome Cooper benutzt worden sein, vielleicht recht hatte.«

»Danke, Miss Bianchi.«

»Ist das alles?«, fragte Brazen den Anwalt.

»Ich habe noch eine weitere Frage an die Zeugin, Euer Ehren.«

»Stellen Sie sie«, forderte der Richter ihn auf.

»Ist Ihnen irgendeine äußerliche Ähnlichkeit zwischen Ihrem verstorbenen Bruder und Jerome Cooper aufgefallen?«

»Nein«, sagte Gina Bianchi.

»Was war die Naturhaarfarbe Ihres Bruders, Miss Bianchi?«

»Braun«, antwortete sie.

»Aber zum Zeitpunkt seines Todes«, stellte Wagner fest, »war sein Haar silberblond, richtig?«

»Ja«, nickte sie. »Das war es.«

»Wissen Sie, wie lange es diese Farbe schon hatte?«

»Nein. Ich hatte Richard schon eine Weile nicht mehr gesehen.«

»Welche Farbe hatte sein Haar, als Sie ihn das letzte Mal vor seinem Tod sahen?«

»Es war braun, so wie immer.«

»Das heißt, Ihr Bruder hatte Ihres Wissens nicht die Angewohnheit, sich sein Haar zu färben?«

»Nicht dass ich wüsste.«

»Waren Sie daher überrascht, als Sie nach seinem Tod sein Haar sahen?« Wagner schwieg einen Moment. »Es tut mir sehr leid, Ihnen diese Frage stellen zu müssen. Sie muss Ihnen sehr taktlos erscheinen.«

»Sie ist verdammt taktlos«, kommentierte der Richter.

»Es macht mir nichts aus, sie zu beantworten«, erwiderte Gina Bianchi. »Ich war überrascht, ja.« Zum ersten Mal, seit sie in den Zeugenstand getreten war, stiegen ihr Tränen in die Augen. »Obwohl ich in dem Augenblick andere Dinge im Kopf hatte.«

»Natürlich«, sagte Wagner. »Entschuldigung.«

»Kommen Sie zum Punkt, Mr. Wagner!«, forderte Richter Brazen ihn auf.

»Ist Ihnen bewusst, Miss Bianchi, dass Grace Becket aussagte, sie hätte geglaubt, als Ihr Bruder sich ihrem Wagen auf eine bedrohliche ...«

»Einspruch.« Elena Alonso war aufgestanden.

»Stattgegeben.«

»Mrs. Becket sagt, sie hätte geglaubt, Ihr Bruder wäre Jerome Cooper, Miss Bianchi.« Wagner schwieg einen Moment. »Und als er das letzte Mal gesehen wurde, da war sein Haar silberblond gefärbt.«

»Millionen von Männern haben silberblondes Haar.« Alonso war wieder aufgestanden.

»Aber sie waren nicht alle an jenem Abend dort und näherten sich auf eine bedrohliche Weise Mrs. Beckets Wagen«, argumentierte Wagner.

»Einspruch!«, rief Alonso.

»Auf eine Weise, die Mrs. Becket als sehr bedrohlich empfand«, korrigierte sich Wagner.

Gina Bianchi sah ihn ratlos an. »Ich weiß nicht, was Sie von mir hören wollen.«

»Natürlich wissen Sie das nicht«, sagte der Richter.

»Ich habe keine weiteren Fragen an Sie, Miss Bianchi«, erwiderte Wagner. »Aber ich möchte Ihnen dafür danken, dass Sie sich gemeldet haben. Es muss Sie viel Kraft gekostet haben.«

Im Zeugenstand ließ Richard Bianchis Schwester zum ersten Mal locker, beugte sich vor, vergrub das Gesicht in den Händen und schluchzte.

»Die Sitzung ist unterbrochen«, verkündete Brazen. »Für eine Stunde.« Er schwieg kurz. »Und ich denke, danach hätte ich von beiden Anwälten gern eine kurze Zusammenfassung ihrer Standpunkte zu all dem, was wir eben gehört haben.«

125

»Was war das denn eben?«, fragte Cathy Saul draußen auf dem Korridor.

»Ich bin mir nicht ganz sicher.« Saul sah Daniel an. »Was meinst du?«

»Ich wage kaum zu sagen, was ich denke«, sagte Daniel.

»Ich auch nicht«, flüsterte Claudia.

Cathy sah sich suchend um. »Wo ist denn Sam?«

»Er ist mit Grace und Mr. Wagner irgendwohin gegangen«, erklärte Saul.

»Und was machen wir jetzt?«, fragte Mike.

Saul wedelte mit seinem Handy. »Ich habe versprochen, Dad und Mildred anzurufen.«

»Und dann, nehme ich an, werden wir alle warten«, vermutete Claudia.

»Hat irgendwer Hunger?«, erkundigte sich Robbie.

Niemand antwortete.

»Ich könnte eine Tasse Kaffee vertragen«, sagte Magda.

»Da ist Sam!«, rief Saul.

Er kam langsam auf sie zu. Seine Miene verriet nichts.

»Was ist los?«, fragte Cathy.

»Ich weiß auch nichts«, erwiderte Sam. »Außer dass Wagner und Miss Alonso im Augenblick miteinander reden.«

»Irgendetwas muss Jerry dir doch gesagt haben!«

Sam legte einen Arm um sie. »Ich bin der Letzte, mit dem im Augenblick irgendjemand reden würde.«

»Ist Grace bei ihnen?«, fragte Claudia.

Jetzt verriet Sams Gesicht ein wenig von seiner Anspannung.

»Wir haben uns kurz gesehen, aber ich glaube, jetzt haben sie ihr einen Raum gegeben, in dem sie sich ausruhen kann.«

»Doch keine Zelle?« Cathys Angst steigerte sich wieder.

»Ausgeschlossen!«

Nicht dass Sam das mit Sicherheit wusste.

Cathy löste sich von ihm, lehnte sich gegen die Wand.

»Was da eben passiert ist, hat doch sicher etwas Gutes zu bedeuten, oder?«, sagte Claudia.

»Man möchte es meinen.«

Das Sprechen fiel Sam im Moment schwer.

»Was meinst du damit?«, fragte Cathy.

»Hey!« Daniel hatte Sams Miene beobachtet; sein Schwager war kurz vor dem Zusammenbruch. »Es muss etwas Gutes sein, aber wir können unmöglich wissen, wie gut, daher werden wir alle einfach abwarten müssen, Schatz.«

Sam fing Daniels Blick auf, nickte zum Dank.

Sein Draht zu Grace' Schwager schien mit der Zeit immer besser zu werden.

Er nahm sich vor, ihr das zu sagen.

Wenn der heutige Tag vorbei war.

Was auch immer geschehen würde.

126

Als sich Elena Alonso nach der Pause erhob und an das Gericht wandte, tat sie es, um den Richter angesichts der Entwicklungen des Vormittags zu bitten, dem Verteidiger zuerst das Wort zu erteilen.

»Erteilt«, sagte Richter Brazen.

Sam saß da, Cathy links von ihm, Saul zu seiner Rechten. Er hatte die Beine übereinandergeschlagen und die Hände über dem rechten Oberschenkel gefaltet. Sein Blick folgte Jerry Wagner, als er sich von seinem Platz erhob, und kehrte dann wieder zurück zu Grace.

Sie sah ihn an.

Ihre Augen erschienen ihm so blau und klar wie noch nie.

Er verspürte einen heftigen Drang, sie bei der Hand zu nehmen und von hier wegzubringen.

Stattdessen saß er reglos und still da, bis zum Äußersten angespannt.

Er wandte den Blick von Grace ab, sah wieder zurück zu Wagner.

Er beschwor den Anwalt, das Beste zu geben, was er je in seiner Karriere gegeben hatte.

Und dann noch ein bisschen mehr.

127

»Am Abend des 6. Mai«, begann Wagner, »wurde Grace Becket nach Key Biscayne gerufen, um einem ihrer Patienten – einem verstörten, verletzlichen Jungen – zu helfen. In einer dunklen, schmalen Seitenstraße des Crandon Boulevards näherte sich ein Mann auf eine, wie sie es empfand, beängstigende und bedrohliche Weise ihrem Wagen. Damals hielt Mrs. Becket den Mann für Jerome Cooper, einen bekannten Mörder mit einem zwanghaften Hass auf ihre Familie. Außerstande, ihm zu entkommen, und in verzweifelter Angst um ihr Leben und das ihres jungen Patienten, verteidigte sie sich auf die einzige Weise, auf die sie es konnte – indem sie mit ihrem Wagen auf ihn zufuhr.«

Wagner hielt inne, sah sich kurz um, dann wandte er sich wieder dem Richter zu.

»Mrs. Beckets Reue und Entsetzen, als sie feststellte, dass es sich bei dem Mann in Wirklichkeit nicht um Jerome Cooper handelte, sondern um Mr. Richard Bianchi, war und ist nach wie vor enorm. Abgesehen von einem gelegentlichen Strafzettel wegen Falschparkens hat sich Dr. Grace Lucca Becket in ihren vierzig Lebensjahren nie ein Verbrechen oder auch nur geringfügiges Vergehen zu Schulden kommen lassen. Ihr Ruf als Kinder- und Jugendpsychologin ist einzigartig. Mrs. Becket ist eine liebevolle Ehefrau und Mutter zweier Kinder: ihrer Adoptivtochter Cathy und des zweijährigen Joshua. Es ist aktenkundig, dass Jerome Cooper vor knapp zwei Jahren das Baby Joshua Becket aus dem Zuhause seiner Familie entführt hat und dass Joshua nur knapp dem Tod entkam, als Cooper das Boot in die Luft sprengte, auf dem er das Baby gefangen hielt. Cooper wurde für tot gehalten, ist jedoch auf erschreckende Weise wiederaufgetaucht und derzeit in Gewahrsam. Er wird zweier brutaler Morde beschuldigt, des Mordversuchs an Mrs. Mildred Bleeker Becket sowie der Entführung Joshua Beckets. Etliche weitere Anklagen sind anhängig.« Wagner schwieg kurz. »Er ist ein gefährlicher und Furcht erregender Mann, Euer Ehren.«

128

»Wieder warten«, sagte David Becket zu seiner Frau, während er zusah, wie sie auf dem Teppich ihres Wohnzimmerbodens saß und mit seinem Enkel spielte. »Offenbar sind wir in letzter Zeit nur noch fürs Warten zu gebrauchen.«

»Wir passen auf Joshua auf«, erwiderte Mildred. »Das erscheint mir doch ziemlich wichtig, alter Mann.« Sie schwieg kurz. »Es wird alles gut werden, weißt du.«

Sie sah zu ihrem frischgebackenen Ehemann hoch, dachte, wie gut er an ihrem Hochzeitstag ausgesehen hatte, vor erst fünfzig Tagen, und wie *erschöpft* er verglichen damit heute aussah. Sie dachte daran, und wie viel sie alle durchgemacht hatten, und sie fragte sich, wann das alles irgendwann *zu* viel werden würde.

Sie betete, sie möge es niemals herausfinden.

Sie betete auch für Grace und ihren heiß geliebten Samuel, ihren lieben Freund, der ihr Schwiegersohn geworden war, und sie konnte nicht aufhören, sich über die seltsamen Geschenke des Lebens zu wundern. Vermutlich war es gierig, sich noch mehr zu erhoffen.

Vielleicht war es aber auch einfach nur menschlich.

129

»Am 12. April dieses Jahres«, fuhr Jerry Wagner fort, »wurde ein Paket, das ein menschliches Herz enthielt, vor dem Zuhause der Familie Becket abgelegt. Am 3. Mai wurde ein weiteres menschliches Herz – das, wie man heute weiß, aus dem Leichnam des erdrosselten neunzehnjährigen Ricardo Torres herausgeschnitten wurde – in der Badewanne der Familie Becket abgelegt. Am 6. Mai – genau dem Abend, an dem Richard Bianchi sein Leben verlor – entdeckte Samuel Becket, Mrs. Beckets Ehemann, ein Detective beim Miami Beach Police Department, einen Drohbrief, den Jerome Cooper für ihn hinterlassen hatte.

Die Anklage will Sie glauben machen – und nicht zu Unrecht hat sie es bis zu Miss Gina Bianchis Aussage heute Vormittag vermutlich selbst geglaubt –, dass Richard Bianchi ein unschuldiger Mann war. Er war am Abend seines Todes unbewaffnet. Sara Mankowitz und die anderen Zeugen, die zum Tatort kamen, während Mr. Bianchi im Sterben lag, hatten den Eindruck, dass er sich Mrs. Becket möglicherweise auf eine versöhnliche Weise zu nähern versuchte – und tatsächlich hat er genau das zu ihnen gesagt. Dass er ›nur helfen‹ wollte.

Mr. Bianchi war, wie bereits gesagt wurde, ein Mann mit einer liebevollen Familie, ein Schriftsteller, der tat, was viele seiner um Erfolg kämpfenden Kollegen tun, um über die Runden zu kommen: als Redakteur arbeiten, um seine Rechnungen zu bezahlen, während er auf den großen Durchbruch wartete.

Hätte Gina Bianchi sich früher gemeldet, dann hätte man, wie ich glaube, die Anklage gegen Grace Becket fallen gelassen, denn dann wäre genau das ans Licht gekommen, was Detective Samuel Becket bereits vermutete. Aber bevor Miss Bianchi den Beweis auf dem Laptop ihres verstorbenen Bruders fand und ihren mutigen Anruf bei meinem Büro tätigte, war es offenbar unmöglich, Detective Beckets Verdacht zu beweisen: dass Richard Bianchi von Jerome Cooper benutzt – und vielleicht bezahlt – wurde.«

Wagner hielt kurz inne, um sich zu räuspern.

»Euer Ehren, ich möchte Sie gern auf einige der Punkte aufmerksam machen, die diese Verdachtsmomente bereits erregt hatten. Richard Bianchi hatte sich Sara Mankowitz, ihren Worten zufolge, erstmals in einem Café in der Nähe der Schule ihres Sohns vorgestellt, nachdem sie ihn eines Morgens dort abgesetzt hatte. Er hatte sich ihr – ebenfalls nach Mrs. Mankowitz' Worten – als Charles – Charlie – Duggan vorgestellt, ein frei erfundener Name, den er ihre ganze Freundschaft über bis zu seinem Tod beibehielt. Tatsächlich war nichts an Charlie Duggan echt. Weder der Beruf, den er angab, noch seine Adresse noch der Vater, von dem er sagte, er sei verstorben, noch die Mutter, von der er sagte, sie würde in North Miami leben.

Sam Becket glaubt, dass dies eine Freundschaft war, die Richard Bianchi vermutlich aus niederträchtigen Gründen anbahnte. Es war gewiss eine Freundschaft, die den jungen Peter Mankowitz sehr beunruhigte. Er sagte, es hätte Charlie Duggan Vergnügen bereitet, ihm Angst einzujagen, und wie Peter letztendlich Mrs. Becket anvertraute, hat Mr. Duggan – Richard Bianchi – ihm auch mehr als einmal körperlich wehgetan.«

130

In seiner Zelle im Miami-Dade County Prison schrieb Jerome Cooper wieder eine *Epistel*.

Er schrieb über den Tod.

Seinen eigenen.

Die Todesstrafe wurde in dem wunderschönen Staate Florida noch immer oft und gern verhängt.

Wenn es nicht die Aussicht auf die Hölle gäbe, die, wie er wusste – schon immer gewusst hatte –, auf ihn wartete, dann hätte er vielleicht gar nichts dagegen, zu sterben.

Er erinnerte sich an das, was er in einer seiner ersten *Episteln* über das Gefängnis geschrieben hatte.

Er hatte es beschrieben als »*das Böse, das um die Ecken schlich, das aus der Nacht sickerte und mit Schlangenzungen durch die Zellentüren leckte.*«

Er erinnerte sich daran, weil er damals stolz auf seine Worte gewesen war.

Und weil er solch höllische Angst gehabt hatte, dass er kaum noch Luft bekam.

Es hatte seine Vorteile, ein bekannter mehrfacher Killer zu sein.

Offenbar hatten ein paar dieser nichtswürdigen Kinderschänder und Päderasten jetzt Angst vor *ihm*.

Ein paar der Typen im Todestrakt sind seit zwanzig oder noch mehr Jahren dort. Einer hat mir gesagt, das Essen sei dort auch besser.

Könnte nicht schlimmer sein.

Zwanzig Jahre an einem solchen Ort?
Oder gleich in die Hölle?
Ich nehme an, ich muss den Todestrakt wählen.
Und die Hölle kann verdammt noch mal warten.

131

»Am frühen Abend des 6. Mai, als Pete solche Angst vor ›Charlie Duggan‹ hatte, dass er auf dem Crandon Boulevard aus dessen offenem Cabrio sprang, rief Sara Mankowitz Grace Becket an und flehte sie an, zum Ort des Geschehens zu kommen.

Familie Becket hielt sich zu der Zeit an einem sicheren Ort auf, aber dennoch fühlte sich Mrs. Becket verpflichtet, ihrem jungen Patienten zu helfen. Daher tat sie, worum Sara Mankowitz sie gebeten hatte, und fuhr los, um sie zu treffen. ›Charlie Duggan‹ war nirgends zu sehen – er hatte sich, Peters Mutter zufolge, ihrem Sohn zuliebe zurückgezogen. Daher stieg Grace Becket aus ihrem Wagen, ging zu der Stelle, wo der Junge unter den Bäumen Zuflucht gesucht hatte, und versuchte ihn zu beruhigen.«

Während sie dasaß und zuhörte, wie Wagner die Geschichte erzählte, hatte Grace fast das Gefühl, wieder dort draußen zu sein. Unter diesen Bäumen in der Dunkelheit.

Petes Augen voller Angst und Bedürftigkeit.

Sie wusste, wenn sie die Uhr zurückdrehen könnte, dann würde sie dieselbe Entscheidung wieder treffen. Sie würde hinfahren, um zu versuchen, zu helfen.

Den Rest nicht.

Egal, wer Richard Bianchi war.

»Und dann tauchte auf einmal Duggans Wagen auf, kam sehr langsam um eine Kurve. Ein rotes VW-Käfer-Cabrio. Ein Wagen, dessen Marke, Modell und Farbe genau dem Wagen entsprachen, den Grace Becket das erste Mal in einer beunruhigenden Situation am 19. April und dann wieder am 5. Mai – dem Tag vor dem betreffenden Ereignis – bemerkt hatte, als sie sich von dem Wagen verfolgt glaubte.«

Wagner hielt kurz inne.

»Nur dass Mrs. Becket, als sie den Fahrer am Abend des 6. Mai sah, bemerkte, dass er gar nicht Charles Duggan war, sondern Jerome Cooper.

Sie war entsetzt, aber selbst in diesem Augenblick stand ihr Patient bei ihr an erster Stelle. Sie sagte Peter, er solle sofort zu seiner Mutter laufen, und rief Sara Mankowitz zu, sie solle ihren Sohn nehmen und weglaufen, zurück zum Highway und zu anderen Leuten. Mrs. Mankowitz hat ausgesagt, dass Mrs. Becket das zu ihr gesagt hat.

Mrs. Becket erreichte ihren eigenen Toyota, aber der Mann stieg aus dem VW und begann, auf ihren Wagen zuzugehen. Und sie brach in Panik aus. Ihr Wagen sprang beim ersten Mal nicht an, und als er schließlich ansprang, stand der Mann bereits genau vor ihrem Fahrzeug, sodass sie den Rückwärtsgang einlegte, um ihm zu entkommen. Aber es war stockfinster, und sie stieß gegen irgendetwas – einen Baumstumpf, wie später bestätigt wurde –, und danach hatte sie nur noch die Wahl, vorwärtszufahren oder gar nicht.

Sie hätte in ihrem verriegelten Wagen sitzen bleiben, den Notruf verständigen und abwarten können. Genau das hätte sie, so die Staatsanwaltschaft, tun sollen, und ich muss Ihnen, Euer Ehren, sagen, dass Grace Becket dies ebenfalls aus tiefstem Herzen glaubt.

Aber sie war in einem Zustand äußerster Panik. Denn der Mann stand noch immer genau vor ihrem Wagen, beugte sich darüber, verhöhnte sie und versperrte ihr den Fluchtweg. Ein Mann, den sie für einen mehrfachen *Mörder* hielt, den Mann, der ihr eigenes Baby aus seinem Bettchen gestohlen hatte, der mehrere Menschen brutal ermordet hatte und der noch immer mordete. Und in diesem Augenblick, an diesem dunklen, beängstigenden Ort, hatte Grace Becket auf einmal echte Angst um ihr Leben – und so verteidigte sie sich mit der einzigen Waffe, die sie hatte: mit ihrem Wagen.

Und erst, als sie schließlich aus dem Wagen steigen und den Mann auf dem Boden sehen konnte, erkannte sie, dass es gar nicht Jerome Cooper war, sondern ein anderer Mann. Der Mann, der sich Charles Duggan genannt hatte. Der Mann, der tatsächlich Richard Bianchi war.«

Ein leises, stilles Stöhnen durchdrang Wagners Pause.

Eine trauernde Mutter, in unerträglichem Schmerz.

Er fuhr fort.

»Ein Mann, der, wie sich herausstellte, einen Wagen fuhr, der früher einer Bekannten von Jerome Cooper gehört hatte, einer ehemaligen Bordellwirtin in Savannah, Georgia. Ein Mann, der unter dringendem, wenn auch noch nicht bewiesenem Verdacht steht, die Person zu sein, die Cooper in seinen eigenen Schriften als ›Toy‹ bezeichnete, der Mann, der für den Mörder, wie dieser selbst zugibt, seine ›*Einkäufe*‹ erledigte.«

Wagner wandte sich ab und ging zurück zum Tisch der Verteidigung, nahm ein Blatt Papier in die Hand und las vor: »»*Toy hat mich heute besucht und mir ein bisschen Fleisch von seinem eigenen Frischmarkt mitgebracht. Manchmal frage ich mich, wie ich ohne ihn zurechtkommen würde.*‹«

Grace schauderte bei dem Wort.

Fleisch.

Vor ihrem geistigen Auge sah sie wieder das *Ding* in ihrer Badewanne.

Sie begriff, deutlicher als je zuvor, die schiere Abscheulichkeit von Jerome Coopers Taten gegen seine Opfer und gegen ihre eigene Familie.

Und sie begriff, dass Wagner gar nicht erwähnt hatte, dass Cooper ihr Stiefbruder war, auch wenn der Richter das wissen musste – *jeder* wusste das inzwischen. Aber vielleicht war das ja noch ein Punkt, der gegen sie sprach.

Und so verrückt das vermutlich auch war: Diese Tatsache spülte wieder eine kleine Welle Scham aus dem Brunnen hoch.

Wagner fuhr fort, unnachgiebig jetzt.

»Richard Bianchi, ein Mann, dessen persönlicher Laptop und Kreditkarte für den Kauf chirurgischer Instrumente benutzt wurden, wie man sie später auf dem Hausboot des Mörders fand, und die fast mit Sicherheit benutzt wurden, um die Herzen mindestens zweier und vermutlich weiterer Opfer herauszuschneiden. Ein Mann, der entweder zuließ, dass sein Computer benutzt wurde, um Artikel über Operationen am offenen Herzen herunterzuladen – oder, noch schlimmer, der es selbst tat.

Ein Mann, der der letzte Mensch war, der mit dem Mordopfer Ricardo Torres auf einer Party am Abend des 24. April gesehen wurde.

Ein Mann, der, wie man annimmt, eine Freundschaft mit Sara Mankowitz allein deshalb anbahnte, weil Jerome Cooper wusste, dass ihr Sohn einer von Grace Lucca Beckets Patienten war. Ein Mann, der einen falschen Namen benutzte und dem es Vergnügen bereitete, Peter Mankowitz wiederholt zu erschrecken und körperlich wehzutun.«

Wagner wandte sich wieder zum Tisch der Verteidigung um, legte das Blatt Papier hin und trank einen Schluck Wasser.

Und dann wandte er sich wieder zu dem Richter um.

»Ja, Richard Bianchi war an dem Abend unbewaffnet, an dem er Grace Becket auf jener schmalen Seitenstraße des Highways verhöhnte und ihr Angst einjagte. Aber das konnte Mrs. Becket nicht wissen. Aus ihrer Sicht in jenem Augenblick hätte er ihr genauso gut eine geladene Pistole an den Kopf halten können. Sie hatte bereits erfolglos versucht, rückwärtszufahren, und da ihr kein anderer Fluchtweg blieb, reagierte sie, indem sie das Gaspedal ihres Wagens durchtrat. Und aus Gründen, die wir vielleicht nie verstehen werden, ging Richard Bianchi ihr nicht aus dem Weg.

Was eine Tragödie für ihn, für seine Familie und für Grace Becket war.

Notwehr, das glaubte sie wirklich, gegen einen der brutalsten und schlimmsten mehrfachen Mörder, die Südflorida je gesehen hat.

Notwehr, eindeutig.

Euer Ehren, ich beantrage hiermit, die Anklage gegen Grace Becket fallen zu lassen. Auf dass diese vielschichtige Tragödie an dieser Stelle enden möge.«

Wagner nahm Platz.

Elena Alonso erhob sich.

»Haben Sie die Absicht, einen Gegenbeweis zu führen, Frau Staatsanwältin?«, fragte der Richter.

Sam, Cathy, Saul, Claudia und all die anderen, die für Grace da waren, hielten den Atem an.

Grace' Herz hämmerte wieder zu hart, und ihre Handflächen waren feucht.

»Nein, Euer Ehren«, sagte Alonso.

Ihre Pause lag in der Luft.

»In Anbetracht der neuen Beweise«, fuhr Elena Alonso fort, »ist die Staatsanwaltschaft bereit, eine Nichtschuldigerklärung im Sinne einer Notwehr zu akzeptieren.« Sie hielt wieder einen Moment inne. »Gestatten Sie mir, zu ergänzen, dass dies mit dem Einverständnis von Mr. Bianchis Familie geschieht.«

Richter Arthur Brazen nickte.
Machte sich eine Reihe Notizen.
Bevor er wieder aufsah.
»Ich werde den Fall prüfen«, erklärte er.
Wenn Grace gekonnt hätte, dann hätte sie geschrien.
Wenn Sam gekonnt hätte, dann hätte er noch lauter geschrien.
»Ich werde meine Entscheidung heute in einer Woche bekannt geben.«
Der Richter stand auf.
»Bitte erheben Sie sich!«, sagte der Justizsekretär.

132

12.–17. Juni

Es war die längste Woche in der Geschichte der Familie Becket.

Am Tag nach der Anhörung waren Cathy und Saul wieder zurück nach Névé gezogen.

»Es hat keinen Sinn, wenn wir wegbleiben«, erklärte Cathy. »Unsere Gedanken sind hier.«

»Vorausgesetzt, Claudia, Dan und die Jungs haben nichts dagegen«, ergänzte Saul.

David grinste. »Je mehr, desto besser!«

»Wir dachten, David und Mildred würden sich vielleicht auch noch mit dazuquetschen wollen«, stimmte Claudia ihm lächelnd zu. »Aber Sam meint, es wäre zu viel Unruhe für sie.«

»Aber sie kommen abends zum Essen vorbei«, schmunzelte Daniel.

Mildred hatte gekocht.

Nachdem sie so viele Jahre ohne Wände, geschweige denn eine Küche, gelebt hatte, hatte sie nur langsam an Selbstsicherheit gewonnen, aber am dritten Abend nach der Anhörung brachte sie Hühnersuppe mit.

»Die beste, die ich je gegessen habe!«, lobte Sam.

David grinste stolz. »Ich hab's dir ja gesagt!«

»Jetzt ist sie deinetwegen rot geworden«, tadelte Cathy ihn.

»Unsinn!«, winkte die Köchin ab. »Ich wüsste gar nicht, wie.«

»Und, wie geht es dir?«, fragte sie Grace später, als sie sie draußen auf der Terrasse antraf.

Wieder allein, was ihr allmählich zur Gewohnheit wurde.

»Die Wahrheit?«, fragte Grace.

»Natürlich.«

»Ich habe keine Ahnung, wie es mir geht.«

Mildred nickte verständnisvoll. »Irgendwo über allem schwebend?«

»Eher ertrinkend«, erwiderte Grace.

»Bitte nicht! Wir alle brauchen dich.«

»Ihr werdet vielleicht ohne mich auskommen müssen.«

»Das bezweifle ich, nach allem, was bei der Anhörung passiert ist.«

»Offenbar muss der Richter nicht zustimmen«, erklärte Grace. »Er könnte die Anklage reduzieren, sagt Jerry Wagner. Ich könnte immer noch ins Gefängnis kommen.«

»Ich wüsste nicht, warum sie sich die Mühe machen sollten«, sagte Mildred kopfschüttelnd. »Niemand auf der Welt würde sich selbst mehr bestrafen als du dich.«

Martinez kam am sechsten Abend vorbei.

»Ich wäre so gern für euch beide da gewesen«, sagte er zu Grace und Sam.

Sein Partner klopfte ihm auf die Schulter. »Das war unmöglich. Das wussten wir doch.«

Ein Mann weniger im Department, ein Haufen Arbeit und Captain Kennedy in grimmiger Laune. Martinez waren die Hände gebunden.

»Cooper will immer noch mit niemandem außer dir reden«, berichtete er jetzt.

»Das wird er schon noch.«

Was, nahm Sam an, vermutlich stimmte, denn große Töne zu

spucken gehörte zum Wesen dieses Monsters. Vielleicht würde er auch einfach weiter in seinen verdammten *Episteln* darüber schreiben, aber irgendwie würden sie es schon noch herausbekommen.

Grace' Anblick vor Gericht ging Sam wieder durch den Kopf.

Der Gedanke, dass sie denselben gerichtlichen Verfahren unterworfen wurde wie dieses Monster, erfüllte ihn mit Wut.

Wieder las sie seine Gedanken.

»Ich bin wenigstens nicht im Gefängnis«, sagte sie leise.

Und dann klopfte sie auf Holz.

»Jedenfalls noch nicht.«

133

18. Juni

»In Anbetracht von Miss Bianchis Zeugenaussage«, erklärte Richter Arthur Brazen, »und der Umstände, die die Verteidigung vorgetragen hat, und mangels Einwänden seitens der Staatsanwaltschaft wird die Anklage gegen die Beschuldigte aufgehoben.«

Grace starrte zu ihm hoch.

»Es steht Ihnen frei zu gehen, Mrs. Becket.«

Sie wollte sprechen, wollte ihm danken, aber die Worte blieben ihr in der Kehle stecken.

Er schien zu verstehen und lächelte von seinem erhöhten Richterstuhl zu ihr hinunter.

Es kam ihr fast vor, als würde er sie segnen.

Das Gefühl hielt nicht lange an.

Nur bis sie draußen Familie Bianchi sah.

Sie versuchten, schnell zu verschwinden, aber Josephine Bianchi schien das Gehen schwerzufallen, und sie wurden von Reportern umringt.

Gina Bianchi war nicht bei ihnen.

»Du kannst ihnen schreiben«, sagte Sam leise zu ihr.

Und dann stürzte sich die Presse auf sie.

»Vorsicht!«, warnte Jerry Wagner, der an ihrer Seite bleiben wollte, bis sie sicher in ihrem Wagen saßen.

»Wir werden später eine Stellungnahme abgeben«, raunte er. »Wir wollen schließlich nicht, dass jetzt noch irgendetwas nach hinten gegen Sie losgeht.«

»Nein«, antwortete Grace mechanisch.

Und dann ließ sie sich weiterlotsen, fast ohne sich der Kameras oder der Fragen oder des Gedränges bewusst zu sein.

Sie schwebte wieder über der Menge.

Aber es war kein gutes Gefühl.

Sie würde nicht ins Gefängnis kommen.

Worüber sie glücklich sein sollte.

Sie war gewiss über die Maßen erleichtert, aber sie konnte sich nicht vorstellen, je wieder wirklich *glücklich* zu sein.

Es war noch immer da, würde wie ein Elefant in jedem Zimmer sein, das sie bewohnte, und in ihrem Verstand, noch lange, lange Zeit.

Für immer.

Sie hatte einen Mann getötet.

Das Gesetz hatte vielleicht eine Möglichkeit gefunden, ihr zu vergeben, aber sie selbst würde sich niemals vergeben. Bis an ihr Lebensende nicht.

Obwohl sie annahm, dass sie bis dahin zumindest ihr Gedächtnis verloren haben könnte.

Sie *nahm es an.*

Der klarste Gedanke, zu dem sie auf absehbare Zeit vermutlich imstande war.

Bis auf diesen einen, immer wiederkehrenden Gedanken.

Ich habe einen Mann getötet.

134

5. Juli

Der freie Tag nach dem Unabhängigkeitstag war fast zu Ende, und Grace schämte sich, als ihr bewusst wurde, dass sie froh darüber war.

Sie waren nach Golden Beach gefahren, zu David und Mildred, und alle hatten sich bemüht, gute Laune an den Tag zu legen, aber sie wusste, dass sie es ihnen schwer gemacht hatte.

Es fiel ihr schwer, viel zu essen. Sie hatte abgenommen seit dem 6. Mai, und David hatte es heute erwähnt.

Mildred hatte sie sich in der Küche vorgeknöpft, ein bisschen unverblümter.

»Du hast nicht nur Gewicht verloren, sondern auch dein Strahlen.«

»Was hast du denn erwartet?«, hatte Grace sich verteidigt. Sie hatte selbst gehört, wie defensiv sie klang.

»Ich glaube«, sagte Mildred, »du musst anfangen zu versuchen, dein Leben wiederaufzunehmen.«

»Ich bin mir nicht sicher, ob ich dafür schon bereit bin.«

»Joshua ist mehr als bereit.«

»Noch mehr Schuldgefühle«, stöhnte Grace. »Genau das, was ich gebraucht habe.«

Aber sie wusste, dass Mildred recht hatte.

Es war Zeit.

»Ich werde morgen früh Magda anrufen«, eröffnete sie Sam an jenem Abend.

Sie waren wieder zu Hause auf der Insel, mit einem brandneuen Badezimmer mit einer Whirlpool-Badewanne und neuen Fliesen an den Wänden und auf dem Boden. Sam hatte dafür gesorgt, dass das ganze Haus renoviert wurde, während sie noch bei Claudia wohnten. Selbst die Terrasse war mit einem Hochdruckreiniger und Sauerstoffbleiche geschrubbt worden.

Jede Spur von Coopers Anwesenheit war ausgelöscht.

Nur nicht aus ihren Gedanken.

Nichts war so wie früher.

Magda hatte sie letzte Woche angerufen. Wenn sie nicht bald anfinge, professionelle Hilfe in Anspruch zu nehmen, hatte sie ihr ganz offen gesagt, dann würde sie sich vielleicht nie wieder in der Lage fühlen, arbeiten zu können.

»Ich kann mir sowieso nicht vorstellen, je wieder arbeiten zu können«, antwortete Grace bedrückt.

»Im Augenblick vielleicht nicht. Aber das wirst du schon noch.«

»Ich werde keine Patienten mehr haben«, widersprach Grace.

Eltern würden ihre Problemkinder ganz sicher nicht zu einer Mörderin schicken.

»Sie werden es vergessen«, versprach Magda, »mit der Zeit.«

»Aber ich nicht.«

»Nein, das wirst du nicht. Aber du wirst lernen, damit zu leben.«

Grace hatte es nicht bestritten, hatte gehofft, dass ihre Freundin recht hatte. Nicht für sich selbst.

Sie musste für ihre Familie wieder auf die Beine kommen.

»Das Problem ist«, sagte sie am Montagabend zu Sam, »ich weiß schon, was Magda mir sagen wird, dass ich glauben soll. Dass ich gut zu mir selbst sein muss. Dass mein Schmerz ein Beweis für meine eigene Menschlichkeit ist. Dass ich in gewisser Weise auch ein Opfer bin. Dass ich lernen muss, mir zu verzeihen.«

Sam hörte die Ironie und hasste sie.

Noch etwas, das er Cooper zur Last zu legen hatte.

Martinez vermutete, dass der Killer nach der Anhörung stocksauer war, weil die Anklage gegen Grace aufgehoben wurde. Cooper hätte sich sicher gewundert über Gina Bianchis Aufrichtigkeit.

Ein solcher Abschaum hatte kein Verständnis für den Anstand anderer Leute.

Noch ein Schlag gegen Cooper, aber nicht annähernd genug für Sam.

»Ich nehme an, für mich ist es leichter«, gestand er seiner Frau. »Ich habe meinen Hass, der mich warm hält.«

»Ich hoffe, du hast etwas Besseres, das dich warm hält.«

»Davon solltest du besser ausgehen.«

Sie gingen zu Bett, schalteten das Licht aus, hielten einander fest.

»Was, wenn ich nie lernen kann, mir zu verzeihen, Sam?«, flüsterte sie.

»Eins nach dem anderen, Gracie«, antwortete er leise.

»Was, wenn ich nie wieder an mich glauben kann?«

Er lächelte. »Ich glaube von ganzem Herzen für uns beide an dich.«

135

5. August

Ein Monat war vergangen.

Grace war zweimal die Woche zu Magda gegangen. Die Sitzungen halfen ihr zu einem gewissen Grad, stellte sie fest, da ihre Freundin eine gute Therapeutin war und Grace ihr völlig vertraute.

Sara Mankowitz hatte Grace nach der Anhörung geschrieben, um sich für ihre Rolle bei der Tragödie zu entschuldigen. Seitdem hatte sie mehrmals angerufen und sie gebeten, weiterhin Petes Psychologin zu sein, sobald sie sich bereit dazu fühle.

»Pete braucht Sie wirklich«, wiederholte Sara immer wieder.

Das hätte ihr helfen sollen, das wusste Grace. Aber das tat es nicht.

Sie hatte noch immer einen langen Weg vor sich.

Sam arbeitete vorläufig mit Joe Sheldon zusammen und jagte einen gewalttätigen Serien-Straßenräuber, während Martinez und Beth Riley auf Anweisung des Captains weiterhin die Anklage im Fall Cooper aufbauten. Sam vermisste seinen Partner, aber er wusste, dass es die richtige Entscheidung war. Sein eigenes Arbeitspensum hatte er im Griff, und er war an den meisten Abenden zu Hause, war an den meisten Wochenenden bei Grace und ihrem gemeinsamen Sohn gewesen.

Aber nichts fühlte sich so an wie früher, weder auf dem Revier noch zu Hause. Doch mit der Zeit, so hoffte er, würden sie sich wieder einleben, sich wieder mehr wie sie *selbst* fühlen.

Mit der Zeit.

Eines war unbestreitbar gut.

Sie fühlten sich sicher.

Cooper blieb in sicherem Gewahrsam, aus dem er nicht entkommen würde.

Und es gab noch mehr Gutes.

Joshua war nach ihrer Rückkehr nach Hause eine Zeit lang verwirrt gewesen, aber inzwischen war in seinem Leben wieder eine gewisse Routine eingekehrt. Die Anspannung seiner Eltern hatte sich gelegt, sodass er zurück zu seinem glücklichen Selbst gefunden hatte. Und auch Grace fühlte sich gut damit, und sie akzeptierte, dass es genau das war, weswegen sie sich gut fühlen sollte.

Und mit der Zeit, so hoffte sie, würde es immer weiter bergauf gehen.

Hin und wieder dachte sie noch an irgendeine Kleinigkeit, die sie an dem betreffenden Tag getan hatte – wie sie über irgendetwas im Fernsehen gelacht hatte oder in ein örtliches Geschäft gegangen war, ohne sich vorzustellen, dass die Leute sie erkannten, sie verurteilten –, und dann begriff sie, dass sie diese Dinge getan hatte, ohne sich zu schämen.

Allmählich kehrte wieder Normalität ein.

Und vielleicht fingen auch die Schuldgefühle an, sich zu legen.

136

5. September

Coopers Mutter war zu ihm gekommen.
Jewel.
Roxy, die Weiße Hexe.
Er dachte, er hätte sie damals an Bord der *Baby* getötet.
Zwei Jahre war das jetzt her.
Nicht tot genug.
Sie kam nachts zu ihm, befahl ihm, sich hinzulegen, damit sie es mit ihm *tun* könne.
Ihn bestrafen.
Wie sie es früher getan hatte.
Mit einer Peitsche meistens, damals. Sie peitschte ihn aus, und dann küsste sie die Striemen auf seinem Körper und reinigte sie mit Chlorbleiche, was schlimmer brannte als Feuer.
Die Reinigung war ein Teil davon.
Nur ein Teil.
»Ertrage es wie ein Mann«, sagte sie manchmal zu ihm.
Er hatte es ertragen, ja, bis zu der Nacht, als er ihr ein Messer ins Herz gerammt hatte.

»Ich habe dich zu dem gemacht, was du bist«, sagte sie eines Nachts zu ihm, als sie zu ihm in die Zelle kam.
Als wäre sie stolz darauf.
Jewel war in ihrem ganzen Leben nie stolz auf ihn gewesen.
Aber in dem Punkt hatte sie recht. Sie hatte ihn gemacht.
Hatte Cal den Hasser gemacht.
»Jetzt bist du fertig«, sagte sie ein andermal zu ihm.

»Ich dachte, du wärst fertig«, gab er zurück.

»Noch nicht.«

»Ich nehme an, das heißt, sie werden mich auch nicht fertigmachen können.«

»Du warst schon immer fertig«, sagte Jewel zu ihm.

Er hatte Albert Singer wissen lassen, dass er entschieden hatte, Cal solle für die Morde den Kopf hinhalten, nicht Jerome Cooper. Aber der Dreckskerl von einem Anwalt hatte ihm gesagt, Einreden multipler Persönlichkeiten seien schwer zu beweisen.

Albert Singer war ein kleiner Scheißer.

»Und was ist mit Tom O'Hagen?«, hatte er sogar nachgehakt.

Cooper war sich nicht sicher, ob Anwälte sarkastisch zu ihren Mandanten sein sollten.

Singer würde seinen Teil eines Tages schon noch bekommen, dafür würde Cal sorgen.

Noch nicht fertig, der gute alte, böse alte Cal.

Egal, was Jewel sagte.

137

14. September

Sam hatte Joshuas dritten Geburtstag zu einem Familienfeiertag erklärt.

Keine Arbeit und kein College.

Claudia und Daniel gaben die Party. Grace war dankbar; sie hatte noch nicht ganz das Gefühl, ihrem Sohn wieder gerecht werden zu können. Außerdem hatte Claudia, seit sie alle nach Hause gefahren waren, das Gefühl, sie würden sich von Névé fernhalten – entweder, weil sie dachten, sie hätten ihre Gastfreundschaft überstrapaziert, oder aber – vermutlich eher – wegen der entsetzlichen Assoziationen.

Zeit, das zu ändern, fand auch Daniel.

Eine denkwürdige Party, mit vielen von Joshuas kleinen Freunden aus dem Kindergarten, verwandelte die Erwachsenen in halbe Wracks. Alle hatten jede Menge Spaß. Niemandem wurde schlecht, kein Kind verletzte sich, und nichts Wichtiges ging zu Bruch.

Um halb sieben, als die Kleinen gegangen waren, waren sie alle fix und fertig. Martinez war eben erst nach einem langen Arbeitstag eingetroffen, aber Joshua war bereits eingeschlafen. David und Mildred hatten sich für ein Nickerchen ins Gästezimmer zurückgezogen, Cathy war mit Mel und Saul joggen gegangen – überhaupt nicht Sauls Ding, aber Mel hatte ihn überredet –, und der Rest der Familie entspannte sich in der großen, ovalen Nische mit Blick auf die Terrasse und den Pool.

»Will jemand ein Bier?«, fragte Claudia.

Martinez lächelte dankbar. »Klingt gut!«

»Wie wär's, wenn wir ein paar Steaks auf den Grill werfen?«, schlug Daniel vor.

»Haben wir noch nicht genug gegessen?« Grace hatte die Schuhe ausgezogen und sich auf einer Couch zusammengerollt.

»Ich könnte ein Steak vertragen«, meldete sich Robbie zu Wort.

»Wann kannst du das nicht?«, zog Mike ihn auf.

Claudia streckte sich. »Ich fühle mich so träge.«

»Das ist dein gutes Recht, Schwesterherz«, lächelte Grace. »Was für eine wundervolle Party!«

Martinez wandte sich an Sam. »Fast hätte ich's vergessen: Mein Wagen hat sich auf der Fahrt hierher ein bisschen komisch angehört.«

»Wollen wir ihn uns kurz ansehen?«, fragte sein Partner.

Grace' Lächeln wurde breiter. »Mein Mann, der Mechaniker!«

»Er ist nicht schlechter als ich«, erklärte Martinez.

»Hier.« Daniel warf ihm ein Bud zu.

»Danke, Mann.«

Sam hatte eben die Haustür geöffnet, als die Sirene ertönte.

»O mein Gott!« Martinez bekam große Augen.

»Vermutlich war ich das«, sagte Sam. »Verdammte Tür!«

»Ich sehe mal nach«, rief Robbie über den Lärm hinweg.

Er sprintete durch die große Diele zu der Tür, hinter der sich die Alarmanlage im Erdgeschoss verbarg, überprüfte die Reihe mit Monitoren, sah sofort die vertraute Gestalt mit der grauen Kapuze.

»Nur unser alter Kumpel«, rief er den anderen zu, stellte den Ton ab und tippte die üblichen Zahlen des Codes ein.

»Passiert ständig«, erklärte Sam seinem Partner.

»Können wir uns den Wagen trotzdem ansehen?«

»Klar«, sagte Sam.

Im Sicherheitsraum warf Robbie noch einmal einen Blick auf die Monitore.

Der alte Typ hing noch immer vor ihrem Haus herum.

Hielt irgendetwas in den Armen.

»O mein Gott!« Er sah noch einmal hin, um sich ganz sicher zu sein.

Und dann brüllte er: »Dad, ich glaube, der Penner hat Woody.«

Drüben in der Nische rappelte sich Grace erschrocken hoch.

»Wo ist Ludo?« Claudia war jetzt ebenfalls auf den Beinen.

»Ich weiß nicht.« Grace sah sich nach ihren Turnschuhen um.

»Dan, was ist los?«, rief Claudia.

»Musstest du so laut brüllen?« Daniel sah über die Schulter seines Sohns auf den Monitor. »Du jagst allen einen Schrecken ein.«

»Ich habe selbst einen Schreck gekriegt«, gab Robbie zu. »Das ist doch Woody, oder, Dad?«

Sein Vater nickte. »Ich gehe mal raus und sehe nach.«

Er war schon unterwegs.

»Hat irgendwer Ludo gesehen?«, rief Robbie hinter ihm.

»Ludo ist draußen«, rief Grace zurück, während sie hastig in ihren linken Turnschuh schlüpfte. »Es geht ihm gut.«

Der dreibeinige Spaniel war draußen auf der Terrasse, kam jetzt auf sie zu. Sie öffnete die große Glastür, und der Hund huschte an ihr vorbei, als sie hinausging.

»Grace, was hast du vor?«, wollte Claudia wissen.

»Ich gehe Woody holen«, rief Grace über die Schulter.
»Grace, überlass das Dan!«
Es war schon eine Weile her, seit Grace irgendetwas so klar gewesen war.
Sie würde ihren Hund zurückholen.
Und zwar jetzt.
»Dan«, brüllte Claudia, »gehst du bitte mit raus?«

Oben kamen David und Mildred aus dem Gästezimmer.
»Was ist denn los?«, fragte Mildred.
David lauschte. »Irgendwas mit den Hunden, glaube ich.«
»O mein Gott!«
David hörte die Anspannung in ihrer Stimme.
»Ich bin sicher, es ist nichts.«
»Meinst du?«
David sah sie an und nahm ihre Hand.

»Sie ist schon durch die Pforte«, informierte Claudia ihren Mann. »Sie wollte nicht warten.«
»Schon gut. Ich gehe sie holen.« Daniel trat durch die offene Tür. »Sorg dafür, dass die anderen im Haus bleiben.«
»Soll ich die Polizei rufen?«, fragte Claudia.
»Wir haben zwei Cops draußen in der Auffahrt«, grinste er.
Claudia wandte sich um, sah Mike am Telefon.
»Geh und hol Sam«, bat sie ihn.

Die beiden Männer hatten die Köpfe unter die Motorhaube des Chevy gesteckt, als Mike die Haustür öffnete.
»Was gibt's?«, fragte Sam.

»Ich glaube, der Penner hat Woody«, berichtete Mike. »Tante Grace ist rausgegangen, um ihn zu holen.«

»Und ihr habt sie gelassen?« Sam drängte an dem jungen Mann vorbei.

»Schon gut!«, erklärte Mike. »Mein Dad ist ihr nachgelaufen.«

Sam blieb stehen, wandte sich an Martinez. »Gib mir deine Waffe.«

»Nicht zulässig, Mann«, knurrte Martinez.

»Gib sie mir einfach!«

Jetzt vor Névé, hinter der Pforte im Zaun, auf dem sandigen Grasstreifen zwischen dem Grundstück und dem Strand, blieb Grace wie angewurzelt und ein wenig atemlos stehen.

Ein Stück vor sich konnte sie den Mann sehen, der Woody in seinen Armen hielt.

Sanft. Er tat ihm nicht weh.

Behutsam.

»Entschuldigung!«, rief sie.

»Ma'am?«, rief der Mann zurück.

Über den Wind und die Schreie der Möwen glaubte sie Woody winseln zu hören.

»Das ist mein Hund.«

Sie blieb höflich. Kam ihm nicht zu nahe. War sich nicht sicher, warum.

»Grace!«

Daniel war jetzt hinter ihr.

»Lass mich das machen!«

»Ist schon gut«, sagte Grace. »Woody geht es gut.«

Sie trat einen Schritt vor.

»Grace, nicht!«

Sie wandte sich zu ihrem Schwager um.

Er blickte ruhig, aber entschlossen.

»Ich hole ihn.«

»Okay.«

Daniel begann auf den Penner zuzugehen.

»Ich weiß nicht, was er hat«, sagte der andere Mann, das Tier noch immer in seinen Armen. »Ich habe ihn eben hier draußen gefunden, und irgendwas schien nicht mit ihm zu stimmen.«

Als er näher kam, sah Daniel, dass der Bart des Penners ergraut war, aber seine Kapuze warf einen Schatten über seine Augen.

Woody winselte wieder.

»Ich hoffe, Sie haben nichts dagegen, dass ich ihn hochgenommen habe.«

»Ich bin Ihnen sehr dankbar.« Daniel streckte die Arme aus. »Ist ja gut, Junge!«

»Ganz ruhig!« Der Penner reichte ihm behutsam den Hund. »Er ist ein braver Junge.«

»Danke«, sagte Daniel, während ihm eine Fahne aus Bier und Schweiß entgegenschlug.

Er wandte sich halb um, sah zu Grace zurück, um ihr den Hund zu zeigen.

»Ich glaube, es ist alles gut«, sagte Grace.

Sam stand jetzt neben ihr, schwer keuchend.

»Du hättest nicht allein hier rausgehen sollen!«

Sie sah den grimmigen Ausdruck in seinem Gesicht.

»Es ist unser Hund«, verteidigte sie sich. »Und außerdem war Dan gleich hinter mir.«

Sie wandte den Kopf um, sah Martinez und Mike in der Nähe des Zauns warten, wie zur Verstärkung, und dann senkte sie den Blick und sah die Waffe in Sams Hand.

»Steck die besser weg.«

»Es ist alles gut, Mom«, beruhigte Robbie seine Mutter. »Dad hat ihn.«

Sie waren jetzt beide im Sicherheitsraum und beobachteten die Szene auf den Monitoren.

»Wir müssen diesen Zaun überprüfen lassen«, murmelte Claudia.

Und dann beugte sie sich vor, über die Schulter ihres Sohns.

»Nein!«, schrie sie auf einmal durchdringend. »*Nein!*«

»Können wir irgendetwas tun?«, rief David von der Tür.

»Nein!« Claudia drängte an ihm vorbei, stürzte über den weitläufigen weißen Boden und durch die offene Tür auf die Terrasse, sah Martinez und ihren älteren Sohn genau hinter dem Zaun stehen.

»Jemand muss Dan helfen!«, brüllte sie.

»Genau da ist er verletzt, glaube ich«, nuschelte der alte Mann.

Er trat ganz nah heran, und Daniel roch ihn noch stärker.

»Da«, wiederholte der Penner. »Sehen Sie?«

Daniel neigte den Kopf, versuchte, etwas zu entdecken.

»Ich kann nichts . . .«, sagte er.

Und verstummte.

»Er hat ein *Messer!*«

Sie alle hörten Claudia schreien.

»O mein Gott«, hauchte Grace.

»Auf den Boden«, befahl Sam.

Und drückte sie hart nach unten.

Sie hörte ein scharfes Klicken.

Dann einen Pistolenschuss.

»Sam!«, rief sie und rappelte sich auf die Knie hoch.

Er war ein paar Schritte entfernt, und sie sah zuerst Woody, den Schwanz zwischen seinen kurzen Hinterbeinen, der auf sie zuschoss, genau gegen sie rannte, winselnd, hilfsbedürftig.

»Grace, alles okay mit dir?«

Martinez, mit leiser, eindringlicher Stimme, kauerte sich neben sie.

Grace sah wieder auf.

Sam kauerte im Gras, eine Hand auf die Wunde in Daniels Brust gepresst. Er hatte das Messer in der Hand des Mannes mit der Kapuze gesehen, als er flüchtete, und wenn der Dreckskerl die Klinge nicht herausgezogen hätte, dann hätte es vielleicht Hoffnung gegeben, auch wenn er es bezweifelte.

Und jetzt war es zu spät.

Seine Finger an Daniels Hals bestätigten es.

Für ihn kam jede Hilfe zu spät.

Sam stand auf.

Der Typ entfernte sich, humpelnd, ins Bein getroffen, aber er *machte sich davon.*

Sam hob wieder die Glock, rief eine Warnung.

Der Mörder humpelte weiter.

Sam hatte ihn im Visier.

Drückte auf den Abzug.

Er sah den Mann stürzen, sah seinen Körper zucken und dann still daliegen.

Geräusche hallten in Sams Ohren wider, vibrierten durch seinen Kopf. Das Echo des Schusses, die Wellen, das Kreischen der Möwen, Schreie. Woodys Winseln. Leute, die brüllten und herumliefen.

Dann die unverwechselbaren Geräusche von Claudias Wimmern und Mikes Heulen.

Martinez war neben ihm, nahm ihm sanft die Waffe aus der Hand.

»Bleib hier, Mann.«

Sam sah seinem Partner nach, bis er den Mörder erreicht hatte.

Sah, wie Martinez den Mann abtastete, erst nach Waffen, dann nach einem Herzschlag.

Er sah zu Sam hoch, hob den rechten Arm, mit erhobenem Daumen.

Der Böse war am Boden.

Außer Gefecht gesetzt.

Sam sah zurück zu der Szene auf dem Gras.

Sah die Tragödie, die sich vor seinen Augen entfaltete.

Claudia schluchzte über ihrem Ehemann. Mike, der jetzt keinen Laut mehr von sich gab, suchte vergeblich nach einem Puls, irgendetwas, was in seinem Vater noch lebendig war, dann starrte er verwirrt zu Sam hoch. Robbie stand ein paar Schritte hinter ihnen, mit einer Miene blanken Entsetzens. David und Mildred kamen hinter den anderen durch die offene Pforte.

Irgendetwas in Sam sackte zusammen.

Grace war neben ihm.

Er wandte sich zu ihr um, sah, dass sie weinte.

»Sag mir, dass das nicht wahr ist«, flehte sie.

»Ich wünschte, das könnte ich«, erwiderte Sam tonlos.

Grace stöhnte auf, und dann ging sie zu ihrer Schwester, kniete sich neben sie und ihre Söhne und den gestürzten Ehemann und Vater.

Und Sam ging auf Martinez zu.

138

15. September

Gestern Morgen stand eine neue Botschaft an Jerome Coopers Zellenwand gekritzelt.

Hauptsächlich war sie mit einer Metallschraube gekratzt worden.

Aber einige der Buchstaben schienen mit Blut geschrieben zu sein.

Seinem eigenen.

Im Gefängnis wusste man von der Neigung des Killers zur Selbstverstümmelung, aber bis vor Kurzem schien diese Gewohnheit zu schlummern.

Vor einer Weile hatte er wieder damit angefangen.

Er benutzte sein Blut gern als Tinte.

Hasste es, wenn sie es von den Wänden wuschen.

Der Wachmann, der die Botschaft gestern gesehen hatte, hatte gedacht, er sollte sie besser seinem Vorgesetzten zeigen, aber dann war irgendetwas dazwischengekommen, Ärger in einer anderen Zelle, und so war er erst gegen Ende des Tages dazu gekommen, es zu melden.

Der Killer hatte dasselbe Zeug siebenmal hingekratzt.

Cal der Hasser ist noch nicht fertig.

Und dann, ganz unten – und das war der Teil, den er mit Blut geschrieben hatte:

Sagt es Becket.

139

16. September

Jetzt war es an ihnen, Grace' Schwester und ihren Söhnen zur Seite zu stehen, die auf die Insel gekommen waren, nachdem die Ermittler ihnen gesagt hatten, sie sollten den Tatort verlassen. Alle waren wie benommen, so eng aufeinander in diesem kleinen Haus, wo sie auf Sofas und auf Luftmatratzen auf dem Boden schliefen. Claudia, in Cathys altem Zimmer, wollte weder Beruhigungsmittel noch Trost annehmen.

Sie hatten Claudias Trauer in den letzten beiden Nächten durch die Wände gehört, hatten versucht, an sie heranzukommen, waren weggeschickt worden.

Es gab und würde keine Möglichkeit geben, sie oder die Jungen zu trösten, die wie verlorene Seelen vor sich hin starrten, noch immer fassungslos.

»Sie besteht darauf, dass sie alle morgen nach Hause fahren«, berichtete Grace ihrem Mann. »Sie sagt, Mike und Robbie bräuchten ihren Platz und ihre Sachen, und so hart es auch sein würde, Dan hätte zu viel in dieses Haus gesteckt, um ihm jetzt den Rücken zu kehren.«

»Wenn sie sich so fühlt«, nickte Sam verständnisvoll. »Und vielleicht hat sie ja recht.«

»Aber es wird mehr als hart werden. Und wenn sie uns nicht einmal bei sich haben will ...«

»Es wäre für dich zu sehr wie vorher«, hatte Claudia abgewunken.

»Aber jetzt geht es nicht um mich!«, hatte Grace entgegnet.

»Ich weiß. Aber ich habe die Jungs, und ich weiß, dass ihr immer für uns da sein werdet, wenn wir euch brauchen. Aber so wird das Leben von nun an eben sein, dann kann ich auch gleich damit anfangen.«

»Dieser sanfte, begabte, freundliche Mann«, sagte Grace spät am Donnerstagabend im Bett zu Sam. »Das ist so sinnlos.«
»Das ist es fast immer«, erwiderte Sam.
Sie lagen still da. Unten lief noch der Fernseher, die trauernden jungen Männer fanden vermutlich keinen Schlaf. In Cathys altem Zimmer herrschte Stille.
»Ich weiß, es würde nicht wirklich etwas ändern«, sprach Grace weiter, »aber ich wünschte, wir könnten wenigstens verstehen, warum Jones das getan hat. War er einfach nur verrückt?«
Matthew Harris Jones war der Name des Mannes mit der Kapuze, der Daniel Brownley erstochen hatte; seine Fingerabdrücke stimmten mit einem in Jacksonville geborenen kleinen Dieb überein.
»Vielleicht.«
Grace hörte den Unterton heraus. »Was?«
Er hatte ihr noch nichts von Coopers Blutbotschaft gesagt.
Jetzt erzählte er ihr davon.
»Du meinst, *er* war es?« Ihr Entsetzen war so groß, dass es wie Flutwasser durch sie hindurchzuströmen schien. »Der Penner gehörte *zu ihm?* Die ganze Zeit?« Sie setzte sich auf. »Aber Dan sagte doch, er sei in der Nachbarschaft schon bekannt gewesen, bevor sie ihr Haus bauten.«
»Noch weiß niemand, ob dieser Typ wirklich Jones war«, stellte Sam fest. »Es ist unwahrscheinlich, nehme ich an, aber nicht ausgeschlossen, dass Cooper oder vielleicht sogar Bianchi den alten Penner aus dem Weg geräumt und Matthew Jones an seine Stelle gesetzt hat.«

Zutiefst erschüttert, streckte sich Grace wieder aus und schwieg eine Weile.

»Aber das heißt doch«, sagte sie schließlich, »dass es einen von uns beiden hätte treffen sollen.«

»Nicht unbedingt.«

»Natürlich heißt es das! Er hat sich Woody geschnappt, *unseren* Hund, denn dadurch war eher anzunehmen, dass *wir* ihm nachlaufen würden. Und das habe ich ja auch getan, oder? Und wenn Dan mir nicht nachgelaufen wäre, wenn er nicht übernommen hätte ... und ich habe es auch noch zugelassen.« Das Entsetzen durchströmte sie mit jedem Gedanken heftiger. »Lieber Gott, ich habe es zugelassen!«

»Hör auf damit!« Sam griff nach ihrer Hand und drückte sie fest. »Tu dir das nicht an, Gracie!«

»Wie kann ich das nicht tun?«

»Du musst es versuchen. Logik hat sowieso nichts damit zu tun. Wenn das Coopers Werk war – und das ist noch immer ein großes *Wenn* –, dann hasst er unsere ganze Familie.«

»Uns beide hasst er mehr als Claudia.«

Sams Mund zuckte. »Und am allermeisten mich. Das hat er oft genug gesagt.« Er schwieg einen Moment. »Aber dadurch bin ich auch nicht mehr verantwortlich für das, was mit Dan passiert ist, als du.«

»Haben sie Cooper deswegen schon verhört?«

»Nein«, sagte Sam. »Aber das werden sie schon noch.«

Aber sie würden ihn nicht in die Nähe dieses Abschaums lassen, zu Recht nicht.

»Werden wir es Claudia sagen?«

»Ich glaube nicht«, fand Sam. »Nicht bis wir irgendetwas sicher wissen.«

»Falls wir das je tun werden.«

140

22. September

»Ich habe noch immer eine solche Wut im Bauch«, sagte Sam am nächsten Mittwoch zu Martinez.

Sie gingen in der Mittagspause im Lummus Park spazieren.

»Dann red darüber, Mann«, ermunterte ihn Martinez. »Lass es raus.«

Sam sah zu der Parkbank ein paar Meter vor ihnen, die einmal Mildreds Zuhause gewesen war, und er war froh über die Anonymität hier draußen, zwischen den Urlaubern und Einheimischen, die ihre Kinder und Hunde ausführten, Wasserflaschen und Sonnencremes in den Händen.

»Da gibt's nicht viel rauszulassen«, sagte er, »nur dass *hier* drinnen im Augenblick zu viel Dunkelheit herrscht.« Er tippte sich mit zwei Fingern an den Kopf. »Offenbar kann ich keine Möglichkeit finden, die Fäulnis aufzuhalten, weißt du?«

»Du bist einfach deprimiert, Mann. Es wird irgendwann wieder leichter werden.«

»Das muss ich glauben. Meine Frau und mein Sohn brauchen mich.«

»Ich hab mal was gelesen«, fuhr Martinez fort. »›*Ein gutes Gefühl erzeugt ein anderes.*‹ Oder so ähnlich.«

Sam grinste. »Erzeugt, ja?«

»Mach dich ruhig lustig! Aber es stimmt. Du kriegst aus heiterem Himmel ein gutes Gefühl, und ...«

»Du wirst jetzt aber nicht anfangen, zu singen, oder?«

Sie gingen weiter.

»Und, was hältst du jetzt von Jones?«, fragte Martinez ein paar Augenblicke später. »Bezahlt von Cooper oder nur ein Spinner?«

Die Obduktion hatte bestätigt, dass die Leber des Mannes reichlich ramponiert war, und sein Gehirn wies genügend Schäden auf, um in ihm einen verrückten Einzelgänger zu sehen.

Auch wenn das natürlich nicht die Möglichkeit ausschloss, dass Cooper ihn dafür bezahlt hatte, um Claudias Haus zu beobachten, und vielleicht sogar aus dem Gefängnis einen Weg gefunden hatte, um Jones genügend Geld in die Taschen zu stecken, damit er einen Anschlag gegen die Familie verübte, die Cooper über alles hasste.

Vielleicht aber auch nicht.

»Ich weiß es nicht«, sagte Sam nachdenklich. »Ich habe das Gefühl, in letzter Zeit gibt es nicht viel, was ich weiß.«

Sie gingen weiter.

»Ein Gutes hat die Sache doch.«

»Ach ja?«, sagte Martinez.

»So oder so – Cooper wird auf jeden Fall in den Todestrakt kommen.«

Die Anklage gegen den Mörder wurde gut aufgebaut, trotz seiner anhaltenden Weigerung, zu reden.

Sie wussten noch immer nicht, wie er und Bianchi sich kennengelernt hatten oder welcher Art genau ihre Beziehung gewesen war. Aber Richard Bianchis Apartment am NW North River Drive hatte ihnen schließlich ein fehlendes Verbindungsstück geliefert.

Winzige Hautpartikel von Jerome Cooper steckten unter der Fußleiste in Bianchis kleinem, mit Dampf gereinigtem Badezimmer.

Coopers Schlupfloch an Land, allem Anschein nach.

Der Ort, so ihre Vermutung, den der Killer vielleicht aufgesucht hatte, um sich selbst zu bestrafen, nachdem er seine Opfer getötet und verstümmelt hatte. Der Ort, an dem er seinen eigenen Körper zerkratzt hatte, bis er blutete, so wie es ihm seine verstorbene, unbeweinte Mom beigebracht hatte.

Alle restlichen Beweise räumten dem Andenken des »Schriftstellers« einen Platz der Niederträchtigkeit neben Cal dem Hasser ein. Und wenn Bianchi noch am Leben wäre, dann hätte seine Verteidigung sicher darauf gebaut, dass die Hautpartikel, nachdem so viel Zeit verstrichen und die Wohnung nicht versiegelt gewesen war, dort platziert worden sein könnten.

Trotzdem – egal, ob es vor Gericht bewiesen wurde oder nicht, es bedeutete aus Sams Sicht ein bisschen mehr Genugtuung für Grace.

Aber ansonsten konnte von Genugtuung bei ihm kaum die Rede sein.

Sein Mitgefühl mit Claudia und ihren Söhnen überstieg jedes Maß.

Und sie hatten noch immer keinen stichhaltigen Beweis dafür, dass Cooper irgendetwas mit Matthew Harris Jones zu schaffen gehabt hatte, bevor Jones Dan dieses Messer in den Körper gerammt und eine glückliche Familie zerstört hatte.

Nur noch ein Verrückter, so offenbar die vorherrschende Meinung, je mehr Zeit verstrich.

In diesem Punkt war sich Sam nicht sicher und würde es auch niemals sein.

Nur in einem Punkt war er sich sicher.

Er wollte, dass Cooper von dieser Welt verschwand.

Und ihm war scheißegal, wie.

Lynchen, Pest, elektrischer Stuhl oder tödliche Spritze.

Je früher, desto besser.

141

1. Oktober

Grace wollte ihn tot sehen.

Sie wollte es so unbedingt, dass ihr fast schlecht wurde.

Es erschütterte sie in ihren Grundfesten.

Gefallen am Tod.

Das war es, was Cooper ihr angetan hatte.

Inzwischen gab sie ihm an allem die Schuld, auch an Bianchis Tod, mehr noch als sich selbst.

Was, wie sie fand, immerhin ein Fortschritt war.

Sie hatte mit Magda noch nicht über diese Gefühle gesprochen, da sie ihre Sitzungen erst einmal reduziert hatte. Im Augenblick war sie zu beschäftigt damit, sich zu überlegen, wie sie Claudia und ihren Neffen helfen könnte, auch wenn sie kaum etwas tun konnte, kaum etwas tun *durfte*.

Die Beerdigung war vorbei, und Sam hatte ihr bald danach recht gegeben: Sie mussten Claudia von dem unbewiesenen Verdacht einer Verbindung zwischen Dans Mörder und Cooper erzählen.

»Denkt ihr etwa, auf die Idee wäre ich nicht schon selbst gekommen?«

»Warum hast du uns denn nichts davon gesagt?«

Claudia sah ihre Schwester traurig an. »Was hätte das denn geändert?«

»Du solltest anfangen, wieder Patienten zu empfangen«, hatte Magda Grace gestern vorgeschlagen. »Vielleicht bei mir, wenn du nicht von zu Hause arbeiten willst.«

Die Wahl des Ortes war die geringste von Grace' Sorgen.

Dans Tod hatte all ihre eigenen Ängste davor, Sam zu verlieren, neu entfacht.

Sie wusste, dass es eine ganz natürliche Reaktion war, solche Tragödien auf sich selbst zu beziehen, selbstquälerische »Was wäre, wenn«-Spiele zu spielen. Aber sie hatte das Gefühl, noch immer zu viele andere Dinge im Kopf zu haben, um Kindern mit Problemen helfen zu können.

Der Schmerz ihrer Schwester und dieser beiden jungen Männer. Ihr eigener Verlust des Schwagers, der ein solch verlässlicher Freund geworden war.

Ihre noch immer anhaltende Schuld wegen ihres eigenen Verbrechens.

Und, paradoxerweise am düstersten von allen, wie es ihr schien, ihre Sehnsucht nach Coopers Tod.

142

11. Dezember

Jewel war in der Nacht zu ihm gekommen, in der er wieder angefangen hatte, es zu tun.

Es *richtig* zu tun.

»Leg dich hin«, hatte sie zu ihm gesagt, so wie früher.

»Ich muss nicht«, hatte er zu ihr gesagt.

»Leg dich hin, Blödmann!«

»Ich muss nicht mehr tun, was du mir sagst«, widersprach er.

Weil du tot bist.

»Leg dich hin und ertrage es wie der Schwachkopf, der du bist!«

Daher wusste er, dass es wirklich Jewel war.

Nur ein paar der Schimpfnamen, mit denen sie ihn immer überhäuft hatte.

Zusammen mit dem Schmerz.

Da hatte er gewusst, dass er ihr nicht entkommen konnte. Niemals.

Und daher hatte er es getan.

Im Laufe der Zeit an diesem Ort hatten sie versucht, ihn davon abzuhalten.

Sie nahmen ihm die harte Bürste weg, die er aus dem Putzraum gestohlen hatte, den Schäler, den er aus der Küche geschmuggelt hatte, den Kratzschwamm aus dem Duschblock.

Er benutzte seine Fingernägel, daher schnitten und feilten sie sie kurz.

Aber sie wuchsen wieder nach.

Es gab immer eine Möglichkeit.

Und so war Jewel immer wieder gekommen, und er hatte es immer wieder getan.

Er hatte gewusst, dass er krank wurde, lange bevor sie es bemerkten.

»Tu es *noch mal*«, sagte Jewel immer wieder zu ihm.

Aus der tiefsten Hölle.

Nur dass er sich damals, als er sich selbst *diszipliniert* hatte, Bleichmittel in die Wunden gegossen hatte, so, wie sie es ihm beigebracht hatte, und weiß Gott, es hatte wehgetan, aber dadurch war er sauber geblieben, wie er es wollte.

Und deshalb war er jetzt richtig krank.

Sein Blut war vergiftet.

Sie hatten ihn in den neunten Stock verlegt, der, wie er wusste, die Psychostation war, und ihn an ein Bett gekettet, Schläuche in ihn gesteckt und ihm Medikamente gegeben, und ein paar Leute dort waren ganz anständig zu ihm, wenn man bedachte, wer er war.

Alle waren besser zu ihm, als es seine Mutter je gewesen war.

Aber keiner von ihnen so gut wie Blossom.

Er war froh, dass sie tot war, froh, dass sie ihn nie wirklich kennengelernt hatte.

Vielleicht würden sie ihn heilen, mit der Zeit.

Obwohl ... Wenn sie das taten, dann würde er einfach wieder damit anfangen.

Das war es, was Jewel wollte.

Wieder bei ihm sein.

Richtig bei ihm.

Näher kommen.

143

24. Dezember

»Cooper sagt, er will dich sehen.«

Martinez überbrachte ihm die Neuigkeit.

»Er liegt im Sterben, und er redet von seinem letzten Wunsch, und er will dich sehen. Ich wollte es dir eigentlich nicht sagen, aber Alvarez sagte, wir müssten es weitergeben, auch wenn der Lieutenant mir recht gibt und denkt, du solltest ihm einfach sagen, er soll sich verpissen.«

»Ich werde hingehen.«

»Warum zum Teufel willst du das tun?«

»Vielleicht ist es so, wie man sagt«, erwiderte Sam. »Ein Abschluss.«

Er hätte ihn vielleicht kaum erkannt ohne die ganzen alten Narben und die frischeren Wunden, die auf seiner Brust zu sehen waren.

Sepsis, hatte ein Arzt zu Sam gesagt. Organversagen.

Seine eigene Geisteskrankheit brachte ihn um.

Er hatte Angst vor dem Tod, das wusste Sam aus seinen *Episteln*.

Angst vor der Hölle.

»Du bist gekommen«, sagte der sterbende Mann. »Ich wusste es.«

»Was willst du, Cooper?«

»Willst du dich nicht setzen?«

Sam schüttelte langsam den Kopf. »Ich stehe lieber.«

»Wie geht's Grace?«

»Wenn du noch einmal meine Frau erwähnst«, sagte Sam, »bin ich hier weg.«

Sein Ton war kalt, nüchtern, und Sam wunderte sich über das Fehlen jeglicher Wut in ihm.

Schmerz ergriff den Mann im Bett, und er zuckte zusammen.

Sam empfand kein Mitleid.

»Ich habe ein bisschen Angst«, murmelte Cooper.

»Das wundert mich nicht. Mit so viel auf dem Gewissen.«

»Sie hat mich dazu gezwungen, weißt du«, sagte Cooper. »Meine Mutter.«

»Deine Mutter ist tot«, erwiderte Sam. »Du hast sie getötet.«

»Ich habe viele Leute getötet. Aber ich glaube, sie war die Einzige, die es verdient hatte.«

»Was willst du?«, fragte Sam noch einmal.

Coopers Lippen waren aufgesprungen, seine Haut gelblich verfärbt, kleine Sauerstoffschläuche steckten in seinen Nasenlöchern, und Flüssigkeiten liefen durch andere Schläuche in und aus seinem Körper.

»Das mit Claudias Ehemann tut mir leid«, nuschelte er.

Die Wut war wieder da.

Sam ballte die Fäuste und trat einen Schritt näher an das Bett.

»Hast du mir dazu irgendwas zu sagen? Zu beichten?«

Cooper blickte ihn an. »Das hatte nichts mit mir zu tun.«

Sam sah dem sterbenden Mann genau in die Augen.

Das Böse war noch immer da.

»Es war alles Jewels Schuld, wie ich schon sagte.«

Sam trat wieder einen Schritt zurück, weg von dem Gestank des Mannes.

»Zum letzten Mal – was willst du?«

»Mit dir reden. So wie immer.«

»Nein. Genug geredet.«

»Komm schon!«, widersprach der sterbende Mann. »Willst du denn nicht wissen, was ich in die Spritze getan habe, mit der ich dich gestochen habe?«

»Hast du denn vor, es mir zu sagen?«

Cooper holte einmal tief und zitternd Luft.

»Ich bin mir nicht sicher, ob ich mich noch erinnern kann.«

Sam schüttelte den Kopf, wandte sich zum Gehen.

»Gewährst du mir keinen letzten Wunsch?«, fragte Cooper.

»Ich gewähre dir gar nichts«, erwiderte Sam. »Aber ich habe einen Wunsch für dich.«

»Und das wäre, Samuel Lincoln Becket?«

»Dass du zur Hölle fährst«, sagte Sam. »Je früher, desto besser.«

Und dann wandte er sich ab und zum Gehen.

»Du hast mir noch gar nicht gesagt, wie's der Familie geht«, stichelte Cooper.

Sam ging weiter.

»Du kannst nicht einfach weggehen!«, keuchte Cooper. »Vielleicht habe ich dir noch ein paar Dinge zu sagen.«

Sam ging weiter, auf die Türen zu.

»*Wag* es nicht, einfach von mir wegzugehen, du schwarzer Scheißkerl!«

Sam blieb stehen und wandte sich um.

Nur lange genug, um zu lächeln.

»Du bist also einfach weggegangen?«, fragte Martinez draußen in dem Chevy.

»O ja«, nickte Sam.

»Gutes Gefühl?«

»Ehrlich gesagt«, sagte Sam, »das war es.«
Martinez lächelte. »Davon wird's noch mehr geben, Mann. Wie ich dir gesagt habe.«

144

25. Dezember

Der Anruf kam um kurz nach Viertel nach sieben am nächsten Morgen.

Sie lagen noch im Bett.

In einem Jahr, nahmen sie an, würde Joshua am Weihnachtstag vor ihnen, noch vor Sonnenaufgang, auf den Beinen sein, aber im Augenblick lag Grace – die noch den ganzen Tag in der Küche stehen würde – an Sams Rücken gekuschelt im Bett.

Er stöhnte, griff zum Telefon.

Betete, dass es nichts Schlimmes war.

Nichts, was ihn von zu Hause wegholte.

»Becket«, meldete er sich.

Und hörte zu.

»Danke für den Anruf.«

Er legte auf.

»Was?«, murmelte Grace.

»Cooper ist gestorben.«

Und da war es.

Wieder ein gutes Gefühl, genau wie Martinez gesagt hatte.

»Gott sei Dank!«, sagte Grace.

»Amen!«, sagte Sam.

Danksagungen

Mein Dank gilt folgenden Personen:

Howard Barmad; Batya Brykman; Special Agent Paul Marcus und Julie Marcus, denen ich so viel dafür verdanke, dass sie meine endlosen Fragen *wieder einmal* ertragen haben (und wie würde ich ohne die »echten« Sam und Grace je zurechtkommen?). Herzlichen Dank an Amanda Stewart (die ich so vermissen werde); vielen Dank an James Nightingale und Euan Thorneycroft. Danke auch an Helmut Pesch, Carolin Besting, Rainer Schumacher und Wolfgang Neuhaus; und wie immer an Sebastian Ritscher. Ein ganz besonderer Dank an Helen Rose – stets da, um meine Fragen zu beantworten! Danke auch an Jeanne Skipper. Und wie immer danke ich von ganzem Herzen Dr. Jonathan Tarlow – und Sharon Tarlow, die auch bei diesem Buch mitgeholfen hat.

Und zu guter Letzt und am allermeisten danke ich wie immer Jonathan.

Manche Spiele sind harmlos. Andere tödlich.

Hilary Norman
DIE RACHE DER KINDER
Thriller
Aus dem Englischen
von Rainer Schumacher
368 Seiten
ISBN 978-3-404-16318-2

Es begann als ein Spiel. Vier Kinder trafen sich in einem alten Hünengrab, um gemeinsam ein Buch zu lesen. Dann setzten sie das, was sie im Buch fanden, in die Wirklichkeit um.
Sie nennen sich Jack, Roger, Simon und Piggy. Sie jagen Monster. Monster, das sind Menschen, die anderen etwas zuleide tun. Und die nie dafür bestraft wurden.
Doch was ist, wenn das Opfer unschuldig ist und aus dem Spiel tödlicher Ernst wird?

»Hilary Norman verdient es, mit Nora Roberts, Sandra Brown und Tami Hoag auf eine Stufe gestellt zu werden.« BOOKLIST

Bastei Lübbe Taschenbuch

Der Rache eines Todeslosen kann man nur schwer entkommen

Richard Montanari
IM NETZ DES TEUFELS
Thriller
Aus dem amerikanischen
Englisch von
Karin Meddekis
464 Seiten
ISBN 978-3-404-16597-1

Aleks lebt in einer Welt des Wahns und glaubt, er sei ein »Todesloser«. Aber um die wahrhaftige Unsterblichkeit zu erlangen, benötigt er den Beistand seiner Töchter. Diese wurden jedoch direkt nach ihrer Geburt zur Adoption freigegeben. Nun macht Aleks sich auf die Suche nach ihnen – und hinterlässt eine blutige Spur auf dem Weg zu seinen »Prinzessinnen« ...

»Ein schonungslos spannender Thriller, der Sie augenblicklich in seinen Bann zieht«

TESS GERRITSEN

Bastei Lübbe Taschenbuch

Werden Sie Teil der Bastei Lübbe Familie

- Lernen Sie Autoren, Verlagsmitarbeiter und andere Leser/innen kennen
- Lesen, hören und rezensieren Sie Bücher und Hörbücher noch vor Erscheinen
- Nehmen Sie an exklusiven Verlosungen teil und gewinnen Sie Buchpakete, signierte Exemplare oder ein Meet & Greet mit unseren Autoren

Willkommen in unserer Welt:

 www.luebbe.de

 www.facebook.com/BasteiLuebbe

 www.twitter.com/bastei_luebbe

 www.youtube.com/BasteiLuebbe